作者简介

邹　菁　1986年5月生，江西临川人。2014年7月毕业于北京语言大学中国古代文学专业，文学博士。现为人民网编辑。发表论文有《论〈文选〉游仙诗选诗标准》《陈师道研究成果再梳理》《两晋至唐宋时期庐山诗歌研究综述》等。

庐山诗的文化底蕴与审美价值

以两晋至唐宋的庐山诗为中心

邹　菁◎著

人民日报学术文库

人民日报出版社·北京

图书在版编目（CIP）数据

庐山诗的文化底蕴与审美价值：以两晋至唐宋的庐
山诗为中心／邹菁著 . —北京：人民日报出版社，
2019. 12
ISBN 978 - 7 - 5115 - 6263 - 0

Ⅰ. ①庐… Ⅱ. ①邹… Ⅲ. ①古典诗歌—诗歌研究—
中国 Ⅳ. ①I207. 22

中国版本图书馆 CIP 数据核字（2019）第 275382 号

书　　　名	：庐山诗的文化底蕴与审美价值：以两晋至唐宋的庐山诗为中心
	LUSHANSHI DE WENHUA DIYUN YU SHENMEI JIAZHI：YI LIANGJIN
	ZHI TANGSONG DE LUSHANSHI WEI ZHONGXIN
作　　　者	：邹　菁
出 版 人	：刘华新
责任编辑	：陈　红　金　晶
封面设计	：中联学林
出版发行	：人民日报出版社
社　　　址	：北京金台西路 2 号
邮政编码	：100733
发行热线	：（010）65369509　65363528　65369827　65369846
邮购热线	：（010）65369530　65363527
编辑热线	：（010）65369844
网　　　址	：www. peopledailypress. com
经　　　销	：新华书店
印　　　刷	：三河市华东印刷有限公司
开　　　本	：710mm×1000mm　1/16
字　　　数	：251 千字
印　　　张	：17
版次印次	：2020 年 5 月第 1 版　　2020 年 5 月第 1 次印刷
书　　　号	：ISBN 978 - 7 - 5115 - 6263 - 0
定　　　价	：95. 00 元

序言一

　　本书作者邹菁博士在结语中引述世界文化遗产委员会对庐山的评介："江西庐山，是中华文明的发祥地之一。这里的佛教和道教庙观，代表理学的白鹿洞书院以其独特的方式融会在具有凸出价值的自然美之中，形成了具有极高价值的与中华民族精神和文化紧密相关的文化景观。"亦缘此之故，邹菁博士的论著以上、中、下三编组合的特殊形式，分别论述佛教与庐山诗画、道教与庐山诗、书院文化与庐山诗的文化底蕴和审美价值。江西是邹菁博士的家乡，出于深爱家乡山水的自然情感，基于深爱庐山文化的学术自觉，遂有这部专门研究庐山诗的博士论著。

　　本书的特色，是凸显两晋至唐宋历史上与庐山结缘的文化名人系列。从慧远的佛教思想和佛教活动说起，同时推出谢灵运的山水诗和宗炳的《画山水叙》，然后是唐代韦应物和宋代苏轼，以名人引领风潮而发掘审美风尚之演化轨迹，自有其不可替代的学术意义。涵涉道教文化的文学写作首先与游仙主题相关，邹菁博士值此提出"庐山山水游仙诗"概念，用以分析阐释魏晋南北朝特有的庐山诗文化底蕴，别有会心，启人新思。对于庐山诗中特有的"瀑布意象"，这里有专门分析，可以满足世人意在知其所以然的接受学诉求，其中有关特定仰视视角的学理剖析，实际上涉及唐诗风景写照之于视觉真实的追求，相信类似这样的创作原理探究，有益于中国诗歌创作学研究的深入展开。庐山书院远近闻名，周敦颐和朱熹更是思想史上的典型人物，讨论周敦颐的濂溪书院和朱熹的白鹿洞书院，强调其"儒学底色"，想来是在儒学底色上渲染庐山特色的意思吧!

　　作为本书的第一位读者,我深知学术创造之艰辛。关于庐山和庐山诗的话题,某种意义上是一个需要不断开拓的话题。仿佛一夜之间,书院已经遍布天下,许多置身闹市的书院,必定向往如濂溪书院、白鹿洞书院那样悠然于名山之间的神韵气象吧!殊不知,如今深山之间的佛寺道观和书院讲堂,都不能免俗地被烙上旅游景点的商业印记,驻足名山寺观门前的商业长街,真不知此夕何夕,此地何地。当此之际,若有可能更多地了解如庐山诗所蕴含的文化精神,必定有助于整个社会人文素质的提高。邹菁博士的论著,其现实意义也正在这里。

韩经太

2019 年 11 月 28 日于北京

序言二

  中国古代诗歌一向具有"言志""缘情"的传统，注重以诗歌表达内心深处的情感与思想；同时，亦注重"感物""缘事"，强调创作主体与客观世界的互动与融合。对诗歌的如此认知既是先秦以来文人对创作经验进行感性描述的结果，亦是基于"天人合一"的哲理思考而水到渠成的产物。

  在中国文学批评史上，南朝时期的刘勰在其《文心雕龙》中较早对诗歌创作中的主客体关系进行了系统全面的理论总结，如其中的《神思》探讨了"神"与"物"的关系，《明诗》论述了"情"与"物"的关系，《物色》则聚焦了"心"与"物"的关系，它们均对诗人与外境、万物之关联进行了具体描绘和理论研究，对诗歌创作中主客体统一的原理及表现进行了系统梳理。《文心雕龙·物色》集中论述了自然景物与诗歌创作的关系，刘勰以"物色之动，心亦摇焉""情以物迁，辞以情发"概括了诗情萌动、诗兴纷披的规律，对创作中心物交感的过程和特点进行了细致深入的讨论，提出诗歌创作实乃"写气图貌，既随物以宛转；属采附声，亦与心而徘徊"。在此基础上刘勰提出了"江山之助"的著名观点："若乃山林皋壤，实文思之奥府，略语则阙，详说则繁。然则屈平所以能洞监风骚之情者，抑亦江山之助乎！"正因优秀的诗人洞悉此中三昧，将山水自然作为审美对象，或驰神运思，或亲临登陟，目见心应、情往兴和，方能写出意象纷沓、情思骀荡的名篇佳作。

  循此理路，近现代以来直至当代的学者对于古代诗歌与山水景物的关系从多个角度继续叩问和反思，甚至提出创立"文学地理学"这一新的学科门类的设想，期待借此为传统的文学研究带来学术理念、视域视角乃至研究方法的创新和开拓。21世纪以来，信息技术的跨越发展更使相关研究如虎添翼，新的地域文学研究范式逐步建立，对于文学地理空间的认知方式也由此发生了深刻变化，有关自然地理环境、人文地理环境对于诗人的个性气质的养成、价值观念的建构、审美倾向的影响、文化底蕴的型塑等问题，均在中国古代诗歌研究中被不断深化、细化。这一专题研究已然成为当下中国古代文学研究中最具生机活力的领域之一。

由此可见，探讨古代诗歌与山水自然的关系，这既是传统的中国古代文学研究的题中之义，亦是当代学术创新发展的具体体现。邹菁博士的《庐山诗的文化底蕴与审美价值——以两晋至唐宋的庐山诗为中心》正是兼具两者之长的成功实践。庐山诗在中国古代文学史、中国古代思想史、中国古代文化史上均具有极其重要的意义，相关文献资料的裒辑、相关学术研究的拓展，自古以来几乎从未休歇，至今更呈渐成大观之势。邹菁博士的这部专著在前贤今哲的研究基础上更进一步，以庐山诗作为切入视角，以更高的理论站位重新审视作为自然景观的庐山和作为人文渊薮的庐山在中国历史上与诸多文人雅士的双向互动，重点梳理作为文人精神投射的庐山如何改变中国思想史、中国诗歌史、中国文化史的走向，以及实现这一改变的内在逻辑与具体路径。全书融通儒释道，跨越文史哲，以小见大，见微知著，既能体现出严谨的学风和创新的勇气，又因文字流畅省净而使人如临春水，如沐清风。

当年由黄州量移汝州的苏轼游历庐山时，曾作《题西林壁》对此番庐山之行做了颇有深意的概括："横看成岭侧成峰，远近高低各不同。不识庐山真面目，只缘身在此山中。"其实，苏轼对庐山"真面目"的洞见，亦是对自家"真面目"的了悟；而对"真面目"的追寻，既是禅门的本怀，亦是学者的初心。愿邹菁博士在追寻"真面目"的学术道路上，从巍然独立的庐山再次出发，尽览人间秀色，遍赏天地美景。

白岚玲

2020年1月12日

摘　要

　　本书以两晋至唐宋时期的庐山诗为中心，研究庐山诗的文化底蕴及审美价值。通过分析庐山诗诗人对庐山之美的艺术发现和艺术表现，揭示庐山的文化内涵，探求中国的自然山水与中国文化精神在哲学层面和审美层面的融合方式；还通过诗人对自然山川的深切体认和审美观照，展现出庐山诗丰富的思想文化内涵和艺术审美价值。

　　一、上编围绕佛教与庐山诗画的关系展开研究。慧远在庐山发展佛教、弘扬佛法，使庐山成为当时佛教文化中心之一。以慧远为中心的一批僧徒以及隐居于庐山的居士，在研讨佛法的同时，经常游览庐山山水。他们在观览之际，畅怀题咏庐山山水之美，开创了山水与佛理相结合的庐山诗新局面。其中宗炳、谢灵运分别是深受慧远佛学思想影响较深的山水画家和山水诗人，他们在慧远的佛教形神论等思想观念影响下，在"以玄观山水"的基础上"以佛观山水"，相继在山水画论和山水诗方面做出了杰出贡献。宗炳提出"山水以形媚道"的画论观点，而谢灵运则以山水与佛理结合的诗歌模式奠定了山水诗人的鼻祖地位。自慧远将外来的佛教文化中国化以后，唐宋时期佛教思想与士大夫阶层的意识紧密结合，催生了禅宗意识，它又通过改变文人士大夫的思维方式来影响山水诗画的创作。其中的代表人物韦应物和苏轼分别在江州做过官和游览过庐山，在这样的经历背景下，他们留下了许多脍炙人口的庐山山水诗。

　　二、中编主要论述道教文化与庐山诗。继庐山佛教净土宗创始人慧远来庐山之后，陆修静也来到庐山发展道教，以庐山为其传播道教思想的基地。道教的神仙文化自魏晋以来得到进一步的发展，这种神仙文化对中国游仙诗产生了极大的影响。李白的山水游仙诗是对魏晋南北朝郭璞等人山水游仙诗的进一步发展，其中李白的《庐山谣》是唐朝山水游仙诗的重要代表作之一。以李白、张九龄为代表的盛唐诗人在他们的诗歌里尽情地描写庐山的奇景——瀑布，创造了一批优秀的山水诗，例如，《望庐山瀑布》《入庐山仰望瀑布水》《湖口望庐山瀑布泉》，等等。有唐以来，文人观览庐山的视角有了新的变化，那就是从九江鄱阳湖口乘舟观看庐山，将山与水更加巧妙地融合在一起。隐逸文化与庐山也有很大的关系。隐逸诗人陶渊明是浔阳柴桑人，他在庐山南麓一带过着悠然自得的隐居生活，而这种陶渊明式的隐逸精神影响了无数后人。唐代的白居易是陶渊明的追随者，这位"中隐"诗人曾被贬谪到江州做司马，在庐山修筑草堂隐居。白居易的庐山诗处处洋溢着对庐山的喜爱以及隐居于草堂的惬意之情。

三、下编主要围绕周敦颐的濂溪书院和朱熹的白鹿洞书院展开研究。自唐末起，书院文化便兴盛起来，尤其是在宋代发展最为迅速。其中，庐山的濂溪书院和白鹿洞书院分别作为北宋书院和南宋书院的代表，成为宋代理学文化发展的传播基地。周敦颐作为北宋理学的奠基者和濂溪书院的创立者，他晚年一直隐居于庐山，潜心讲学著书，留下了一批优秀的庐山山水诗。这些山水诗反映了儒者的审美情趣和人格追求。正如其所说，"志伊尹之所志，学颜子之所学"，诗人借登临山水体会儒者心目中的孔颜之乐。而理学思想的集大成者朱熹在被派往南康军任职期间，在当地大力促进白鹿洞书院的复兴，宣扬新儒学思想。朱熹为白鹿洞书院制定的《白鹿洞书院揭示》体现了"格物致知"的新儒学思想。朱熹不仅关注理学的推广和发展，而且注重心性的修养。朱熹通过游山玩水来修身养性，留下了众多的庐山诗，而这些诗歌又包含了新儒学的山水情性观。

目　录
CONTENTS

绪　论 ……………………………………………………………………… 1

　第一节　庐山诗范围的界定　1

　第二节　两晋至唐宋庐山诗研究综述　6

　第三节　研究概述　18

上编　佛教文化与庐山诗画 ……………………………………………… 21

　第一章　慧远与庐山　23

　　第一节　慧远在庐山的佛教活动及其佛学思想　23

　　第二节　慧远及其僧俗弟子的庐山诗　32

　　第三节　以慧远为中心的山水审美意识的嬗变　40

　第二章　佛教影响下庐山山水诗画的兴起　46

　　第一节　宗炳的《画山水序》："山水以形媚道"　46

　　第二节　谢灵运的庐山山水诗：山水与佛理的结合　53

　　第三节　谢灵运与宗炳山水审美观比较　67

　第三章　佛禅思想影响下庐山山水诗画的发展　75

　　第一节　佛禅思想与唐宋山水诗画艺术精神的发展　75

　　第二节　韦应物的庐山山水诗及"陶韦之辨"　83

　　第三节　苏轼庐山山水纪游诗的禅风画韵　95

中编 道教文化与庐山诗 ········· **113**

  第一章 道教文化与庐山山水游仙诗 115

   第一节 陆修静与庐山道教文化："于斯为盛" 115

   第二节 神仙道教文化对魏晋游仙诗发展的影响 125

   第三节 魏晋南北朝的庐山山水游仙诗 133

  第二章 道教游仙文化与李白庐山山水游仙诗 142

   第一节 李白与道教文化："五岳寻仙不辞远" 142

   第二节 李白庐山游仙诗："吾将此地巢云松" 149

   第三节 庐山山水诗的瀑布意象及湖上观山视角 162

  第三章 隐逸文化与庐山诗 169

   第一节 隐逸文化与庐山诗创作："山水方滋" 169

   第二节 陶渊明归隐及其庐山诗意象："质性自然" 177

   第三节 白居易庐山诗的隐逸情怀："执用两中" 183

下编 书院文化的儒学底色与庐山诗 ········· **193**

  第一章 濂溪书院与周敦颐的庐山诗 195

   第一节 周敦颐与濂溪书院："浑沦再开辟" 195

   第二节 周敦颐的庐山诗："寻孔颜乐处" 201

   第三节 历代题咏周敦颐的庐山诗："如光风霁月" 208

  第二章 白鹿洞书院与朱熹的庐山诗 218

   第一节 朱熹与书院的复兴："白鹿薪传" 218

   第二节 朱熹的格物致知论："穷理""笃行" 226

   第三节 朱熹的庐山诗："青云白石聊同趣" 231

结 语 ········· **242**

致 谢 ········· **246**

主要参考文献 ········· **248**

绪 论

第一节 庐山诗范围的界定

庐山诗到底是指哪些范围的诗歌？本书需要对此做进一步的界定说明。2010 年，由上海古籍出版社出版的《庐山历代诗词全集》① 一书共收录了从三国时期到民国时期 1700 多年间的 3500 多位诗人创作的 16000 多首诗词。"此书作为一部庐山的诗歌总集，不仅具有独特而重要的文献价值，而且作为第一部名山大川的诗歌总集，开辟了一个新的文化学术领域。"② 本书所选的庐山诗歌大部分都引自《庐山历代诗词全集》，而《庐山历代诗词全集》中漏选的诗篇则从诗人的别集中摘选。《庐山历代诗词全集》凡例对庐山诗词的收录范围有相关说明：

> 庐山诗词收录之范围，地域以一九八四年国务院公布的庐山风景名胜管理区四至范围为准，以庐山为主体，延展至周边地区，包括九江城、石钟山、小孤山以及吴城等地。凡咏赞庐山及其此范围景观的诗词

---

① 郑翔、胡迎建编：《庐山历代诗词全集》，上海古籍出版社 2010 年版。下文注释中凡提到《庐山历代诗词全集》的，只标注页码。

② 江西省庐山风景名胜区管理局编：《匡山诗海映千秋：〈庐山历代诗词全集〉研讨会论文集》，上海古籍出版社 2012 年版，第 286 页。下文注释中凡是出现《匡山诗海映千秋：〈庐山历代诗词全集〉研讨会论文集》的，只标注页码。

予以收录。其原则是距离庐山远者从严，酌情收录。咏鄱阳湖而未提及庐山，或咏湖口县而未涉及石钟山，则不予收录。

诗人虽未至庐山，然诗中写到庐山，或送人往庐山的诗词，如杜甫《大觉高僧兰若》《忆李十二白读书匡山》之类，概予收录。

名人在庐山生活期间，所作如与庐山无关，不予以收录。①

从这段庐山诗词收录范围说明中可以看到：首先，庐山地域的定位是依据 1984 年国务院公布的庐山风景名胜管理区范围，以庐山为主体，向周边地区延展。《江西省庐山风景名胜区管理条例》第一章总则中第二条规定："庐山风景名胜区包括庐山山体和石钟山景区、长江——鄱阳湖水上景区、龙宫洞景区、浔阳景区等外围景区。"庐山风景名胜区不仅包括了庐山山体内围景区，还包括了围绕庐山或者庐山周边的水上风景、溶洞风景、浔阳风景等外围区。吴宗慈《庐山志》引李四光先生的《地质志略》介绍庐山地理位置："庐山突起于鄱阳湖入江之处，濒湖西北岸，巍然独立，自东北而西南，连亘五十余里，宽可二十里。星子居其南，九江居其北。东南面丘陵起伏，势如侏儒，迤东渐沉于鄱阳湖之下。西北平原辽阔，虽时有小丘隆起，然皆不足与庐山比伦。值江水泛滥之时，辄成泽国。其东南与西北两面，山势甚峻，悬崖千尺，在在可睹，其最著者如五老峰。石门涧山之东北及西南两端渐形低落。其突兀之状，远不及西北与东南两面，然庐山之境则显然可见。"② 这一段对庐山地理位置的介绍，足以说明庐山之境绵延亘长，绝非仅是一座主体山，而是多处主体山，比如，山南的五老峰、石门涧、山北牯岭镇以及三叠泉等。五老峰南麓的白鹿洞书院虽未在主体山上，但也属于庐山地域的风景名胜，"凡咏赞庐山及其此范围景观的诗词予以收录"。其次，"咏鄱阳湖而未提及庐山，或咏湖口县而未涉及石钟山，则不予收录"。鄱阳湖、湖口县已出庐山地域范围，如果仅是题咏这两个地区而未提及庐山者，不收录到庐山诗词集中。最后，对于"诗人虽未至庐山，然诗中写到庐山，

---

① 《庐山历代诗词全集》，第 1 页。

② 吴宗慈著，胡迎建注释：《庐山志》，江西人民出版社 1996 年版，第 13 页。下文的注释中凡是提到吴宗慈《庐山志》一书的，只标注页码。

或送人往庐山的诗词",《庐山历代诗词全集》一书予以收录,例如,杜甫《大觉高僧兰若》《忆李十二白读书匡山》。杜甫从未到过庐山,但是他在诗中提到了庐山,这一类诗歌也被收录其中。另一位著名诗人王维也是如此。

　　本书中编"道教文化与庐山诗"有一节《陶渊明归隐及其庐山诗意象:"质性自然"》,专门论述陶渊明归隐庐山及其创作的诗歌意象。在本书研究的众多诗人之中,陶渊明是唯一一位庐山本地人。陶渊明的庐山诗应该如何界定?尽管陶渊明的诗并没有直接点明所题咏的是庐山,但是陶渊明在这段隐居时期创作的诗歌屡次出现"南山""南阜""南村""南岭""南亩"等表示地点的名词。例如,《归园田居》:"种豆南山下,草盛豆苗稀。"又如,《游斜川并序》:"彼南阜者,名实旧矣,不复乃为嗟叹。"再如,《移居二首》:"昔欲居南村,非为卜其宅。""南村"在庐山南麓,或者是栗里附近。《庚子岁五月中从都还阻风于规林二首》:"延目识南岭,空叹将焉如。"这首诗并非作于庐山,不过诗中的"南岭"指的是诗人家乡庐山一带的山岭。《于王抚军座送客》:"寒气冒山泽,游云倏无依。"① "山泽"是指庐山及山麓的湖泊池塘。《陶渊明寻阳觅踪》② 一书详尽研究了陶渊明在寻阳的活动,包括陶渊明"依山傍泽的园田居""靠近寻阳的南村"等,并且还明确了陶渊明诗中的"南山"即庐山。实际上,"南山"是当地对庐山的俗称,因为庐山在寻阳的南面。"寻阳"是现今江西的九江市中心区域,唐以前的文献都称为"寻阳",此后的文献都改为"浔阳"。陶渊明自己一般都称庐山为"南山""南岭""南阜"。古直笺注《陶渊明集》曰:"南阜,谓庐山也。凡诗中南山、南岭,亦即庐山。颜延之《陶征士诔》又谓之南岳。"庚亮《翟征君赞》:"景命不延,卒于寻阳之南山。"湛方生是隐居于庐山的道士,在《怀春赋》中写道:"雷发响于南山,雨渐泽于四溟。"至于"南岭",是指

---

① 《庐山历代诗词全集》,第 37 页。这首诗题的注释中说:"王弘,义熙十四年(公元 418 年),以抚军将军监江州、豫州之西阳、新蔡二郡诸军事,兼任江州刺史。永初二年(公元 421 年),谢瞻赴任豫章郡(今江西南昌)太守,途经寻阳,王弘设宴于湓口南楼[据《九江录》,东晋咸和九年(公元 334 年),庚亮任江州刺史,曾在寻阳城外建南楼,即庚亮楼]陶渊明应邀在座,作此诗。"
② 吴国富:《陶渊明寻阳觅踪》,江西人民出版社 2007 年版。

庐山南的山岭。慧远《庐山略记》："山在江州浔阳南，南滨宫亭，北对九江……其南岭临宫亭湖，下有神庙。"① 宫亭湖在今九江星子县城附近。"庐山"一名较少出现在秦汉、三国文献中，直到两晋时期，"庐山"之名才逐渐有人提及，但是并不多见。例如，《水经注·庐江水》注引王彪之《庐山赋叙》："庐山，彭泽之山也。虽非五岳之数，穹隆嵯峨，实峻极之名山也。"又引孙放《庐山赋》曰："寻阳郡南有庐山，九江之镇也。临彭蠡之泽，接平敞之原。"② 湛方生在《庐山神仙诗序》中也说："寻阳有庐山者，盘基彭蠡之西，其崇标峻极，辰光隔辉，幽涧澄深，积清百仞。"③ 可见，当时庐山之名也没有人称呼，只是偶尔出现在诗赋作品中。但是自慧远来庐山从事佛教活动之后，庐山名声大噪，开始陆续出现于僧人及诗人的文学作品中。例如，晋代慧远的《庐山略记》、庐山诸道人作的《游石门诗序》、南朝宋代支昙谛的《庐山赋》、梁代简文帝的《庐山碑序》，等等。本人认为，陶渊明自义熙元年（公元 405 年）辞官隐居于庐山地域范围之内所作，并且与庐山（南山）风景、人物有关的诗歌均应列入庐山诗范围。

通过对《庐山历代诗词全集》的收录范围以及对本书个别案例的分析，庐山诗范围的界定如下：从广义上说，凡是题咏庐山及其周边区域的，但凡在庐山地域之内的诗歌都算是庐山诗。从狭义上理解，庐山诗是文人士大夫曾经亲自到过庐山风景名胜区（包括内景区和外景区），因为游览、参佛、修道、求学、隐居等而在庐山留下过足迹并由此而创作出来的题咏庐山的诗歌（不含词）。本书的庐山诗与《庐山历代诗词全集》收录范围既有所相似又有所不同，庐山诗的范围更偏向于狭义的，首先诗歌作品必须是以庐山为歌咏对象，其次歌咏的诗人必须亲自登临庐山，或是隐居，或是游览。另外，由于本书的研究中心是两晋至唐宋时期的庐山诗，因此元明清的庐山诗不在本书研究范围之内。

---

① 吴宗慈编，胡迎建校注：《庐山诗文金石广存》，江西人民出版社 1996 年版，第 5 页。下文的注释中凡是提到《庐山诗文金石广存》一书的，只标注页码。

② 〔北魏〕郦道元著，陈桥驿校证：《水经注校证》，中华书局 2007 年版，第 923 页。下文注释中凡出现《水经注校证》的，只标注页码。

③ 《庐山历代诗词全集》，第 5 页。

是否所有歌咏庐山的诗歌都是庐山山水诗？在庐山诗范围界定的基础上，这里还有必要对山水诗做一些简单说明。

在自然山水成为独立的审美对象之前，它经历了一个漫长的历史过程。目前，学界普遍认为中国山水诗歌产生于汉魏，形成于晋宋。《庄子·知北游》曰："山林与，皋壤与，使我欣欣然而乐焉！"谢灵运《石壁精舍还湖中作》曰："山水含清晖，清晖能娱人。"《文心雕龙·明诗》曰："庄、老告退，而山水方滋。"在各种因素的共同作用下，诗人走入了自然，自然山水美景成为诗人笔下的描写对象，而且诗人对自然山水的创作方式和态度不断发展变化，从而导致山水诗歌的思想和艺术特征呈现不同的风貌。山水诗启发人们从一个新的角度，即美学的角度去亲近大自然，发现和理解大自然的美。"山水诗的产生，标志着人们对自然美的认识加深了。"①

还有学者将建安以后山水诗分为三个层次："一是客体层次，把自然山水看成独立于创作主体之外的审美对象，以描写自然为主，以抒情为辅，在自然诗化走向上仅属客体自然——描写自然之美的层次，以谢灵运、谢朓为代表。二是主体层次，把山水自然当作心灵的象征，情感的符号，创作主体往往以自己的情感去改造审美对象的固有形态，使情、景相互生发。在自然诗化的走向上，属于情意自然——情景相生的层次，以柳宗元为代表，另有王维、白居易等人。三是哲理层次，对自然与自我进行双重超越，使其诗境超越现实，又在更高的层次上回归到现实。它属于智慧自然——以哲学的眼光审视自然的层次，以苏轼为代表。"②

由此，我们可以概述出山水诗的一些基本特征。首先，在山水诗中，自然山水成为审美观照的独立对象。它作为客观存在，具有独立的审美品格，不再是烘托陪衬主题的外物。其次，客体山水与主体人物相互融合，自然与精神融为一体，从而达到物我情契、逍遥无待的境界。最后，从更高境界来说，自然山水成为诗人求诸内心的媒介，主体诗人对自然与自我实现双重升

---

① 袁行霈：《中国诗歌艺术研究》，北京大学出版社 1996 年版，第 383 页。
② 冷成金：《试论苏轼的山水诗与自然诗化的走向》，《文学前沿》，2002 年第 3 期，第 268 页。

华和超越。

在本书提及的庐山诗歌中，如果将庐山山水作为独立的审美观照对象，山水作为客体，与主体人物融为一体或成为诗人求诸内心的媒介，那么这一类诗歌属于庐山山水诗的范围。

第二节　两晋至唐宋庐山诗研究综述①

目前学界对庐山诗的研究主要体现在以下方面：其一，庐山诗歌中反映的文化研究，包括庐山的佛教文化、道教文化、隐逸文化、书院文化等；其二，以庐山为背景创作诗歌的诗人及其庐山诗歌研究，主要集中在陶渊明、谢灵运、李白、白居易、苏轼、朱熹等诗人诗作上。

1. 庐山诗歌与佛教文化研究。晋宋之际庐山诗歌的研究深受佛教文化影响，相关的研究成果主要集中在慧远与庐山文化、慧远与佛教中国化、以慧远为首的东林寺教团在庐山的山水诗文创作、受慧远佛学思想影响的谢灵运的山水诗等方面。

《试论慧远对山水诗歌的贡献》② 一文认为："慧远自觉吟咏自然山水，形成了他的山水诗歌的独特风貌，给谢灵运山水诗歌的创作以直接而深刻的影响。而且在慧远周围，形成了一个创作山水诗歌的作家群体，活跃在当时的诗坛上。"这充分肯定了以慧远为核心的作家群在山水诗史上的地位，正是他们将佛理与自然山水的刻画融合在一起，形成了早期庐山山水诗空灵、静寂的基本风格。《慧远同隐士的交游和他的山水诗文》③ 一文认为："庐山高僧慧远因喜好山水而结宇林下，并同一些有相同习尚的隐士交游和徜徉林

---

① 本节内容节选自本人发表于《河南科技大学学报》2014 年第 2 期的《两晋至唐宋时期庐山诗歌研究综述》一文，第 46—51 页。

② 齐文榜：《试论慧远对山水诗歌的贡献》，《汕头大学学报》（人文科学版），1992 年第 8 卷第 3 期，第 7—10 页。

③ 何锡光：《慧远同隐士的交游和他的山水诗文》，《西南师范大学学报》（哲社版），1997 年第 6 期，第 81—84 页。

泉。这种山水之游有感于中而形诸言，就是由慧远领头的山水诗文创作。"可以说，慧远在从孙绰、许询的玄言诗到谢灵运的山水诗的过渡阶段起了推动作用。《从佛教影响看晋宋之际山水审美意识的嬗变——以庐山慧远及其周围为中心》① 一文认为，庐山慧远及其周围僧俗人士在晋宋之际带来了佛教观念的新山水审美观，即兼重物、我、神和强调主观感悟，这又直接影响了宗炳山水画论和谢灵运山水诗创作。《慧远与庐山》② 一文指出："慧远在庐山东林寺的一系列卓越的弘教业绩，极大地丰富了庐山的文化意蕴。"以慧远为首的教团促进了东晋后期佛学、儒学、文学诸方面的发展，"晋代名山为匡庐最著"，造成"庐山到处是浮图"。慧远及其教团通过游山赋诗等方式将佛教与文学结合起来，而慧远的净土宗佛学思想对庐山的诗歌创作以及山水审美意识产生了很大的影响。《慧远及其庐山教团文学论》③ 一文认为，慧远法师弟子群倾向于将哲理的宗教体悟和艺术的审美感受结合起来，在慧远文学观的旨趣引导下游历庐山从而参与文咏活动，可以说是"流心扣玄扃，感至理弗隔"。《慧远与东晋末期庐山地域的诗文创作》④ 作为一篇学位论文，更加详尽地论述了东晋末期庐山地域以慧远为中心的僧俗弟子以及陶渊明、湛方生在"遗世弃荣"文化氛围下的诗文创作，通过对山水田园美的体悟来达到对佛理以及生命意义的审美体认。除此之外，《庐山慧远的山水文学创作》⑤ 也是研究东晋后期庐山高僧慧远与其信徒咏唱和描绘山水景物的山水文学佳作。

综上所述，晋宋之际以慧远及其门徒为首的僧人及与之交游的诗人们共同开创和发展了庐山的山水诗。作为庐山佛教史上的重要人物，慧远除了在庐山进行佛学思想的传播外，还带领门人在游山观水中创造了大量的文学作

① 陈道贵：《从佛教影响看晋宋之际山水审美意识的嬗变——以庐山慧远及其周围为中心》，《安徽大学学报》（哲社版），2000 年第 24 卷第 3 期，第 77—82 页。

② 曹虹：《慧远与庐山》，《中国典籍与文化》，2000 年第 3 期，第 11—18 页。

③ 曹虹：《慧远及其庐山教团文学论》，《文学遗产》，2001 年第 6 期，第 15—26 页。

④ 李智敏：《慧远与东晋末期庐山地域的诗文创作》，浙江大学 2007 年硕士研究生学位论文。

⑤ 龚斌：《庐山慧远的山水文学创作》，《殷都学刊》，2010 年第 3 期，第 102—105 页。

品，包括山水诗和山水游记。尽管目前留存下来的作品数量远远不如当时，但是他们创造的庐山文学作品成了中国山水诗文的奠基之作。他们站在佛教哲学的立场上，把山水之形视为佛的化身，在优游山水的过程中，从与自然山水的亲密接触中，感受佛理的精要，获得精神的愉悦与自由。因此，慧远及其门徒的作品包含了个人对山水的情感和对佛理的参悟。

　　慧远这种将佛学观念引入文学创作的思想还影响了宗炳和谢灵运。前者是中国山水画论的创立者之一，后者是中国山水诗派的开创者。李炳海先生先后发表了两篇关于庐山慧远的净土信仰对晋宋之际山水诗与山水画影响的文章。《慧远的净土信仰与谢灵运的山水诗》① 一文认为，谢灵运山水诗的空旷明朗正是受庐山净土法门思想影响的顿悟境界。《庐山净土法门与晋宋之际的山水诗画》② 一文认为："中国早期的山水诗和山水画，在思想倾向上具有同根所生的性质，它们都和庐山净土法门存在渊源关系，庐山净土法门在很大程度上是二者的思想母体，可视为特殊意义的诗画同源。"虽然学术界对宗炳的山水画论和谢灵运的山水诗的研究都有一定的成果，但是在庐山佛教文化对宗炳的山水画论和谢灵运的山水诗的影响、谢灵运庐山山水诗中佛理与山水情怀的结合方面，还有待于进一步的研究。

　　2. 庐山山水田园诗与隐逸文化研究。继慧远、谢灵运等人开创庐山山水诗，享有"天下隐逸诗人之宗"的陶渊明是创作庐山山水田园诗的奠基者。庐山山水田园诗的研究离不开庐山的隐逸文化。只有对陶渊明、孟浩然、韦应物等人的庐山山水田园诗进行重点挖掘研究，才能更好地探讨庐山诗歌中的隐逸文化。

　　东晋以来，庐山成为佛教的圣地，同时成为文人和士大夫隐居的圣地。《匡庐山上巢云松——漫说庐山的隐士文化》③ 一文将庐山隐士文化的历史

---

① 李炳海：《慧远的净土信仰与谢灵运的山水诗》，《学术研究》，1996 年第 2 期，第 78—82 页。
② 李炳海：《庐山净土法门与晋宋之际的山水诗画》，《江西社会科学》，1996 年第 6 期，第 66—72 页。
③ 徐成志：《匡庐山上巢云松——漫说庐山的隐士文化》，《中国典籍与文化》，1994 年第 4 期，第 116—120 页。

分为四个时期：上古至汉末是庐山的古隐传说时期，晋至南北朝是庐山隐风初兴时期，隋唐至宋是庐山隐风鼎盛时期，元明清是庐山隐风衰微时期。《中古庐山隐风与后代遗民诗境》①一文认为："晋宋之际'浔阳三隐'与慧远莲社的存在，凸显出庐山作为隐逸德镇的卓越地位，也代表了中古隐逸风潮的思想成就。他们在乱世政治废兴之际，坚持独立不迁的高蹈风概，其实是为儒士的节义传统贯注了精神血脉。"

庐山隐士文化的代表陶渊明是庐山本土诗人，长期隐居于庐山山麓，以当地农村生活为背景，创作了大量的田园诗，是中国田园诗派的开创者。陶渊明除了与其他隐士的相互来往，与庐山的慧远也有交游。陶渊明虽然与慧远及其佛徒有交游，但是陶渊明并不想加入佛教。《陶渊明与庐山佛教之关系》②一文指出，陶渊明与庐山佛教徒的思想论争的内容涉及中国文化与佛教各自不同的伦理观、生死观、自然观念和理想国的观念。陶渊明不信佛教的根本原因，是其家世传统中的中国文化品格根深蒂固。但是他并不排斥来自佛教的启发影响和借鉴作用。《论江州文学氛围对陶渊明创作的影响》③一文认为，陶渊明的作品是在东晋时期隐逸学、庐山僧人文学活动影响下产生的一种山林气息浓厚的文学作品。《陶渊明寻阳觅踪》④论述了陶渊明在寻阳的诗文创作、寻阳遗踪与庐山东林寺的关系。《陶渊明与道家文化》⑤作者认为，陶渊明具有隐逸之真的回归思想。由目前对陶渊明的山水田园诗的研究来看，陶渊明的思想基本以儒家为根底，取舍融合了道、释诸家。他既恪守着儒家安贫乐道的处世原则，又受到道家知足常乐、任运委化思想的浸染，爱好大自然而厌倦尘世的羁绊。同时他的诗歌创作又受到佛教的启发影响。他留下的隐逸文化精神以及创作于隐居地庐山的山水诗、田园诗都成

———————————

①　曹虹：《中古庐山隐风与后代遗民诗境》，《江西社会科学》，2007 年第 1 期，第68—74 页。

②　邓小军：《陶渊明与庐山佛教之关系》，《中国文化》，2001 年第 17—18 期，第147—164 页。

③　李剑锋：《论江州文学氛围对陶渊明创作的影响》，《文学遗产》，2004 年第 6 期，第16—25 页。

④　吴国富：《陶渊明寻阳觅踪》，江西人民出版社 2007 年版。

⑤　吴国富：《陶渊明与道家文化》，江西人民出版社 2009 年版。

为中华民族的文化典型。

相对于魏晋南北朝时期，唐宋时期的隐逸之风达到了鼎盛。当然，在唐代终南捷径不时为一些假隐士所用。例如，《唐人选择庐山隐居的功利化倾向》① 一文认为："唐代隐逸与前朝各代隐逸相比，具有较鲜明的功利化趋向，隐逸之后坚守不出的传统在唐代没有得到很好的继承。"到了唐代，隐居庐山的文人不及前代各朝，庐山隐逸地位的变迁反映了唐朝隐逸文化发展的新变化，即唐代隐逸功利化的倾向。除了追求终南捷径的隐士外，还有很多追慕陶渊明人格和厌弃仕途、爱好山水的文人士子。他们在欣赏自然风光美景的同时，也留下了大量的诗歌作品，其中唐代山水田园诗名家孟浩然、韦应物等都在庐山留下不少诗歌作品。作为盛世隐士典型，孟浩然经常外出游览山水，在吴越和荆楚一带活动，庐山也是孟浩然常去游览的地方。韦应物在安史之乱后来到了江州，韦应物任江州刺史时多次游览庐山，其庐山山水诗自有澄澹消散的风格。

对这些诗人的庐山山水田园诗的文本解读，除了能够更深刻地了解诗歌里恬淡自得的山水田园风趣，还能更深一步地挖掘庐山隐逸文化底蕴背后的山水审美文化。

3. 庐山山水游仙诗与道教文化研究。庐山山水游仙诗与道教文化有很密切的联系。随着对庐山道教文化研究的深入，庐山山水游仙诗的创作研究成果，除了涵盖了庐山诗道的庐山诗歌，还涉及到六朝时期湛方生、鲍照、江淹等以及唐朝的李白等人创作的山水游仙诗。

东晋以来，庐山成为佛、道两教的圣地。作为水路交通便捷、自然环境清幽的庐山，正是逸士逃避乱世、保全气节、修身养性的佳地。隐居于庐山的文人居士，又多深受道家清静无为思想的影响，在此求仙炼丹，修身养性。虽然庐山道教的发展要晚于庐山的佛教，但是庐山道教在陆修静对佛教经典和儒家思想的研究下，杂糅融合了老庄佛儒之学，构建了庐山完善的道

---

① 肖妮妮：《唐人选择庐山隐居的功利化倾向》，《华南师范大学学报》（社科版），2007 年第 3 期，第 75—78 页。

教理论体系。《庐山道教文化概述》① 一文分析了庐山道教文化在庐山由盛而衰的历程，尤其是元明清后，江西的道教中心已经转移到了与庐山相距不远的龙虎山、三清山。除了上述单篇论文外，还有研究庐山道教的《庐山道教史》② 专著。

正如那些佛教徒一样，道士们的文学造诣非常高，常与文人一起在优游行乐的过程中，酬唱诗文，参与庐山文学的创作。道教文化求仙修道的思想赋予了诗歌文学神秘而又丰富的意象，是儒释道三家中对艺术想象发展影响最深的。《古代庐山文人与道教》③ 一文认为："在古代庐山的道士中，有不少'有文辞、尤长于诗'的诗道，例如，孙展、吴钨、贯云石等，但宋代道士白玉蟾表现最为突出。他在庐山作诗文 8 首，大多借描写山水释道教妙理，清新之中不乏仙韵，自然之中透着道风。"古代庐山文人与道士之间常常会酬酢诗文，切磋书法，谈禅论政，因而就有了创作庐山诗歌的诗道。《庐山著名的诗道》④ 与上文研究的都是在庐山参与诗歌创作的道士。

在李白之前的六朝时期，庐山已有山水游仙诗，例如，湛方生的庐山山水游仙诗。《佛学、神仙与隐逸：六朝时期的庐山诗》⑤ 一文指出，六朝时期湛方生、鲍照、江淹等的庐山诗歌有浓厚的道家神仙色彩。游仙诗至郭璞而达到极致，之后的游仙诗多是咏仙之作，尚有一些游仙诗的流韵。文人们从过于苦闷的现实中挣扎出来，寄托于虚幻神秘的事物，求得精神的解脱。唐代李白的庐山山水诗中杂有这样的求仙意趣。李白的庐山诗歌深受道教文化的影响，故其诗篇的求仙、炼丹的修道气息浓厚，想象夸张丰富。《从〈庐山谣〉看李白游仙出世思想之实质》⑥ 一文认为："《庐山谣寄卢侍御虚舟》一诗的本意不是游山玩水，学道成仙，它隐含着难言的愤懑与悲哀，它暗藏

① 陈岌：《庐山道教文化概述》，《东南文化》，1991 年第 5 期，第 101—103 页。

② 吴国富：《庐山道教史》，江西人民出版社 2011 年版。

③ 王宪章：《古代庐山文人与道教》，《宗教学研究》，1995 年第 Z1 期，第 14—47 页。

④ 王宪章：《庐山著名的诗道》，《中国道教》，1995 年第 4 期，第 31—33 页。

⑤ 王柳芳、孙伟：《佛学、神仙与隐逸：六朝时期的庐山诗》，《南昌大学学报》（人文社会科学版），2010 年第 41 卷第 1 期，第 113—118 页。

⑥ 安旗：《从〈庐山谣〉看李白游仙出世思想之实质》，《人文杂志》，1982 年第 4 期，第 104—107 页。

着对朝政的讽刺和批判，它是诗人在‘世人皆欲杀’的处境下的一种反抗。"
《李白庐山诗作的道家色彩》[①] 一文认为："卓立于盛唐的布衣诗人，笃信道家精神的李白，他看山观水有其特具的道家本色与个性，他的大量描山绘水的诗作必然着以浓重的道家色彩，《李白集》中所载的关系到庐山的诗作大多属于此类。"

　　综上所述，由庐山的山水诗、山水田园诗到山水游仙诗，庐山山水诗歌的发展可见一斑。庐山的佛教文化、隐逸文化、道教文化未尝不是中国佛教文化、中国隐逸文化、中国道教文化的典型和缩影，受这些文化影响的庐山诗歌又以不同的形式展现出中国诗歌的发展历程。

　　4. 庐山诗歌与书院文化研究。这方面的研究主要是针对周敦颐与濂溪书院，朱熹与白鹿洞书院。庐山的书院文化可以说是儒学的代表，如果说周敦颐创立的濂溪书院标志着书院与儒学结合的开始，是书院学校模式成熟的开始，那么朱熹的白鹿洞书院则意味着这种结合的完成，是书院模式的成熟。儒学与书院教育相结合的传播模式，奠定了宋明儒学依托书院的教育体系，从而达到中国古代思想与教育发展的一个新高峰。书院历史文化及其儒学内涵固然是研究宋代书院史的重要方面，但是书院文化中儒学影响下的文人创作的庐山诗歌也应该成为人们关注的部分。

　　江西书院的兴盛与宋明时期的理学家在江西的活动密切相关。在江西书院里，比较有名的就是周敦颐的濂溪书院、朱熹的白鹿洞书院、陆九渊的象山精舍和鹅湖书院。而赣北因为有长江与鄱阳湖交汇的交通优势，成为南北文化交汇和迁徙的重要场所，故而位于赣北的濂溪书院和白鹿洞书院在中国书院发展史上有非常重要的地位。周敦颐晚年居住在庐山北麓，建立濂溪书院，被尊为理学的开山之祖。程颢、程颐也在此学习，传承和发扬了理学。白鹿洞书院的前身是南唐的"庐山国学"。庐山地区自东晋南朝以来，就有不少的南方文人来此读书学习。位于庐山南麓的白鹿洞书院早在唐代曾是李渤读书的地方，南唐时正式称为"庐山国学"，比位于庐山北麓的濂溪书院要早130余年，是庐山的第一所学校。至北宋初年，各地设置书院，庐山国

---

　　① 唐厚纯：《李白庐山诗作的道家色彩》，《中国道教》，1994 年第 4 期，第 32—35 页。

学才改名为白鹿洞书院。

濂溪书院成为周敦颐传播其新儒学的场所，其本人关于"太极""理""气""性命"等的思想构成了宋明新儒学的基本理论框架。除此之外，濂溪书院成为后世理学与书院相结合的模式。周敦颐的庐山诗歌成为了解周敦颐思想的重要渠道。然而，关于周敦颐庐山诗歌创作和诸多后人赞叹周敦颐的人格及在游览濂溪书院遗迹后凭吊抒怀的诗歌内容尚待展开深入的研究。对这部分庐山诗歌展开研究，想必有助于进一步理解周敦颐的理学思想和庐山的书院文化精神。

朱熹复兴白鹿洞书院在中国书院史上有重要的意义。朱熹作为宋代理学的集大成者，他继承了北宋二程的理学，形成了自己的体系，其核心范畴是"理"，其次是"气"，强调"格物致知""即物穷理"。同时，我们可以通过对后人题咏朱熹与白鹿洞书院的庐山诗歌研究进一步解读书院文化精神。其中，朱熹的庐山诗有 80 多首，或写庐山风貌，或吟庐山人文。《论朱熹的庐山诗》① 一文认为，朱熹的代表性描写庐山风貌和庐山人文的诗歌反映了朱熹的"知者乐水，仁者乐山"的山水之趣，是格物穷理、比德修身的途径。其中，《白鹿洞书院艺文新志》② 一书在古代《白鹿洞书院·艺文》的基础上增录了大量的诗歌文章。

5. 庐山游览诗与唐代漫游文化研究。庐山游览诗主要是指诗人们在游览庐山自然风景名胜以及人文景观时创作的诗歌。这类诗歌的创作纯粹是为游玩而作。唐代的文人士子喜爱、崇尚漫游，故而漫游成为他们社会生活中的一个重要部分。众所周知，中国山水诗在盛唐达到了前所未有的高度，这与文人崇尚漫游有极大的关系。山水诗的创作离不开诗人们的游山玩水、揽幽探胜，正是漫游促进诗人们拓展了胸襟，启迪了智慧，开阔了视野，激发了灵感。

唐代的庐山诗人和诗歌数量、质量远超六朝时期。梁陈时期的何逊和阴

---

① 胡迎建：《论朱熹的庐山诗》，《九江学院学报》（社科版），2011 年第 2 期，第 21—25 页。

② 李宁宁、高峰主编：《白鹿洞书院艺文新志》，江西人民出版社 2008 年版。

铿在庐山上留下了不少游览自然山水风光的诗歌。除此之外，宫廷诗人萧氏皇族成员等人也在游览庐山时留下了诗歌作品，其中有糅合宦情的诗歌，有游宴的诗歌，也有单纯描写自然山水的诗歌。在唐代诗人群中，晚唐五代时期的诗人群是一个值得注意的群体。晚唐产生了一批奉贾岛为宗的诗僧群。《五代庐山诗人群考论》①　一文描述了他们的创作风貌，并揭示了他们之间的承传关系及对后世的影响。第一个诗人群以五代前期修睦、齐己等 11 人为代表。在诗歌观念上，他们都将诗歌当成名垂青史的工具，作为生活的最高追求。庐山诗人的诗歌观念不仅体现了心灵深处不甘寂寞的入世精神和求名意识，还在更深的意义上体现了渴求文治、厌倦乱世的文化意识与平民意识。第二个诗人群是五代后期至宋初的 16 位诗人。五代后期庐山诗人在许多方面沿袭了前辈诗人将诗歌作为垂名工具的观念，以诗歌创作对抗社会的纷乱和人生的短暂。诗歌主要不是言志的需要，不是消遣娱乐的需要，也不是入仕的资格、社交的要求，而是成为一种单纯的癖好和一种终身的追求。第二个诗人群在创作上仍然以贾岛为宗，甚至更明确地打出祧贾的旗号，他们大多生活至宋初，对后世产生重要影响。可以说，五代时期活动于庐山的这批诗人，在晚唐的贾派诗人和郑体诗风至宋初的晚唐体诗人之间，发挥重要的传承作用。

　　在游览诗中，诗人观察风景景观的视角也是一个非常有趣的研究内容。由于庐山特殊的襟江带湖的地理位置，从九江或者鄱阳湖面上来观赏庐山风景，在唐之前的诗文中已有过，在唐及以后的历代诗文中更是屡见不鲜。关于九江湖面观赏庐山的论文可见于《庐山山水诗文的视角——兼谈九江在水交通时代得天独厚的交通优势》②。在唐人游览诗中，庐山的意境美更值得探究，这也是唐代山水诗精彩的部分。唐人游览诗除了展示庐山的自然风光之美，还留下了诗人们探险游览的遗迹，尤其是宋人在此基础上进行了拓展。

---

①　贾晋华：《五代庐山诗人群考论》，《铁道师院学报》（社科版），1992 年第 2 期，第 1—8 页。

②　罗龙炎：《庐山山水诗文的视角——兼谈九江在水交通时代得天独厚的交通优势》，《九江学院学报》（哲学社会科学版），2010 年第 3 期，第 14—17 页。

庐山意象中有独特的瀑布景观,唐人诗中的瀑布意象是庐山山水审美文化的重要部分。唐人在游览中畅然抒怀,以积极心态抒情言志,表达个性,在漫游中发现自然山水之美。

6. 宋代庐山纪游诗与闲适文化研究。与唐人漫游文化影响下的庐山游览诗不同,宋代庐山纪游诗是宋人带着悠闲的心态来感悟大自然中的诗情画意和闲适文化氛围的。

宋人咏庐山与唐人的不同在于,唐人庐山诗更多的是反映诗人探幽揽胜,吟唱大自然的山水情怀;而宋人庐山诗常是描写诗人在上任途中或者贬谪旅途中以及访友、耕读的日常生活中来感悟大自然,用悠闲的心态来感悟大自然中的诗情画意和哲理。宋人庐山纪游诗的范围扩展了平淡细小的庐山美景、浓郁的书卷气息和深邃精幽的禅思哲理。

此外,宋代庐山纪游诗中常常将山水比拟为图画,这不仅体现了宋代庐山诗的人文气息,也可反映出有宋一代山水诗画融合的一面,从而体现诗歌的画面感。按照艺术的分类,绘画属于造型或者空间艺术,诗歌属于音律或者时间艺术。画是"见的艺术",诗是"感的艺术"。《东坡题跋·书摩诘蓝田烟雨图》曰:"味摩诘之诗,诗中有画;观摩诘之画,画中有诗。"诗由感而见,故诗中有画;画由见而感,故画中有诗。张舜民《画墁集》曰:"诗是无形画,画是有形诗。"宋代文人以对诗文的修养来鉴赏山水画,开创了文人画的流派。欧阳修的《盘车图》曰:"古画画意不画形,梅诗咏物无隐情。忘形得意知者寡,不若见诗如见画。"欧阳修的《六一诗话》曾引用梅圣俞对诗的主张:"状难写之景如在目前,含不尽之意见于言外。"由此可见,重传神而不重形似的作画传统与作诗有相合之处。如果将六朝时期庐山山水诗画看作滥觞期,那么宋代以后庐山山水诗画的融合可以说是成熟期。魏晋时代玄学对自然的发现,给山水诗与山水画提供了融合的连接点,有宋一代完成了诗与画精神和内容上的联结,而文人画的出现,使诗画由精神上的融合发展变为形式上的融合。中国传统的山水画能传达中国传统山水诗的境界,而传统的中国山水诗又能表现传统山水画的神韵。在宋代庐山诗研究中,苏轼是获得比较多关注的诗人,例如,《论苏轼"庐山"诗的形象表现

与哲理探索》① 一文分析苏轼的《题西林壁》的形象性和哲理性，此外还有
《苏轼与庐山》②。对唐宋诗人的不同，有人将李白的《望庐山瀑布》与苏轼
的《题西林壁》进行对比分析。

　　庐山诗进入宋代后又出现了新气象，除了上述中提到的书院文化、诗僧
群之外，还有庐山诗社。罗宁的《北宋大观年间庐山诗社考——兼论其与江
西诗社之关系》③ 一文认为，从结社的角度来说，庐山诗社更具有一种发端
的意义。庐山诗社对于豫章诗社的影响及其在江西宗派形成史上的意义值得
重视。

　　徐效钢先生《庐山典籍史》④ 一书指出，民国时期吴宗慈先生编著的
《庐山志》⑤ 是"庐山志书的集大成者"。《庐山志》共有七纲，分别是地域、
山川胜迹、山政、物产、人物、艺文、杂识，其中艺文部分包括文存、诗
存、金石三类。继《庐山志》之后，吴宗慈先生又修了续志——《庐山续志
稿》⑥，它大量保存了庐山政治历史文献。胡迎建先生在《庐山志·艺文》
基础上稍做调整，补充了明清及现代白话游记20余篇，增附金石图片100余
帧，单行出版了《庐山诗文金石广存》⑦。这些都是目前研究庐山文化、诗
文、石刻的重要资料。江西省庐山风景名胜区管理局编写的《庐山历代诗词
全集》⑧ 共收录1949年以前历代文人墨客3500余人，以庐山为背景创作的
16000多首诗词。这部地域诗歌总集的出版极大地丰富了研究资料。学位论

① 余达淦：《论苏轼"庐山"诗的形象表现与哲理探索》，《东华理工学院学报》（社
　科版），2007年第26卷第2期，第116—118页。
② 胡迎建：《苏轼与庐山》，《九江学院学报》（哲社版），2011年第1期，第12—15
　页。
③ 罗宁：《北宋大观年间庐山诗社考——兼论其与江西诗社之关系》，《九江学院学报》
　（社科版），2012年第1期，第22—27页。
④ 徐效钢：《庐山典籍史》，江西高校出版社2001年版。
⑤ 吴宗慈著，胡迎建注释：《庐山志》，江西人民出版社1996年版。
⑥ 吴宗慈：《庐山续志稿》，成文出版社有限公司1975年版。
⑦ 吴宗慈著，胡迎建编：《庐山诗文金石广存》，江西人民出版社1996年版。
⑧ 郑翔、胡迎建编：《庐山历代诗词全集》，上海古籍出版社2010年版。

文有《古代庐山文化的形成与发展》①《论唐人咏庐山诗》②《宋人咏庐山诗词研究》③，等等。

中国山水诗形成于晋宋之际，慧远、湛方生、谢灵运等人的庐山山水诗，都是与中国山水诗同期滥觞生成的山水名篇，它们既是早期庐山山水诗的重要代表，同时也是早期中国山水诗的重要代表。至南北朝时中国山水诗形成勃兴局面，产生了鲍照、谢朓、江淹等一批山水大家，以及颜延之、阴铿、何逊等山水诗人。他们继谢灵运之后，将艺术视野更多地投向景与情的结合上，把山水诗推向新的发展阶段，使之更为清新朗练、秀丽多姿。庐山山水诗的发展史与中国山水诗史同构，是中国山水诗长卷的一个缩影，代表着中国山水诗发展的基本态势。唐人的山水诗更趋成熟完美，形象更为饱满，气韵更为生动，而且诗人的个性彰显，各有风格，成就辉煌。继唐之后，宋代山水诗的创作，在理趣审美方面显示出新的开拓，在表现山水的动态美和细腻美等方面，也有新的进步，从而使中国山水诗的创作，进一步臻于成熟与完美。庐山山水诗的艺术成就，鲜明而典型地体现了中国山水诗的辉煌成就，在中国山水诗中占有重要的一席之地。相关的研究有《庐山山水诗在中国山水诗中的地位》④ 和《历代庐山诗歌对山水诗创作的启示》⑤，等等。

庐山诗歌研究在纵向上展现了庐山诗在各个发展阶段的基本面貌、代表诗人及其作品的艺术风格和成就，在横向上将庐山诗歌的创作同当时的政治、经济、宗教、哲学、艺术、审美等结合进行考察。从诗歌角度解读庐山文化底蕴和山水审美价值，以诗的画面呈现庐山，有助于更加深入、推陈出新地解读和感悟庐山文化。

---

① 王智兰：《古代庐山文化的形成与发展》，厦门大学 2002 年硕士研究生学位论文。
② 叶静：《论唐人咏庐山诗》，南昌大学 2005 年硕士研究生学位论文。
③ 王楠：《宋人咏庐山诗词研究》，延边大学 2012 年硕士研究生学位论文。
④ 罗龙炎：《庐山山水诗在中国山水诗中的地位》，《九江学院学报》（社科版），2006 年第 2 期，第 19—24 页。
⑤ 胡迎建：《历代庐山诗歌对山水诗创作的启示》，《九江学院学报》，2009 年第 1 期，第 19—22 页。

第三节　研究概述

　　庐山自古以来享有盛名。白居易曾夸赞道："匡庐奇秀，甲天下山。"除了这种得天独厚的自然美，庐山又是一座"人文圣山"。人文的熏陶浸染使得庐山体现了中华民族文化的丰富内涵以及山水美学价值。联合国世界遗产委员会对庐山被确定为"世界文化景观"有一段评定性的话："庐山的历史遗迹以其独特的方式，融会在具有突出价值的自然美之中，形成了具有极高美学价值的与中华民族精神和文化生活紧密相连的文化景观。"①

　　东晋以来，庐山成为儒、佛、道三家思想汇聚之地。雁门高僧慧远在东林寺创立了净土宗。刘宋时，道教的一代宗师陆修静在庐山简寂观编纂道教经书，使得庐山成为道教藏书的圣地和十八洞天之一。南唐时，庐山又有了白鹿洞书院。北宋时，周敦颐创办了濂溪书院。南宋时，朱熹进一步发展了白鹿洞书院。胡适先生曾说过："庐山著名的三大文化史迹东林寺、白鹿洞书院和牯岭，代表了中国文化的三大发展趋势，即慧远的东林，代表中国'佛教化'与佛教中国化的大趋势；白鹿洞，代表中国近世七百年的宋学大趋势；牯岭，代表西方文化融入中国的大趋势。"② 自东晋南朝陶渊明隐居家乡，其追随者不计其数，庐山自然又成了隐士的向往之地。这些隐居于此或者慕名而来的文人墨客用他们的诗作熏陶浸染着这座名山。与魏晋南北朝时期人们审美意识的觉醒同步，庐山也成为人们的审美对象，文人士大夫寄情于山水之间，在山水中寻求乐趣。可以说，庐山成为中国山水诗和山水画的策源地之一。直至唐宋，庐山山水文化更是达到鼎盛。近代著名诗人金天翮曾有一个精彩的概括："泰山似圣，黄山似仙，峨眉山似佛，庐山似诗翁。"③就吸引诗人的数量和拥有诗篇的质量总体而言，任何一座山都无法与庐山相

---

　　① 《匡山诗海映千秋：〈庐山历代诗词全集〉研讨会论文集》，第 2 页。
　　② 《匡山诗海映千秋：〈庐山历代诗词全集〉研讨会论文集》，第 271 页。
　　③ 《匡山诗海映千秋：〈庐山历代诗词全集〉研讨会论文集》，第 302 页。

比拟。陈舜俞《庐山记》中《十八贤传》序曰："庐山岂独山水能冠天下，由代有高贤隐居以传。"庐山是以山水景观为依托，渗透着人文景观的综合体。庐山通过画家、诗人、哲学家们的心灵审视，具有了众多散发着人文文化的底蕴。庐山"具有极高美学价值的与中华民族精神和文化生活紧密相连"的文化与自然的巧妙结合，正是其突出的特色。

本书以庐山诗作为切入点，挖掘庐山的文化底蕴及其审美价值。作为一种文化现象，庐山诗歌的存在不是孤立的，它不仅与中国诗歌的发展、文学环境的变化联系在一起，而且与哲学、美学乃至其他艺术门类（尤其是绘画）的发展有着千丝万缕的关系。庐山的文化多样而深邃，而庐山诗凝聚了庐山文化的精髓和文人的情志，这些诗把庐山的历史以诗的画面展现出来。从庐山诗的角度来解读庐山的文化底蕴和山水审美价值，不失为一种解读和感悟庐山的方式。本书在纵向上展现庐山诗在各个发展阶段的基本面貌、美学特征以及名家作品的艺术风格和成就，在横向上将庐山诗的创作同当时的政治、经济、宗教、哲学、艺术、审美等结合进行考察。本书的研究方法具体如下：

（1）文本细读法：以两晋至唐宋的庐山诗为中心，对庐山诗进行细读与分析。

（2）比较归纳法：通过对不同时期的庐山诗人、庐山诗分别进行比较，呈现庐山诗的发展轨迹。

（3）个案研究与整体研究结合法：通过对创造庐山诗数量多、质量高的名人作家的个案研究以及整体创作，来探究庐山诗及其所体现的审美文化价值。

（4）跨学科研究法：研究涉及美学、宗教哲学、绘画艺术等多个领域。

上编 01

佛教文化与庐山诗画

第一章

慧远与庐山

第一节　慧远在庐山的佛教活动及其佛学思想

"庐山到处是浮图，若问凡家半个无。只为渊明曾好酒，至今有鸟号提壶。"明人张率见庐山佛寺遍布而作了这首诗。如果提到庐山佛教，那么作为佛教中国化的开山祖师，东晋高僧慧远是无法避开的研究对象。吴宗慈在《庐山志》中说："东林为庐山佛教阐化之基。"① 慧远以东林寺为佛教传播基地，一生积极从事佛教活动，他在庐山的三十六年生涯中，"迹不入俗，影不出山"。清人潘耒《游庐山记》曰："域中之山，自五岳外，匡庐最著名……东林寺于山为最古，慧远于僧为最高。东晋以前无言庐山者，自莲社盛开，高贤胜流时时萃止，庐山之胜，始闻天下，而山亦遂为释子之所有，迄于今梵宫禅宇弥满山谷，望东林皆鼻祖也。"自慧远以后，庐山成为东晋、南朝时期南方佛学研究和佛教活动的一个重要中心，与北方的佛学中心长安相抗衡。

在慧远之前还有一个人物对佛教的发展起着重要的作用，他就是慧远的师父道安——佛教本无宗的代表人物。当初道安在襄阳檀溪寺发展教派，由于前秦苻坚发动南攻的计划，并于公元 378 年率军攻打了襄阳，于是道安鉴于襄阳战乱动荡的局势，开始分遣门下弟子相继南行弘道，其中慧远等人在

---

① 《庐山志》，第 103 页。

南行行列。根据《高僧传·慧远传》记载："远于是与弟子数十人，南适荆州，住上明寺。后欲往罗浮山，及届浔阳，见庐峰清静，足以息心，始住龙泉精舍。"① 在离开道安南行的途中，慧远被江州庐山风景吸引，于是改变了当初前往罗浮山弘道的计划，转而栖留庐山，并修筑龙泉精舍作为安身立命之所。这次慧远与庐山的偶遇，不仅造就了一代佛学大师，而且成就了庐山"南国之德镇"② 的佛教圣地。

慧远的《庐山略记》对庐山的风貌描写道："其山大岭凡有七重，圆基周回，垂五百里。风云之所摅，江湖之所带。高崖反宇，峭壁万寻，幽岫穷岩，人兽两绝。天将雨，则有白气先抟，而璎珞于岭下。及至触石吐云，则倏忽而集。或大风振崖，逸响动谷，群籁竞奏，奇声骇人，此其变化不可测者矣。"③ 自古以来僧人就有择山而居的习俗，名山大川是最合适的修道参禅之所，它既可以使僧人远离世俗的骚扰，又不会使僧人完全与世俗失去联系，这也是佛寺能够与山结缘的原因之一。庐山的山岭重叠，云雾缭绕，自有一种深隐内敛的氛围。除此之外，慧远还在《庐山略记》中描述了它的地理位置："山在江州浔阳南，南滨宫亭，北对九江。九江之南为小江，山去小江三十里余。左挟彭蠡，右傍通川，引三江之流而据其会。"④ 庐山耸峙于长江的南岸，引三江之流，地处水陆交通的要会。便利的交通条件，加上"庐峰清静，足以息心"，这些更加坚定了慧远栖留庐山修行的决心。

在慧远来到庐山之前，同门慧永比他早来十多年，居住于西林寺。当慧远来到庐山时，慧永积极地为他谋划合适的寺庙。《高僧传·慧远传》记载："时有沙门慧永，居在西林，与远同门旧好，遂要远同止。永谓刺史桓伊曰：'远公方当弘道，今徒属已广，而来者方多。贫道所栖褊狭，不足相处，如何？'桓乃为远复于山东更立房殿，即东林是也。"⑤ 太元十一年（公元 386

---

① 〔梁〕释慧皎著，汤用彤校注：《高僧传》，中华书局 1992 年版，第 212 页。下文注释中凡出现《高僧传》的地方，只标注页码。
② 《庐山诗文金石广存》，第 23 页。参见梁简文帝的《庐山碑序》。
③ 《庐山诗文金石广存》，第 5 页。
④ 《庐山诗文金石广存》，第 5 页。
⑤ 《高僧传》，第 212 页。

年），慧远在当地刺史桓伊的帮助下创立了东林寺。虽然东林寺的建筑得益于当时地方官员支持，但是东林寺的选址、建置的规模和环境等都是由慧远亲自操办。这些建造布局也体现出慧远的佛学思想观念。《高僧传·慧远传》还记载："远创造精舍，洞尽山美，却负香炉之峰，傍带瀑布之壑，仍石叠基，即松栽构，清泉环阶，白云满室。复于寺内别置禅林，森树烟凝，石筵苔合。凡在瞻履，皆神清而气肃焉。"① 慧远对寺庙的山水环境、园林布置都有着很高的审美眼光，庐山的环境氛围与佛教"神清气肃"的精神追求相一致。

自东林寺创建以后，在慧远主持东林寺期间，历史上发生过几次与东林寺有关的大事件。第一件大事就是慧远在东林寺组织门徒创建白莲社，它的创建标志着佛教净土宗的创立。清代蒋国祥《桑乔〈庐山纪事〉序》曰："晋远公南游，雅爱兹山深秀，驻锡其间，与同时十八高贤结莲社，修净土业，而庐山之名益著。"② 李明睿《庐山续志序》曰："晋慧远从雁门来，云此山类灵鹫峰，托迹东林，于时有宗炳、雷次宗、刘程之等号十八高贤，共真信之士，结白莲社。故晋代名山惟匡庐最著，以其有永、远、宗、雷及陶、谢诸公故也。"③ 从文献记载可见，白莲社有十八位高贤，成员中除了僧人，还有诗人陶渊明、谢灵运等。庐山之所以能够在晋代就成为中国佛教的一方重镇，与慧远创建的白莲社和净土宗密不可分。

何为"净土"？文学家兼佛学家的谢灵运曾作诗《净土咏》曰："法藏长王宫，怀道出国城；愿言四十八，弘誓拯群生。净土一何妙，来者皆菁英；颓言安可寄，乘化必晨征。"这首诗写弥陀的本缘故事以及诗人想努力修持净土法门的愿望。往生弥陀净土的信仰源自印度，弥陀是掌管西方极乐世界的佛，而弥陀的国土又在西方极乐世界。自从弥陀信仰在西晋传入中国之后，净土信仰便开始流传开来，慧远受到这种弥陀净土信仰的影响。在慧远的佛学思想中，灵魂不灭、因果报应是重要组成部分。慧远认为形体可以

---

① 《高僧传》，第212页。
② 〔明〕桑乔著：《庐山纪事》十二卷，清康熙五十九年（公元1720年）蒋国祥刻本。
③ 〔清〕吴炜著：《庐山志》十五卷，清康熙七年（公元1668年）刻本。

灭亡，但是精神灵魂不会随之消亡，生死可以不停地流转。既然三世的因果报应是循环轮回的，那么想要跳出苦海，就只能皈依佛教、往生净土，从而达到最终的解脱。

当时晋朝天下大乱，纷争不断，政权频繁更替，慧远往生西方净土的愿望愈加强烈。为了超出生死报应和轮回之苦，达到涅槃境界，慧远于元兴元年（公元402年）七月二十八日，率领刘遗民、周续之、毕颖之、宗炳、雷次宗、张野、张诠等123名虔诚信仰的弟子集合在东林寺的般若台，在阿弥陀佛像前共同发誓，日夜精勤修持，愿早入西方极乐世界。《高僧传·慧远传》记载："（诸人）并弃世遗荣，依远游止。远乃于精舍无量寿像前，建斋立誓，共期西方。乃令刘遗民著其文。"① 慧远还特意让刘遗民作了一篇《发愿文》，用以在佛像前宣读，以示信仰者的虔诚之心。《发愿文》曰："体忘安而弥穆，心超乐以自怡。"② 在慧远看来，口念弥陀，心往净土，冥神赏心，便是最好的修行方法，而自然山水又是安身息心的绝佳之处。

发生在东林寺的第二件历史大事是，南方的佛教都曾遭遇过严重冲击，但是东林寺得益于慧远的智慧而幸免于难。元兴三年（公元404年），夺取东晋政权的桓玄，以沙门不敬王者的理由，大肆拆毁佛寺，大量僧徒被迫还俗，但是东林寺"唯庐山道德所居，不在搜简之列"③。慧远很好地协调处理佛教和中国传统文化之间的关系以及佛教与王权之间的冲突问题。面对桓玄破坏佛寺的行径，慧远特意撰写了《沙门不敬王者论》，提出应该如何处理佛法与名教、王权的关系，认为佛法与礼教可以融合，"内外之道可合而明……故虽曰道殊，所归一也"④。慧远将佛教徒分为两种，在家的和出家的。在家修行的居士，还没有完全成为"方外之宾"，仍属于顺应自然造化之民，所以他们应该孝顺父母，忠君礼王，尊重伦理名教；而出家的已经是

① 《高僧传》，第214页。
② 《高僧传》，第215页。
③ 〔梁〕释僧祐编，刘立夫、魏建中、胡勇译注：《弘明集》，中华书局2013年版，卷十二《桓玄辅政欲沙汰众僧与僚属教》，第887页。下文注释中凡出现《弘明集》的地方，只标注页码。
④ 《弘明集》卷五，第323—324页。

"方外之宾"，他们超越于世俗，归隐山林，不以入世为目标，而以出世涅槃为旨归，因此虽离父母而出家，并非不孝，未行君主世俗之礼，也并非不敬。

　　慧远最早接受的思想并不是佛法，他的思想经历了由儒、道再到佛的逐渐转变的过程。据《高僧传·慧远传》记载，慧远早年"少为诸生，博综六经，尤善《庄》《老》，性度弘伟，风鉴朗拔，虽宿儒英达，莫不服其深致"①。慧远 21 岁时自从听了释道安讲《般若经》，便对佛教产生了浓厚的兴趣。他认为"儒道九流，皆糠秕耳""常欲总摄纲维，以大法为己任"②。他在《与隐士刘遗民等书》中也说："苟会之有宗，则百家同敬。"③ 佛教徒把自己信奉的宗教思想称为内学，佛教之外的思想则为外道。慧远将印度传来的内学与外道思想加以糅合，形成以佛学为主，同时融合儒、道等中国化的佛学思想。

　　印度的佛教传入中国后，般若思想与中国老庄学说融合，实现佛教的玄学化。魏晋时期，中国玄学风靡中国历史近三百年。当时，何晏、王弼"祖述老庄"，提出"天地万物皆以'无为'为本"。慧远的佛学思想主要是般若学的"本无"论。佛教原本就是以人生的解脱、涅槃为旨归，形神关系是佛学思想的核心问题。孙昌武先生在《佛教与中国文学》中指出："作为文人接受佛教契机的，是魏晋玄学的兴起与流行。"④ 名僧手持"玉柄麈尾"是当时中国历史上特有的社会现象，名僧与名士之间互相往来。《世说新语·文学》还记载了一则故事，魏晋时期般若学"六家七宗"派别之一——色宗的代表人物支道林，用佛理阐释《庄子·逍遥》，卓然迥异，意境新出。慧远则反其道而行之，引用佛典之外的书籍来阐释佛理，因为庄子之说符合本土的思维和文化习惯，所以慧远用《庄子》之义做类比，解说佛典。

　　那么，慧远的佛学思想与庄子之学又有哪些相通之处？慧远又是如何借

---

①　《高僧传》，第 211 页。

②　《高僧传》，第 211 页。

③　《庐山诗文金石广存》，第 14 页。

④　孙昌武：《佛教与中国文学》，上海人民出版社 2007 年版，第 53 页。

鉴庄子之学来发展佛学思想呢？慧远在般若学"本无"基础上提出"法性论"，它关乎宇宙本原之有无，即达到佛教的最高解脱境界——涅槃，它无生无灭、永恒常在。《高僧传·慧远传》记载了慧远对法性的认识观："先是中土未有泥洹常住之说，但言寿命长远而已。远乃叹曰：'佛是至极则无变，无变之理，岂有穷耶？'因著《法性论》曰：'至极以不变为性，得性以体极为宗。'"① 法性的本质是"至极则无变"。《沙门不敬王者论》中的《求宗不顺化》说："反本求宗者，不以生累其神；超落尘封者，不以情累其生。不以情累其生，则生可灭；不以生累其神，则神可冥。冥神绝境，故谓之泥洹。"② 返本而求宗者、超落尘封者都不会被情欲、生命所拖累，不被生命拖累的精神便可以停止活动，"冥神绝境"。这一刻没有精神活动、没有任何镜像的境界就叫作"泥洹"或者称之为"涅槃"。法性的本质是永恒不变，要达到这种"至极则无变"，就要达到涅槃。这与道家学派有相似之处。《老子》认为"道"是宇宙万物的本原，"玄之又玄""众妙之门"，而"道"是"无状之状，无物之象，是谓恍惚"。魏晋玄学倡导"本无"，把"道"与"无"等同起来。王弼《周易·系辞注》曰："道者何，无之称也，无不通也，无不由也，况之曰道，寂然无体，不可为象。"③ 超脱于生死、涅槃境界的追求是基于对"无"这个本体的执着，只有达到涅槃才能实现法性。

慧远多次引用《庄子》之义对佛理进行阐释：

> 庄子发玄音于《大宗》曰："大块劳我以生，息我以死。"又，以生为人羁，死为反真。此所谓知生为大患，以无生为反本者也。文子称黄帝之言曰："形有靡而神不化，以不化乘化，其变无穷。"庄子亦曰："持犯人之形，而犹喜之。若人之形，万化而未始有极。"④

《庄子·齐物论》曰："彼是方生之说也，虽然，方生方死，方死方生；

---

① 《高僧传》，第 218 页。
② 《弘明集》，第 320 页。
③ 〔晋〕王弼著，楼宇烈校释：《王弼集校释》，中华书局 1987 年版。
④ 《弘明集》，第 329 页。

方可方不可，方不可方可。"① 庄子追求的"不生不死"的境界，超越了生死而达到逍遥自在。"大块劳我以生，息我以死"，"以生为人羁，死为反真"，自然用生使我穷苦，用死来让我休息，生命成了枷锁，死亡才能返璞归真。这种思想便与佛教的涅槃境界"道殊而归一"。尽管庄子思想与佛教思想还存在分歧，但是在生死观的问题上，慧远与庄子的思想却有异曲同工之妙。

《庄子·养生主》提出薪火之喻："指穷于为薪，火传也，不知其尽也。"② 庄子用薪火为喻，即使前薪火虽尽，而后薪相续，前后相继，故火不灭，因而善养生者，随变任化，与物俱迁，续而不绝。佛教中也以木与火的关系来比喻形与神的关系："火木之喻，原自圣典，失其流统，故幽兴莫寻，微言遂沦于常教，令谈者资之以成疑。"慧远援引庄子的薪火之喻，从佛教的立场来论证"形尽神不灭"：

> 火之传于薪，犹神之传于形。火之传异薪，犹神之传异形。前薪非后薪，则知指穷之术妙；前形传后形，则悟情数之感深。惑者见形朽于一生，便以为神情俱丧；犹睹火穷于一木，谓终期都尽耳。此曲从养生之谈，非远寻其类者也。就如来论，假令神形俱化，始自天本；愚智资生，同禀所受。问：所受者为受之于形耶，为受之于神耶？若受之于形，凡在有形皆化而为神矣；若受之于神，是为以神传神，则丹朱与帝尧齐圣，重华与瞽叟等灵。其可然乎？其可然乎？如其不可，固知冥缘之构，着于在昔；明暗之分，定于初形。虽灵钧善运，犹不能变性之自然，况降兹已还乎？③

慧远《形尽神不灭论》强调肉体的衰亡而精神永存不灭，具体论述了"形"与"神"、"神"与"情"、"情"与"物"之间的关系。"形"与"神"的关系在于，外物会消亡，生命的形质会消亡，但是"神"却无生灭。

---

① 〔清〕郭庆藩著，王孝鱼点校：《庄子集释》，中华书局 1961 年版，第 66 页。下文注释中凡出现《庄子集释》的地方，只标注页码。
② 《庄子集释》，第 129 页。
③ 《弘明集》，第 331—332 页。

"神"与"情"的关系在于，"化以情感，神以化传。情为化之母，神为情之根。情有会物之道"。"情"能感物，使生命得以存在和延续；"形"虽然会灭亡，但是"神"随着生命的不断新陈代谢而将"前形"传给"后形"。"神有冥移之功"，赋予"形"以新的生命。因此，"情有会物之道"，使个体生命得以存在发展；而"神"又是"情"的根本，"神"的存在离不开"情"。

慧远的"形尽神不灭"论与艺术创造论有相通之处。"慧远思想中有关美学的言论，一是他在《沙门不敬王者论》中关于形神问题的论述，二是在《阿毗昙心序》《襄阳丈六金象颂》《万佛影铭》等文中涉及文艺的一些言论。"① 慧远的形神问题实际上与中国的绘画有着直接密切的联系。慧远从佛学角度看待"形"与"神"之间的关系，"神"具有"精极而为灵""有妙物之灵"的特征，"神"是要高于"形"的，并且表现于"形"之中。慧远提出的"冥神绝境"正是涅槃的境界，实现真正的永恒与无限。虽然尚无确凿的材料可以说明，顾恺之的"传神写照""以形写神"的理论直接来源于慧远的形神思想影响，但是顾恺之善于画佛像，对于佛学形神问题的讨论也多少会受到影响。真正从慧远的形神思想受到影响并运用到绘画之中的是宗炳，他的《画山水序》认为"畅神"是山水画的本质和功能所在。

步入晚年的慧远对于法性有无的问题仍然疑惑不解。"法性常住，为无耶？为有耶？若无如虚空，则与有绝，不应言性住。若有而常住，则堕常见。若无而常住，则堕断见。若不有不无，则必有异乎有无者。辩而诘之，则觉愈深愈隐。想无际之际，可因缘而得也。"② 佛经上说法性无去无来，无生无灭，与涅槃同一，那么法性到底是有还是无？73 岁的慧远向来到中国的天竺高僧鸠摩罗什请教大乘要义。鸠摩罗什认为，法性是不能用有或无，或

---

① 李泽厚、刘纲纪：《中国美学史》（魏晋南北朝编），安徽文艺出版社 1999 年版，第 321 页。下文注释中凡出现《中国美学史》的地方，只标注页码。

② 方立天：《慧远及其佛学》，中国人民大学出版社 1987 年版，第 41 页。《慧远及其佛学》转引《远什大乘要义问答·十三重辩如、法性、真际三名》。

不有不无来说明的，"法无定相，相由感生，即谓无自性，缘感而起"①。鸠摩罗什的思想使慧远晚年的佛学观发生了重大改变。

慧远在 79 岁高龄时著述《万佛影铭并序》反映出这种法性观的变化：

> 法身之运物也，不物物而兆其端，不图终而会其成。理玄于万化之表，数绝乎无形无名者也。若乃语其筌寄，则道无不在。是故如来或晦先迹以崇基，或显生涂而定体，或独发于莫寻之境，或相待于既有之场。独发类乎形，相待类乎影。推夫冥寄，为有待邪？为无待邪？自我而观，则有间于无间矣。求之法身，原无二统，形影之分，孰际之哉！而今之闻道者，咸摹圣体于旷代之外，不悟灵应之兹；徒知圆化之非形，而动止方其迹，岂不诬哉！……微然后验，神道无方，触像而寄，百虑所会，非一时之感。……廓矣大象，理玄无名。体神入化，落影离形。迥晖层岩，凝暎虚亭。在阳不昧，处暗愈明……谈虚写容，拂空传像。相具体微，冲姿自朗。白毫吐耀，昏夜中爽，感激乃应，扣诚发响。留音停岫，津悟冥赏。……妙尽毫端，远微轻素。托彩虚凝，殆映宵雾。迹以像真，理深其趣。②

佛像作为佛教三宝中佛的替身，因此慧远十分重视佛像的造作。《高僧传·慧远传》记载："远闻天竺有佛影，是佛昔化为毒龙所留之影，在北天竺月氏国那竭呵城南古仙人石室中，经道取流沙一万五千八百五十里。每欣感交怀，志欲瞻睹。会有西域道士叙其光相，远乃背山临流，营筑龛室，妙算画工，淡彩图写，色疑积空，望似烟雾，晖相炳暖，若隐而显。"③待佛影图画完成之后，慧远亲自为其作铭，即这篇《万佛影铭》，它体现了慧远对绘画艺术的见解。"慧远对两者（佛教绘画和雕塑）都有所论述，并且是同他的形神理论联系在一起的，因而直接地对东晋以至南北朝的美学思想，特

---

① 汤用彤：《汉魏两晋南北朝佛教史》（增订本），北京大学出版社 2011 年版，第 177 页。《汉魏两晋南北朝佛教史》转引《维摩注》。

② 〔清〕严可均辑，何宛屏等审订：《全晋文》，商务印书馆 1999 年版，卷一百六十二，第 1786 页。下文注释中凡是出现《全晋文》的，只标注页码。

③ 《高僧传》，第 213 页。

别是对佛学家兼画家的宗炳的美学思想发生了影响。慧远论及佛教绘画雕塑的著作是《襄阳丈六金像颂并序》和《万佛影铭并序》，后者比前者又更为重要。"①

在慧远看来，法身是具有佛性的圣人之身，"无法无名""无形无名"。虽然它"无形无名"，但又显迹于各种有形有名的事物之中，无所不在。"神道无方，触像而寄"，我们所能看到的有名的东西都是法身所依附的，也是神明的体现。"有形有名"者为"形"，"无形无名"者为"影"。对于"法身"来说，"形"与"影"之间没有什么区分，就像"有"和"无"之间也无差别。各种有形有名之物，都是无形无名的佛的体现，都是佛的"形"和"影"。世界万物都是神明的形影，"廓兮大象，理玄无名。体神入化，落影离形。迥晖层岩，凝暎虚亭。在阳不昧，处暗愈明"，这是一种微妙至极的世界万物之美。世界万物的美是佛的精神的表现，而这种"神"又表现在"形"的身上。如果说"形"是感性的存在，那么"神"就蕴含了某种微妙的精神性或者理性的东西。因此，世界万物之美便是感性与理性、形与神的内在合一，这就是《万佛影铭并序》所包含的佛学的美学观。

综上所述，慧远将外来的佛学与中国传统文化的融合，促使了佛教中国化的产生，在将佛学理论中国化的传播过程中起着承上启下的重要作用。实际上，以慧远为首的佛徒有力地促进了东晋后期佛学、儒学、文学等诸方面的发展。东林寺不仅是慧远传布佛学的教化之地，而且是讲授儒家经学之所。慧远还经常率领门徒集体出游，提倡作诗写文歌咏庐山，开创了庐山新文学面貌。由此看来，慧远对庐山文化的贡献，绝非仅是促进佛教的发展，更是推动了佛教与中国山水文化的共同发展。

第二节　慧远及其僧俗弟子的庐山诗

慧远自遁迹庐山之后，广收弟子，讲经论道，他在庐山的活动主要是研

---

① 《中国美学史》（魏晋南北朝编），第 331 页。

讨佛学，参悟佛理。慧远是一位文学造诣极高之人，《高僧传》称其"善属文章，辞气清雅"①。加上慧远对游览山水有极大的兴趣，又熟悉庐山地形，因此他常常带着僧俗弟子徜徉于山水之中，于山水中参悟佛理。在慧远的带领下，他们创作了一批歌咏庐山的诗文。

庐山诸道人所作的《游石门诗序》曰："释法师以隆安四年仲春之月，因咏山水，遂杖锡而游。于时交徒同趣三十余人，咸拂衣晨征，怅然增兴。"②"因咏山水，遂杖锡而游"，表明慧远等人创作山水诗的动机，他们不像兰亭诗人是为游而作诗，而是自觉主动地咏唱山水。"这种咏唱山水的自觉性，不仅推动着诗人在山水游览过程中自觉深入地观察自然山水，更多地发掘出自然山水的诗情画意，而且必然促进山水诗质量的大大提高。因此慧远对山水的自觉咏唱，实乃我国山水诗歌由自发转向自觉的标志，是谢灵运等人自觉创作大批优秀山水诗歌的前奏。"③ 在慧远的影响下，门下弟子创作出的歌咏庐山山水的诗文作品，普遍具有"清雅有风则"④ 的特征。

因为慧远以佛眼看庐山山水，所以他的山水诗作除了感悟庐山山水大好风光，还有对佛理的体悟。这种将哲理体悟与山水审美相结合的方式影响了后世的山水文学创作，尤其是对山水诗人谢灵运的创作起着先导作用。慧远歌咏庐山的诗大都失传，现存的只有《游庐山》（又名《庐山东林寺杂诗》）一首。尽管慧远的庐山诗数量极少，但是从山水诗发展的角度来看，《游庐山》颇能代表这一时期庐山山水诗的独特风貌：

> 崇岩吐清气，幽岫栖神迹。希声奏群籁，响出山溜滴。有客独冥游，径然忘所适。挥手抚云门，灵关安足辟。流心叩玄扃，感至理弗隔。孰是腾九霄，不奋冲天翮。妙同趣自均，一悟超三益。⑤

---

① 《高僧传》，第 222 页。
② 《庐山历代诗词全集》，第 14 页。
③ 齐文榜：《试论慧远对山水诗歌的贡献》，《汕头大学学报》（人文科学版），1992 年第 8 卷第 3 期，第 8 页。
④ 曹虹：《慧远评传》，南京大学出版社 2002 年版，第 122 页。
⑤ 《庐山历代诗词全集》，第 10 页。

　　《豫章诗话》曰："咏庐山诗自远公始。"慧远的这首诗成为歌咏庐山诗的鼻祖，意境悠远，清新可读，虽以佛眼看山水，却少了佛理著述中的艰涩难懂，堪称庐山带有佛学色彩文学的第一声。这首诗歌最明显的特点就是将山水的刻画与佛理的阐述紧密结合在一起。诗歌的前四句主要描写庐山清幽秀美的景物，高峻的山崖上空飘浮着氤氲的云雾，幽清的山谷之中或许隐藏了仙人的足迹，叮咚的山泉溪水之声奏响了山谷，这些景色描写逼真而鲜明。慧远《庐山略记》曰："东南有香炉山，孤峰独秀起。游气笼其上，则氤氲若香烟；白云映其外，则炳然与众峰殊别。"① 由于庐山山脚下是江流密集、浩瀚的鄱阳湖水，它们蒸发后变成水汽云雾飘绕于庐山上空，意境轻柔飘逸。《庐山略记》又曰："有匡续先生者，出自殷周之际，遁世隐时，潜居其下。或曰：续受道于仙人，而适游其岩，遂托室岩岫，即岩成馆。故时人感其所止为神仙之庐而名焉。"② 庐山自古就有"神仙之庐"的美誉，"神迹"是指庐山传说中匡续仙人的踪迹。神仙是道教文化的产物，慧远在诗歌中引用道教仙人的典故。"希声奏群籁，响出山溜滴"二句写静中有动的景象，山林寂静足以凸显出瀑布水、溪水等天籁之声的响亮清澈，"希声"出自道家《老子》"大音希声"③。这四句描述"清气""幽岫""群籁"等各种景物都超脱尘世，充分展现出庐山的清静、幽邃、深美，这些清幽之美足以平息人的心境，涤除杂念。诗句两次出现对道教和道家文化的援引，说明佛道两家在面对山水自然的思想上也有微妙的相似之处。

　　从第五句开始，诗人由山水审美进入冥神赏心的感悟境界。"有客独冥游，径然忘所适"，诗人独自神游，早已陶醉于山光水色之中。"挥手抚云门"一句与嵇康"手挥五弦，目送归鸿。俯仰自得，游心太玄"的境界如此相似。此句语言凝练，写出诗人悠然自得、心游物外的风神。"灵关"是指灵心的关隘，即修道时的各种俗念。"挥手抚云门，灵关安足辟"写出诗人

---

① 《庐山诗文金石广存》，第5页。
② 《庐山诗文金石广存》，第5页。
③ 陈鼓应：《老子注译及评介》，中华书局1984年版，第228页。下文注释中凡是出现《老子注译及评介》的，只标注页码。

观览山水心智的流畅通达。此时此刻的诗人与山水物我交融，进而使心灵感受到真理，以佛眼看山水的结果是从这些山光水色中找寻其蕴含的佛法真谛。于是，"流心叩玄扃，感至理弗隔"，抽象的佛理通过山水体现出来，诗人及其门徒从中体悟佛理，感悟佛道的存在。这里的"理"是指佛理，当然诗人对佛理的感受借用了道家的体悟方式，"流心叩玄扃"，山水与佛理两相交汇，互相融通。慧远《念佛三昧诗集序》曰："夫称三昧者，专思寂想之谓也。思专则志一不分，想寂则气虚神朗，气虚则智恬其照，神朗则无幽不彻。斯二者，自然之元符，会一而致用也。是故靖恭闲宇，而感物通灵，御心惟正，动必入微。"① 如何从山水之中感悟佛理呢？"三昧"就是僧徒念佛禅定的功夫，"专思寂想之谓也"。

值得注意的是，虽然慧远从山水之中体悟到的是佛理，然而这种佛理本身融合了儒道思想。在诗歌的最后四句，诗人对儒、佛、道进行了一番对比，"孰是腾九霄，不奋冲天翮"，心超然于物外，飞翔于九霄之上，道家的羽化登仙如此美妙，仍不如用心体悟佛家真谛的妙处，"妙同趣自均，一悟超三益"。《老子》曰："常无欲以观其妙。"② "妙"有精微、精妙之意，诗中之"妙"亦指领悟佛教的妙心与妙悟。《论语·季氏》曰："益者三友，损者三友。友直，友谅，友多闻，益矣。"③ 通过妙悟而得来的理趣要比儒家提倡的"直""谅""多闻"等品德还要珍贵。诗歌的结尾强调佛法中的"妙"与"趣"的审美境界来源于佛的点拨而产生的灵性，其意义已超过了"三益"。

慧远诗中的自然山水经过诗人心灵与情感的筛选，"清""幽"等词语描写庐山的清气氤氲、穴谷幽邃，传达出诗人内心安详而怡乐的情感，体现出这首诗的清幽与静寂；另外，山水景物与佛理的结合，又使得诗歌带有一种宗教式的肃穆和安谧。慧远庐山诗的重要特点之一就是山水审美和体悟佛理

---

① 《全晋文》，第 1784 页。

② 《老子注译及评介》，第 53 页。

③ 杨伯峻译注：《论语译注》，中华书局 1980 年版，第 175 页。下文注释中凡出现《论语译注》的，只标注页码。

的巧妙融合，不仅阐发了诗人对佛理的感悟，又描写了自然山水景观。同时，风格上的清新明丽与安谧空灵是这首诗的又一个显著特点。王夫之赞曰："此诗及远公诗说理而无理臼，所以足人风雅。"① 慧远从佛教的角度观照自然山水，山水审美与佛理体悟融为一体，这是对中国传统以伦理道德学说为基础的山水文化的挑战。不过，慧远在欣赏庐山美景的过程中又渗入了佛教哲学"本无"的观念，即不是从实体中认识事物的本质，而是从虚无中认识事物的本质。因此，"醉翁之意不在酒"，游览山水不是这些佛教僧人的最终目的，他们想通过欣赏山水映照出的"形"美，从而达到参悟世界的"神"理。

慧远对庐山山水诗史的发展有着不可忽视的重要贡献，同时，以他为核心的一批题咏庐山山水的创作也值得关注。在中国山水诗的发展中，以慧远为首的僧俗弟子共同为中国文学的发展开辟了新的篇章。他们登临庐山，欣赏庐山，歌咏庐山，刘遗民、张野、王乔之等人均有《奉和慧远游庐山诗》的作品。总的来说，他们作诗的格调与慧远相同，都是结合对庐山景物的描写和内心体验到的妙趣，由实入虚，表达出自己对庐山之美的盛赞。例如，刘遗民作诗曰："冥冥玄谷里，响集自可闻。交峰无旷秀，交岭有通云。悟深婉冲思，在要开冥欣。"② 诗中深奥的佛理借助山水来表现，其中"冥欣"便是对慧远《游庐山》"有客独冥游"的认同。张野作诗曰："朅来越重垠，一举拔尘染。辽朗中天盻，向豁遐瞻慊。乘此摅莹心，可以忘遗玷。"③ 诗歌抒发了诗人清静无累的喜悦之情，山水的纯净而使得心灵更加净澈。

又如，王乔之《奉和游庐山》诗曰：

超游罕神遇，妙善自玄同。彻彼虚明域，暧兹尘有封。众阜平寥廓，一岫独凌空。霄景凭岩落，清气与时雍。有摞造神极，有客越其峰。长河濯茂楚，险雨列秋松。危步临绝冥，灵鍪映万重。风泉调远气，遥响多喈

---

① 〔清〕王夫之评选：《古诗评选》，上海古籍出版社 2011 年版，第 195 页。
② 《庐山历代诗词全集》，《奉和游庐山》，第 12 页。
③ 《庐山历代诗词全集》，《奉和游庐山》，第 13 页。

噭。遐丽既悠然，余盼窥九江。事属天人界，常闻清吹空。①

与慧远的《游庐山》开篇直接描写自然山水不同，诗人首先援引了道家的审美观。《老子》曰："和其光，同其尘，是谓玄同。"②"玄同"即"道"的境界，慧远弟子体悟的"道"即佛理。诗人通过游山而体悟佛理，这正是心中之情与景中之理的契合，于是才有了"妙善自玄同"的感动。此句与慧远的"妙同趣自均"意同。诗歌的中间插入对庐山自然风景的描绘，"众阜平寥廓，一岫独凌空。霄景凭岩落，清气与时雍"，表现出诗人悟道之后精神上超越尘俗的快感。诗歌塑造庐山在平地突兀而起的总体形象，之后一一刻画山中气象万千的景物，遐丽的风景，悠然自得的心情，心似明镜般皎洁而又神清气爽。这首诗歌和慧远有着相同的旨趣，只要用心去感受自然山水，就能从中和佛理达到契合。

再如，庐山诸道人的《游石门并序》曰：

石门在精舍南十余里，一名障山。基连大岭，体绝众阜。辟三泉之会，并立而开流，倾岩玄映其上，蒙形表于自然，故因以为名。此虽庐山之一隅，实斯地之奇观。皆传之于旧俗，而未睹者众。将由悬濑险峻，人兽迹绝，径回曲阜，路阻行难，故罕经焉。释法师以隆安四年仲春之月，因咏山水，遂杖锡而游。于时交徒同趣三十余人，咸拂衣晨征，怅然增兴。虽林壑幽邃，而开途竞进；虽乘危履石，并以所悦为安。既至，则援木寻葛，历险穷崖，猿臂相引，仅乃造极。于是拥胜倚岩，详观其下，始知七岭之美，蕴奇于此；双阙对峙其前，重岩映带其后，峦阜周回以为障，崇岩四营而开宇；其中则有石台、石池、宫馆之象，触类之形，致可乐也；清泉分流而合注，渌渊镜净于天池，文石发彩，焕若披面，柽树芳草，蔚然光目。其为神丽，亦已备矣。斯日也，众情奔悦，瞩览无厌。游观未久，而天气屡变。霄雾尘集，则万象隐形；流光回照，则众山倒影。开阖之际，状有灵焉，而不可测也。乃其

---

① 《庐山历代诗词全集》，第 12 页。
② 《老子注译及评介》，第 280 页。

将登，则翔禽拂翮，鸣猿厉响。归云回驾，想羽人之来仪；哀声相和，若玄音之有寄。虽放佛犹闻，而神以之畅；虽乐不期欢，而欣以永日。当其冲豫自得，信有味焉，而未易言也。退而寻之，夫崖谷之间，会物无主。应不以情而开兴，引人致深若此，岂不以虚名朗其照，闲遄笃其情耶？并三复斯谈，犹昧然未尽。俄而太阳告夕，所存已往，乃悟幽人之玄览，达恒物之大情，其为神趣，岂山水而已哉！于是徘徊崇岭，流目四瞩，九江如带，丘阜成垤。因此而推，形有巨细，智亦宜然。乃喟然叹：宇宙虽遐，古今一契；灵鹫邈矣，荒途日隔；不有哲人，风迹谁存？应深悟远，慨焉长怀！各欣一遇之同欢，感良辰之难再，情发于中，遂共咏之云尔。

超兴非有本，理感兴自生。忽闻石门游，奇唱发幽情。褰裳思云驾，望崖想曾城。驰步乘长岩，不觉质有轻。矫首登灵阙，眇若凌太清。端坐运虚论，转彼玄中经。神仙同物化，未若两俱冥。①

逯钦立《先秦汉魏晋南北朝诗》依据明冯惟讷编《古诗纪》、明张之象编纂《古诗类苑》，将《游石门并序》作者归于庐山诸道人，这里的道人是指佛教徒。诗序末尾说："各欣一遇之同欢，感良辰之难再，情发于中，遂共咏之云尔。"这次庐山石门群游的规模与形式都类似于王羲之等人的兰亭雅集。诗序非常具体地描述了石门涧的自然山水风光以及佛徒们对自然山水的审美感受。诗序开篇介绍石门的位置，表现石门之"奇"与"险"，然后再用白描的手法生动细致地刻画了石门的"神丽"之状。其中，"神丽""状有灵焉"都与佛教的观念相关，而"想羽人之来仪"又与道教神仙观念有关，"幽人"之"玄览"，又明显与玄学相连。"虚名朗其照"就是以佛学的意识去观照山水，以虚入实，以形照影。诗歌最后表达了庐山诸道人游览石门之后的心情以及由石门山水之景而体悟到的哲理，"众情奔悦，瞩览无厌"，继而"神之以畅"。庐山诸道人能够达到畅神境界的原因，一方面是因为他们感受到了自然之美，另一方面则是因为他们对"道"的体悟。《游石

---

① 《庐山历代诗词全集》，第15页。

门并序》曰:"俄而太阳告夕,所存已往,乃悟幽人之玄览,达恒物之大情,其为神趣,岂山水而已哉!"游石门之乐不在于山水,而在于体悟佛学至理。在欣赏庐山自然美景的诗歌中,佛教徒加入了佛理的思考,在细腻写景之中又含有空灵的韵味。对于慧远及其弟子而言,"山水欣赏与哲理领悟的结合是如此吸引他们的理论兴趣,就山水文学走向成熟的时代进程看,也是具有一定标志意义的"①。

《游石门并序》开头说理,"超兴非有本,理感兴自生",尽管庐山石门涧风光秀美,庐山诸道人陶醉其中,但是游览山水的最终指向仍然是"理感",体悟虚无的"道"。"忽闻石门游,奇唱发幽情"二句写众人心情愉悦,游兴盎然。"望崖想曾城"中的"曾城"是古代神话中昆仑山上的最高峰,它既指传说中的地名,也泛指仙乡。"眇若凌太清"中的"太清"是道教用语,泛指仙境。《楚辞·九叹·远游》曰:"譬若王侨之乘云兮,载赤霄而凌太清。"东汉王逸注曰:"譬如仙人王侨乘浮云载赤霄,上凌太清,游天庭也。"② 虽然佛教思想并不存在道教的求仙信仰,但是以慧远为首的佛教徒诗歌中却常常出现表示仙境的词语,这说明佛道两家在对待自然山水同一审美载体的融通之处。诗人由叙述游览景物再转入说理中,诗歌的末尾四句写出慧远及其弟子在饱览石门神奇风光后转入沉思:"运虚论""玄中经""物化"。《庄子·齐物论》曰:"昔者庄周梦为胡蝶,栩栩然胡蝶也。自喻适志与!不知周也。俄然觉,则蘧蘧然周也。不知周之梦为胡蝶与?胡蝶之梦为周与?周与胡蝶,则必有分矣。此之谓物化。"③ "物化"是一种泯除事物差别、生死差别、醒梦差别而任随自然,彼我同化的境界。诗歌最后点明主旨,"神仙同物化,未若两俱冥",人生不必过于执着生死。

将兰亭诗人的诗歌活动与以慧远为首的僧徒弟子的歌咏进行对比,我们会发现,慧远等人的山水诗始终围绕着山水与佛理而言,欣赏山水和体悟佛

① 曹虹:《慧远及其庐山教团文学论》,《文学遗产》,2001 年第 6 期,第 19 页。
② 〔宋〕洪兴祖撰:《楚辞补注》,中华书局 1983 年版,第 309 页。下文注释中凡是出现《楚辞补注》的地方,只标注页码。
③ 《庄子集释》,第 112 页以及第 114 页。

理是同时进行的两项活动，尽管佛理依旧是旨趣所在；而东晋王羲之、谢安等人的诗歌则一味地重在体悟老庄之道，"道"是诗歌的灵魂核心，自然山水在诗歌中处于可有可无的地位。经过慧远等人对山水诗歌创作的发展，谢灵运之后的诗人开始意识到对山水这一审美意象的重视，从而创作出大量的山水诗。

第三节 以慧远为中心的山水审美意识的嬗变

　　慧远及其门徒创作庐山诗的创作特点之一是将山水审美与感悟佛理相结合，这显然不同于兰亭诗人一味地谈玄论道而忽略自然山水在诗歌中的地位，但是他们又没有成熟到完全视自然山水为独立的审美对象。沈德潜《说诗晬语》曰："游山水诗，应以康乐为开先也。"[①] 从魏晋玄言诗到谢灵运山水诗的转变过程中，以慧远为首的僧俗弟子对自然山水的审美观为玄言诗和谢灵运山水诗之间搭建了一座桥梁，体现晋宋之际山水审美意识的嬗变过程。

　　早在春秋战国时期，儒家和道家就表现出对自然山水的喜好。例如，在《论语·先进》中，孔子称赞曾点"浴乎沂，风乎舞雩，咏而归"的自然山水观。庄子主张"万物与我为一"的思想。先秦诗歌中也不乏对自然景物的优美描写。例如，《诗经·小雅·采薇》："昔我往矣，杨柳依依；今我来思，雨雪霏霏。"[②] 又如，屈原《九歌·湘夫人》："帝子降兮北渚，目眇眇兮愁予，嫋嫋兮秋风，洞庭波兮木叶下。"[③] 这些对自然景物的描写说明人对大自然有某种领悟，但这些描写并没有将自然景物视为审美对象，自然景物只是起着烘托陪衬主题的作用。

　　早期的山水观主要是一种崇拜山川神祇的自然宗教观。以孔子为代表的

---

① 〔清〕沈德潜著，霍松林校注：《说诗晬语》，人民文学出版社 1979 年版，第 203 页。

② 程俊英、蒋见元校注：《诗经注析》，中华书局 2008 年版，第 468 页。下文注释中凡出现《诗经注析》的，只标注页码。

③ 《楚辞补注》，第 64—65 页。

儒者，用伦理道德的善来比附自然山水。例如，孔子提出"知者乐水，仁者乐山。知者动，仁者静。知者乐，仁者寿"①。这种"比德"山水观是从道德的角度来观察山水，并且以之作为人生修养的方式，达到塑造完美人格的目的。儒家的山水审美意识所揭示的山水之乐并不在于山水美的形式本身，而是注重山水之中蕴含的某种美德精神，这样的精神境界因为局限于道德层面而未能达到纯粹的审美境界。道家认为，"天地与我并生，万物与我为一"②，"天地有大美而不言，四时有明法而不议，万物有成理而不说。圣人者，原天地之美而达万物之理，是故至人无为，大圣不作，观于天地之谓也"③。道家更强调顺应自然，法自然之道，将自然山水之性融入自我当中。

随着魏晋玄学的兴起，人们追求那种与山水同乐、忘却现实尘嚣的精神自由。人们开始把山水当作纯粹的美，并且在这种自然美中陶冶性情。人们对待自然山水的态度也开始发生转变。例如，《世说新语·言语》曰：

"简文入华林园，顾谓左右曰：'会心处不必在远，翳然林水，便自有濠、濮间想也，觉鸟兽禽鱼，自来亲人。'"④

"顾长康从会稽还，人问山川之美。顾云：'千岩竞秀，万壑争流，草木蒙笼其上，若云兴霞蔚。'"⑤

山水能使人"畅神""人情开涤""神超形约"，使人"神以之畅""欣以永日"。玄学使人们从山水宗教观和比德观中脱颖而出。孙绰《太尉庾亮碑》曰："公雅好所托，常在尘垢之外，虽柔心应世，蠖屈其迹，而方寸湛然，固以玄对山水。"⑥ 所谓"以玄对山水"，就是从山水中去寻找与老庄玄理冥合的契机，但是主体的精神还未与山水达到真正的融合统一。经过"以玄对山水"之后，山水乃是自然造化之道和宇宙存在之理，于是"山水是

---

① 《论语译注》，第62页。
② 《庄子集释·齐物论》，第79页。
③ 《庄子集释·知北游》，第735页。
④ 〔南朝宋〕刘义庆著，〔梁〕刘孝标注，余嘉锡笺疏：《世说新语笺疏》，中华书局2007年版，第39页。下文注释中凡是出现《世说新语笺疏》的地方，只标注页码。
⑤ 《世说新语笺疏》，第170页。
⑥ 《全晋文》卷六十二，第648页。

道"新意识产生，在观赏山水中达到物我情契、虚静无为、逍遥无待的境界，自然山水便具有了浓厚的主观情感色彩。

　　慧远与僧俗弟子的诗歌反映出的佛教山水审美观与玄学的山水审美在观念上有何差异呢？在"以玄对山水"的玄言诗中，丘壑山水乃是内心追求自由的外在表现，山水具有主观情感的色彩，正所谓"会心处不必在远。翳然林水，便自有濠、濮间想也。觉鸟兽禽鱼，自来亲人"①。与这种"以玄对山水"的思路不同，慧远等人在吟咏山水之时，山水外物与游览者之间是主客分离的关系。"其为神丽，亦已备矣"的石门涧风景固然使得"众情奔悦，瞩览无厌"，然而能够致神畅心乐的心境和难以理测的"状有灵焉"的现象才是慧远及其僧徒追求所在。他们虽然被周遭美景感动，但对于外物的态度是"退而寻之，夫崖谷之间，会物无主。应不以情而开兴，引人致深若此，岂不以虚名朗其照，闲邃笃其情耶？……俄而太阳告夕，所存已往，乃悟幽人之玄览，达恒物之大情，其为神趣，岂山水而已哉"②。慧远等佛教门徒的山水观已非常明朗，体悟隐士们的山水乐趣，通达万物之情，目的就是"其为神趣，岂山水而已哉"，这里的"神趣"即佛理。《沙门不敬王者论》曰："夫神者何邪？精极为灵者也。精极则非卦象之所图，故圣人以妙物而为言。虽有上智，犹不能定其形状，穷其幽致。"③ 在慧远看来，"神"是精极而灵妙的，无形无相，不能用卦象描述，虽可意会不可言传。"前者采取与物合一的齐物达观点态度，以求与山水等外物达至精神上的融合，从而引发'托体自然'的心理效应，暂时忘却世累尘劳；而后者则始终保持着与外物的距离，以立足山水相对待的角度观照其景，着重从景物间关系变化的层面上体悟佛理。"④ 玄学派与佛教派的山水审美意识在诗歌方面的不同之处在于，玄言诗一类以求与外物保持精神的相互融合，而佛教派山水诗则是主客体的独立，客体山水与主体人物之间保持着一定的距离。这个时期的佛教自然观与

---

① 《世说新语笺疏·言语》，第 39 页。
② 《庐山历代诗词全集》，《游石门并序》，第 15 页。
③ 《弘明集》，第 327 页。
④ 陈道贵：《从佛教影响看晋宋之际山水审美意识的嬗变——以庐山慧远及其周围为中心》，《安徽大学学报》（哲社版），2000 年第 24 卷第 3 期，第 79 页。

玄学的自然观是一种相互融合的状态。

　　将《游石门并序》与东晋玄言诗人忘情山水、歌咏自然的《兰亭集序》进行对比，我们会发现其中的相通之处：其一，《游石门并序》的序文结构与《兰亭集序》相似；其二，诗歌都是先描写山水景物，再接着抒情言怀，最后转向言理。当然这些都是形式层面，而二者的精神实质却大不相同。"与'兰亭禊集'之向往心灵深层的生命永恒相为辉映的，是庐山高僧慧远对山水境界中沉冥之趣的追求。会稽与庐山既为晋宋期间东南两大山水游集热点，则佛教与山水文化之关联当以庐山为最。"① 《游石门并序》提到游览的目的是吟咏山水，在山水的变幻之中他们发现"开阖之际，状有灵焉"。在佛徒心目中，大自然的美都以"神"为指归，而山水只是载道。石门涧的美景都是神的理念的感性显现，是微妙至极、无所不在的神明的形影。"玄学是将从自然山水中隐约窥见的绝对，再以自然景观（或艺术的）形式来加以呈现，把抽象的绝对化可以直接观照的感性形态，以现玄远之致。而佛学则进一步明确和强化了美和艺术中'物感''形神'这些重要范畴，特别是对自然审美中超感性的精神要素的强调，给中国传统山水文化的发展以重大影响。"②

　　佛教崇尚自然，从山水林泉中区体察生命、宇宙的真谛和幽韵，物我互融，完全沉浸在直指本心的自我观照之中，与世相忘。"在慧远的山水文化观念中，特别强调精神的主导性，强调佛为万感之宗，强调自然山水带来的审美愉悦，乃是一种难以言传的对神明之精神境界的把握。"③ 慧远追求"沉冥之趣"，这是一种对神明世界不可言传又难以描摹的神秘体验。慧远在写给刘遗民信中说："每寻畴昔，游心世典，以为当年之华苑也。及见《老》《庄》，便悟名教是应变之虚谈耳。以今观之，则知沉冥之趣，岂得不以佛理为先？"④ 所谓"沉冥"，就是"冥神绝境"，凝神专一，涤除杂念，达到一

---

① 李亮：《诗画同源与山水文化》，中华书局 2004 年版，第 39 页。下文注释中凡是出现《诗画同源与山水文化》的地方，只标注页码。
② 《诗画同源与山水文化》，第 49 页。
③ 《诗画同源与山水文化》，第 48 页。
④ 《庐山诗文金石广存》，第 14 页。

种泯然无迹的境界。佛家眼中的山水之美并非来源于山水形质的自身，而是出自"神"的"冥移之功"，那么"神"的地位显然要高于"形"。山水形质中寄寓着"神"，"神"的观念又与事物的"形"、人的"情"互为联系。慧远和僧徒游览山水而引发的山水审美愉悦，就是"神"寄寓山水形质中的结果。

佛教强调在幽静的自然环境中冥想悟道，慧远在玄学思想的影响下吸收了道家的观念，将自然山水看作"法身"的象征，这种自然观无疑影响了谢灵运及其山水诗创作，谢灵运以"初发芙蓉，自然可爱"[①] 的诗歌最终成了划时代的山水诗鼻祖。宗炳的"畅神"论在"以玄对山水"的观念上进一步发展为"以佛对山水"。宗炳在《画山水序》中提出"澄怀味像""山水以形媚道"。"澄怀"与老子的"致虚极、守静笃"、庄子的"心斋""坐忘"意同，"味像"与"观道"意同。到了晋宋以后，尤其是唐宋以后，中国山水诗画追求一种物我两忘、物我合一的浑融意境。

《文心雕龙·明诗》描述了当时诗歌的发展风貌：

> 江左篇制，溺乎玄风，嗤笑徇务之机，崇盛亡机之谈。袁、孙已下，虽各有雕采，而辞趣一揆，莫与争雄。所以景纯《仙篇》，挺拔而为俊矣。宋初文咏，体有因革；庄、老告退，而山水方滋。俪采百字之偶，争价一句之奇；情必极貌以写物，辞必穷力而追新，此近世之所竟也。[②]

"庄、老告退，而山水方滋"，并不是说山水诗中就没有了老庄思想，而是谢灵运的山水诗将玄理融于模山范水之中，更加具有深微的内涵，更显得精致，决然不同于那些"理过其辞，淡乎寡味"的玄言诗。"情必极貌以写物，辞必穷力而追新"，山水自然之美的自觉意识逐渐进入了艺术的殿堂，人们不仅游山玩水，流连忘返，而且在游山玩水中用诗文或者绘画等艺术形式赞美山川之美，大自然的山水之美成为诗歌和绘画的重要题材。宗白华先

---

① 〔唐〕李延寿撰：《南史》，中华书局 1975 年版，第 881 页。

② 〔梁〕刘勰著，陆侃如、牟世金译注：《文心雕龙译注》，齐鲁书社 1995 年版，第 144 页。

生在论述山水美时这样说道:"晋宋人欣赏山水,由实入虚,即实即虚,超入玄境。当时画家宗炳曰:'山水质有而趣灵。'诗人陶渊明的'采菊东篱下,悠然见南山','此中有真意,欲辨已忘言';谢灵运的'溟涨无端倪,虚舟有超越';以及袁彦伯的'江山辽落,居然有万里之势'。王右军与谢太傅共登冶城,谢悠然远想,有高世之志。荀中郎登北固望海曰:'虽未睹三山,便自使人有凌云意。'晋宋人欣赏自然,有'目送归鸿,手挥五弦',超然玄远的意趣。这使中国山水画自始即是一种'意境中的山水'。宗炳画所游山水悬于室中,对之曰:'抚琴动操,欲令众山皆响!'郭景纯有诗句曰:'林无静树,川无停流',阮孚评之曰:'泓峥萧瑟,实不可言,每读此文,辄觉神超形越。'这玄远幽深的哲学意味渗透在当时人的美感和自然欣赏中。"①

佛学对山水审美意识起到了巨大的推动作用,庐山诸道人所作的《游石门并序》所蕴含的自然山水观为山水诗和山水画的兴起拉开了序幕。晋宋以后的士人们开始集中自觉地将山水之美和山水之乐呈现为文人的精神形式,艺术作品呈现出"山水精神"。这种"山水精神"也是"人"的精神,是人在追求自然美的过程中,出现了审美的自觉化,从中获得精神的慰藉和满足。无论是文学作品还是绘画,山水自然之美具有了独立的审美品格,山水之美成为人们自觉的审美对象。正如李泽厚、刘纲纪先生所说:"佛学是通过对整个社会的思想的影响而影响美学的。"②

---

① 宗白华:《美学散步》,上海人民出版社 2005 年版,第 359 页。
② 《中国美学史》,第 360 页。

第二章

佛教影响下庐山山水诗画的兴起

第一节　宗炳的《画山水序》:"山水以形媚道"

　　人们对于自然山水美的认识经历了由"以玄对山水"到"以佛对山水"的过程。以慧远为代表的佛僧开创了佛理与山水融合的自然山水审美观,其中宗炳和谢灵运深受影响,他们的山水画论和山水诗开始成为"走向山水的玄佛艺术精神"。宗炳在玄学、佛学等观念的共同影响下,尤其是在慧远《万佛影铭并序》思想上加以具体应用和发挥,从"以佛对山水"的新角度提出有关山水美学的画论观。在宗炳看来,山水"质有而趣灵""山水以形媚道,而仁者乐",因而在欣赏自然山水和山水画时要"澄怀味像",继而"神超理得",获得"畅神"的审美娱乐功能。

　　东晋高僧道安主张"宅心本无",清除各种妄想杂念,泯然无心进入佛教的最高境界。慧远在"神不灭论"基础上提出"法性论",与道安的"本无论"一脉相承。这种观点代表了晋宋之际的佛学思潮,并且当时的社会审美心理受这股佛学思潮的影响。东晋时期人物的品藻标准引用"神"的概念,这种带有玄学味的"神"又逐渐融入佛学的精髓。汤用彤先生在《理学·佛学·玄学》中说:"其后人伦识鉴乃渐重神气,形体可知,神气难言,而入于虚无难言之域。"[①]"神"的概念作为理想人格的标志,在般若学的推

---

①　汤用彤:《理学·佛学·玄学》,北京大学出版社 1991 年版,第 323 页。

动下演变为代表时代审美心理的审美范畴。在宗炳《画山水序》出现之前，顾恺之提出"以形写神"的绘画理论："四体妍媸，本亡关于妙处，传神写照，正在阿堵之中。"① 当然这里的"神"主要是指人物画中的人的精神。顾恺之画过不少佛教人物画，曾经还画过《庐山图》，可惜此画未能流传下来。顾恺之画佛教人物画，又在庐山待过，而慧远与顾恺之是同时代人，慧远三十年都居于庐山上，庐山在当时又是南方佛教重镇。因此，顾恺之与佛教之间必然有所联系。

　　除了"神"，还有"照"，反映出佛学对当时山水画论的影响。佛学典籍中常出现"照"的概念，这个概念是指"新的一种神妙无方的直觉认知的能力，是和人的精神相联系的"②。例如，慧远《念佛三昧诗集序》说，"气虚则智恬其照，神朗则无幽不彻"，"鉴明则内照交映，而万象生焉"③。"形"的描写是为了"写神"，"写照"的本质是"传神"。顾恺之在《魏晋胜流画赞》中提出："凡画，人最难，次山水，次狗马，台榭一定器耳，难成而易好，不待迁想妙得也。"④ 顾恺之的"迁想妙得"抓住了玄学和佛学共有的思想，然而"传神写照"论还是局限于人物画，而"山水"之类无生命者皆无神可传。南齐画家谢赫评价顾恺之"格体精微，笔无妄下；但迹不逮意，声过其实"⑤，描写人物可谓精微，然而却未能传神达意，并提出"气韵生动"等六画法。

　　宗炳继承慧远《万佛影铭并序》的佛学思想，提出"山水以形媚道""神本亡端，栖形感类，理入影迹"等山水画论。《画山水序》产生于一个儒释道融合的大时代背景下，自然也摆脱不了时代思想的束缚。在《画山水序》中，宗炳既吸收了玄学思想，又在此基础上继承和发挥慧远的"形象本

① 〔唐〕张彦远著，俞剑华注释：《历代名画记》，上海人民美术出版社 1964 年版，第 98 页。

② 黄河涛：《禅与中国艺术精神的嬗变》，商务印书馆国际有限公司 1994 年版，第 202 页。

③ 《全晋文》卷一百六十二，第 1785 页。

④ 俞剑华：《中国画论类编》，人民美术出版社 1957 年版，第 347 页。下文注释中凡出现《中国画论类编》的，只标注页码。

⑤ 《中国画论类编·古画品录》，第 360 页。

体"思想以及形神论，对自然山水有了重新的认识。慧远的佛学思想提到佛像与法身的关系，《襄阳丈六金像颂并序》《万佛影铭并序》等从佛教的角度探讨现象与本体的关系。"在本体与现象的问题上，慧远的思想可以概括为一种'形象本体'之学，即以形象的审美体悟本体，这是慧远'形象本体'之学具有重要美学思想意义的内在原因……从佛教信仰活动和审美的角度上来看，慧远佛教思想的一个重要特点是重视通过形象的欣赏领悟本体，审美和哲理体悟相结合。"① 换言之，宗炳自觉地站到佛教的立场，利用佛理加深对山水的新理解。对此，李泽厚、刘纲纪《中国美学史》认为："慧远以世界万物的美为佛的精神的感性体现，显然还包含着一个重要的思想，那就是认为美是'神'表现于形的结果。这也同时意味着美包含两个相互联系的方面：一个是'形'，另一个是'神'，而'形'是'神'的表现，美为'形'与'神'的内在的合一。"② 慧远对佛像与法身、形神关系的探讨，对美与艺术的认识来说，是中国美学史上的一大进展，宗炳的山水画艺术论应用和发挥了慧远的这一思想。

《画山水序》是宗炳佛教思想在画论中的体现，也是佛教思想在我国画论中的第一次出现，开创了山水画论的先河：

圣人含道应物，贤者澄怀味像。至于山水质有而趣灵，是以轩辕、尧、孔、广成、大隗、许由、孤竹之流，必有崆峒、具茨、藐姑、箕首、大蒙之游焉。又称仁智之乐焉。夫圣人以神法道，而贤者通，山水以形媚道，而仁者乐，不亦几乎？

余眷恋庐衡，契阔荆巫，不知老之将至。愧不能凝气怡身，伤砧石门之流，于是画象布色，构兹云岭。夫理绝于中古之上者，可意求于千载之下；旨微于言象之外者，可心取于书策之内。况乎身所盘桓，目所绸缪，以形写形，以色貌色也。且夫昆仑山之大，瞳子之小，迫目以寸，则其形莫睹，迥以数里，则可围于寸眸。诚由去之稍阔，则其间弥

---

① 蔡彦峰：《慧远"形象本体"之学与宗炳〈画山水序〉的理论建构》，《南京师范大学文学院学报》，2011 年第 2 期，第 120 页。

② 《中国美学史》，第 336 页。

小。今张绢素以远应，则昆阆之形，可围于方寸之内。竖划三寸，当千仞之高；横墨数尺，体百里之迥。是以观画图者，徒患类之不巧，不以制小而累其似，此自然之势。如是，则嵩华之秀，玄牝之灵，皆可得之于一图矣。

夫以应目会心为理者。类之成巧，则目亦同应，心亦俱会。应会感神，神超理得，虽复虚求幽岩，何以加焉？又神本亡端，栖形感类，理入影迹，诚能妙写，亦诚尽矣。于是闲居理气，拂觞鸣琴，披图幽对，坐究四荒，不违天励之藂，独应无人之野。峰岫峣嶷，云林森眇，圣贤暎于绝代，万趣融其神思，余复何为哉？畅神而已，神之所畅，孰有先焉！①

第一段可以看作《画山水序》的总纲。"圣人含道应物，贤者澄怀味像"，宗炳所说的"道"是统领儒、道、玄的佛学之"道"，"圣人"对应"佛"，对"佛"来说，"以神法道"；对"山水"来说，"以形媚道"。山水有感于佛的"神道"而生，"形"只是佛"神道"的体现。无论是自然山川还是山水画，都能"以形媚道"，即通过外在的物象或者形象表现出"道"。"道"是最关键的因素，同时"道"离不开山川具体物象的表现。这是宗炳对慧远《万佛影铭》中"法性论"思想的具体阐发。这段总纲式的论述还提到了"贤者"和"圣人"，列举了儒、道两家的人物，他们都乐于从山水之中发现"仁智之乐"。"夫圣人以神法道，而贤者通，山水以形媚道，而仁者乐。"这里用儒、道的圣贤从山水之中发现"仁智之乐"来类比佛徒从山水之中体味佛学之"道"。"贤者"虽不能达到"圣人"的境界，但是可以"澄怀味像"。所谓"澄怀"，就是以虚静之心去观物，不杂有世俗的物欲，从而进入一种超功利的状态。这种"澄怀"与道家的"涤除玄鉴""心斋""坐忘"有异曲同工之妙，即所谓"疏瀹而心，澡雪精神"。"澄怀"是佛门的般若心境，是慧远在《念佛三昧诗集序》中提到的"专思寂想之谓"，由内心的清净而产生气虚明朗的精神状态，以此来观照万物。通过"澄怀"而

---

① 《中国画论类编》，第 583 页。

"味像"，玩味、寻索世间万象中佛的"神明"，领悟佛理。

宗炳接着说："至于山水质有而趣灵。""质有"指山水具体形状，是实体有形质的。在万象之中，山水是佛的"神明"的体现和产物。"趣灵"指山水形体中蕴含的灵魂，有灵妙的意趣之意，是山川作为审美对象而具有的活泼灵动的精神。"山水以形媚道"中的"媚"是亲顺、喜爱之意，这句与"质有而趣灵"意思类似，山水以富于魅力的形态与"道"相亲附，取悦于"道"，并显示出"道"的神妙。"澄怀味像""以形媚道"中的"味"字和"媚"字，颇能说明宗炳带着丰富的感情，审美地表现那些诱人的、美好的山川形象，从而达到"畅神"的功能。庐山诸道人所作《游石门并序》曰："乃悟幽人之玄览，达恒物之大情，其为神趣，岂山水而已哉！"宗炳认为山水凭借一定形态体现了佛家的"道"，圣贤者通过"澄怀味像"，从而体悟佛理，达到精神的愉悦。正因为如此，山水为仁者所乐。

第二段主要讲如何进行山水画创作以及山水画的意义。据《宋书·隐逸传》记载，宗炳"好山水，爱远游……有疾，还江陵。叹曰：'老疾俱至，名山恐难遍睹，唯当澄怀观道，卧以游之。'凡所游履，皆图之于室。谓人曰：'抚琴动操，欲令群山皆响。'"[①] 宗炳对自然山水的迷恋和喜爱到了无以复加的痴迷程度，在晚年甚至将曾经游览过的山水景色用画的形式记录下来，望画神游。宗炳怀念曾经游览过的名山，并且"画象布色"，在室内画山并卧以游之。"凝气"即凝神养气，"怡身"则是通过养神而达到养形。面对画中的山水美景，他认为只要用心去感受其中的意趣，一样可以达到感受真实自然的目的。宗炳提出"以形写形，以色貌色"，这是对山水画技艺的要求，要"类巧""妙写"，能够真实、传神地传达出"道"。"写形""貌色"必须与"媚道""传神"等统一起来。在讲了何以要进行山水画创作后，宗炳又对山水画的意义做了论述。宗炳认为，古人的道理之所以可以在后世得到传播，是因为即使难以用语言和形象来表达它们，还可以通过书籍来查阅。同理，自然山水也完全可以通过"以形写形，以色貌色"被保留记载下来传给后人。"且夫昆仑山之大……皆可得之于一图矣"，这一大段是宗

---

① 〔梁〕沈约撰：《宋书》，中华书局 1974 年版，第 2279 页。

炳作为画家提出的绘画技巧。相对于西方的焦点透视而言，这是中国式的描绘阔远事物的散点透视法。这种画法需要对山水的远近、高低、左右、大小等关系处理得当，通过有限的尺幅来体现山水形象，让人体会超越画面之外的意境美，"是以观画图者，徒患类之不巧，不以制小而累其似，此自然之势"。另外，山水画的外部形象是次要的，最终目的还是要凸显出蕴含在山水中的神理或者意趣，"山水以形媚道""质有而趣灵"。

宗炳在第三段又提出一个重要观点，即"畅神"论。山水之性灵能够洗涤人们的杂念，并使之从山水万象之中感悟虚静无为的佛理，这是对总纲"山水以形媚道""质有而趣灵"等观点的进一步补充。慧远认为，山水之中蕴含了佛理，人们欣赏山水是为了获得其中的神理或神趣。宗炳在此基础上提出"山水以形媚道"，山水凭借诱人的美好姿态体现了"道"，而贤者通过静观从中感悟到虚静无为的精神愉悦。画家只要能把山水形象巧妙地描绘出来，那么观画者便能从中领会神理，"应会感神，神超理得"，山水的神理是栖身于有形事物之中，不能被直观地看到。既然佛理是渗入有形的山水之中，那么画家只要能"妙写"，观者便可从中感悟"神理"。这种以山水为佛"神理"的影子观点源出于慧远的《万佛影铭并序》。宗炳在山水画创作中对形神的看法始终都是基于佛学观点"神不灭"论。在《万佛影铭并序》中，慧远认为，"理玄于万化之表，数绝乎无形无名者也。若乃语其筌寄，则道无不在""神道无方，触像而寄，百虑所会，非一时之感"①。这与《游石门并序》的"神本亡端，栖形感类，理入影迹"之意相契合。在《万佛影铭并序》中，慧远把这种思想同自然山水之美相结合："廓兮大象，理玄无名。体神入化，落影离形。迥晖层岩，凝暎虚亭。在阳不昧，处暗愈明。婉步蝉蜕，朝宗百灵。应不同方，迹绝而冥。"②以"神理"来观照山水，山水便大放光彩，这也就是宗炳所谓的"山水以形媚道"之意。

接着，宗炳讲山水画的价值。当一幅山水画创造完成后，画家"拂觞鸣琴，披图幽对"，悠然自得，并在观赏作品中与天地万物合而为一，逍遥于

---

① 《全晋文》卷一百六十二，第 1786—1787 页。
② 《全晋文》卷一百六十二，第 1787 页。

山林原野。"无人之野"出自《庄子·逍遥游》："今子有大树，患其无用，何不树之于无何有之乡，广莫之野，彷徨乎无为其侧，逍遥乎寝卧其下。不夭斤斧，物无害者，无所可用，安所困苦哉！"① 庄子借以无用为大用的比喻，来表达逍遥无为的思想。宗炳用庄子之喻表明，山水画可以供人获得逍遥无为的精神超越与解脱，由对山水的欣赏到与佛的神明进行合一，从而进入佛学超越世间的精神解脱境界，这就是"畅神"。这种通过绘画而得到的神情愉悦，稍晚于宗炳的南朝画家王微也有描述："望秋云神飞扬，临春风思浩荡。虽有金石之乐，珪璋之琛，岂能仿佛之哉！披图按牒，效异《山海》。绿林扬风，白水激涧。呜呼！岂独运诸指掌，亦以神明降之，此画之情也。"② 画家在自然景物面前感悟到"神"的妙处，便要通过自身的深思酝酿将其传达出来，因此山水画的本质在于，"本乎形者融灵，而动变者心也"。也就是说，山水画的山川之形与神灵是相通的。在宗炳看来，山水的形质是"有"，山水的精神是"无"，"有"的东西会转变为"无"，而"无"的东西在一定条件下会生出"有"。山水画必须"含道""味像""传神"，而"神本亡端""栖形感类""理入影迹"又在于"妙写""以形写形，以色貌色""万趣融其神思"。总之，宗炳强调形与神、象与道的统一。

宗炳《画山水序》以"畅神"为山水画的本质和功能所在的观点明显承继了慧远的思想。庐山诸道人的《游石门并序》早已提到山水可以使人"神以之畅"，以山水为审美客体，描绘和欣赏山水的"神丽"并从中领悟山水蕴含的"神趣"。关于《画山水序》这篇画论的美学意义，李泽厚、刘纲纪在《中国美学史》中说："第一，《画山水序》的'山水质有而趣灵''山水以形媚道'的观点，明确地肯定了现实的山水的感性形象的美在于它是'灵''道'的表现。第二，和宗炳形神问题解决相联，它从美的欣赏角度提出了'澄怀味像''应目会心''应会感神，神超理得'的观点。第三，宗炳提出山水画的作用不过在'畅神而已'，这虽然是立足于佛学的说法，但它强调了艺术的重要作用在于给人以一种精神上的解脱，突出了艺术的审美

---

① 《庄子集释》，第40页。
② 《中国画论类编·叙画》，第585页。

特征。"① 山水作为"道"的表现，同时也是"神"的表现，山水画虽然是"以形写形，以色貌色"，但是目的不在形色本身，而是在山水之灵和山水之神。由于"神"是表现于"形"之中的，"形"的美全在于它是"神"的感性的呈现，因此要以一种超功利的欣赏情怀去直观形象，用心去领会和把握精神。

魏晋思想的审美观经历了"以玄对山水"进而到"以佛对山水"，通过表现山水的艺术形式来体现玄佛主旨。宗炳的《画山水序》从"道""妙写""畅神"等角度对山水画的形象等问题进行了论述，对后世的山水画创作产生了深远的影响。不过，宗炳的"畅神"论主要停留在宇宙本体的人格神上，而将"神"的位置真正落实到人本主体，即人的内心，只能期待唐宋之际的禅宗艺术精神来完成使命。到了唐宋佛禅思想成熟发展的时期，人的审美活动才终于达到了相对而言的绝对超越。

第二节　谢灵运的庐山山水诗：
山水与佛理的结合

据《宋书·谢灵运传》记载："有晋中兴，玄风独振，为学穷于柱下，博物止乎七篇，驰骋文辞，义单乎此。自建武暨乎义熙，历载将百，虽缀响联辞，波属云委，莫不寄言上德，托意玄珠，遒丽之辞，无闻焉尔。仲文始革孙、许之风，叔源（谢混）大变太元之气。爰逮宋氏，颜、谢腾声。灵运之兴会标举，延年之体裁明密，并方轨前秀，垂范后昆。"② 谢灵运"凭情以会通，负气以适变"，开创了"情必极貌以写物，辞必穷力而追新"的山水诗时代，奠定了"庄老告退，而山水方滋"的诗坛新格局。

最早指出谢灵运山水诗蕴含佛理的是皎然，他在《诗式·重意诗例》中

① 《中国美学史》，第493—495页。
② 〔梁〕沈约撰：《宋书·谢灵运传》，中华书局1974年版，第1778—1779页。下文注释凡是出现《宋书·谢灵运传》的地方，只标注页码。

评论道："两重意以上，皆文外之旨。若遇高手，如康乐公，览而察之，但见情性，不睹文字，盖诣道之极也。向使此道，尊之于儒，则冠六经之首。贵之于道，则居众妙之门。精之于释，则彻空王之奥。"① 谢灵运的山水诗一方面展示出自然山水的清晖之美，另一方面又深蕴佛理。谢灵运以佛教的眼光去观照自然山水，从中获得人生启示和情感的寄托，因此诗歌创作自然就带有佛学色彩。谢灵运《述祖德》诗曰："遗情舍尘物，贞观丘壑美。"② 这就是"以佛教哲学为先导，将山水客观认作某种理义精神的实在形式，透过物质的外相，探求其精神奥府，通过物我交流，获得愉悦。这样的观照，是哲学与审美的融合"③。

　　谢灵运与佛教关系非常密切，与慧远交情深厚。东晋义熙七年（公元411年），后将军刘毅任江州都督兼刺史，谢灵运跟随至江州，并且在庐山见到慧远，对慧远本人倾心崇拜。《高僧传·慧远传》曰："陈郡谢灵运负才傲俗，少所推崇，及一相见，肃然心服。"④ 谢灵运在《庐山慧远法师诔》中高度赞扬慧远："五百之季，仰绍舍卫之风；庐山之阴，俯演灵鹫之旨，洋洋乎未曾闻也。"⑤ 慧远曾于义熙八年（公元412年）五月在庐山建台立佛像，义熙九年（公元413年）九月作《万佛影铭》，特地派人去建康请谢灵运作《佛影铭》。义熙十三年（公元417年）八月，慧远卒于庐山，谢灵运撰写《庐山慧远法师诔》以表悼念之情，"人天感瘁，帝释恸怀"，"川壑如丘，山林改容"⑥。谢灵运不仅与佛教徒慧远、道生、宗炳等人有密切交往，而且还撰写了《辨宗论》，注释过佛家经典《金刚经》，参与翻译《大般涅槃经》，撰写《十四音训叙》。

　　佛学思潮给谢灵运带来了探索和实践山水诗创作新思维。"慧远由形神

① 〔唐〕皎然著，李壮鹰校注：《诗式校注》，人民文学出版社2003年版，第42页。
② 顾绍柏校注：《谢灵运集校注》，中国古籍出版社1987年版，第105页。下文注释中凡是出现《谢灵运集校注》的地方，只标注页码。
③ 张国星：《佛学与谢灵运的山水诗》，《学术月刊》，1986年第11期，第60页。
④ 《高僧传》，第221页。
⑤ 《庐山诗文金石广存》，第17页。
⑥ 《庐山诗文金石广存》，第18页。

思想发展出的形象本体之学，诱发了晋宋之际山水艺术对山水自身形象的重视和表现，这一点在谢灵运山水诗中表现得很明确。"① 形象本体之学即是由慧远的形神论佛学思想发展而来的美学观，"形"与"神"之间的关系就如同形象与本体，本体或者"神"的深刻内涵通过形象之美、"形"之美来体现，"神"又使"形"得到深化，二者融合为一。谢灵运还接受竺道生的"顿悟成佛义"说。"《辨宗论》中所阐述的顿悟求宗的思维方式及'真知''入照'等思想，对我们理解谢氏山水诗中的这些因素及诗境的某些特点乃至山水诗的审美观都有一定的帮助。"② "入照"是顿悟后产生的微妙效果，是把握住精神性本体的刹那表现。谢灵运撰写的《辨宗论》主要讨论顿悟求宗的思维方式，反复探讨通过自觉的顿悟来灭除情累、体悟宗极、求得真知，真知的人生便是自觉和自由的人生。

《诗品》曾引用《谢氏家录》记载的一个故事："康乐每对惠连，辄得佳语。后在永嘉西堂，思诗竟日不就。寤寐间忽见惠连，即成'池塘生春草'。故尝曰：'此语有神助，非吾语也。'"③ 所谓"神助"大概就是顿悟入照的艺术精神。皎然在《诗式》中也说："康乐公早岁能文，性颖神徹。及通内典，心地更精，故所作诗，发皆造极，得非空王之道助耶？"④ "内典"指佛典，谢灵运精通佛学佛理。"心地"是佛家用语，即心也，"以心生万法，如地之生万物然"。"空王之道"亦指佛道。具有一定的佛学和艺术素养的谢灵运将这种宗教哲学美学观应用到了山水诗创作中。

谢灵运创作山水诗主要是因为仕途的不顺，不得已才借助山水之美来逃避残酷的现实。白居易《读谢灵运诗》对此有所描述：

吾闻达士道，穷通顺冥数。通乃朝廷来，穷即江湖去。谢公才廓落，与世不相遇。壮志郁不用，须有所泄处。泄为山水诗，逸韵谐奇

① 蔡彦峰：《论谢灵运山水诗对慧远佛教美学思想的创造性发展》，《南京师范大学文学院学报》，2006年第3期，第107页。
② 钱志熙：《谢灵运〈辨宗论〉和山水诗》，《北京大学学报》（哲社版），1989年第5期，第46页。
③ 〔梁〕钟嵘著，古直笺，曹旭导读：《诗品》，上海古籍出版社2007年版，第45页。
④ 〔唐〕皎然著，李壮鹰校注：《诗式校注》，人民文学出版社2003年版，第118页。

55

趣。大必笼天海，细不遗草树。岂惟玩景物，亦欲摅心素。往往即事中，未能忘兴谕。因知康乐作，不独在章句。①

谢灵运自贬官永嘉之后，为了排遣仕途不顺的种种情累，从山水自然中获得更多的乐趣，努力追求自觉而又自由的人生境界。谢灵运《山居赋》曰："援纸握管，会性通神。……爰暨山栖，弥历年纪。幸多暇日，自求诸己。研精静虑，贞观厥美。怀秋成章，含笑奏理。"② 又曰，"选自然之神丽，尽高栖之意得"，"谢平生于知游，栖清旷于山川"。③ 谢灵运将仕途的挫折抛于脑后，肆意邀游山水，并且将其视为精神所需，正如其在《游名山志序》中所言："夫衣食，生之所资；山水，性之所适。今滞所资之累，拥其所适之性耳。"④ 欣赏山水时，只有空虚心境、静虑其思，才能领略山水之美，从而进入淡泊虚静的精神世界，"观此遗物虑，一悟得所遣"⑤。谢灵运的山水诗刻画微妙，善于摄景，境界开阔，语言清丽而自然，白居易诗评价说："大必笼天海，细不遗草树。"

据《宋书·谢灵运传》记载，谢灵运到过庐山两次，一次是在东晋义熙七年（公元411年）追随调任江州刺史的刘毅；另一次是在刘宋元嘉九年（公元432年）担任临川内史，"在（临川）郡游放，不异永嘉"⑥。谢灵运在临川任上无所作为而被弹劾，与之前出任永嘉太守时留恋山水游玩无异。另据《宋书·谢灵运传》记载："少帝即位，权在大臣，灵运构扇异同，非毁执政，司徒徐羡之等患之，出为永嘉太守。郡有名山水，灵运素所爱好，出守既不得志，遂肆意游邀，遍历诸县，动逾旬朔，民间听讼，不复关怀。所至辄为诗咏，以致其意焉。"⑦ 诗人在政治上失意，于是寄情于山水之间。

刘宋永初三年（公元422年），谢灵运被排挤出京师任永嘉太守，任情

---

① 谢思炜：《白居易诗集校注》，中华书局2006年版，第603页。
② 《谢灵运集校注》，第333页。
③ 《谢灵运集校注》，第320页。
④ 《谢灵运集校注》，第272页。
⑤ 《谢灵运集校注》，第121页。
⑥ 《宋书·谢灵运传》，第1777页。
⑦ 《宋书·谢灵运传》，第1753页。

恣肆，致意于吟咏山水。诗人在隐居故乡始宁和最后一次出守临川期间，创作了大量山水诗。顾绍柏在《谢灵运集校注》中这样写道："一个很有趣的现象是，他曾两次到庐山，一次是东晋义熙七年，一次是刘宋元嘉九年，前一次未闻有题咏传世，第二次则写了《入彭蠡湖口》《登庐山绝顶望诸峤》（今存残篇）。第一次何以无诗作传世？盖因他当时追随刘毅，急求功名，所以尽管他置身名山大川间，也是视而不见。第二次则不一样了，他已隐居多年，对官场和政敌的憎恶与日俱增，出守完全是身不由己，所以他要借山水诗来发泄胸中愤懑。"①

虽然本人也比较认同顾绍柏先生对谢灵运庐山创作山水诗阶段的分析，但是顾绍柏先生将谢灵运的《于南山往北山经湖中瞻眺》归于第一次隐居故乡始宁时期所作（景平元年至元嘉三年，即公元423—426年），把《石门新营所住四面高山回溪石濑茂林修竹》《登石门最高顶》《石门岩上宿》归于第二次隐居故乡始宁时期所作（元嘉五年至元嘉八年，即公元428—431年），还有待商榷。我们先将这几首诗分别列举出来一一分析，一则分析诗歌的审美文化特征，二则从诗歌文本以及相关资料中找出相关的创作背景。

例如，《于南山往北山经湖中瞻眺》诗曰：

> 朝旦发阳崖，景落憩阴峰。舍舟眺迥渚，停策倚茂松。侧径既窈窕，环洲亦玲珑。俛视乔木杪，仰聆大壑淙。石横水分流，林密蹊绝踪。解作竟何感，升长皆丰容。初篁苞绿箨，新蒲含紫茸。海鸥戏春岸，天鸡弄和风。抚化心无厌，览物眷弥重。不惜去人远，但恨莫与同。孤游非情叹，赏废理谁通？②

这是一首情、景、理相互生发的佳作，表达方式为景—理—情线型结构。诗歌对景物的描摹非常精密细致，将耳目所听所视一一摄入诗中，层层渲染，对仗比较工整，兼妙用对偶句。诗歌视角参差变幻，采取最佳的取景角度和透视方式，描绘出精致而又错落有致的和谐景象。这些远近交映、上

---

① 《谢灵运集校注》，第 29 页。
② 《庐山历代诗词全集》，第 70 页。

下错落、动静分明、色彩鲜明的山水洋溢着无限生机和天趣。"石横水分流，林密蹊绝踪"，既描绘石头静态的存在，同时又通过对水流的描绘反衬出石头活泼的动态变化。石头横亘水流之中，迫使溪水不得不分流而去，这样在动静之间的陪衬为诗歌增添了不少活力。诗人还善用动词拟人化手法，使两个不相关的自然景物被勾连在一起，物体之间达到彼此关联，浑然一体。例如，"海鸥戏春岸，天鸡弄和风"。又如，"绿篠"和"紫茸"色彩搭配鲜艳，并且"初篁"与"新蒲"呈现新鲜细嫩的状态，这些都彰显了生命的跃动，诗人以出神入化之笔传递出自然的神韵。"抚化心无厌，览物眷弥重"，诗句由景物描写转入对自然山水的感悟哲理升华。谢灵运不像慧远等僧徒群游，他喜欢独游山林之间，诗人的观赏绝不会因为孑然一身的状况而退出。

顾绍柏先生将谢灵运这首诗归于第一次隐居故乡始宁时期所作，其依据是谢灵运《山居赋》中所述："若乃南北两居，水通陆阻。观风瞻云，方知厥所……求规其路，乃界北山。"自注曰："两居谓南北两处，各有居止。"[1] 黄节先生《谢康乐诗注》引李善注曰："南山是开创卜居之处也。又曰：'大小巫湖，中隔一山，然往北山，经巫湖中过。'"[2] 根据《宋书·谢灵运传》记载，《山居赋》作于谢灵运第一次隐居故乡始宁时。"灵运父祖并葬始宁县，并有故宅及墅，遂移籍会稽，修营别业，傍山带江，尽幽居之美。与隐士王弘之、孔淳之等纵放为娱，有终焉之志。……作《山居赋》并自注，以言其事。"[3]《山居赋》为始宁所作已无疑问，然而《于南山往北山经湖中瞻眺》中的"南山"是否就一定是《山居赋》中所指的"南山"，在今浙江嵊县境内？民国时期的吴宗慈先生《庐山志》将谢灵运的《于南山往北山经湖中瞻眺》收录到《艺文》中。不仅如此，《庐山历代诗词全集》也收录了谢灵运的这首诗。比谢灵运大20岁的陶渊明，曾经多次在其诗歌中提到"南山"一词。例如，《归园田居五首》中的"种豆南山下，草盛豆苗稀"，《饮酒》中的"采菊东篱下，悠然见南山"。"南山"指的即是庐山。东晋庾亮

① 《谢灵运集校注》，第 329 页。
② 〔晋〕谢灵运著，黄节校注：《谢康乐诗注》，人民文学出版社 1958 年版，第 75 页。
③ 《宋书·谢灵运传》，第 1754 页。

《翟征军赞》曰："景命不延，卒于寻阳之南山。"① 可见，东晋时已有将庐山称为南山的叫法。清蔡瀛《庐山小志》卷一三也收录了此诗，谢灵运有关"石门"的诗作也被收录于志中。因此，谢灵运的《于南山往北山经湖中瞻眺》究竟是作于始宁还是庐山，尚存争议。

又如，《石门新营所住四面高山回溪石濑茂林修竹》诗曰：

> 跻险筑幽居，披云卧石门。苔滑谁能步，葛弱岂可扪。袅袅秋风过，萋萋春草繁。美人游不还，佳期何由敦。芳尘凝瑶席，清醑满金罇。洞庭空波澜，桂枝徒攀翻。结念属霄汉，孤景莫与谖。俯濯石下潭，俯看条上猿。早闻夕飙急，晚见朝日暾。崖倾光难留，林深响易奔。感往虑有复，理来情无存。庶持乘日车，得以慰营魂。匪为众人说，冀与智者论。②

这首诗叙事、写景、言情具备，景象繁密，层次分明。此外，谢灵运善于用典，在诗歌中大量地运用了楚辞典故，使得诗歌含蕴悠远。例如，"袅袅秋风过"源于《楚辞·九歌·湘夫人》的"袅袅兮秋风"，形容风吹树木的婀娜姿态。"萋萋春草繁"一句源于《楚辞·招隐士》的"王孙游兮不归，春草生兮萋萋"③，形容草木茂盛。此处的"美人"代指诗人的友人，好友远游不归，不知何日能相会。座席上积满了灰尘，美酒满樽，可是友人久不归来，无法品尝美酒佳肴。"洞庭空波澜"一句翻用《楚辞·九歌·湘夫人》的"洞庭波兮木叶下"，用于指眼前的洞庭实景。"桂枝徒攀翻"一句改用《楚辞·九歌·大司命》的"结桂枝兮延伫，羌愈思兮愁人"④。诗人久等友人，却始终未见到他的影子。诗人对友人思念极深，远及云天，自己无比地孤寂落寞。李善注曰："孤影独处，莫与忘忧。"接下来的八句开始写景。"早闻夕飙急，晚见朝日暾。崖倾光难留，林深响易奔。"描写深山密林之景，出神入化。清王夫之曰："谢每于意理方行处，因利乘便。更即事

---

① 《全晋文》卷三十七，第 376 页。
② 《庐山历代诗词全集》，第 68 页。
③ 《楚辞补注》，第 233 页。
④ 《楚辞补注》，第 70 页。

而得佳胜,如'早闻夕飙急'四语是也。"①"感往虑有复,理来情无存"谈玄理,李善注曰:"言悲感已往,而夭寿纷错,故虑有回复;妙理若来,而物我俱丧,故情无所存,往,谓适彼可悲之境也。"②"感往虑有复,理来情无存",诗人听任性情自然,逍遥遨游,安慰自己的心灵。此种的妙处已无法讲明,唯有志同道合的人才能体会。

关于这首诗中的"石门"所指到底是今浙江嵊县的石门山,还是江西庐山之石门,目前仍存在争议。清王士禛《渔洋诗话》认为是江西庐山之石门,"谢康乐石门诗凡二:其一则《登石门最高顶》,所谓'晨策寻绝壁,夕息在山楼'者,永嘉之石门也。其一《石门新营所住四面高山回溪石濑茂林修竹》,所谓'践险筑幽居,披云卧石门'者,匡庐之石门也。桑乔《庐山纪事》最称简核,然取前一首,误矣"③。清方东树《昭昧詹言》则说:"(《登石门最高顶》)此题是登山,而诗所言栖息久止事,疑在《石门新营所住四面高山回溪石濑茂林修竹》后,与《夜宿石门》一类,皆永嘉石门。而王阮亭强分《石门新营所住四面高山回溪石濑茂林修竹》为庐山石门,而讥桑乔《庐山纪事》只取此首(《登石门最高顶》)而遗《石门新营所住四面高山回溪石濑茂林修竹》为失。愚按灵运在临川,日月虽无考,然时实不久,未必有营居事。细玩此三诗,皆无确证,阙其事可也。"④顾绍柏先生《谢灵运集校注》便采用了方东树所言,认定这几首有关石门的诗歌是诗人在浙江所作,而非在庐山所作。

本人以为谢灵运此三首诗中的石门乃是指庐山石门,其理由如下:第一,诗歌中有两处地名与庐山相关联。一处是"洞庭空波澜"。顾绍柏先生为其注释说,"非实指洞庭之波"。慧远曾作《庐山略记》曰:"山在江州浔阳南,南滨宫亭,北对九江。九江之南为小江,山去小江三十里余。左挟彭蠡,右傍通川,引三江之流而据其会……众岭中第三岭极高峻,人之所罕经

---

① 《古诗评选》,第206页。
② 〔梁〕萧统编,〔唐〕李善注:《文选》,岳麓书社2002年版,第951页。
③ 丁福保编:《清诗话》,上海古籍出版社1963年版,第182页。
④ 《昭昧詹言》,第149页。

也。太史公东游，登其峰而遐观，南眺五湖，北望九江，东西肆目，若陟天庭焉。"① 可见，诗人如果位于庐山之上是可以看到鄱阳湖的，此处虽引用楚辞之句，也有可能是由鄱阳湖景联想到楚辞中的洞庭湖。一处是"俯濯石下潭"。据志书记载，石门洞下确有一乌龙潭。《桑纪》引周景式《庐山记》曰："石门山在康王谷东北八十余里，是一山之大谷。有涧水名石门涧，为众泉之宗。每夏霖、秋潦，转石发树，声动数十里。水出岭端，有双石高耸，其状若门，因有石门之目。水道双石之中，悬流飞澍，近三百许步，望之连天，若曳飞练于霄汉之中。谷中有修林万顷，伟木千寻，日月之光罕照焉。"②《桑纪》曰："石门涧在文殊寺南。有潭，是为乌龙潭。"北魏郦道元《水经注》对此也有相关记载："庐山之北有石门水。水出岭端，有双石高耸，其状若门。因有石门之目焉。水导双石中，悬流飞瀑，近三百许步，下散漫十许步，上望之连天，若曳飞练于霄中矣。下有磐石，可坐数十人，冠军将军刘敬宣，每登陟焉。其水历涧，迳龙泉精舍南，太元中，沙门释慧远所建也。其下水入江南岭，即彭蠡泽西天子鄣也。峰磴险峻，人迹罕及。岭南有大道，顺山而下，有若画焉。"③

根据郦道元的记载，石门洞附近还有慧远建的龙泉精舍，谢灵运曾作有《石门岩上宿》诗，结合二者进行推测，谢灵运以及其他游览过石门洞的人很可能留宿于寺内，待休息一晚后继续跋山涉水，观览风景。这也就能解释清楚，即使谢灵运担任临川内史的现任期上没有足够的时间在庐山修筑别墅，也不排除他留宿于庐山其他住所。清查慎行《庐山游记》："精舍距绝壑之底，相传谢灵运所筑，自宋洪觉禅师隐居后竟废。明万历中，僧道香重建。下为龙潭，上为神龙宫。"④ 此处精舍并非慧远的龙泉精舍，而是谢灵运修筑的一处精舍。这个资料至少可以说明谢灵运在庐山石门洞是有住所的，并且他与慧远投缘，为了更方便接近慧远，在龙泉精舍附近筑新舍也是情理

---

① 《庐山诗文金石广存》，第 5 页。

② 《庐山志》，第 128 页。

③ 〔北魏〕郦道元著，陈桥驿校证：《水经注校证》，中华书局 2007 年版，第 924 页。

④ 《庐山诗文金石广存》，第 90 页。

之中的事情。另据《庐山记》记载："昔谢灵运既见远公，肃然心服，乃即寺翻《涅槃经》。因凿池为台。植白莲池中，名其台曰翻经台。今白莲池乃其故址。"①"山南黄龙山灵汤之东二里道旁，有谢康乐经台。"至于谢灵运凿莲花池和翻经台的遗迹被后人考证为子虚乌有，但即便没有白莲池和翻经台，谢灵运在石门涧附近的温泉建有居所完全有可能。

　　第二，谢灵运是王羲之的外孙，而王羲之曾担任过江州刺史。根据《晋书·王羲之传》记载，庾亮于340年向朝廷推荐王羲之任宁远将军、江州刺史。王羲之曾赋居在庐山之麓直至345年被朝廷正式任命为江州刺史，其任职前后大概有三年之久。事实上，王羲之也在归宗寺旁修筑了别墅。那么谢灵运去庐山游览时，可能会去温泉北面归宗寺旁的王羲之故宅，瞻仰先人的遗迹。谢灵运在其任职期间有充足的时间去游览各路风光，他去石门并且留有诗作也合情合理。

　　第三，根据谢灵运《游名山志》对石门山的记载，其描述十分类似庐山的石门涧，"石门山，两岩间微有门形，故以为称。瀑布飞泻，丹翠交曜"，"石门涧六处。石门溯水上，入两山口，两边石壁；右边石岩，下临涧水"。②

　　再如，《登石门最高顶》诗曰：

　　　　晨策寻绝壁，夕息在山栖。疏峰抗高馆，对岭临回溪。长林罗户穴，积石拥阶基。连岩觉路塞，密林使径迷。来人忘新术，去子惑故蹊。活活夕流驶，噭噭夜猿啼。沉冥齐别理，守道自不携。心契九秋干，目玩三春荑。居常以待终，处顺故安排。惜无同怀客，共登青云梯。③

　　谢灵运的山水诗能够做到情、景、理的交叉运用，在看似客观的描绘实景中却渗入了诗人的情感，"登山则情满于山，观海则意溢于海"。诗前部分写景，后部分言理，全诗通过一种"沉冥"的心态将前后两部分衔接起来，诗人由观物转到内心的沉思冥想。诗人从之前的"路塞""径迷"中解脱出

---

① 《庐山志》，第101页。
② 《谢灵运集校注》，第276—277页。
③ 《庐山历代诗词全集》，第69页。

来，进入了一个全新的境界——"守道"。《登石门最高顶》虽将写景和言理分成两部分，中间却由"沉冥"的心理状态将整首诗连接为一个整体。如果用宗炳《画山水序》的话来概括谢灵运诗歌的结构，应该就是"应目—会心—感神—理得"，写景说理，寓理于景，以景写理事。方回在《文选颜鲍谢诗评》中评"惜无同怀客，共登青云梯"时说："有独赏，有共赏，灵运思夫共赏者而不可得，则以独赏为憾。此尾句之意也，亦篇篇致意于斯。"

谢灵运有沉冥的兴趣爱好，加上痛感自己无知音，诗歌中常常出现孤独的游赏者形象，这种独赏的情感被写入诗歌中。谢灵运的诗有情志与名理的严重冲突，虽然他努力强调佛理的一面，但是个人的悲慨和人生的失意还是不经意间流露。谢灵运的山水诗极力铺排山水之美，其中有诗人作为失意人的落寞情感。山水既能给人形象的美感，又能慰藉人的精神。"介于阮籍和陶渊明之间的谢灵运，恰好是最需要象征精神自由的自然以纾解心灵的压抑、同时也有足够的能力占有和消费这种象征意义的人。"① 在谢灵运的这些清丽多姿的山水诗中，我们或许更多地注意到那些呈现于读者面前的曼妙山水风景，却忽视了在天才背后酝酿着寂寞和无奈的情感，谢灵运就将他的这些情感尽情地抛洒在山水诗中。谢灵运如此，李白亦如此。

《石门岩上宿》诗曰：

> 朝搴苑中兰，畏彼霜下歇。暝还云际宿，弄此石上月。鸟鸣识夜栖，木落知风发。异音同至听，殊响俱清越。妙物莫为赏，芳醑谁与伐。美人竟不来，阳阿徒晞发。②

这首诗歌全篇不见玄言，都是抒情言志，也是谢灵运诗歌中少有的不带玄言的诗篇。诗人通过抒写独宿石门岩的所见所听所感，抒发因无知音共赏而涌现的哀伤和幽独情怀。谢灵运非常善用典故，从前面解析的几首石门诗中也可以看到，他多次引用楚辞中的典故。这首诗的首尾分别引用了楚辞的

---

① 蒋寅：《超越之场：山水对于谢灵运的意义》，《文学评论》，2010 年第 2 期，第 95 页。

② 《庐山历代诗词全集》，第 69 页。

诗句，例如，"朝搴苑中兰"源于《离骚》"朝搴阰之木兰兮"①，"美人竟不来，阳阿徒晞发"源于屈原《楚辞·九歌·少司命》中的"与女沐兮咸池，晞女发兮阳之阿，望美人兮未来，临风怳兮浩歌"②。谢灵运通过沿用屈原的美人香草传统，表达自己遗世独立、幽怨难遣之情。这样遥相呼应的结构安排巧妙地透露出诗歌的主题。诗人喜爱描绘自然山水的空寂、幽清、肃穆的氛围。"暝还云际宿，弄此石上月"两句与诗题"石门岩上宿"遥相呼应，"云际"沿用《楚辞·九歌·少司命》的"夕宿兮帝郊，君谁须兮云之际"③，描写月夜清景。在表现生机勃勃、千姿百态的大自然时，诗人并不限于描写静态的空寂灵异，也能写动态变幻的空灵之境，"异音同至听，殊响俱清越"。"鸟鸣识夜栖，木落知风发"二句不加雕琢，浑朴自然，创造了一种静谧的意境。诗人在这种静谧的气氛里感知山林之中的清越音响，"沉冥"于其中，并且将审美感受化为聆听山籁的情致。"妙物莫为赏，芳醑谁与伐"，在谢灵运的诗中常出现"赏""玩"等字眼，体现出诗人热爱游览山水。最后两句诗发出无人共赏的喟叹。钟嵘《诗品序》对谢灵运给予了很高的评价："元嘉中有谢灵运，才高词盛，富艳难踪，固已含跨刘、郭，凌轹潘、左。故知陈思为建安之杰，公干、仲宣为辅；陆机为太康之英，安仁、景阳为辅；谢客为元嘉之雄，颜延年为辅。斯皆五言之冠冕，文词之命世也。"④谢灵运的山水诗"才高词盛，富艳难踪"，实为"元嘉之雄"，这些评价都十分中肯。

《登庐山绝顶望诸峤》诗曰：

> 山行非有期，弥远不能辍。但欲淹昏旦，遂复经圆缺。扪壁窥龙池，攀枝瞰乳穴。积峡忽复启，平途俄已绝。峦陇有合沓，往来无踪辙。昼夜蔽日月，冬夏共霜雪。⑤

① 《楚辞补注》，第6页。
② 《楚辞补注》，第73页。
③ 《楚辞补注》，第72页。
④ 〔梁〕钟嵘著，古直笺，曹旭导读：《诗品》，上海古籍出版社2007年版，第2页。
⑤ 《庐山历代诗词全集》，第65页。

这首诗兼有雄奇和清秀之美。前四句"山行非有期，弥远不能辍。但欲淹昏旦，遂复经圆缺"写诗人被庐山风景所吸引，原本计划停留一天，结果却待了一个月，特意突出庐山游玩时间之长，庐山风景之美。"扪壁窥龙池，攀枝瞰乳穴"二句写攀山游览的过程。"扪壁"以下几句诗重在勾勒庐山的风貌，其中"积峡忽复启，平途俄已绝。峦陇有合沓，往来无踪辙"四句以紧峭的笔势刻画山水的险峻幽杳，重重叠叠的山峡，路途不平坦，加上山高林茂，重叠的山岭中少有足迹。"昼夜蔽日月，冬夏共霜雪"最后两句写由于山高林茂，山顶常年照不到太阳，终年有积雪。方东树《昭昧詹言》曰："谢公不过言山水烟霞丘壑之美，己志在此，赏心无与同耳，千篇一律。惟其思深气沉，风格凝重，造语工妙，兴象宛然，人自不能及。"①

《入彭蠡湖口》诗曰：

> 客游倦水宿，风潮难具论。洲岛骤回合，圻岸屡崩奔。乘月听哀狖，浥露馥芳荪。春晚绿野秀，岩高白云屯。千念集日夜，万感盈朝昏。攀崖照石镜，牵叶入松门。三江事多往，九派理空存。灵物郄珍怪，异人秘精魂。金膏灭明光，水碧辍流温。徒作千里曲，弦绝念弥敦。②

谢灵运的山水诗与佛理有着微妙的关系，描写的大自然风景往往凸显出一种空寂灵异和幽清肃穆的氛围。首两句"客游倦水宿，风潮难具论"写旅途所遭遇的风波之艰辛。诗人一贯善写雄奇之象，次二句"洲岛骤回合，圻岸屡崩奔"描写彭蠡湖口水势的迅急。"乘月听哀狖"一句承上，"浥露馥芳荪"一句转折，诗人的情绪陡转。"春晚绿野秀，岩高白云屯"二句描写郁郁葱葱的原野，象征着青春与生命的活力，悠然明净的高岩白云呈露出空灵不拘的风貌。高岩与白云相互映照，便将一种高远之象淋漓尽致地展现出来。诗歌中的意象不是简单的移步换景，而是诗人特意安排的景物之间和谐一致。"千念集日夜，万感盈朝昏"二句抒发诗人远离故乡后的百感交集之

---

① 〔清〕方东树著，汪绍楹校点：《昭昧詹言》，人民文学出版社1961年版，第129页。

② 《庐山历代诗词全集》，第67页。

情。"三江事多往，九派理空存"，诗人舍舟而攀岩，眺望三江九派之景，期许传说中的灵物、异人、宝物的出现。谢灵运的山水诗中常出现"理"字，并且在对山水景物的描写中常蕴含"理趣"。最后两句"徒作千里曲，弦绝念弥敦"，诗人本想借琴解闷，未曾想引起深切的思乡之情。

　　刘勰《文心雕龙·明诗》曰："俪采百字之偶，争价一句之奇；情必极貌以写物，辞必穷力而追新。"① 自从描绘山水的作品日益兴盛后，诗人们便开始追逐诗章的文采，大量对偶句运用其中，希望每一句诗歌都能尽得新奇之感，从而彰显诗人的才华。在内容方面，山水诗力求逼真地描绘出景物的形貌，文辞方面也能有新意，这是当时整个时代的审美倾向。据《南史·颜延之传》记载，颜延之曾问鲍照对于自己与谢灵运诗歌优劣的看法，鲍照评论谢灵运道："谢五言如初发芙蓉，自然可爱。君诗若铺锦列绣，亦雕绘满眼。"② "初发芙蓉，自然可爱"的评价可谓一语中的，在谢灵运之前还未有诗人能如此清晰地刻画大自然的细微景物。刘熙载《艺概》评价说："谢客诗刻画微妙，其造语似子处，不用力而功益奇，在诗家独辟之境。"③ 刘熙载将陶、谢二人进行对比，"陶、谢用理语而各有胜境"④。"理语"是指诗歌中用文学的审美特性来表达哲理。虽然二人都用理语，然而在表现风景佳境处又有所不同，各有千秋。谢灵运"较陶为刻意，炼句用字，在生熟深浅之间"⑤。谢灵运的神理借助于自然山水与情趣之间，得"兴会标举"之妙。胡应麟《诗薮》外编卷四曰："靖节清而远，康乐清而丽。"⑥ 沈德潜《古诗源》曰："陶诗合下自然，不可及处，在真在厚；谢诗追逐而返于自然，不可及处，在新在俊。千古并称，厥有由夫。陶诗高处在不排，谢诗胜处在排，所以终逊一筹。刘勰《文心雕龙·明诗》曰：'老庄告退，而山水方

---

① 〔梁〕刘勰著，陆侃如、牟世金译注：《文心雕龙译注》，齐鲁书社1995年版，第144页。下文注释中凡是出现《文心雕龙译注》的地方，只标注页码。
② 〔唐〕李延寿撰：《南史》，中华书局1975年版，第881页。
③ 〔清〕刘熙载著，袁津琥校注：《艺概注稿》，中华书局2009年版，第262页。下文注释中凡是出现《艺概注稿》的地方，只标注页码。
④ 《艺概注稿》，第262页。
⑤ 《艺概注稿》，第263页。
⑥ 〔明〕胡应麟著：《诗薮》，上海古籍出版社1958年版，第186页。

滋'，见游山水诗以康乐为最。"① 陶诗自然而无痕迹，堪称真、厚，而谢诗刻意经营，妙在新、俊。

《文心雕龙·物色》曰："自近代以来，文贵形似，窥情风景之上，钻貌草木之中。吟咏所发，志惟深远；体物为妙，功在密附。"② "文贵形似"的风行标志着自然山水成为主要的诗歌审美对象。③ 谢灵运在大自然中努力去捕捉山水之美，展现内心的山水审美愉悦，借山水之美来体悟佛理。尽管谢灵运在山水诗中努力地塑造山水境界，但是又极力想摆脱山水的外相而进入虚妙的理念境界。谢诗的审美底蕴就在于，这种"美在山水"的实质是"体性悟道在山水"。钟嵘《诗品》对谢灵运的评价颇为公允："名章迥句，处处间起，丽典新声，络绎奔会。譬犹青松之拔灌木，白玉之暎尘沙，未足贬其高洁也。"④ 作为开创山水诗的鼻祖，谢灵运展现了一个全新的山水诗貌，"丽典新声，络绎奔会"。即便谢灵运的山水诗还未能完全摆脱玄理、佛理一类的哲理形式，未能达到唐诗那般的成熟境界，但他对于山水诗的贡献是"青松之拔灌木，白玉之暎尘沙"，瑕不掩瑜。

第三节　谢灵运与宗炳山水审美观比较

同属晋宋之际的文人，诗人谢灵运和画家宗炳都深受慧远佛学思想的影响，但是出于对佛法的不同理解，二人对自然山水的体认也有所不同。《谢灵运与宗炳佛学理论之异同及其对文艺理论与创作的影响》⑤ 一文认为，宗炳对于自然山水与佛理的关系主要是形与神的关系，通过"以形媚道""应目会心""神超理得"，最终达到"畅神"的目的。而谢灵运从诸法性空出

---

① 〔清〕沈德潜选评：《古诗源》，中华书局1963年版，第232页。
② 《文心雕龙译注》，第552页。
③ 《文心雕龙译注》，第552页。
④ 〔梁〕钟嵘著，古直笺，曹旭导读：《诗品》，上海古籍出版社2007年版，第30页。
⑤ 胡遂：《谢灵运与宗炳佛学理论之异同及其对文艺理论与创作的影响》，《三峡大学学报》（人社版），2003年第25卷第3期，第31—34页。

发,认为山水与佛法的关系是幻与真、色与空,走进自然山水的目的在于"祛伪""伏累",平息躁动不安的心境,通过观照幽灵空静的自然山水达到体认清净爽朗的佛性。这种通过佛学理论的差别对艺术创作的影响不无道理,虽然同是受到慧远佛学思想影响,却因对佛法的不同接受而产生了体认自然山水的不同角度。

"作为山水的物质属性的自然美、山水所关联的社会意识以及作为它们的观念形态的反映的艺术美,三者在中国文化系统中都不是绝对孤立的封闭体,它们在一定条件下可以相互转化、相互渗透、相互影响。"① 山水诗与山水画之间的互相融汇以及互为表里丰富了中国的艺术精神。山水诗画中相继出现了新的审美理论范畴,例如,由"诗言志"到"诗缘情""画之情";"澄怀观道""会心""媚道"等道艺合一的理论以及"适性""卧游""畅神""自娱"等艺术功能。诗画的这些新的审美理论范畴表明山水诗画的诞生是有特定的思想根源和基础的。山水诗人与山水画家共同的自然审美观是山水诗画同源的根本。孕育于同一艺术精神,诞生于同一文化背景,山水诗画异体而同源。"山水诗画共同起步于晋,与其说是历史的巧合,毋宁说是孕育于同一块文艺土壤的耦合。玄学道释浸润士人之心,肥遁朝隐风靡官场士林,依山傍水庄园的大量兴建,借观山水而体玄悟道成为文人审美新潮,并由此廓开了藉山水表现自我的文艺新风。"②

山水诗与山水画几乎同时兴起于东晋南朝,陶渊明、谢灵运是山水诗人的代表,宗炳、王微是山水画家的代表。山水诗画都以描写山水为内容,既然二者之间存在融合,那么它们也应该存在相应的统一表现形式。这种与内容相应的统一表现形式大概有两个层面:一是山水诗与山水画表面内容上的融合,题材、构思、艺术表现、审美功能等方面的融通;二是山水诗与山水画内在精神上的结合。秉持这样的思路,我们可以从中分析和研究同受慧远佛学思想影响的谢灵运和宗炳如何在他们的山水诗和山水画中体现他们或同或异的山水审美观。

---

① 李文初:《中国山水文化》,广东人民出版社 1996 年版,第 112 页。
② 章尚正:《山水诗与山水画》,《天府新论》,1996 年第 3 期,第 79 页。

　　首先，谢灵运的山水诗与宗炳的《画山水序》创作思想背景契合，都源于慧远的佛理与山水融合的美学观。随着文人精神的解放以及审美意识的觉醒，山水审美意识得到了强化，而这种意识反过来又加强人们对文学艺术审美特征认识的深化。魏晋是人自觉的时代，文人们开始把自然看成独立的审美对象，并且钟情于上天赋予的自然山水，山水就理所当然地成了中国诗与画的交汇点。诗人们和画家们在自然山水中观照独立完美的人格，追求精神的自由和生命的无限，探索神秘的宇宙本体，"以一管之笔，拟太虚之体；以判躯之状，画寸眸之明"①。俗话说"天下名山僧占多"，庐山自慧远在此发展后成为佛教圣地。宗炳说慧远离开道安后，"孤立于山，是以神明之化，邃于岩林"②。宗炳认为，慧远离开道安后独自在庐山修道弘法，其神明教化在岩林隐修之中越发精深。山水是僧徒研究佛理的最佳文化生态环境，僧徒在静定的境界中体悟大自然的无限性，看到"佛影"的无所不在。《文心雕龙·物色》："若乃山林皋壤，实文思之奥府。"这样的环境也一样适合诗人和画家沉冥心性。僧徒对山林泉石观览的同时，山水意识也渗透到佛徒的心里，于是佛学就这样促进山水审美的发展。如此看来，佛教文化的传播与山水意识的发展对谢灵运和宗炳的关联更为直接。

　　其次，谢灵运的诗歌和宗炳的画论均有悟道的特征。谢灵运喜欢用清新雅致的诗句来含"道"。例如，《石门新营所住四面高山回溪石濑茂林修竹》《入彭蠡湖口》，等等。王夫之《古诗评选》曰："言情则于往来动止、缥缈有无之中，得灵蠁而执之有象；取景则于击目经心、丝分缕合之际，貌固有而言之不欺。而且情不虚景，情皆可景；景非滞景，景总含情。神理流于两间，天地供其一目，大无外而细无垠。"③谢灵运《从斤竹涧越岭溪行》曰："观此遗物虑，一悟得所遣。"魏晋人以清旷玄远对待自然山水，山水成为悟道的工具。从山水诗的灵异景物以及蕴含的真情实意来看，精神乐趣在山

① 《中国画论类编·叙画》，第 585 页。
② 《弘明集·明佛论》，第 165 页。
③ 〔清〕王夫之著，李中华、李利民校点：《古诗评选》，上海古籍出版社 2011 年版，第 205 页。

水，旨归在玄理。与之相应，画坛上自然山水意识外化为山水画。与谢灵运处于同一时代的画家宗炳在总结山水画创作宗旨时提出，"山水以形媚道""澄怀味像""质有而趣灵""夫以应目会心为理者，类之成巧，则目亦同应，心亦俱会。应会感神，神超理得"。

　　另外，宗炳"山水以形媚道"中的"媚"与谢灵运《登江中孤屿》的"孤屿媚中川"之"媚"异曲同工，都具有"妩媚"的意思。宗炳《画山水序》曰："夫圣人以神法道，而贤者通，山水以形媚道，而仁者乐。"在宗炳看来，"媚道"与"法道"是一致的，只不过"媚"字更显示出山水形态之美，这正是山水美学有别于佛教的佛理之处。不过，那个时代的审美倾向是"初发芙蓉"胜过"错彩镂金"。谢灵运的诗句有不少地方用了"媚"字。例如，"潜虬媚幽姿""绿篠媚清涟""云日相照媚"，等等。当然，"媚"字并非谢灵运和宗炳二人的首创。前人使用过"媚"字的还有陆机，例如，"石韫玉而山辉，水怀珠而川媚"①。李善注曰："譬如水石之藏珠玉，山川为之辉媚也。"谢灵运的山水诗以及宗炳的《画山水序》的"媚"无不凸显出山川辉媚的审美观。

　　谢灵运山水诗与宗炳山水画论融通之处还体现在表现手法的相似。"诗人恰切地采用绘画的表现手法，将增强形象的具体可感、生动逼真，有利于激发读者的联觉和想象，再造出完美的艺术境界；画家是当地运用诗歌的表现手法，将使画面蕴藉而有情志，有助于观众的体验和玩味。这就表明，在保持自身审美特性的前提下，融通其他艺术的表现手法，是超越媒体限制，弥补自身局限的重要方法。"② 谢灵运的山水诗讲究构图、取景，这与绘画艺术相通。山水画首先必须运用透视法在构图上解决空间感问题。中国画讲究散点透视，不同于西方的焦点透视，因而远大近小的景物被用多视点处理成平列的同等大小事物，这样才能以有限的尺幅来表现空间跨度比较大的景物。例如，宗炳《画山水序》里曾提到"竖划三寸，当千仞之高；横墨数

---

① 〔梁〕萧统编，〔唐〕李善注：《文选》，岳麓书社 2002 年版，第 524 页。下文注释中出现《文选》的，只标注页码。

② 陈宪年：《论中国诗与中国画的融通》，《文艺理论研究》，1995 年第 4 期，第 22 页。

尺，体百里之迥"。可见，早在宗炳时期，画家便发现了近大远小的透视原理，一旦将其运用到山水画的布局上，就能收到"竖划三寸，当千仞之高；横墨数尺，体百里之迥"的效果，可以使画面的景色有广度、深度和层次。

继宗炳之后，北宋郭熙在《林泉高致·山水训》中提出"三远法"："山有三远：自山下而仰山巅谓之高远，自山前而窥山后谓之深远，自近山而望远山谓之平远。高远之色清明，深远之色重晦，平远之色有明有晦；高远之势突兀，深远之意重叠，平远之意冲融而缥缥缈缈。其人物之在三远也，高远者明了，深远者细碎，平远者冲澹。"① 例如，《于南山往北山经湖中瞻眺》"俛视乔木杪，仰聆大壑淙"二句使用了"高远"法。"高远"法是指用仰视的方法以小观大，由山脚仰望山巅，使人的视线直上云霄，会产生气势轩昂、雄伟磅礴的效果。又如，《登上戍石鼓山》"日没涧增波，云生岭逾叠"，前句景色近，后句景色远，山重岭复。"深远"法就是由山前窥视山后，用来表现远山的重叠绵绵，呈现出杳远深邃的境界。再如，《游南亭》"密林含馀清，远峰隐半规"，前句是近景，后句是远景。"平远"法则是由前山而望后山，表现冲澹平和的意境。

尽管谢灵运的山水诗是以诗句的形式展现出艺术美，但是因为谢灵运本人懂绘画，因此他的山水诗常常采用枚举与排列组合的手法、对偶句以取得时空统一的画面效果。从这点上来说，谢灵运的作诗之法与山水画的散点透视经营是相通的。谢灵运善于运用山水画中的散点透视法构思山水诗，故而能够把握住诗歌的开阖和高下起伏的节奏。白居易《读谢灵运诗》将谢灵运的这种构思法概括为"大必笼天海，细不遗草树"。

我们再举几个山水诗的例子来分析谢灵运的散点透视构思法。例如，谢灵运《于南山往北山经湖中瞻眺》就非常讲究运用散点透视构图，通过安排景物，突出层次感以达到深远的境界。谢灵运将时间和空间有机融合在山水诗的创作中，借助流动的画面将不同时空的事件融合在一起，与宗炳的"竖划三寸，当千仞之高；横墨数尺，体百里之迥"绘画效果一样，有限的诗句却能展现大全景的风貌。又如，《入彭蠡湖口》："春晚绿野秀，岩高白云

---

① 〔宋〕郭熙著，周远斌点校：《林泉高致》，山东画报出版社2010年版，第51页。

屯。"二句中山水形象非常鲜明又富有画面感。《过始宁墅》"白云抱幽石，绿篠媚清涟"的"抱"和"媚"两个动词的使用，立刻让静态的诗歌呈现出活泼的画面，虚实相生，气韵生动。谢灵运山水诗中自然生命的律动是诗人有意将山水审美对象人格化，故而赋予了景物无穷的生命力。刘熙载《艺概·诗概》曰："山之精神写不出，以烟霞写之；春之精神写不出，以草树写之。作诗无气象，则精神亦无所寓矣。"① 刘熙载用画喻诗，诗画都是如此，这样写景诗才能表现出精神气象，即使不是写景诗也应该看重精神气象。

　　谢灵运的山水诗具有绘画美，表现在诗人运用绘画的色彩美。《画山水序》提出"以形写形，以色貌色"。南齐谢赫《古画品录》提出"六法"，其中就有"应物象形""随类赋彩"② 二法。画家需要借助色彩来再现客观景象之美，而诗人往往需要通过色彩来描绘万物之象。谢灵运喜欢运用互补色的对比来勾勒山水的瑰丽。例如，《从游京口北固应诏》："原隰荑绿柳，墟囿散红桃。"绿柳和红桃之间互相映衬，色彩非常强烈，红色和绿色是暖色，自然也传达出诗人明朗而热烈的情感。这种绘画的鲜明性能够直接给人以视觉上的刺激，同时还能增强诗歌意境的感染力。《古代画诀》曰："红间绿，花簇簇。"谢灵运这两句浓墨重彩的诗句，明艳如画，足以引起人的无限审美联想。除此之外，谢灵运还善于用一种色彩含蓄进行对比。又如，《石壁精舍还湖中作》："林壑敛暝色，云霞收夕霏。""暝色"暗指"黑"，而"云霞"暗含"红"色，以"黑"对"红"，细加品味之后便能感受到其中的画意美。再如，《石壁精舍还湖中作》："昏旦变气候，山水含清晖。"二句的佳处正在于诗人虽不设色而诗句中却蕴含真色，这就好比中国的水墨画，于无色中见有色。《登池上楼》："池塘生春草，园柳变鸣禽。""春草"暗含"青"色，"园柳"暗含"绿"色，一片萧瑟的寒冬季节已然过去，诗人在登楼眺望的一刹那欣喜地发现窗外的绿景。诗句妙在传递出这种有感于

---

① 《艺概注稿》，第393页。
② 《历代名画记》，第139页。"六法者何？一气韵生动是也，二骨法用笔也，三应物象形是也，四随类赋彩是也，五经营位置是也，六传移模写是也。"

春天蓬勃生机的喜悦之情。

　　谢灵运山水诗的成功在于借鉴绘画技巧，创造性地用绘画中的散点透视、"应物象形""随类赋彩"，巧妙构图，将山水诗画化，写诗如作画，构思出大量景新情真的诗句。谢灵运的山水诗可以说是"以画入诗"。钟嵘盛赞："兴多才高，寓目辄书，内无乏思，升无遗物，其繁富，宜哉!"① 谢灵运的山水诗精湛地描写了清丽的大自然，其"出水芙蓉"的诗歌风格如妙笔丹青，生发出无限美感。除了色彩美，谢灵运山水诗动中有静，静中有动。例如，《石门岩上宿》："鸟鸣识夜栖，木落知风发。"诗人想要描写夜幕笼罩下山林的幽寂，于是通过鸟鸣、叶落的声音，以动衬静，比直接描写静态更显寂静。后人也有很多采用这种写法，表面写画内之景，实则蕴含画外之音。例如，王籍《入若耶溪》："蝉噪林逾静，鸟鸣山更幽。"

　　最后，谢灵运山水诗与宗炳《画山水序》在理论主旨上的意境相通，二者都能把握山水精神，以形写神传神，揭示出自然山水的本身神韵。毫无疑问，山水诗与山水画都是以意境为灵魂。苏轼在《书摩诘蓝田烟雨图》评价王维的作品时曾说："味摩诘之诗，诗中有画；观摩诘之画，画中有诗。"② 新兴的山水诗之所以能取代枯燥寡味的玄言诗，山水画能够"效异山海"，可以"卧游""畅神"，正是其意境美的魅力。山水诗与山水画的意境创作是主体与客体、情与景的交融而成。宗炳的"畅神"与谢灵运诗歌中的"自得""意得""惬意"之境是契合的。谢灵运在《山居赋》中说："选自然之神丽，尽高栖之意得。"他还在《石壁精舍还湖中作》中说"虑澹物自轻，意惬理无违"。宗炳提出"神超理得"，谢灵运在《从游京口北固应诏》中提出"事为名教用，道以神理超"。在关于诗画的"神"中，谢灵运与宗炳有很多相似之处，其主要原因在于他们都深受佛学审美观的影响。

　　综上所述，谢灵运山水诗与宗炳《画山水序》创作思想背景契合，都源于慧远在庐山传播的佛理与山水融合的美学观。谢灵运的山水诗和宗炳的《画山水序》都受到佛教的影响，二人的诗、画均有悟道的特征，同时谢灵

---

① 《诗品》，第 30 页。
② 〔宋〕苏轼著，孔凡礼点校：《苏轼文集》，中华书局 1986 年版，第 3209 页。

运的诗歌创作显然又受到宗炳《画山水序》的启发，在山水诗中表现自然山水之神。从外在表现形式看，二人山水诗与山水画的融通之处体现在表现手法上的相似；从内在主旨看，谢灵运山水诗与宗炳《画山水序》理论主旨的意境相通。"山水诗画的发展并非处于同一水平线上，终刘宋之世，以宗炳《画山水序》与王微《叙画》为代表的山水画论表明在理论上山水画领先于山水诗，但以谢灵运为代表的山水诗在变自然美为艺术美的实践上确实优于山水画。"① 尽管山水诗与山水画同源异步，但是二者在唐宋之后共趋合流，最终达到了艺术史上诗画交融的美学境界。"在写空灵变幻之境，融审美与理悟于一处这一点上，谢灵运还仅仅只是开了一个端，它的充分发展还在谢氏后面的唐宋诗人那里。同样，将佛学的'顿悟'思想转化为诗歌创作的艺术精神，在谢灵运的诗里，也还只是一种不自觉的尝试。"② 同样，宗炳的《画山水序》只是山水画论的开始。直到北宋郭熙《林泉高致》画论的出现，山水画理论才臻成熟。"山水画从盛唐吴道子、李昭道、王维，至五代宋初荆浩、关同、李成、范宽、董源、巨然，方渐入心手相应之佳境，山水画开始成为'画家十三科之首'；复经北宋苏轼、米芾倡导文人画，至元代黄公望、仇瓒才出神入化，达到抒情写意山水画的最高境界。"③

---

①　章尚正：《中国山水文学研究》，学林出版社1997年版，第108页。

②　钱志熙：《谢灵运〈辨宗论〉和山水诗》，《北京大学学报》（哲社版），1989年第5期，第46页。

③　章尚正：《山水诗与山水画》，《天府新论》，1996年第3期，第79页。

第三章

佛禅思想影响下庐山山水诗画的发展

第一节　佛禅思想与唐宋山水诗画
艺术精神的发展

　　佛教在中国流传的过程，也是佛教中国化的过程。佛教思想的精华与中国固有的文化相融合，形成了独具中国特色的佛教——禅宗。宗白华先生说："禅是中国人接触佛教大乘义后体认到自己心灵的深处而灿烂地发挥到哲学境界与艺术境界。"① 它与中国文学有着不解之缘，尤其是在禅学盛行的唐宋时期，对山水诗画的创作有着深远的影响，促使唐宋山水诗画呈现出独特的风貌。两晋时期，以慧远为中心的佛学思想对中国山水诗画创作产生了深远的影响。慧远及其僧俗弟子以佛理入诗，而谢灵运在诗歌中将山水与佛理融合，最终奠定了山水诗人鼻祖地位。随着唐宋佛教思想的发展，佛教文化对诗歌创作影响愈加明显，其中禅宗思想的形成直接影响诗人创作诗歌的思维方式，使得山水诗创作进入鼎盛时期。

　　唐宋是中国禅宗的兴盛时期，这一时期禅宗对唐宋文人士大夫的思想、审美观、创作都产生了巨大影响，带来了审美态度、审美要求和审美情趣的巨大变化，诗歌、绘画等艺术理论都带有浓厚的禅味。"如果说魏晋南北朝佛教中国化突出的特点，是佛教的玄学化，那么，唐代佛教中国化的特点，

---

　　① 宗白华：《美学与意境》，人民出版社 1987 年版，第 215 页。

则是佛教的进一步道家化，确切地说，是继魏晋南北朝以来，老庄哲学的又一次复活，是老庄人生理想的又一次复现。并且，在此基础上，完成了佛教中国化的全面演化过程，创立了适合中国士大夫心理、生活情调、审美趣味的中国化佛教——禅宗。因而，与其说禅宗是一种宗教，不如说它更像一种生活方式、人生哲学。"① 在佛教中国化的道路上，禅宗一反传统佛教向外的崇拜，把人引向内心的追求。

在慧远之前，佛教竺道生提出著名的"顿悟"说，"有佛是法"，佛性便是法性；"法即是众"，众生皆有佛性。既然佛性为众生所有，那么只要人人通过渐修得到一次顿悟，便能成佛。"禅"就是一种专心一意的体验方式，修禅的人通过沉思静虑，沉思冥想，排除干扰，用静坐、修行等方式达到"无物无我、物我合一"的境界。宗白华先生认为："在人生忘我的一刹那，即美学上所谓'静照'。静照的起点在于空诸一切，心无挂碍，和世务暂时绝缘。这是一点觉心，静观万象，万象如在镜中，光明莹洁，而各得其所，呈现着它们各自的、充实的、内在的、自由的生命，所谓万物静观皆自得。"② 这种空灵淡泊的审美心理，就是禅宗顿悟的境界。

在中国禅宗历史上，影响极大的一件事就是南北二宗的分化。据《坛经》③ 记载，神秀作偈曰："身是菩提树，心如明镜台。时时勤拂拭，莫使有尘埃。"神秀提倡"渐修"，开创禅宗之北宗。慧能作一偈曰："菩提本无树，明镜亦非台。佛性常清净，何处有尘埃。"后来，慧能成为禅宗六祖，主张"顿悟"，开创禅宗之南宗。禅宗初期的修行方式主要是独宿孤峰、静坐参禅，直到六祖慧能才对此有所改变。慧能禅宗的主旨是"即心即佛""无念为宗""明心见性""顿悟成佛"。慧能一方面要僧徒们于任何境都"无所住心"，另一方面又主张不坐禅，不苦行，不念经，"不离世间"，正所谓"酒肉穿肠过，佛祖心中留"。经过刹那间的一悟，"自心"与宇宙之心融为一

---

① 黄河涛：《禅与中国艺术精神的嬗变》，商务印书馆国际有限公司 1994 年版，第 24—25 页。

② 宗白华：《美学散步》，上海人民出版社 2005 年版，第 21 页。

③ 杨曾文校写：《新版敦煌新本六祖坛经》，宗教文化出版社 2001 年版，第 11—14 页。

体，便达到永恒的解脱，获得通透的愉悦感。因为南宗修持方式简单易行而
受到文人士大夫的欢迎，乃至最终南宗完全取代北宗。"'孤峰顶上，盘结草
庵；十字街头，解开布袋'，既可遁隐山林，又可混迹市朝。声色名利场中，
不妨与世推移，和光同尘，能出淤泥而不染，成为尘世之中的解脱人。也正
因为如此，南宗禅才受到了既有出世修养，又有入世精神的士大夫的一致
推崇。"①

虽然禅与诗在内容上不相同，但是它们在超思维、超语言的性质上是共
通的。李泽厚先生认为，中国哲学思想的道路是直达审美的，"中国哲学所
追求的人生最高境界，是审美的而非宗教的。……孔子最高理想'吾与点
也'，所以他说'逝者如斯夫，不舍昼夜'，对时间、人生、生命、存在有很
大的执着和肯定，不在来世或天堂去追求不朽，不朽（永恒）即在此变易不
居的人世中。慷慨成仁易，从容就义难"。②无论如何，从审美意义上讲，禅
对人精神世界和心灵境界的陶冶和自然山水带给人们的高举远慕、怡然自适
是相通的。禅悟与艺术思维有共通性，与哲学中常说的直觉、体验、灵感、
想象等有关系。

佛祖说："吾有正法眼藏，涅槃妙心，实相无相，微妙法门，不立文字，
教外别传，付嘱摩诃迦叶。"③佛教真谛无法用语言文字来表达，只能靠内心
神秘的体验才能体会。诗的思维需要悟性，虽然诗人的妙悟不完全等同于禅
的顿悟，通过直觉来领悟，也是一种渐悟。"禅是动中的极静，也是静中的
极动，寂而常照，照而常寂，动静不二，直探生命的本源。禅是中国人接触
佛教大乘义后认识到自己心灵的深处而灿烂地发挥到哲学与艺术的境界。"④
诗禅都追求语言文字之外的精神境界，"但见情性，不睹文字"，需求解脱，
达到"物我同一"的境界。"禅宗最突出和集中的具体表现，是对时间的某

---

① 周裕锴：《中国禅宗与诗歌》，上海人民出版社 1992 年版，第 10 页。下文注释中凡
　　是出现《中国禅宗与诗歌》的地方，只标注页码。
② 李泽厚：《中国古代思想史论》，天津社会科学院出版社 2004 年版，第 215 页。下文
　　注释中凡是出现《中国古代思想史论》的地方，只标注页码。
③ 〔宋〕普济著，苏渊雷点校：《五灯会元》，中华书局 1982 年版，第 10 页。
④ 《美学散步》，第 65 页。

种神秘的领悟，即所谓'永恒在瞬刻'或'瞬刻即可永恒'这一直觉感受。"① 人在生活中得到禅悟后，便产生了禅悟的愉悦，在刹那的顿悟中得到宁静淡泊的内心喜悦。诗人可以从歌物咏志中获得情绪上的愉悦，从体悟中达到陶情冶性的目的。

禅宗追求心灵虚明澄静的最高境界是"物我两忘，梵我合一"，诗歌的最高审美境界是自然天成、若有若无的韵味。这种体味和妙悟与禅宗的直指内心、不可言传的"悟"是相通的。诗与禅、佛学与诗歌美学在"妙悟"处找到了相通点。吴可《藏海诗话》曰："凡作诗如参禅，须有悟门。"② 严羽《沧浪诗话·诗辨》曰："大抵禅道惟在妙悟，诗道亦在妙悟，且孟襄阳学力下韩退之远甚，而其诗独出退之之上者，一味妙悟而已。惟悟乃为当行，乃为本色。"③ 胡应麟《诗薮》内编卷二曰："禅则一悟之后，万法皆空，棒喝怒呵，无非至理。诗则一悟之后，万象冥会，呻吟咳唾，动触天真。"④ 人们越来越自觉地将禅与诗的妙悟沟通起来。

无论是南宗的顿悟，抑或是北宗的渐悟，禅宗境界说的思维方式对中国艺术意境理论产生了深远的影响。"意境理论是中国文艺美学中内涵最丰富、最能代表艺术作品审美特征的一个美学范畴。它的哲学来源，有儒，有道，也有佛；从其发生发展的历史看，则儒道开其先，佛学助其成，而主要的理论观点与思维方式，则由佛学的境界说引申、转化而来。"⑤ 禅宗以直觉观照、沉思默想为特征的参禅方式，采用自然、凝练、含蓄的表达方式。在禅宗对文人进行意识渗透，文人不自觉地在意境创作方面接受禅宗影响，使得山水诗形成了与其他文学艺术迥然不同的意境特征。

禅宗兴起后进一步发展六朝时玄、佛的得意忘象、不着文字的思维方

---

① 《中国古代思想史论》，第207页。
② 丁福保辑：《历代诗话续编》，中华书局1983年版，第340页。
③ 〔宋〕严羽著，郭绍虞校释：《沧浪诗话校释》，人民文学出版社1961年版，第12页。下文注释中凡是出现《沧浪诗话校释》的地方，只标注页码。
④ 〔明〕胡应麟著：《诗薮》，上海古籍出版社1958年版，第25页。
⑤ 蒋述卓：《佛教境界说与中国艺术意境理论》，《中国社会科学》，1991年第2期，第146页。

法。例如，唐代诗论王昌龄《诗格》论诗言"境"，皎然《诗式》提出"诗情缘境发""缘境不尽曰情"等意境理论，还有晚唐司空图提出的"思与境偕""不着一字，尽得风流"。司空图的意境论对后世产生了巨大的影响。自北宋中叶以后，宋诗比唐诗更加自觉地投入禅宗的怀抱，以禅喻诗的风气盛行。严羽《沧浪诗话》以禅喻诗，提出"兴趣"说，借用禅家常用的象喻，对意境特征的描述愈加传神。"诗者，吟咏情性也。盛唐诸诗人，惟在兴趣，羚羊挂角，无迹可求。故其妙处，透彻玲珑，不可凑泊，如空中之音、相中之色、水中之月、镜中之像，言有尽而意无穷。"① 唐诗的情趣与外物结合得浑然一体，就像羚羊夜宿，挂角于树，脚不着地，猎犬亦无迹可寻。禅宗语录常用这段话比喻不拘泥于语言文字的悟解。后面连续引用的四个象喻，也是佛典中常用来说明对象难以捉摸、不能实求。这也概括出意境的既实又虚的特点，将形象性、情感性与美感性相统一。

"如果把近佛的中国古代文学家归作一类的话，那么，南北朝以后文学史上知名的作家几乎可囊括大半。……对士大夫影响最大的还是首推禅宗，而其中受禅宗影响最巨的又当属习禅的诗人，或者说受禅宗影响最巨的文体当属诗歌。"② 这批诗人或者和禅僧多有交往，或是倾心禅宗，而后者如王维、孟浩然、韦应物、柳宗元等一大群诗人又多归于山水诗派。"正是禅宗造就了中国古代诗人对山水自然的审美意识（而非伦理或哲理意识），从而带来诗歌题材的山林化……正是随着佛教对诗的渗透而萌发，随着禅宗的发展走向兴盛，一并随着禅宗意识融入士大夫的文化心理而成为中国诗坛长盛不衰的传统。"③

"禅与诗相互交涉，诗与禅相互感通，形成唐宋以后诗因禅而意境开阔、禅因诗而意象瑰丽的两美景观。"④ 禅意渗入后的唐宋山水诗表现出不同于前代的独特风貌。宗白华先生在《中国艺术意境之诞生》中曾说："从直观感

---

① 《沧浪诗话校释》，第 26 页。
② 《中国禅宗与诗歌》，第 60 页。
③ 《中国禅宗与诗歌》，第 245 页。
④ 刘明杰：《浅析禅宗对唐宋诗歌的影响》，《安徽文学》，2010 年第 9 期，第 139 页。下文注释中凡是出现《浅析禅宗对唐宋诗歌的影响》的地方，只标注页码。

相的摹写，活跃生命的传达，到最高灵境的启示，可以有三层次。"① 其中，"直观感相的摹写"的代表是谢灵运的山水诗，而"活跃生命的传达"的代表是王维的诗。相比于谢灵运的诗，王维诗中笔下的自然不再是客观描摹的对象，捕捉光色、光影变幻，营造清雅宁静的意象，而是将禅融入日常生活，并将诗人的情感投入其中，感受自然生命的律动。王维的诗歌禅韵盎然，诗歌作品达到了物我两忘、云水无心的妙境，创造了空灵浑融的艺术境界。例如，《鸟鸣涧》："人闲桂花落，夜静春山空。月出惊山鸟，时鸣春涧中。"诗歌在表现月夜的静谧深邃之外，显示出浑然的意境和隽永的禅味，给人以无尽遐思。

"最高灵境的启示"是指苏轼的作品，他一方面"寓身物中"，另一方面又"超然物外"，从而实现对自然和自我的超越。"宋代的禅宗更以内心的顿悟和超越为宗旨；宋代的诗文，情感强度不如唐代，但思想的深度则有所超越；不追求华丽绚丽，而以平淡美为艺术极境。"② 宋代的王安石、苏轼都创造了富有禅理的诗歌作品。例如，《定林所居》："屋绕湾溪竹绕山，溪山却在白云间。临溪放艇依山坐，溪鸟山花共我闲。"又如，《登飞来峰》："飞来山上千寻塔，闻说鸡鸣见日升。不畏浮云遮望眼，自缘身在最高层。"再如，苏轼《题西林壁》曰："横看成岭侧成峰，远近高低各不同。不识庐山真面目，只缘身在此山中。"诗人观物而悟禅，眼前的景象在诗人的心里有所感动，有所感悟，由顿悟而生禅趣。如果唐诗中的禅体现为空灵静寂的意境，那么宋诗中的禅则是富有理智精神的禅趣。江西诗派的领袖黄庭坚还以"法眼"评诗："若以法眼观，无俗不真；若以世眼观，无真不俗。渊明之诗，要当与一丘一壑共之耳。"③ 黄庭坚借用佛禅的"法眼"来论诗是宋代中后期诗话的一个重要特点，即"以禅喻诗"。

中国传统山水画与禅宗思想也有着深刻的历史渊源，山水画由南北朝重

① 《美学散步》，第63页。
② 《浅析禅宗对唐宋诗歌的影响》，第141页。
③ 〔宋〕黄庭坚著，刘琳、李勇先、王蓉贵校点：《黄庭坚全集》，四川大学出版社2001年版，第665页。

在外心之"道"转变为中唐以后的重在内心本身，它也是禅宗的妙语与山水画创作相似之处。因为禅宗追求自我内心的瞬间顿悟，人们逐渐把目光从向外转向了向内寻求解脱，所以从前占据画坛中心的人物画开始转向山水画，画家更多将思想情感寄托于山水之中。这在客观上推动了山水画的迅速发展，并让山水画成功跻身于中国画的正统地位。晋宋时期的宗炳认为山水"质有而趣灵"，欣赏山水画应"澄怀味像"，即在观照山水中感悟"神明""情感"。自禅宗兴盛之后，魏晋以山水为特征的玄佛艺术精神逐渐转变为以内心为特征的禅宗艺术精神。禅宗的精神将"神"的位置转移到人的内心，强调对主体心灵和自由人生境界的追求，山水画开始转入"文人画"，其审美趣味发生了根本性的转变。文人画以"士气"标举，讲求笔墨情趣，强调意蕴，追求自然恬淡。

老子说："人法地，地法天，天法道，道法自然。"庄子认为，"天地有大美而不言"（《庄子·知北游》），"朴素而天下莫能与其争美"（《庄子·天道》）。唐末张彦远著的《历代名画记》是研究南北朝至唐代书画史的重要资料，继承老庄以来的自然观思想，将"自然"列为绘画审美的第一位："夫失于自然而后神。失于神而后妙。失于妙而后精。精之为病也，而成谨细。自然者为上品之上，神品为上品之中，妙者为上品下，精者为中品之上，谨而细者为中品之中。今立此五等，以包六法，以贯众妙。"① 张彦远的"自然"不同于老庄哲学的自然观，而是突出他那个时代的禅宗思想的"心悟"。他还说："凝神遐想，妙悟自然。物我两忘，离形去智。身固可使如槁木，心固可使如死灰，不亦臻于妙理哉？所谓画之道也。"② "妙悟自然"便是用心灵去顿悟，用平常心去体验自然。唐宋文人和画家，在参禅入定时进入澄澈空灵的内心体验，即所谓"以心观物"，清心静虑，凝神冥想。《唐朝名画录》确立了"神、妙、能、逸"评画的体例，后来宋初的黄休复在《益州名画录》中将"逸格"提到画品之首，改变了张彦远将自然列于画品之首的审

---

① 〔唐〕张彦远著，俞剑华注释：《历代名画记》，上海人民美术出版社1964年版，第38页。

② 《历代名画记·论画体工用拓写》，第40—41页。

美倾向，"逸格"又成为宋元文人画的审美倾向。

　　绘画不同于诗歌，它只能以水墨的浅淡和深浓、构图的俯仰与远近，传神体道，那么在水墨山水画中的空、淡、远则具有禅宗的意蕴。王维认为："夫画道之中，水墨为最上。肇自然之性，成造化之功。或咫尺之图，写百里之景；东西南北，宛尔目前；春夏秋冬，生于笔下。"① 水墨更适合于真性情的流露，无所凝滞，亦不执着于五色。对文人画家来说，摒弃青绿山水而崇尚无色的水墨绘画，正是由"色界"向"无色界"寻求解脱的一种形式。由李思训的青绿山水到水墨山水的风格转变，便源于禅宗思想的影响。慧能禅宗提出"无念为宗，无相为体，无往为本"，这个"无"字便与绘画中的"空"相联系。山水画的绘画意境采用虚实结合、空白相间的形式。《般若多心经》曰："色不异空，空不异色；色即是色，空即是空。"画论家华琳《南宗抉秘》说："真道出画中之白，即画中之画，亦即画外之画也。"画家吸取禅宗的"无相"思想，对客观事物的外在形象不做精确的刻画，而是把一切事物形象作为幻影来看待。中晚唐以后，山水画以水墨代替青绿，基调就是淡，"淡"与"虚""无"相通。水墨写意成为山水画的正宗，工笔山水画和青绿山水画逐渐走向衰落。有人认为唐代王维为文人画的鼻祖，也有人认为北宋苏轼开文人画之先河，迄今尚未定论，然而苏轼的确是将文人画的内在意识和外部笔墨形式统一在一起。

　　荆浩在《山水赋》中说："凡画山水，意在笔先。……凡画山水，须按四时。"② 欧阳修在《盘车图》中提出自己对作画的意见："古画画意不画形，梅诗咏物无隐情。忘形得意知者寡，不知见诗如见画。"③ 这也与梅尧臣推崇作诗的主张一致，"状难写之景，如在目前；含不尽之意，见于言外"④。无论是作诗还是作画，都是重传神而不重形似。欧阳修的《鉴画》进一步表达了对画的具体主张："萧条淡泊，此难画之意。画者得之，贤者未必识也。

----

① 《中国画论类编·山水诀》，第 592 页。
② 《林泉高致·山水赋》，第 128—130 页。
③ 〔宋〕欧阳修著，李逸安点校：《欧阳修全集》，中华书局 2001 年版，第 99 页。下文注释中凡出现《欧阳修全集》的，只标注页码。
④ 《历代诗话·六一诗话》，第 267 页。

故飞走迟速，意浅之物易见；而闲和严静趣远之心难形。若乃高下向背，远近重复，此画工之艺耳，非精鉴者之事也。"①　"萧条淡泊""闲和严静趣远之心"是以后文人审美观的主调，人生境界又总是与审美境界相通的，文人士大夫在幽淡的山水画中寄兴写情，因象悟道。

综上所述，中国化的佛教——禅宗突出人性自觉，实现了由佛教的自我内观向自然客观境界的转向，对中国传统山水诗画产生了重要影响。中国山水诗画也以独特的精神文化内涵，与禅文化相互交融。诗歌与绘画原本是两种不同的艺术形式，诗歌是语言艺术，绘画是造型艺术。然而山水诗与山水画又存在着千丝万缕的联系，至少在禅宗意境的艺术精神上是相通的。"诗中有画，画中有诗"，"诗画本一律，天工与清新"，"诗是无形画，画是无形诗"，山水诗和山水画发展到唐代，追求"神似"和"意境"成为二者的共同语言。宋以后，由于苏轼的倡导，文人画逐渐兴盛，山水诗与山水画在意境上的融合走向成熟，山水诗与山水画融合的艺术形式也有进一步的发展。

第二节　韦应物的庐山山水诗及"陶韦之辨"

中晚唐以后，政局更加衰败，更多士大夫们转向佛教，从佛教禅宗中寻求精神安慰以逃避现实。大批中唐文人士大夫以谈佛论道为乐事，于是"佛法在世间，不离世间觉"的禅宗蔚然成风。《新唐书》记载："天宝后，诗人多为忧苦流寓之思，及寄兴于江湖僧寺。"②　早在魏晋南北朝时期，佛教就与山水文学密切相关，而禅宗与中国山水文学的发展有着密切的关系。禅宗是崇尚山林、亲近自然的佛教宗派，提倡"无心之境"，让人从自然山水的观赏中获得佛性的觉悟和心灵的解脱。

"大历诗人虽同样也试图在山水隐遁中得些野趣，在赏心乐事中忘却一切烦恼，泯化于自然，无奈世事艰迍，烽火不熄于望中，鼙鼓常鸣于耳际，

---

① 《欧阳修全集》卷一三〇，第 1976 页。
② 〔宋〕欧阳修、宋祁撰：《新唐书》，中华书局 1975 年版，第 291 页。

而颠沛之苦辛，隔绝之凄怆，又深结于心排遣不去，'于一切境界大念不起'，怎么做得到呢？忧愁烦恼诸种情念终于决堤而泛滥于诗中，而萧条冷落、荒颓凄清之景，也如声色影响之相随弥漫于整个山水诗中了。"① 大历诗人的创作以山水诗居多，中唐诗人韦应物即为其中之一，"所爱唯山水，到此即淹留"（《游西山》），"唯闻山鸟啼，爱此林下宿"（《行宽禅师院》）。韦应物因为时代动荡以及个人经历，后期的思想出现仕与隐的矛盾，诗歌创作开始回归自然，寄情山水。韦应物接受来自不同宗派的佛法思想，受到禅宗"空""无""静"等思想的影响，他的诗歌都蕴含着禅宗所推崇的空灵、静寂、淡远的内在精神。但是，韦应物在接受禅宗思想的同时，又糅合了个人的思想特色，按照自己对禅宗的理解确立起一种高蹈世俗的精神追求和自然淡泊的处世心态。

唐代的文人漫游之风非常盛行。韦应物一生历任多职，每到新地方上任，他都会在闲暇时游玩，观赏当地的山林美景、佛寺道观、田园风光。在韦应物仕宦生涯中，最为重要的当属三任刺史时期。建中二年（公元781年），45岁的韦应物出任滁州刺史，不幸的是两年后又被罢职。贞元元年（公元785年），韦应物49岁出任江州刺史，在此期间多次去庐山游览。第三年韦应物又改任苏州刺史，之后一直寄居苏州，直到57岁卒于苏州。韦应物长期担任地方官，颠沛流离的宦海生涯、处理郡县公务的烦闷和远离朝廷的悲哀，都让诗人对官场生活意兴阑珊。韦应物在经受世难情感打击之后，原先拯时济世、兼济天下的政治理想早已磨灭，禅宗的出现正迎合了这一时期他的心理。于是，他思想上皈依佛门，把佛教当作他的精神庇护所，"腰悬竹使符，心如庐山缁"②。韦应物经常闲居于佛寺中，遨游于山林自然之中，创作了大量的山水诗。

韦应物的诗大致可以分为三个时期："一、洛阳前后，自就读于太学至供职京兆府以前，这是一个积极向上的时期。二、长安—滁州，自就任京兆

---

① 蒋寅：《论大历山水诗的美学趣味》，《安徽大学学报》（哲社版），1990年第1期，第80页。

② 《庐山历代诗词全集》，第197页。

府功曹至罢滁州刺史，这是一个消沉失望的时期。三、江州—苏州，自出任江州刺史，到寓居永定寺，这是一个满足安逸的时期。"① 文章还指出，每一时期内诗人的情绪都有起伏，基本按照"出仕、闲居、出仕、闲居"这样的变化螺旋式运动。正是这一次次的仕隐经历，不断加深了韦应物与佛教的关系。

韦应物的诗闲淡简远，在描摹自然风景的同时，抒写闲适的胸襟，以诗入禅，用诗歌表现求静与随遇而安的情感。出任江州刺史到寓居苏州永定寺这一时期，是韦应物虔诚皈依及潜心研习佛理期。虽然韦应物担任江州刺史时间不足两年，但是他在任职期间曾多次游览庐山，尤其是东西林二寺，在山水中体悟禅理，心灵与禅理相融合，在诗中表达自己对禅理的体会和对佛教的向往、仰慕，从而体现出一种萧疏淡泊的情韵和宁静愉悦的境界。

例如，《春月观省属城始憩东西林精舍》：

> 因时省风俗，布惠迨高年。建隼出浔阳，整驾游山川。白云敛晴壑，群峰列遥天。嶔崎石门状，杳霭香炉烟。榛荒屡冒昆，逼侧殆覆颠。方臻释氏庐，时物屡华妍。昙远昔经始，于兹阐幽玄。东西竹林寺，灌注寒涧泉。人事既云泯，岁月复已绵。殿宇倚丹绀，磴阁峭歘悬。佳士亦栖息，善身绝尘缘。今我蒙朝寄，教化敷里廛。道妙苟为得，出处理无偏。心当同所尚，迹岂辞缠牵。②

"东西林"指的是庐山的东林寺和西林寺，"精舍"就是僧道居住或者讲道说法的地方。"建隼出浔阳，整驾游山川"，诗人躲开烦琐公务的纠缠，一路饱览自然山水风光，"白云敛晴壑，群峰列遥天。嶔崎石门状，杳霭香炉烟"。诗人从不刻意营造幽静寂灭的境界，相反，在自然与心灵的融合中，让自己达到澄净愉悦的境界。诗人在山水中体悟禅理，游历的最终目标还是寻访庐山的佛家寺庙以及瞻仰佛徒圣贤的遗迹。"昙远"指东晋僧人昙翼和慧远。韦应物每至上任之地，都广交佛教的僧侣，在寺庙寓居安闲养心，与

---

① 储仲君：《韦应物诗分期的探讨》，《文学遗产》，1984 年第 4 期，第 67 页。
② 《庐山历代诗词全集》，第 191 页。

僧徒说佛论道。"佳士亦栖息，善身绝尘缘"，诗人选择佛寺作为自己闲居之所，喜好这里的清净环境。

韦应物的儒、释思想在不断调和：一方面，"今我蒙朝寄，教化敷里鄜"，诗人憧憬佛门清净自在的生活，对山寺流连忘返，但是自己身为地方长官，又无法放下公务而全身心地投入佛门，追求心灵解脱；另一方面，"道妙苟为得，出处理无偏"，他很想沉浸在佛家"空""无""静"等美妙的境界中，感受佛门的安心无为、随缘而行。在家事国事变故的重压下，诗人几乎每次罢官或官闲时都去佛寺调养身心，但是他始终未曾绝意仕途。他在刚到江州上任时作《始至郡》："到郡方逾月，终朝理乱丝。宾朋未及宴，简牍已云疲。昔贤播高风，得守愧无施。岂待干戈戢，且愿抚惸嫠。"① 经国济世的重大责任又将诗人重新拉回到厌倦的现实生活。《韦应物诗集系年校笺》引日本著名的汉学家近藤元粹的话作注曰："一意勤劳于民政，这老固与寻常素餐之徒异矣。"②

韦应物一直徘徊在出世和入世的矛盾中，他最终没有离开官场，而是采用了亦官亦隐的"吏隐"方式。韦应物的从侄在庐山西林寺精舍读书，当时的韦应物正担任江州刺史，他给自己的侄子写了一首诗《题从侄成绪西林精舍书斋》：

> 栖身齿多暮，息心君独少。慕谢始精文，依增欲观妙。冽泉前阶注，清池北窗照。果药杂芬敷，松筠疏薝峭。屡跻幽人境，每肆芳辰眺。采栗玄猿窟，撷芝丹林峤。纻衣岂寒御，蔬食非饥疗。虽甘巷北单，岂塞青紫耀。郡有优贤榻，朝编贡士诏。欲同朱轮载，勿惮移文诮。③

诗人在开头就说栖身寺庙隐居的多是年老之人，年少之人能够"息心"摈除杂念的比较少。有一些因为爱慕谢灵运的才华而愿意跟随僧徒观佛理妙

---

① 《庐山历代诗词全集》，第 198 页。
② 孙望：《韦应物诗集系年校笺》，中华书局 2002 年版，第 378 页。下文注释中凡是出现《韦应物诗集系年校笺》的，只标注页码。
③ 《庐山历代诗词全集》，第 196 页。

处的人，选择在这样清幽的环境隐居。但是诗人接着笔锋一转，"虽甘巷北单，岂塞青紫耀"，此处用典指甘于守贫。《世说新语·任诞第二十三》记载："阮仲容、步兵居道南，诸阮居道北。北阮皆富，南阮贫。七月七日，北阮盛晒衣，皆纱罗锦绮。仲容以竿挂大布犊鼻裈于庭中。人或怪之，答曰：'未能免俗，聊复尔耳！'"引《竹林七贤论》曰："诸阮前世皆儒学，善居室，唯咸一家尚道弃事，好酒而贫。旧俗：七月七日，法当晒衣，诸阮庭中，灿然锦绮。咸时总角，乃竖长竿，挂犊鼻裈也。"① "青紫耀"代指高官厚禄。在韦应物看来，侄子应该要走向仕途而非隐居西林寺精舍。"勿惮移文诮"是指不用顾忌别人对自己求得高官厚禄的讥讽，此处用的是南齐周颙的典故。根据五臣注《文选》吕向说："其先，周彦伦隐于北山，后应诏出为海盐县令，欲却过北山。孔生乃假山灵之意移之，使不许得至。"《北山移文》是孔稚圭写的一篇游戏文章，讽刺那些伪装隐居以求利禄的人。根据《南齐书·周颙传》记载，周颙实非如此，五臣注的内容有出入。所以尽管韦应物反复表达自己对归隐的向往和对陶渊明的敬慕之意，但是韦应物也只是"吏隐"。儒家的仕隐思想基本上都是遵守孔孟的"有道则现，无道则隐""用之则行，舍之则藏""无可无不可""兼济""独善"等思想。

　　但是"吏隐"这种方式并不能真正解决韦应物内心深处的痛苦，因此他从禅宗思想里去寻求精神的解脱。韦应物既受北宗的思想影响，同时也受到南宗的影响，在率性自然的俗世中体悟禅道。参禅入定可以达到艺术上的自由驰骋，思绪万千，将观照对象、内心情感、审美情趣融合在一起。佛禅的"空""无"思想使得韦应物在静默玄想中追求心静、空灵、淡远的意境。在禅悦之风盛行的唐宋，坐禅成为文人推崇的一种休养方式。王维有坐禅的习惯："退朝之后，焚香独坐，以禅诵为事。"苏轼《黄州安国寺记》曰："焚香默坐，深自省察，则物我相忘，身心皆空。"在生活习惯上，韦应物有斋戒淡食、焚香坐禅的习惯，"立性高洁，鲜食寡欲，所至焚香扫地而作"。不仅如此，他还经常与僧徒们、禅客们谈佛论道，相互间酬唱寄赠。例如，《寄刘尊师》《寄庐山棕衣居士》《寄黄尊师》《寄黄刘二尊师》《答东林道

————
① 《世说新语笺疏》，第861页。

士》等等。《寄黄尊师》曰："结茅种杏在云端，扫雪焚香宿石坛。"《寄黄刘二尊师》曰："清夜降真侣，焚香满空庐。"

韦应物对山水多钟爱之情固然与儒家"仁者乐山，智者乐水"和道家寄情山水、逍遥物外的传统有关，但更多的还是受禅宗的影响。《滁州西涧》是韦应物有名的代表诗作，经常被禅师当作说法演绎：

> 独怜幽草涧边生，上有黄鹂深树鸣。春潮带雨晚来急，野渡无人舟自横。①

《韦应物诗集系年校笺》注引明高棅的话："幽草而生于涧边，君子在野，考槃之在涧也。黄鹂而鸣于深树，小人在位，巧言之如流也。潮水本急，春潮带雨，其急可知，国家患难多也。晚来急，危国乱朝，季世末俗，如日色已晚，不复光明也。野渡无人舟自横，宽闲之野，寂寞之滨，必有济世之才，如孤舟之横野渡者，特君相之不能用耳。"王尧衢解首句曰："言西涧之幽，芳草可爱，我独怜之而散步至此。"其解二句曰："春虽暮矣，尚有黄鹂深树里啼啭，物情尽堪留恋。"其解三句曰："此时春水泛滥，雨后之潮，晚来更急。"其解末句曰："春雨水涨，渡头过渡者稀少，故有无人之舟，因水泛而自横耳。此偶赋西涧之景，不必有所托意也。"② 无论诗人是否在诗歌中有所寄托，但是短短的 28 个字，将西涧的秀丽、优美而又幽静的春景描写得生动如画。在疾风骤雨中从容不迫的横舟，幽草自生、黄鹂自鸣等境界悠然自得而又顺其自然。

禅宗思想到中唐时期发生了重要的变化，由慧能、神会的南宗禅进一步发展到了马祖道一佛禅时期，而马祖道一提出"平常心是道"，韦应物在禅学影响下便有自然适意的襟怀和修养，任万物各随其宜，各得其所。在他的其他诗歌中，有些诗的全篇未必能够达到此境界，然而其中颇有一些名句，赋物工致，精细入微。正如韩驹所说："其诗精深妙丽，虽唐诗人之盛，亦少有其比。"③ 韦应物实则是将陶渊明的平淡和谢灵运的流丽融入一起，"源

---

① 《韦应物诗集系年校笺卷第六》，第 305 页。
② 以上所引两者注见于《韦应物诗集系年校笺》，第 306 页。
③ 《苕溪渔隐丛话》前集卷十五引。

出于陶而熔化于三谢"。白居易在《与元九书》中谈到韦应物时说："如近岁
韦苏州歌行，才丽之外，颇近兴讽。其五言诗又高雅闲淡，自成一家之
体。"① 可见，韦应物的诗中保留有几分"高雅闲淡"的韵味。"高雅闲淡"
是后人对韦应物诗歌的共识。清代乔亿《剑溪说诗》曰："韦诗淡然无意，
而真率之气自不可掩。"② 司空图《与李生论诗书》称："王右丞、韦苏州澄
澹精致，格在其中。"③"澄澹精致"主要指韦应物的个人抒情之作和流连光
景之作而言。

韦应物在庐山所作的山水诗歌往往能以简洁自然的语言，描绘出一种生
动优美的形象，表现出一种秀丽澄淡的气韵，寓神情意味于笔墨之外，但是
在艺术整体的意境上还是要逊色于《滁州西涧》之类的代表作品。

例如，《自蒲塘驿回驾经历山水》：

> 馆宿风雨滞，始晴行盖转。浔阳山水多，草木俱纷衍。崎岖缘碧
> 涧，苍翠践苔藓。高树夹潺湲，崩石横阴巘。野杏依寒拆，馀云冒岚
> 浅。性惬形岂劳，境殊路遗缅。忆昔终南下，佳游亦屡展。时禽下流
> 暮，纷思何由遣。④

这首诗是诗人巡属完毕后由蒲塘驿返回溢城途中所作。先是由于风雨的
阻碍，诗人直到天晴才返回溢城。正是因为浔阳的多山多水，所以草木才能
长得如此繁茂。崎岖蜿蜒的碧绿色的水涧，夹杂着与树木苍翠颜色相辉映的
苔藓。诗歌中的"碧""翠"都是绿色，春意盎然。像"碧""绿""青"等
都是冷色调，冷色调能够给人清爽的感觉。韦应物喜欢用冷色调的词以及清
冷的意象，这种色调和意象给人的多是冷落之感，正与诗人心中的忧患意识
相契合。"高树夹潺湲，崩石横阴巘"，这里的"横"与"野渡无人舟自横"
用法相同，都有一种无心、顺其自然的境界。"野杏依寒拆，馀云冒岚浅"，

① 〔唐〕元稹著，冀勤点校：《元稹集》，中华书局1982年版，第784页。
② 郭绍虞选：《清诗话续编》，上海古籍出版社1983年版，第1081页。
③ 郭绍虞选：《中国历代文论选》，上海古籍出版社1979年版，第164页。
④ 《庐山历代诗词全集》，第192页。

近藤元粹曰："夹字、拆字、浅字，皆奇警惊人。"① 谢灵运《登江中孤屿》："怀新道转迥，寻异景不延。"这两句所写的心情与"性惬"二句略同。不同的风景迷人，性情惬意自然也不觉得劳累。

又如，《山行积雨归途始霁》：

> 揽辔穷登降，阴雨遘二旬。但见白云合，不睹岩中春。急涧岂易揭，峻途良难遵。深林猿声冷，沮洳虎迹新。始霁升阳景，山水阅清晨。杂花积如雾，百卉萎已陈。鸣驺屡骧首，归路自忻忻。②

袁宏道曰："似大谢，题亦似之。"这首诗和谢灵运的《入彭蠡湖口》的写作方式相似。韦应物的山水诗色调是寒冷的，但是同时色调的浓淡把握得很有分寸。通过富有表现力的诗句来表现自然的千变万化。"但见白云合，不睹岩中春"与"春晚绿野秀，岩高白云屯"的意象相近，都是描写岩石上的白云，白色与绿色的色彩对比，不过谢灵运的两句更佳，"绿""屯"二字精雕细琢，值得玩味。韦应物的"始霁升阳景，山水阅清晨"二句描写了雨过天晴之后的状态。近藤元粹于"深林"二句曰："冷字、新字亦奇警。"于"山水"句曰："阅字亦奇。"于结尾二句曰："稍有春风得意马蹄疾之状。"③

再如，《简寂观西涧瀑布下作》：

> 漎流绝壁散，虚烟翠涧深。丛际松风起，飘来洒尘襟。窥萝玩猿鸟，解组傲云林。茶果邀真侣，觞酌洽同心。旷岁怀兹赏，行春始重寻。聊将横吹笛，一写山水音。④

这首诗在意象的选择上多选取具有高远内涵的物象，例如，"漎流""绝壁""虚烟""丛际"等等。诗人通过遥远的观赏来体会美的意象，在这些高远的意象中，"虚烟"又是飘散之物，自然就具有散淡自然的特点。同时，尽管韦应物追求的是幽寂之境，但是诗人在动静鲜明对比中，更加突出动中

---

①　《韦应物诗集系年校笺》，第 391 页。
②　《庐山历代诗词全集》，第 193 页。
③　《韦应物诗集系年校笺》，第 390 页。
④　《庐山历代诗词全集》，第 195 页。

之静，以动衬静。"淙流绝壁散，虚烟翠涧深"，前句描写了瀑布水的声音，后句描写了山林之间的烟霭，以动衬托寂静。因为水是不停地流动的，与此同时，溪水、飞瀑等发出的声响亦能凸显山林的幽静。"聊将横吹笛，一写山水音"，笛声悠远，这种淡远之趣也正是山水之音。诗人忘情于山水之间，满足于自然的清新、幽静之美。幽寂的山水境界，是诗人从内心油然而生对宁静悠远的人生理想的追求。诗人希望在这样的环境中忘却官场的挫折、命运的坎坷以及人世的烦恼。

因为韦应物在人格修养和诗歌创作方面多效仿陶渊明，无论是自然直率的性情还是萧散恬淡的诗风，所以前人论诗常把韦应物与陶渊明并称。李东阳《麓堂诗话》曰："陶诗质厚近古，然愈读愈见其妙。韦苏州稍失之平易，柳子厚则过于精刻，世称陶韦，又称韦柳，特概言之。"① 韦应物的五言古体诗既有陶渊明的平易自然，也有谢灵运、谢朓等人的雕琢藻饰，尤其是受陶渊明归隐田园的深刻影响，"真而不朴，华而不绮"。

例如，《效陶彭泽》：

> 霜露悴百草，时菊独妍华。物性有如此，寒暑其奈何。掇英泛浊醪，日入会田家。尽醉茅檐下，一生岂在多。②

陶渊明一直是韦应物羡慕和尊重的人，尽管韦应物不能像陶渊明那样完全隐逸山间村野之间，也不像陶渊明一样跟官场彻底地决裂，但是他采取了一种相对暧昧的立场，这也无碍韦应物对陶渊明的钦佩之情，对陶诗歌风格的喜爱，甚至奉为楷模。《西京杂记》卷三记载："九月九日……饮菊花酒，令人长寿。菊花舒时，并采茎叶，杂黍米酿之，至来年九月九日始熟，就饮焉，故谓之菊花酒。"陶渊明在诗歌中多次提及用菊花泡酒。例如，《饮酒二十首》其七曰："秋菊有佳色，裛露掇其英。泛此忘忧物，远我遗世情。"《饮酒二十首》其九曰："褴褛茅檐下，未足为高栖，一世皆尚同，愿君汩其泥。"韦应物的这首诗仿效陶渊明《饮酒二十首》中的朴实平淡的风格，自

---

① 丁福保辑：《历代诗话续编》，中华书局 1983 年版，第 1379 页。
② 《庐山历代诗词全集》，第 187 页。

己要像陶渊明一样开怀畅饮，超凡脱俗。

韦应物非常向往陶渊明清静的田园生活，在《东郊》一诗中表达了自己的心愿：

> 吏舍跼终年，出郊旷清曙。杨柳散和风，青山澹吾虑。依丛适自憩，缘涧还复去。微雨霭芳原，春鸠鸣何处。乐幽心屡止，遵事迹犹遽。终罢斯结庐，慕陶真可庶。①

诗人暂时抛开烦琐的公务，投入乡村山林的怀抱，在诗人眼里，杨柳、青山、微雨、春鸠都充满了生机，让人心旷神怡。诗人在这令人陶醉的景色中联想到了陶渊明。陶渊明《读山海经·其一》诗曰："孟夏草木长，绕屋树扶疏。众鸟欣有托，吾亦爱吾庐。"韦应物想仿效陶渊明辞官隐居，过着"结庐在人境，而无车马喧"的田园生活，自适逍遥。韦应物题唐代侍御郑拾遗（郑常）的草堂诗也表达了诗人的归隐思想。例如，《题郑弘宪侍御遗爱草堂》曰："长啸攀乔林，慕兹高世蹈。"《题郑拾遗草堂》曰："子有白云意，构此想岩扉。"《寻简寂观瀑布》曰："犹将虎竹为身累，欲付归人绝世缘。"尽管陶渊明给予了韦应物很大的影响，"乐幽心屡止"，但是韦应物却"遵事迹犹遽"，最终走着和陶渊明归隐田园截然不同的生活道路，这也必然使得其诗歌创作与陶诗有着不同的风貌。可以说，陶渊明是身在田园，心亦在田园；而韦应物是身在官场，心在山林。这两种不同的生活兴趣体现出不同的精神旨趣。

另外，韦应物和陶渊明的隐逸思想以及对佛教思想的接受也不尽相同。陶渊明和当时的玄学、佛学都有联系，但其思想主流仍然是顺任自然的"委穷达"观点。他在日常的田园生活中，坚守自己的节操和理想，从中获得心灵的自由和安乐，"若不委穷达，素抱深可惜"。在陶渊明看来，佛教的精神不灭和生死轮回以及道教成仙永生都是不可靠的。《拟挽歌辞》曰："死去何所道，托体同山阿。"《读山海经·其八》曰："自古皆有没，何人得灵长。"陶渊明的思想并不是要通过超越生死以达到精神的自由与解脱，实际上他的

---

① 《庐山历代诗词全集》，第194页。

思想是由老庄生死观逐渐向禅宗生死观过渡，人类对于解脱的追求从向自然寻求转到了向内心追求。曾有人写《试解陶渊明不做山水诗之原因》来解释为什么陶渊明所有的诗句不以"寓目辄书"的方式来描写具体的山川景物，不模山范水、状物图貌。文章写道："山水诗把自然景物作为独立审美对象来对待。然而自然景物并非是陶渊明欣赏的独立审美对象，而作为一种与己同在的自然而然的混一的同体物而存在。因此，陶渊明不对自然景色进行描写，更多的是点到为止，不加任何描摹渲染，以此来直接传达对生命价值、意义的悟解。陶诗所提到的田园、山川、鸟鱼、松菊都是托意形象，准确地说都是自己的生命意义的寄托。"① 陶渊明在出仕和归隐过程中，无心欣赏山水，只是在对生命的价值思考中观照山水，从而得出自己的感悟。

　　如果在上面的观点上再进一步推导，我们可以提出疑问，相比陶渊明的诗，为什么朱熹更欣赏韦应物的诗？"南宋理学家朱熹推崇陶渊明，但他对韦应物的山水诗更为欣赏，这与其心性论理学思想有着深刻关联。他声称'心与理一'，但其理学体系中的心被割裂为人心、道心，心的本体地位不完整，心与理无法真正合一。这就使心与理的关系极为紧张，去欲成为心的必要任务，并导致了心对理的外求。故朱熹不仅欣赏去欲色彩浓厚的韦诗，且其山水诗常常表现出主体对客体的'格物'冲动。总之，在朱熹山水诗中，主、客体是一种控制与被控制的对立统一。"② 当时的诗坛现状是江西诗派末流盛行，他们往往只看重炼字炼句，拾掇陈言，体致鄙陋，朱熹对之非常厌恶。他说："古今之诗凡有三变：盖自书传所记虞、夏以来，下及魏晋，自为一等；自晋宋间颜谢以后，下及唐初，自为一等；自沈宋以后定著律诗，下及今日，又为一等。然自唐初以前，其为诗者固有高下而法犹未变。至律诗出，而后诗之与法始皆大变。以至今日益巧益密，而无复古人之风矣。"③

----

① 张迪：《试解陶渊明不做山水诗之原因》，《西北民族大学学报》（哲社版），2005 年第 6 期，第 108 页。
② 陶俊：《从陶、韦之辨看心性论对朱熹山水诗的影响》，《云南农业大学学报》，2010 年第 4 卷第 1 期，第 115 页。
③ 郭齐、尹波点校：《朱熹集》，四川教育出版社 1996 年版，第 3337 页。《朱熹集卷六十四·答巩仲至》。下文注释中凡出现《朱熹集》的，只标注页码。

朱熹称赞陶渊明的诗歌冲澹自然，"若但以诗言之，则渊明所以为高，正在其超然自得，不费安排处"①。

　　但是细细比较会发现，朱熹更钟情于韦应物的诗歌，他曾称赞道："韦苏州诗高于王维、孟浩然诸人，以其无声色臭味也。"朱熹还进一步对陶韦二人的诗歌进行了比较："杜子美'暗飞萤自照'，语只是巧。韦苏州云'寒雨暗深更，流萤度高阁'，此景色可想，但则是自在说了。因言《国史补》称韦'为人高洁，鲜食寡欲'。所至之所，扫地焚香，闭阁而坐。其诗无一字做作，直是自在。其气象近道，意常爱之。问：'比陶如何？'曰：'陶却是有力，但语健而意闲。隐者多是带气负性之人为之；陶欲有为而不能者也，又好名。韦则自在，其诗直有做不着处便倒塌了的。晋宋间诗多闲淡。杜工部诗常忙了。'"② 朱熹认为韦应物的诗歌比陶渊明的更"自在"，"气象近道"。难道陶渊明比韦应物更加"好名"吗？一个全身而退，隐居田园乡村之人会比"吏隐"之人更加留恋世俗功名吗？我认为这并不是朱熹推崇韦应物的主要原因。实际上，真正的原因应该是："朱熹更为欣赏韦应物入世而超然的人生态度，赞赏其高洁的情操，寡欲的本性。特别是韦应物的简素气格，恰与理学集义养气工夫所欲成就的性情规范相类似。朱熹推韦诗为近道文学的典型，就是因为韦应物安身立命的素养与理学趣味有形神毕肖之处。"③ 朱熹对韦、陶二人的态度不同，缘于其理学精神的实质所在。

　　由朱熹对韦、陶的选择态度推理下去，我们又会发现，作为理学家的朱熹讲究的"格物致知"思维理论对诗歌的指导和佛禅对山水诗的渐悟、顿悟的影响是一脉相承的，尽管其中还有着一些区别。"如果说'禅宗的理学化'，是宋明之际佛教发展的趋势，那么，与之平行发展的，则是宋明士大夫的'儒学的禅学化'。宋明理学的发生，正是宋明儒学的禅学化过程，换句话说，孕育宋明理学生长的直接原因是居士佛教的土壤。"④ 朱熹的理学将

---

① 《朱熹集卷五十八·答谢成之》，第 2947 页。
② 〔宋〕黎靖德编，王星贤点校：《朱子语类》，中华书局 1994 年版，第 3327 页。
③ 王利民：《朱熹诗文的文道一本论》，《浙江大学学报》（人社版），2002 年第 32 卷第 1 期，第 107 页。
④ 《禅与中国艺术精神的嬗变》，第 53 页。

理作为一个本体化的范畴，佛禅是由魏晋时期的神明中的"形神"观念中的"神"而向人的内心发展，"即心即佛"。朱熹的理学是性理之学，要达到"心与理一"，则要处理道心与人心，天理与人欲的对立关系，克服人欲才能彰显天理。所以朱熹主张"去欲""解弊""涤除玄鉴"，以去"尘垢之弊"，这样心才能"湛然虚明"，从而"万理俱是"。这种将心与理的统一过程，就和佛禅的渐悟和顿悟的修禅方式有点相像。总之，无论是采取"时时勤拂拭，莫使有尘埃"的神秀渐悟的方式摒除私欲，还是采取"佛性常清净，何处有尘埃"的慧能顿悟去除私欲，朱熹结合儒佛思想，发展了"格物致知"的思想。当然，朱熹在对山水的"格物"思想上更倾向于神秀的"渐悟"。

综上所述，韦应物在庐山创作的山水诗无不展现了幽寂之美的特征，正是在这样清幽寂静的环境中，诗人摆脱尘世俗念，其人生悲剧暂时获得了解脱。自然山水不仅使诗人获得精神审美的愉悦，而且也成为诗人寄托心灵的场所。尽管韦应物深受陶渊明之影响，但是韦应物并没有走上陶渊明的归隐田园之路。与陶渊明的诗歌相比，韦应物的诗歌也有恬淡闲适、冲淡平和的气质，但是由于时代背景、个人遭遇、价值取向的差异，韦应物诗歌的精神旨趣、艺术风格于相似之中又有所差异。

第三节　苏轼庐山山水纪游诗的禅风画韵

如果说唐代山水诗追求的是心灵与自然的妙合，那么宋代山水诗则超越现实进入对宇宙人生的理性沉思。理趣是宋诗的重要艺术特征，作为宋诗的创作代表人物，苏轼善于将写景、状物、抒情和议论融为一体，形成一种独具特色的山水意境美，同时又善于从日常生活的自然景物中悟出新意和哲理，从而使得其诗歌具有了深邃的思想、悲凉而深重的精神境界以及洒脱的人生情怀。苏轼的山水诗充满了理趣和奇趣，富有"生气和灵机"，形成了一种完全不同于唐代山水诗歌的风貌特色，创造了宋代山水诗歌的一座高峰。

　　南方佛教禅宗盛行，古刹众多，苏轼的仕宦生涯由北方转入南方，这样的经历更加促进苏轼对禅宗思想的接纳与融合。"身行万里半天下"，苏轼饱览各地山川名胜。在历经"乌台诗案"后，苏轼被贬为黄州团练副使，直至元丰七年（公元1084年），又由黄州改任汝州团练副使。在苏轼前往筠州看望苏辙时途经江州，他借此机会首次登上庐山，创作了不少庐山山水纪游诗。《东坡志林·纪游庐山》记载了苏轼初入庐山作诗的情况："仆初入庐山，山谷奇秀，平生所未见，殆应接不暇，遂发意不欲作诗。已而见山中僧俗皆曰：'苏子瞻来矣！'不觉作一绝曰：'芒鞋青竹杖，自挂百钱游。可怪深山里，人人识故侯。'既自哂前言之谬，又复作两绝曰：'青山若无素，偃蹇不相亲。要识庐山面，他年是故人。'又曰：'自昔忆清赏，初游杳霭间。如今不是梦，真个是庐山。'是日有以陈令举《庐山记》见寄者，且行且读，见其中徐凝、李白之诗，不觉失笑。旋入开先寺，主僧求诗，因作一绝曰：'帝遣银河一派垂，古来惟有谪仙辞。飞流溅沫知多少，不与徐凝洗恶诗。'"①

　　首先我们看看苏轼初入庐山时作的《初入庐山三首》：

　　　　芒鞋青竹杖，自挂百钱游。可怪深山里，人人识故侯。

　　　　青山若无素，偃蹇不相亲。要识庐山面，他年是故人。

　　　　自昔怀清赏，神游杳霭间。如今不是梦，真个在庐山。②

　　苏轼有着敏锐的观察力和深刻的思辨力，他的诗歌常呈现出理性思考与哲理思辨的特点。苏轼在《定风波》中写道："竹杖芒鞋轻胜马，谁怕？一蓑烟雨任平生。""竹杖"和"芒鞋"是诗人外出漫游的必备工具。"自挂百钱游"典故出自《世说新语·任诞》："阮宣子（阮修）常步行，以百钱挂杖头，至酒店，便独酣畅，虽当世贵盛，不肯诣也。"③后世常以"百钱挂杖"称买酒钱。苏轼用此典故写自己潇洒不拘、放浪形骸的意态。"人人识故侯"，苏轼的名气原本就很大，在"乌台诗案"后更有所提高，尽管苏轼

---

①〔宋〕苏轼著，王松龄点校：《东坡志林》，中华书局1981年版，第4页。
②《庐山历代诗词全集》，第876页。
③《世说新语笺疏·任诞第二十三》，第866页。

穿着草鞋，挂着竹杖还是被人认出来了。原本不想作诗的苏轼，也许是因为心里一种莫大的荣耀感所驱使，信口拈来了"芒鞋青竹杖"这首诗，随后又相继作了两首五绝。在苏轼的眼里，这是诗人第一次与庐山近距离接触，"偃蹇不相亲"，只有自己以后常来庐山，才能真正了解庐山。"偃蹇"既指庐山的高耸之貌，也暗指庐山的傲慢，与诗人感情不深。关于此义也可见于苏轼的其他诗，"青山偃蹇如高人"（《越州张中舍寿乐堂》），"登临不得要，万象各偃蹇"（《僧清顺新作垂云亭》）。苏轼面对眼前的庐山进行思考，如何才能与之默契。这种把庐山变为知己的奇妙想法产生后，诗人在想象中将庐山的变化无端与自己的人生起伏多变相联系，最后写出了"不识庐山真面目，只缘身在此山中"。苏轼多年来神游庐山的梦想终于实现了，但他还是不相信，犹似梦中，直到最后确定自己身临其境。

佛寺清幽的环境使人在焚香默坐中求得心境的安宁，苏轼借禅宗求净心，在深刻的反省中求得心理上的安定。

例如，《过圆通诗》：

> 圆通禅院，先君旧游也。四月二十四日晚，至，宿焉。明日，先君忌日也。乃手写宝积献盖颂佛一偈，以赠长老仙公。仙公抚掌笑曰："昨夜梦宝盖飞下，著处辄出火，岂此祥乎！"乃作是诗。院有蜀僧宣逮，事讷长老，识先君云。

> 石耳峰头路接天，梵音堂下月临泉。此生初饮庐山水，他日徒参雪窦禅。袖里宝书犹未出，梦中飞盖已先传。何人更识嵇中散，野鹤昂藏未是仙。①

《庐山纪事》记载："甘泉口西为圆通山，山南有圆通寺，本浔阳人侯氏之居。李后主取为功德院，初名崇圣寺。宋太祖朝，赐名圆通崇胜禅寺。"诗的题目中所说的讷长老就是居讷，号祖印，仁宗时任圆通寺住持，晚年退居宝积岩，禅学精深，尤擅《华严经》。诗中所提的"雪窦禅"是由北宋雪窦寺住持明重显大师所创，其撰写的《雪窦颂古》阐发心性养成，一度在士

---

① 《庐山历代诗词全集》，第878页。

大夫中十分流行。前四句写诗人来到石耳峰下的圆通寺，"他日徒参雪窦禅"说明诗人好参禅行为。最后两句将自己比作稽康式的人物，"野鹤昂藏"，自写其轩昂姿态。

又如，《和可迁》：

> 余过温泉，壁上有诗曰：直待众生总无垢，我方清冷混常流。问人，曰：长老可遵作。遵已退居圆通，亦作一绝。

> 石龙有口口无根，自在流泉谁吐吞。若信众生本无垢，此泉何处觅寒温。①

苏轼经过庐山东南黄龙山麓灵汤寺，看到可遵的题壁诗，于是作了这首诗。桑乔《庐山纪事》载："温泉寺，僧常凿石为龙首以出泉。"可遵曾撰写《黄龙灵汤院》诗曰："禅庭谁化石龙头，龙口温泉沸不休。直待众生总无垢，我方清净混常流。"可遵认为众生都是有污垢的，若在此温泉洗净污垢，才能清净。苏轼反驳说，如果众生都能洗净污垢，也就不必寻温泉洗浴了。人不可能达到无垢，除非觉悟成佛。苏轼想从佛教中学到摆脱现实世界烦恼的超然态度，达到修养心性的目的。"不喜欢那些玄虚之谈，而希望在身心上真能得益……他显然不相信佛教真能让人出世做佛，而希望它对俯仰人世的平凡人有益。这种对待佛教的态度，有相当的理性色彩，也是他能对各家思想学说取开阔眼界的原因。苏轼对佛教的这种独特理解，表现在诗作中，也形成了特殊内容。"②

李白曾在庐山屏风叠生活过，并作诗一首《浔阳紫极宫感秋》，苏轼有感而发，和诗一首：

> 李太白有《浔阳紫极宫感秋》诗。紫极宫，今天庆观也。道士胡洞微以石本示余，盖其师兄卓玘之所刻。玘有道术，节义过人，今亡矣。太白诗曰："四十九年非，一往不可复。"予亦四十九，感之，次其韵。玉芝一名琼田草，洞微种之七八年矣，云更数年可食，许以遗余。故并

---

① 《庐山历代诗词全集》，第 880 页。
② 孙昌武：《佛教与中国文学》，上海人民出版社 2007 年版，第 120—121 页。

记之。

> 寄卧虚寂堂，月明浸疏竹。泠然洗我心，欲饮不可掬。流光发永叹，自昔非余独。行年四十九，还此北窗宿。缅怀卓道人，白首寓医卜。谪仙固远矣，此士亦难复。世道如弈棋，变化不容覆。惟应玉芝老，待得蟠桃熟。①

李白原诗曰："何处闻秋声，翛翛北窗竹。回薄万古心，搅之不盈掬。静坐观众妙，浩然媚幽独。白云南山来，就我檐下宿。懒从唐生决，羞访季主卜。四十九年非，一往不可复。野情转萧洒，世道有翻覆。陶令归去来，田家酒应熟。"②《苏轼诗集》引纪昀的评价曰："非东坡不敢和太白，妙于各出手眼，绝不规模。"③"卓道人"就是胡洞微之师卓玘，为紫极宫道士。"白首寓医卜"典故可见于《史记·日者列传第六十七》，贾谊曰："吾闻古之圣人，不居朝廷，必在医卜之中。"④苏轼的诗中既有"行年四十九，还此北窗宿"的怀才不遇的感慨，也有对李白的倾慕之情，"谪仙固远矣，此士亦难复"。

"禅宗顿悟，使诗人将生命与自然融合为一，从而创作了一篇篇充满灵气的山水诗。"⑤苏轼在宦游生涯中，暂时卸去了人生沉重的负担，走进钟秀灵气的大自然，诗兴豪发，描绘出了一幅幅湖光山色图。

例如，《庐山二胜》并叙：

> 余游庐山南北，得十五六奇胜，殆不可胜纪，而懒不作诗，独择其尤佳者作二首。

开先漱玉亭

高岩下赤日，深谷来悲风。攀开青玉峡，飞出两白龙。乱沫散霜

---

① 《庐山历代诗词全集》，第885—886页。
② 《庐山历代诗词全集》，第155—156页。
③ 〔宋〕苏轼著，〔清〕王文诰辑注，孔凡礼点校：《苏轼诗集》，中华书局1982年版，第1232页。下文注释中凡是出现《苏轼诗集》的，只标注页码。
④ 〔汉〕司马迁著：《史记》，中华书局1959年版，第3215页。
⑤ 曹军：《论苏轼诗歌的佛禅底蕴》，《宁波大学学报》（人文科学版），2003年第19卷第3期，第60页。

雪，古潭摇清空。余流滑无声，快泻双石谼。我来不忍去，月出飞桥东。荡荡白银阙，沉沉水晶宫。愿从琴高生，脚踏赤鲩公。手持白芙蕖，跳下清泠中。

栖贤三峡桥

吾闻太山石，积日穿线溜。况此百雷霆，万世与石斗。深行九地底，险出三峡右。长输不尽溪，欲满无底窦。跳波翻潜鱼，震响落飞狖。清寒入山骨，草木尽坚瘦。空濛烟雨间，澒洞金石奏。弯弯飞桥出，激激半月彀。玉渊神龙近，雨雹乱晴昼。垂瓶得清甘，可咽不可漱。①

开先漱玉亭和栖贤三峡桥是诗人在庐山最中意的两处景点。陈舜俞《庐山记》曰："栖隐洞至开先禅院十里，旧传梁昭明太子之居栖隐也，又筑招隐室于此。南唐元宗居藩邸时为书堂，即位后，保大年间始为伽蓝，号开先。凭延已记碣见存。"② 开先寺又名秀峰寺，曾经是南唐皇帝的书堂。黄庭坚《开先禅院修造记》中也有记载："南唐中主，年少好文，无经世意。慕物外之名，问舍五老峰下，有野夫献地，贾之万金，以为书堂。及即位，以为寺。以野夫献地，为己有国之祥，故名开先。后迁洪都。盖尝弭节，故榻与画像存焉。"③ 据《秀峰寺志》引吴崧的《游记》描写的漱玉亭的原貌为："六面石砌，古朴而坚。亭临涧，二瀑奔赴，汇为潭。下注激石，滢然如玉，漱玉名最称。"④

"高岩""深谷"二句写开先寺西边的青玉峡的深峻陡峭。陆机曾作诗曰："顿辔倚高岩，侧听悲风响。""擘开"句以下描写青玉峡瀑布的气势和声音。据《述征记》描述："华山、首阳本一山，巨灵擘开，以通河流。"明代桑乔的《庐山纪事》对于开先寺的瀑布描写如下："汉阳之顶多溃泉，趵突播流。西为康王谷之谷帘泉，而东为开先二瀑。二瀑同源异流，其在东北者，泻出鹤鸣、龟背之间，曰马尾水。水势奔注，而岩口窄隘迫束，喷散数

---

① 《庐山历代诗词全集》，第881—882页。
② 《庐山志》，第329页。
③ 《苏轼诗集》，第1215页。
④ 《庐山志》，第337页。

十百缕，如马尾然，其实亦一瀑也；其在西南者，则自坡顶下注双剑峰背邃壑中，汇为大龙潭。绕出双剑之东，下注大壑，悬挂数十百丈，曰瀑布水。水徇壑东北逝，与马尾水合流，出两山山峡中，下注石潭。石碧而削，水练而飞，潭绀而渊，为开先佳境。后因名其峡为青玉峡，潭曰龙池云。二瀑据奇观，而西瀑尤胜。方冬泉脉微，循岩而流，涓涓然如一线。春夏泛溢，直落霄汉间，袅袅如垂匹练。日光灼之，灿烂如黄金色；倏为惊风所掣，则中断不下。久之，忽飘入云际，如飞球卷雪，迸珠散玉，瞬息万状。"① 瀑布犹如两条飞龙在似霜如雪的水沫中穿越，而紧贴岩壁而倾斜下滑的水声悄然无息，这些都写得十分逼真形象，"状难写之景，如在目前"。

"荡荡""沉沉"二句是诗人对瀑布展开的联想，而"水晶宫"亦有出处。《逸史》记载："庐杞尝腾上碧霄，见宫阙楼台，皆以水晶为墙。有女子谓曰：'此水晶宫也。'"此二句对仗工整而气脉流转。在这个神话传说的基础上，诗人又引用《列仙传》中的人物琴高。"琴高，赵人。以鼓琴为宋康王舍人，行涓彭之术。浮游冀州涿郡间二百余年，后辞入涿水中。取龙子与弟子期至日，皆洁斋候于水旁，设祠。果乘赤鲤，来坐祠中，且有万人观之。留一月，复入水中去。"诗句中的"赤鲩公"指的是鲤鱼。《酉阳杂俎》曰："国朝律，取得鲤鱼，即宜放，号赤鲩公。卖者杖六十，言鲤鱼为李也。"末两句引用了《庄子·让王第二十八》的典故："舜以天下让其友北人无择，北人无择曰：'异哉后之为人也，居于畎亩之中而游尧之门！不若是而已，又欲以其辱行漫我。吾羞见之。'因自投于清泠之渊。"②

《庐山纪事》记载："七尖山东北，有大谷，是为栖贤谷。值含鄱口之南，三峡涧水出焉。万寿寺东南行，龟峰之末，众水所会也。凡迤东，团山、黄石诸水，迤西、桃林、长垅诸水，大小支流，九十有九，皆入于三峡涧。玉渊之南有栖贤桥，即三峡桥也。作于祥符间，横绝大壑，缔构伟壮，从桥上俯视涧底，可百尺余。"开头四句是写泰山之高以及山高而瀑布挂于石间有如线溜，以此来反衬三峡涧水流的湍急，激流在乱石之间撞击发出的

---

① 《庐山志》，第336页。
② 《庄子集释》，第984页。

轰鸣声有如数百雷霆在战斗。"长输不尽溪"源于韩愈诗"高浪驾天输不尽"。"欲满无底窦"也用了《列子·汤问篇》的典故："渤海之东,有大壑焉,实惟无底之谷,名曰归墟。"沉潜在水中的鱼被浪涛拍打出来,猿狄受到惊吓掉落下来。"清寒"二句写三峡桥草木的瘦劲之貌,纪昀对此二句的评价是:"十字绝唱。"① 清寒侵入山骨,但是岩间的草木却依然瘦劲而坚挺。在烟霭空蒙之境,夹杂着水势汹涌的瀑布声。在栖贤寺东有玉渊潭,溪涧之水在此汇集,如神龙奔腾于潭水之间,飞沫四溅得好像暴雨、冰雹搅乱了晴天。诗人在诗的末尾也不忘调侃自己一番,潭水清澈得甘甜可饮。诗人运用了反衬、夸张、想象等手法,还接连用了几组对仗,写景随物赋形而兼得神似。纪昀对这两首诗评价说:"(《开先漱玉亭》)与《三峡桥》诗,俱奇警,此首近太白,《三峡桥》诗近昌黎。"②

　　分析苏轼的庐山诗作,第一类诗歌以《初入庐山三首》为代表。诗人借山水言理,将理与艺术形象结合。苏轼借庐山之景,寄寓情怀,澄心顿悟,在纵横议论中又不乏诙谐,机锋睿智而有妙趣,旷达情志寓于其中。第二类诗歌以《庐山二胜》为代表,写庐山景观随物赋形,刻画得穷形尽相,形神兼备。"苏轼在山水诗创作中,把情、景、理交融起来,创造出富于理趣的意境的艺术经验,对于后代的山水诗创作产生了深远的影响。"③ 苏轼的这些庐山诗歌作品或富有禅意,或融合儒、释、道三家思想,把自己的整个身心投射到山水自然之中,借禅宗的思维来表达其人生体味。这种从山水景物中抽取出哲理的山水诗,不仅体现了客观物象的独立审美价值,而且使得自然景物具有了灵魂,变得更加深刻。苏轼的山水诗"在自然诗化的走向上表现出与前人迥然不同的总体倾向","不再把山水当作体道之物,媚道之形,或看作情感的载体,而是将自然化作了自己求诸内心的媒介"。④ 苏轼《送参

---

① 《苏轼诗集》,第 1217 页。
② 《苏轼诗集》,第 1216 页。
③ 陶文鹏:《苏轼山水诗的谐趣、奇趣、理趣》,《江汉论坛》,1982 年第 1 期,第 40 页。
④ 冷成金:《试论苏轼的山水诗与自然诗化的走向》,《文学前沿》,2002 年第 3 期,第 271 页。

寥师》提出自己的审美理论："欲令诗语妙，无厌空且静。静故了群动，空故纳万境。"苏轼的超功利的审美态度造就了其超然心态下的风格追求，平淡之中展现清新、淡雅的美感形态。

《东坡志林·纪游庐山》还记录了苏轼对李白和徐凝二人所作的庐山瀑布诗的评价。苏轼进入开先寺（后称秀峰寺）游玩，住持僧向他求诗，于是他把徐凝的庐山瀑布诗与李白的进行比较，写了《世传徐凝〈瀑布〉诗曰：一条界破青山色。至为尘陋。又伪作乐天诗称美此句，有"赛不得"之语。乐天虽涉浅易，然岂至是哉！乃戏作一绝》：

> 帝遣银河一派垂，古来惟有谪仙词。飞流溅沫知多少，不与徐凝洗恶诗。①

苏轼嘲讽徐凝的庐山瀑布诗只对庐山瀑布的外形进行了简单的模仿，停留在形似的层面；他盛赞李白歌咏庐山瀑布胜在神似，因为神似才是审美对象的最本质的特征。"飞流溅沫知多少"一句，一是指庐山瀑布飞流直下的水沫之多，另指古来写庐山瀑布诗歌之多。例如，李白的"飞流直下三千尺"，张九龄的"溅沫惊飞鸟"。"不与徐凝洗恶诗"，这是苏轼对徐凝诗的评价，那么其他人又是如何评价的呢？我们先看看李白和徐凝二人的庐山瀑布诗。

李白的《望庐山瀑布》诗曰：

> 日照香炉生紫烟，遥看瀑布挂前川。飞流直下三千尺，疑是银河落九天。②

徐凝曾作诗《庐山瀑布》：

> 虚空落泉千仞直，雷奔入海不暂息。今古长如白练飞，一条界破青山色。③

---

① 《庐山历代诗词全集》，第877页。
② 《庐山历代诗词全集》，第153页。
③ 《庐山历代诗词全集》，第276页。

　　李白号称"谪仙人",苏轼对李白的总体评价非常高。苏轼《书黄子思诗集后》记载:"苏李之天成,曹刘之自得,陶谢之超然,盖亦甚矣。而李太白、杜子美以英玮绝世之姿,凌跨百代,古今诗人尽废。然魏晋以来,高风绝尘亦少衰矣。李杜之后,诗人继作,虽间有远韵,而才不逮意。独韦应物、柳宗元发纤秾于简古,寄至味于淡泊,非余子所及也。唐末司空图崎岖兵乱之间而诗文高雅,犹有承平之遗风,其论诗曰:'梅止于酸,盐止于咸,饮食不可无盐梅,而其美常居咸酸之外。'"① 苏轼对李白的倾慕可见一斑。李白《望庐山瀑布》诗飘逸洒脱,出神入化地将瀑布的雄奇壮美的特征表现出来,而这种特征的表现不是通过对瀑布的精雕细刻,而是通过凸显庐山瀑布的神韵气息,使瀑布的豪迈、飞动、博大的气韵见于言外。

　　首句描写香炉峰上的紫烟缭绕宛如仙境,后三句分别传神地写出了瀑布之象,先写瀑布悬挂空中之静美,次写瀑布凌霄而下的壮美,最后用银河做比喻。这种侧重于神韵气象的风格正是盛唐诗人对崇高壮大美和神似的追求。"这一点,正是苏轼最为欣赏和喜爱的,就像他欣赏画马之意气,画竹之精神,画人之传神写照一样,就像他称赞王维'诗中有画''画中有诗'一样,全然是东方经典式的诗学思维。"② 这种东方经典式的诗学思维即是神似。

　　徐凝《庐山瀑布》虽说有仿效李白《望庐山瀑布》之嫌,并且这首仿诗确实比不上李白的作品,然而苏轼又过于贬低徐凝的这首诗歌。徐凝的《庐山瀑布》在描写庐山瀑布之景象时,极尽雕刻之致,从状形方面描摹瀑布落泉直下、长练如飞,从拟声角度写雷奔不息,又从绘色方面写瀑布如白练,界破青山色。诗人在描摹自然景物方面可谓是穷形尽相,逼真生动,而"界破"二字用得很有新意韵。孙绰《游天台山赋》:"赤城霞起以建标,瀑布飞流以界道。"晚清伍涵芬曰:"《天台赋》:'瀑布飞流而界道',则'界'字

---

① 〔宋〕苏轼著,孔凡礼点校:《苏轼文集》,中华书局 1986 年版,第 2124 页。下文注释中凡是出现《苏轼文集》的地方,只标注页码。

② 康怀远:《帝遣银河一派 垂古来惟有谪仙词——苏轼褒李白而贬徐凝公案的诗学评析》,《重庆三峡学院学报》,2011 年第 27 卷第 5 期,第 69 页。

原有来历，句法又能化旧生新，东坡以恶讥之，过矣。"① "界破"是指庐山的瀑布如同一条白线将青山划破。除了实指的含义，"界"还带有一种佛教观念。佛教哲学里有"界方便观"一说，是指在禅定状态中观察、思索大自然时，自然物与人的意识交融，或聚散不定，或生灭无常。徐凝在诗句中借用佛教术语，却又超脱了佛教观念，把欣赏大自然的美感嵌入诗中。除此之外，"白练"也有出处。郦道元《水经注·庐水》曰："悬流飞瀑，近三百许步，下散漫千数步，上望之连天，若曳飞练于霄中矣。"② 陈师道《后山诗话》曰："子瞻谓孟浩然之诗，韵高而才短，如造内法酒手，而无材料尔。"所谓"无材料"就是缺乏典故，用语无出处来历，"少故实"。"譬如贫家美女，虽极妍丽丰逸，而终乏富贵态。"③ 由此可见，徐凝的庐山瀑布诗也能称得上典雅有故实，却因为苏轼的评价而背上了恶诗的罪名。

对于李白、徐凝二人的庐山瀑布诗的评价自古以来争议不断。据《全唐诗话》记载："白居易刺杭州，张祜自负诗名，以解头为己任。徐凝后至，诵所作《瀑布》诗，祜愕然，居易遂以凝为首荐。"李肇《国史补》曰："德宗晚年尤工诗，臣下莫及。杜太保在淮南进崔叔清诗百篇，帝谓使者曰：'此恶诗，何用进。'"④ 南宋葛立方《韵语阳秋》卷十三曰："徐凝《瀑布》诗曰：'千古犹疑白练飞，一条界破青山色。'或谓白乐天有'赛不得'之语，独未见李白诗耳。故东坡曰：'帝遣银河一派垂，古来惟有谪仙词。'以余观之，'银河一派'，犹涉比类，未若白前篇曰：'海风吹不断，江月照还空。'凿空道出，为可喜也。"⑤ 这是赞同苏轼所说，不过又提出"银河"涉于比类，不及"海风"一联。类似于此，附和苏轼之说的不乏其人，而为徐诗做辩护的则少得多，其中袁枚为最有力者，其《随园诗话》卷一有曰："徐凝'万古常疑白练飞，一条界破青山色'的是佳语。而东坡以为恶诗，

① 郭绍虞辑：《宋诗话辑佚》，中华书局 1980 年版，第 47 页。
② 《水经注校证》，第 924 页。
③ 〔宋〕胡仔纂集，廖德明校点：《苕溪渔隐丛话》，人民文学出版社 1962 年版，第 254 页。
④ 《苏轼诗集》，第 1211 页。
⑤ 《历代诗话》，第 590 页。

嫌其未超脱也。然东坡《海棠》诗曰：'朱唇得酒晕生脸，翠袖卷纱红映肉'，似比徐诗更恶矣。人震苏公之名，不敢掉罄。此应劭所谓'随声者多，审音者少'也。"

朱庭珍《筱园诗话》曰："作山水诗者……必使山情水性，因绘声绘色而曲得其真；务期天巧地灵，借人工人籁而毕传其妙，则以人之性情通山水之性情，以人之精神合山水之精神，并与天地性情、精神相通而合矣。"山水诗画尤重表现山情水性。徐凝之诗虽然未必能优于李白诗歌，但也未至于鄙陋若苏轼所言。二人诗歌最大之区别在于重形似与重神似，而苏轼褒李贬徐说明了苏轼的审美心理——求神似而非形似。沈德潜在《说诗晬语》中评论苏轼诗风："笔之超旷，等于天马脱羁，飞仙游戏，穷极变化，而适如意中之所欲出。"① 苏轼的豪放诗风可以说继承了李白，正因为诗学之路的一脉相承，自然也使得苏轼偏爱"飞流直下三千尺，疑是银河落九天"一类作品。李白豪放的艺术妙境和诗学视角被苏轼心领神会，感同身受："吾文如万斛泉源，不择地而出。在平地滔滔汩汩，虽一日千里无难。及其与山石曲折，随物赋形，而不可知也。所可知者，常行于所当行，常止于所不可不止，如是而已，其他，虽吾亦不能知也。"② 虽然苏轼所谈是写文，但是诗歌创作亦如此。从苏轼褒李贬徐的取舍态度，我们可得知苏轼的审美观。

苏轼有着正统的儒家忠君爱国和仁民的思想，但是自从被贬谪黄州之后，"闭门却扫"，"归诚佛僧"③。他既有儒家的"乐天知命"的思想，同时又夹杂着老庄的旷达、佛禅超然物外的风度，他的思想里糅合了儒、佛、道三家思想。他认为道家"以清净无为为宗，以虚明应物为用，以慈俭不争为行，合于《周易》'何思何虑'、《论语》'仁者静寿'之说"④。他还认为"学佛老者本期于静而达，静似懒，达似放；学者或未至其所期，而先得所

---

① 郭绍虞主编：《原诗·一瓢诗话·说诗晬语》，人民文学出版社1979年版，第233页。
② 《苏轼文集·自评文》卷六六，第2069页。
③ 《苏轼文集·黄州安国寺记》卷十二，第391页。
④ 《苏轼文集·上清储祥宫碑》卷十七，第502页。

似，不为无害"①。可以说，苏轼借用禅宗的思维方式来表达自己对人生的体悟，把自己的身心投入自然山水之中，因此，他的诗具有诗禅参融的趣味美。

苏轼吸收禅宗的思维特点，强调诗歌的美感特征和形象化特征，提出"诗画同体论"和"妙在笔画之外"的文学主张。苏轼评论王维时说："味摩诘之诗，诗中有画；观摩诘之画，画中有诗。"② 自此以后，苏轼开一代"画中有诗"之画风。"山水诗和山水画发展到五代宋初，已具备了某种同步同构的趋势，二者不仅在取材造境上有近似之处，而且在观照方式和表达方式上也相互促进、相互补充。这就使得宋代山水诗在题材范围、社会内涵、篇幅格局、意境格调以及诗人的创作心态和美学追求诸方面，都与前代山水诗有了明显的区别，从而给宋诗赋予了'画趣'的艺术特征。宋代山水诗对水墨韵味和荒远清冷意境的追求，更反映了受禅宗影响的宋代画风以及'神清骨冷'的时代心理与审美情趣。"③ 无论是王维还是荆浩，都选择山水题材来体现禅境，因为禅的审美思想一旦渗入诗画中，诗人和画家的目光就转向美好的大自然，用诗画作品来描绘自然，从而表现无可言说的禅趣。

苏轼提出"士人画"概念，认为"士人画"重意气，"阅天下马而后画，不重形似，取其生气，传其神态"。苏轼在《书鄢陵王主簿所画折枝》中进一步提出他的画论：

> 论画以形似，见与儿童邻。赋诗必此诗，定非知诗人。诗画本一律，天工与清新。边鸾雀写生，赵昌花传神。何如此两幅，疏澹含精匀。谁言一点红，解寄无边春。④

兼诗人、画家、书法家于一身的苏轼，提出绘画最忌形似，画竹画人要传神。例如，《书晁补之所藏与可画竹》：

---

① 《苏轼文集·答毕仲举二首》卷五六，第 1672 页。
② 《苏轼文集·书摩诘蓝田烟雨图》，第 2209 页。
③ 陶文鹏：《论宋代山水诗的绘画意趣》，《中国社会科学》，1994 年第 2 期，第 177 页。
④ 《苏轼诗集》卷二十九，第 1525 页。

与可画竹时，见竹不见人。岂独不见人，嗒然遗其身。其身与竹化，无穷出清新。庄周世无有，谁知此疑神。①

文与可笔下的翠竹已不再是自然界的竹，而是经过艺术加工后的审美对象，是自然的人化，禅境帮助艺术家进入了化境。文人画主要不是为了追求纯粹的美，而是通过勾画山水从而对形而上的道有所体悟，审美境界是一种心性的把握。郭熙《林泉高致》曰："君子之所以爱夫山水者，其旨安在？丘园养素，所常处也；泉石啸傲，所常乐也；渔樵隐逸，所常适也；猿鹤飞鸣，所常亲也。尘嚣缰锁，此人情所常厌也；烟霞仙圣，此人情所常愿而不得见也。……然林泉之志，烟霞之侣，梦寐在焉，耳目断绝。今得妙手，郁然出之，不下堂筵，坐穷泉壑；猿啼鸟鸣，依约在耳；山光水色，滉漾夺目。此岂不快人意，实获我心哉！此世之所以贵夫画山水之本意也。"②

苏轼在《书黄子思诗集后》表述了自己对最高艺术境界的追求："予尝论书，以为钟、王之迹，萧散简远，妙在笔画之外。……李杜之后，诗人继作，虽间有远韵，则才不逮意。独韦应物、柳宗元，发纤秾于简古，寄至味于淡泊，非余子所及也。"③ 文人画崇尚的最高境界是"萧散简远""简古""淡泊"。无论是作诗还是绘画，传神和写意都是美的最高境界。苏轼不仅推崇王维的诗歌境界，也赞扬王维的画"萧然有出尘之姿"（《又跋宋汉杰画山》），推崇韦应物、柳宗元的诗"发纤秾于简古，寄至味于淡泊"，把"萧散简远，妙在笔画之外"和"高风绝尘"（《书黄子思诗集后》）当作诗画艺术的理想境界的。

唐宋文人画家企图以暮色如烟、翠竹如墨的幽静来摆脱人生的失意，通过静谧的自然抒发自己的幽思，在对自然的观照中超脱人生。"宋代诗人和画家由于深受禅宗人生哲学、生活情趣与审美情味的熏染和影响，在使山水诗与山水画高度融合的创造活动中，终于酝酿出以简古淡泊、荒寒清远、高

---

① 《苏轼诗集》卷二十九，第1532页。
② 《林泉高致·山水诀》，第9页。
③ 《经进东坡文集事略》，卷六〇。

风绝尘为特定指向的文人诗画艺术规范。"① 在中国山水画中呈现出神秘幽玄、空灵澄净、淡泊清静的样态,这就是绘画中的禅味。

《五灯会元》卷十七《青原惟信禅师》记载:"老僧三十年前未参禅时,见山是山,见水是水;及至后来亲见如识,有个入处,见山不是山,见水不是水;而今得个休歇处,依前见山只是山,见水只是水。"这则著名的禅宗公案揭示了禅学追求"超越"的特点。"一代文豪苏东坡对此体会可谓深切,他对于游庐山时所作的三首诗分别对应于上述三重境界……禅宗的这一思想与儒家'极高明而道中庸'、道家'道法自然'的思想相通,体现出中国哲学'内向性超越'的形上生命智慧,对数千年来中国人的安身立命提供了精神支撑。"② 沿着这个思路,我们分析一下苏轼的三首游庐山诗歌是如何契合禅宗的"超越"境界的。

第一首是千古传诵的《题西林壁》,苏轼在常总禅师的陪同下游览西林寺作出这首诗,黄庭坚和惠洪甚至把这首诗看作禅偈。诗曰:

> 横看成岭侧成峰,远近高低各不同。不识庐山真面目,只缘身在此山中。③

惠洪《冷斋夜话·般若了无剩语》记载了黄庭坚对《题西林壁》的评价,认为其大得禅理:"此老人于般若横说竖说,了无剩语,非其笔端,能吐此不传之妙哉!"④ 对于难以全面认识的庐山,诗人由此产生对人自身的思考,这是一种顿悟。"凡此种诗,皆一时性灵所发,若必胸有释典,而后炉炼出之,则意味索然矣。"⑤ 慧能"顿悟成佛"思想认为心外无法(佛),人心即佛心,成佛只在"自悟本性"。诗人通过对庐山的客观景物描写来表达自己对人生的体悟,正如宗白华先生所说,"不是停留在工艺美术的境界,

---

① 《苏轼文集》,第 2124 页。

② 卢兴:《从"见山是山"、"见山不是山"到"见山只是山"》,《中国社会科学报》,2010 年 9 月 29 日第 6 版。

③ 《庐山历代诗词全集》,第 883 页。

④ 〔宋〕惠洪著,陈新点校:《冷斋夜话》,中华书局 1988 年版,第 53 页。

⑤ 《苏轼诗集》,第 1219 页。

而是要上升到表现思想的境界"①。《题西林壁》是诗人在顿悟之下的审美感受上升到一个鲜灵的层次。仁者见仁，智者见智，我们暂时撇开这首诗歌的哲理性去体味其中浓厚的禅理。在参禅之前，人对世间万象过于执着，沉溺于凡尘的欲念和烦恼之中，无法认识本心的真实面目。

第二首是《赠东林总长老》，诗曰：

> 溪声便是广长舌，山色岂非清净身。夜来八万四千偈，他日如何举似人。②

"总长老"即常总禅师，被南昌太守王韶召请住持东林寺。"广长舌"指佛的舌头，据说佛舌广而长，覆面至发际。《法华经》："世尊见大神力，出广长舌，清净法身。"《阿弥陀经》："出广长舌相，遍覆三千大千世界。"溪声潺潺好比是佛的长广舌。"清净身"是佛家用语，指不犯杀、盗、淫等十种恶业为清净。注曰："佛言三身：曰法身者，清净无相之身也；曰化身者，受生示现之身也；曰报身者，功德庄严之身也。"③ 山色清净无尘，佛化为山身以度人。苏轼的这一类庐山诗体现出一种禅趣，就是把禅家的机锋融入诗中，引人深思。在参禅之后，山水已不再是眼中的山水，世界成为佛法的体现，执着于佛法的文字义理并不算是达到真正的圆融。

向来归在苏轼名下的《庐山烟雨浙江潮》曰：

> 庐山烟雨浙江潮，未至千般恨不消。到得还来别无事，庐山烟雨浙江潮。

"见山只是山，见水只是水"，这才是大彻大悟、超越俗见的禅宗最高境界。心中无任何挂碍，任由本心自然流行，眼前的山水依旧是此山此水。"苏轼依皈禅门不仅仅停留在放浪不羁、无拘无束的外在行为层面，更体现在终极的价值、人生的境界、道德的觉悟、最高的智慧等生命内在的超越

---

① 《美学散步》，第 64 页。
② 《庐山历代诗词全集》，第 882 页。
③ 《苏轼诗集》，第 1218 页。

上，他形诸文字，把内心那种独特的感受用诗歌这个载体表述出来。"①

禅宗不仅对苏轼的艺术哲学产生影响，还对其人生哲学产生重要影响，表现为一种"入世而又超然"的人生态度。苏轼作诗题咏过不少在庐山生活过的历史名人，其中陶渊明是苏轼最欣赏的诗人。苏轼在《与苏辙书》中曾评论陶渊明的诗歌："吾于诗人无所甚好，独好陶渊明之诗。渊明作诗不多，然其诗质而实绮，癯而实腴。自曹、刘、鲍、谢、李、杜诸人皆莫及也。吾前后和其诗凡百有九篇，至其得意，自谓不甚愧渊明，然吾之于渊明岂独好其诗也哉，如其为人实有感焉。渊明临终疏告俨等：'吾少而穷苦，每以家弊，东西游走。性刚才拙，与物多忤，自量为己，必贻俗患，僶俛辞世，使汝等幼而饥寒。'渊明此语盖实录也，吾真有其病而不早自知，半世出仕，以犯大患，此所以深愧渊明，欲晚节范其万一也。"苏轼不仅欣赏陶渊明"质而实绮，癯而实腴"的诗风，而且非常倾慕陶渊明的为人。《渊明祠》（又名《欧阳叔弼见访，诵陶渊明事，叹其绝识，叔弼既去，感慨不已而赋此诗》）曰：

> 渊明求县令，本缘食不足。束带向督邮，小屈未为辱。翻然赋归去，岂不念穷独。重以五斗米，折腰营口腹。云何元相国，万钟不满欲。胡椒铢两多，安用八百斛。以此杀其身，何啻鹊抵玉。往者不可悔，吾其反自烛。

> 渊明耻折腰，慨然咏式微。闲居爱重九，采菊来白衣。南山忽在眼，倦鸟亦知归。至今东篱花，青如首阳薇。②

前一首诗歌主要赞叹陶渊明"不为五斗米折腰"弃官隐居的精神。后一首诗歌用了好几个典故来写陶渊明的高风亮节。《式微》为《诗经·邶风》中的一篇，诗曰："式微，式微，胡不归！"③ 能够"不为五斗米折腰"的弃

---

① 肖占鹏、刘伟：《苏轼禅意诗审美内涵诀要》，《南开学报》，2010 年第 5 期，第 87 页。

② 《庐山历代诗词全集》，第 895 页。

③ 《诗经注析》，第 98 页。

官隐居的情操已是难能可贵，陶渊明在隐居的生活中又始终关注着国家衰落的命运。"白衣送酒"的典故出于南朝宋檀道鸾《续晋阳秋》："陶潜尝九月九日无酒，宅边菊丛中，摘菊盈把，坐其侧久，望见白衣（官府给役小吏）至，乃刺史王弘送酒也，即便就酌，醉而后归。"此事也见载于《宋书·隐逸传》。最后一句将陶渊明隐居于庐山南麓与周代的伯夷、叔齐隐居首阳山采薇相提并论。苏轼在《陶冀子骏佚老堂》中写道："渊明吾所师，夫子乃其后。挂冠不待年，亦岂为五斗。我歌归来引，千载信尚友。相逢黄卷中，何似一杯酒。"① 苏轼很想学陶渊明隐居深山，"为闻庐岳多真隐，故就高人断宿攀"（《次韵道潜留别》），并且在深山中多与佛僧有所交往，参禅修心。在苏轼看来，陶渊明的可贵之处，不仅在于其退隐，更在于其真率，率性而为，无往不可。

在禅学作为佛教中国化的产物而与中国传统文化融为一体的过程中，苏轼的佛禅诗歌创作，具有特殊的价值和意义。苏轼有着丰富的漫游经历，通过山水来关注自我、感悟禅理，开创了一条山水诗的创新之路。苏轼在思想上广取博收，他利用佛教观念对人生进行反省，培养超然洒脱的人生态度，同时又与儒家用世思想相互作用。"苏轼是把佛教的走向内心当作探索人生的手段，把道家的走向自然化为丰富人生的契机，而对儒家的走向社会，他采取了'外涉世而中遗物'的做法，摒弃了其'用之则行，舍之则藏'的一面，使个体人格独立于社会，充分重视人的个体生命。"②

---

① 《庐山历代诗词全集》，第884页。
② 《试论苏轼的山水诗与自然诗化的走向》，第274页。

中编

02

道教文化与庐山诗

第一章

道教文化与庐山山水游仙诗

第一节　陆修静与庐山道教文化："于斯为盛"

庐山道教文化源远流长，自古有"神仙之庐"的美誉。清代的李渔为陆修静简寂观题写对联曰："天下名山僧占多，也该留一二奇峰栖吾道友；世间好语佛说尽，谁识得五千妙语出我先师。"[①] 魏晋南北朝时期，佛教在庐山大规模发展的同时，道教在庐山也得到发展。道教作为中国本土宗教，一旦与名山胜地相结合，就显示出它独特的风格。在南朝宋著名道士陆修静的带领下，庐山逐渐成为中国道教中心之一，直到魏晋南北朝时期，庐山道教文化进入昌盛时期。随着道教文化在江南迅速发展，庐山进入道教文化繁荣发展期，"道教之兴，于斯为盛也"。

庐山的文化与道教有着深刻的联系，其中庐山得名就与道教文化有着千丝万缕的关系。"从晋代以后，由于佛教徒、道教徒以及文人士大夫纷纷来这里传教、隐逸、游历，因此许多胜迹的名称是晋代以后命名的，寺院、道观的宗教色彩尤其浓厚，使庐山名称的来历披上了宗教色彩。"[②] 传说周朝有一个叫匡续的人在庐山修道成仙，他的居住之地被称为"神仙之庐"，庐山因此也被称为"匡庐"。慧远《庐山略记》曰："有匡续先生者，出自殷周

---

① 周銮书：《庐山史话》，江西人民出版社1996年版，第51页。
② 张友于、刘美嵩：《庐山得名考》，《江西历史文物》，1982年第2期，第88页。

之际，遁世隐时，潜居其下。或曰：续受道于仙人，而适游其岩，遂托室岩岫，即岩成馆。故时人感其所止为神仙之庐而名焉。"①

苏轼曾有《庐山五咏》，其中《庐敖洞》和《饮酒台》二首就有关于诸人在庐山学道成仙的传说：

> 上界足官府，飞升亦何益。还在此山中，相逢不相识。（《庐敖洞》）
> 博士雅好饮，空山谁与娱。莫向骊山去，君王不喜儒。（《饮酒台》）②

庐敖是秦朝的博士，懂方术，为秦始皇求长生不老药未成功，避难于庐山洞中，在此修炼。《神仙传·白石生传》记载："彭祖问白石生曰：'何不服升天之药？'答曰：'天上多至尊，相奉事更苦于人间耳。'"③《饮酒台》中所说的"博士"就是指的庐敖。这些传说说明当时的神仙方士异常活跃，求仙学道之气非常浓厚。除此之外，庐山得名还有其他传说，相传西周早期方辅与李聃（即老子）骑驴入山修炼仙丹，二人修仙得道后，庐山之名便来源于此。据《庐山志》记载，三国时期的名医、道术家董奉在庐山受人敬重，"争似莲花峰下客，栽成红杏上青天"。他医术很高明，为人治病从不收钱，只要求病者种杏一株或五株，"如此数年，计得十万株，郁然成林"。待杏熟后他又用杏换谷，周济百姓。庐山杏林至今还有董奉馆、杏林源等遗迹。尽管有学者提出过质疑，认为庐山的各种异称多是魏晋以后的佛教徒、道教徒、文人附会上去的，其中的事迹未必可信，但至少说明，庐山得名与佛道教徒们在庐山的活动分不开，庐山的文化与道教紧密相连。

根据道教文化在不同历史时期弘道的中心、深度和范围不同，有学者将庐山道教文化大致划分为三个不同的发展阶段："一是庐山道教文化的早期传播，重点以庐山南麓的简寂观为中心；二是庐山道教文化的中期弘传，以庐山北麓的一批道观为弘道中心区域；三是庐山道教文化的后期发展，以庐

---

① 《庐山诗文金石广存》，第5页。
② 《苏轼诗集》，第620—621页。
③ 〔晋〕葛洪撰，胡守为校释：《神仙传校释》，中华书局2010年版，第34页。

山山顶仙人洞为弘道核心。"① 庐山道教文化早期传播重点以庐山南麓的简寂观为中心，陆修静为庐山道教文化早期传播的重要倡导者。"南朝到隋朝，庐山的道教活动颇为兴盛。其中以陆修静的成就最大，后来的道士多受他影响。陆修静的自我修炼与当时的道教法术结合在一起，渐渐形成了一个三洞教派，这个教派对唐朝道教的影响至为深远。"② 陆修静在庐山先后待了七年，开始了他一生中最重要的道教研究活动，这段经历在中国道教史上占有重要的地位。

公元 453 年宋文帝刘义隆被儿子刘劭杀害，"太初之难"后，陆修静为了躲避宫廷政变下的风云变幻而南游。南朝宋孝武帝大明五年（公元 461 年），55 岁的陆修静带领道徒在庐山南部紫霄峰山麓修筑了精舍——太虚观，后世称之为"简寂观"。陆修静"笃好文籍，旁究象讳，通辟谷之术"，为了研习道教的经籍符箓，前往名山胜地访仙求道。据《星子县志》记载，他在太虚观"摘元宗之奥旨，畅秘诀之幽元"，寻求道教理论，炼丹捣药，广开阆门。同时，他还在简寂观建置道藏阁用以藏书。道藏阁中珍藏有宋明帝御赐的道家经书、药方和符图一千二百卷，"龙箧贮之"，是当时最大的道教经库，可惜后来道藏阁毁于火灾。陆修静大力完善道教的斋戒仪式，发展教义，在总结前代斋仪的基础上制定了"九斋十二法"的斋醮体系，撰写一系列斋戒仪范德书籍。《广弘明集》卷四说，陆修静"祖述三张，弘衍二葛"。其中"三张"是指东汉时道教实体五斗米道创始人张陵、张衡、张鲁祖孙三代，"二葛"即三国至东晋道教金丹派的创始人葛玄和葛洪。陆修静把由五斗米道演变来的天师道与金丹道相结合，创立了以斋醮为首务的南天师道，成为一代宗师。刘宋以后，在陆修静的影响下，庐山道观纷纷建立，庐山掀起了道学研究的高潮。《庐山道教初编·序二》指出："陆修静为整顿南天师道的巨匠，又是灵宝派与上清派的宗师，在中国道教史上具有划时代的影响。"③

---

① 欧阳镇：《庐山道教文化刍议》，《世界宗教文化》，2013 年第 6 期，第 114 页。
② 吴国富：《庐山道教史》，江西人民出版社 2011 年版，第 43 页。
③ 叶至明主编：《庐山道教初编》，华文出版社 2000 年版，第 4 页。

陆修静在庐山炼丹、服药，比较注重服食庐山常见的松柏、灵芝。沈璇《简寂观》曰：“道基松木，业著芝琼。”这里用松木、芝琼比喻陆修静的道行，同时也暗示出陆修静服食松柏、灵芝以养生的情形。在太虚观旁的度仙桥西有一处炼丹井，是陆修静炼丹的地方，周边还有与之配套的捣药臼和洗药池。

例如，白居易《宿简寂观》诗曰：

> 岩白云尚屯，林红叶初损。秋光引闲步，不知身远近。夕投灵洞宿，卧觉尘机泯。名利心既忘，市朝梦亦尽。暂来尚如此，况乃终身隐。何以疗夜饥，一匙云母粉。①

这首诗一方面道出了陆修静建观于庐山的目的就是要远离名利，清心寡欲，“保无用之身”；另一方面又指出了陆修静在庐山的修道活动之一——炼丹。末二句盛赞陆修静的高明丹术。“云母粉”是道士服用的一种仙药。两晋时期的道教讲求炼丹修仙，葛洪就是有名的炼丹术家，他还在庐山从事过炼丹活动。现在还有山名为洪井山，山下有丹井。

陆修静比较注重自身的身心修炼。陆修静对灵宝派、上清派的理论进行改造和舍弃，在庐山创立了所谓的“三洞修炼法”，既包括斋法等仪式，也包括存思、运气等。虽然陆修静讲究服食炼丹，但是他并不太注重天师道的符箓驱鬼之类的方术，祈福、禳灾之类的斋醮活动，更关注自身的修炼，去烦嚣、养心性、运真气等。还有一则关于陆修静在庐山修炼的故事——甜苦笋的故事。据说，陆修静修筑简寂观之后，其法力使得周边的苦竹笋变甜，成为一道佳肴。陈舜俞《庐山记》：“简寂观中甜苦笋，归宗寺里淡咸齑。言皆珍快也。”宋代钱闻诗《甜苦笋》曰：“先生仙去拥霓旌，数宇犹存简寂名。还向个中真得味，从教甜苦笋边生。”② 甜苦笋象征着清苦的修炼生活，苦中有乐，清贫之中自有安逸的乐趣；世俗的名利虽然诱人，但是甜中亦有苦。

---

① 《庐山历代诗词全集》，第 293—294 页。

② 《庐山历代诗词全集》，第 1369 页。

简寂观是庐山道教文化的中心，也是全国主要的道场之一。陆修静在庐山的道教活动闻名遐迩，引起朝廷的关注。宋明帝泰始三年（公元 467 年）他奉诏入京，并在朝廷为他修建的崇虚观整理庐山收藏的经籍。陆修静辞之以疾，频不奉诏，直到宋明帝屡召，他才不得已再赴京师。陆修静在简寂观时经常翻阅道家经籍，潜心于道教理论的创新，来到崇虚观后开始总编道教经典著作，对古今的道家道教经书加以分类、甄别、整理，列为洞真、洞玄、洞神三部，合称《三洞经书》。《三洞经书》的编成标志着道教经书第一次得到系统的整理，为日后编辑《道藏》和创立道教仪式奠定了基础。元徽五年（公元 477 年），时年 72 岁的陆修静走完生命的最后一程，因其讲道得法，被朝廷追谥为"简寂先生"，"简寂"之名意为"止烦曰简，远嚣在寂"。

据李渤《宋庐山简寂观陆先生传》记载："及太初难作，人心骇疑，遂溯江南游。嗜匡阜之胜概，爰构精庐，澡雪风波之思。沐浴浩气，挹漱元精。"① 这和当年慧远因为喜爱庐山胜景而栖居在庐山弘扬佛法的用意颇为相似，然而结合陆修静的时代背景而言，二者又有所不同，陆修静肩负的宗教使命感更加沉重。唐代的佛教法师道宣在《弘明集》中说，陆修静"意在王者遵奉"，为何陆修静要选择远离繁华的京都建康来到庐山隐居？那么"意在王者遵奉"与陆修静意在隐居修道之间是否存在矛盾冲突呢？

我认为，二者之间并不冲突。"陆修静的隐居，并不是中国'士'的传统意义上的隐居，不是拒绝与当局的合作。他的隐居是一种政治谋略，是以退为进，是在隐居中提高自己的价值，待价而沽。当然，他不是想谋个官位，进入政治权力体制，而是为了使道教从民间走向宫廷。他不仅仅是关注他的个体生命，不仅仅是关注他个人的人生价值与宗教信仰，而更多的是关注道教整个组织的发展方向，期望着'道魂'与'官魂'相结合。"② 在慧远等人的努力下，庐山成为闻名遐迩的中国南方的佛教中心，那么道教要想

---

① 《庐山诗文金石广存》，第 25 页。
② 罗时叙：《点击大师的文化基因：庐山新说》，江西人民出版社 2008 年版，第 123 页。

在庐山得以发展和传播，就需要得到官方的大力支持，需要通过统治高层推广道教。从这样的角度来看待陆修静的行为，待价而沽和以退为进的想法也是有的。正如前面的学者所说，陆修静使道教从民间走向宫廷的目的，绝不是为了个人的目的，而是出于对整个道教发展的需要而寻求与官方的合作。沈璇《简寂观碑文》曰："三洞法师陆修静，心怀寡欲，性蓄兼善，忘为栖住，城隆阐教。投装乐土，解橐灵山。"陆修静在庐山的七年，更多的还是修炼身心，逃避人世的喧嚣。修道之人追求清静自在，无须参与其中的名利纠葛。在陆修静的心里，于清静的庐山上潜心修炼才是其真正用意。

唐代李渤《宋庐山简寂观陆先生传》曰："宋明皇帝袭轩皇淳风，欲稽古化俗，虚诚致礼，至于再三。先生固称幽忧之疾，曾莫降昒。天子乃退斋筑观，恭肃以迟之。不得已而莅焉。"① 陆修静一方面希望道教事业可以得到皇室的支持和关注，另一方面对于刘宋王朝内部的皇位之争厌烦不已，最终"顺风问道，妙沃帝心。朝野识真之夫，若水奔壑，如风应虎，其谁能御之！"② 尽管陆修静并不想涉足朝廷事务，但是在皇帝的反复邀请下，他不得已出山。陆修静的行为证实了"道门必敬王者"的原则。陆修静《道门科略》提出："使民内修慈孝，外行敬让，佐时理化，助国扶命。"在面对宗教与皇权政治对峙的问题上，陆修静与慧远在发展各自宗教过程中采取不一样的态度。佛教之所以不同于本土的道教，在于其为外来的宗教文化。在佛教传入中国的过程中它既需要依附皇权等政治势力，又需要保持自己的独立性。在面对沙门是否应该敬王者的事件上，慧远为了缓解佛教的生存危机提出"沙门不敬王者论"，在家修行的居士应该和世俗礼教和谐相处，尊重伦理名教，而出家的方外之宾立志于出世解脱，就不应顺从世俗教化礼教。相比较而言，慧远是站在一种超脱的立场，比较圆融地处理佛法和王权之间的关系。

在江州刺史桓伊的官方财力支持下修建的东林寺，建寺时间比简寂观要早 75 年，但是规模远不如简寂观。据隋开皇二年（公元 582 年）陈马枢

---

① 《庐山诗文金石广存》，第 25 页。
② 《庐山诗文金石广存》，第 25 页。

《道学传》记载，简寂观"处所幽深，构造壮异，见者肃然兴昆阆之想"。昆阆为昆仑山上神仙居住的一座峰峦，由此可见，太虚观建筑得高大壮丽。我们至少可以推测，简寂观的修筑一定是有官方或者皇室的资助才能完成。梁代沈璇《庐山简寂观》碑文说，简寂观"缘岩葺宇，依平考室。即岭成封，因夷置禅。耸构互巇，升降相邻。峻坡六层，倾涂九折。丹崖翠壁，削刻殊形。……玉阙金台，路寂寞而方启"。据史料记载，简寂观左、后侧皆有瀑布高悬，四周又遍植松竹，环境极为清幽，是学道修行的理想场所。陆修静在简寂观四周遍植松树，使得周侧"积青似素""接绿成帷""春林绾绵，冬岩挺翠。明猿永啸，夕鸟攒吟；町疃驯阶，颉顽满袖"。

大殿规模盛大，其他建筑群都是因山势而建，之间相互连接，高低相邻。简寂观还曾先后建有白云馆、朝真馆、礼斗石、放生池、浮来石、捣药臼、听松亭、赤壁石等。从后人题简寂观的诗歌中我们也可窥见当年的盛况。例如，五代的孙鲂作《简寂观》曰："廊殿与云连，紫霄苍翠边。自然应有药，谁敢道无仙。藓色吞崖径，松声让瀑泉。未能长息去，岂便是前缘。"[1] 又如，宋代陈尧佐《简寂观》："清泉泽吾士，秀气惟庐山。中有简寂观，秘邃非人间。潮阳陈希元，驻驾来跻攀。坐久尘虑息，直恐真风还。昂昂颧骨人，俨俨霓裳斑。自顾尘态甚，苦语增羞颜。松枝鸣萧萧，瀑布声潺潺。终当脱尘缨，来此逍遥间。"[2] 当时的简寂观满目葱茏，环境优美宜人，陆修静手植的"六朝松"历千年，直到清代被人为损坏。

从隋唐至两宋时期，庐山的道教文化进入鼎盛时期，活动区域主要集中在庐山北麓，很多有名的道士出入其间，扩大了道学在庐山的影响。唐五代时，吕洞宾来庐山隐居修道，游览了诸多山川名胜和寺庙道观，并在庐山开创内丹修炼。南唐时著名道士谭紫霄居庐山栖隐洞，曾被南唐后主李煜诏至金陵，赐号"金门羽客"。被道学界奉为"老祖"并有开宗地位的陈抟在庐山创立《无极图》和《先天图》，他还被宋太宗赐号"希夷先生"，其学说后来经周敦颐推演而成为宋代理学的先河，有关他在庐山活动的传说和纪游

---

① 《庐山历代诗词全集》，第 519 页。
② 《庐山诗文金石广存》，第 190 页。

诗至今还广为流传。在唐朝时李渊父子将道教抬高到"本朝家教"的地位，崇道之风弥漫全国。唐宋时期，庐山的道观建造得最为豪华，道徒们经常受赐号或被封官。唐玄宗曾下令敕建庐山太平宫，初名"庐山使者真君庙"，后亲笔御题"九天使者之殿"。据吴宗慈《庐山志》记载，位于庐山西北麓的太平兴国宫"崇轩华构，弥山架壑""靡费不可胜数"，蔚为壮观。后来，太平兴国宫成为金丹派南宗重要人物白玉蟾的传道基地。宋代也非常重视道教，并且在科举内容中加入道教的理论，国内道观林立，名山胜地都有炼丹捣药的风气。宋神宗元丰三年（公元1080年），庐山太平宫被加封为"庐山使者"，赐号"庐山太平兴国观"。

唐宋时期来庐山北麓道观隐居的文人颇多，他们访道寻仙，避世入山，画符炼丹，因此留下了很多歌咏庐山的作品。李白把庐山当作追仙寻道的地方，几次入山来往于名观道场，其中《送内寻庐山女道士李腾空二首》就是他送妻子来庐山找李腾空学道时所作。白居易也在《祭庐山诸神文》中表达了追求道学的愿望："不惟耽玩水石，以乐野性，亦欲罢去烦恼，渐归空门。"① 南宋时简寂观毁于兵火，"宫室焚荡无余"，后来虽有人对之加以修葺，仍未能达到当年之盛况。明清时简寂观更趋冷落，清朝时人们多半不知简寂观的位置，如今只剩下若干古迹，正如朱熹诗所曰："于今知几载，故宇日荒废。空余醮坛石，香火谁复继。"②

当时，佛教文化正在庐山蓬勃发展，道教与它在发展空间方面是否会存在竞争关系呢？实际上，庐山上儒、释、道三家鼎立相峙。后人为了宣扬三家融合编了一则"虎溪三笑"的故事。慧远平时"影不出山，迹不入俗"，送客出寺都止于寺前的虎溪。但是每当送陶渊明和陆修静二人时，因为畅谈义理非常投机，竟然忘记了戒律，送客出了虎溪。这时老虎鸣吼警告，三人便相顾欢笑，欣然道别。东林寺建了三笑堂。宋代的石恪绘有《三笑图》，苏轼又为《三笑图》作赞。黄庭坚也作诗《戏效禅月作远公诔（并序）》附和，诗曰：

---

① 《庐山诗文金石广存》，第29页。
② 《庐山历代诗词全集》，第1284页。

> 远法师居庐山下，持律精苦。过中不受蜜汤而作诗换酒，饮陶彭泽。送客无贵贱，不过虎溪，而与陆道士行，过虎溪数百步，大笑而别。故禅月作诗曰："爱陶长官醉兀兀，送陆道士行迟迟。买酒过溪皆破戒，斯何人斯师如斯。"故效之。
>
> 邀陶渊明把酒碗，送陆修静过虎溪。胸次九流清似镜，人间万事醉如泥。①

"虎溪三笑"的故事一直被流传下来，实际上这个故事被考证过并不符合史实。陆修静生于晋安帝义熙二年（公元 406 年），这时的慧远在庐山待了 23 年，已经是 73 岁的老人，陶渊明也 42 岁了。55 年后陆修静才来庐山隐居，这时的慧远应该是 127 岁，陶渊明 96 岁。实际上，慧远活到 83 岁，陶渊明大概活到 63 岁。在陶渊明去世的时候，陆修静才 21 岁，而且还在吴兴家中。三个人不可能有机会见面畅谈义理。

那么佛道二教之间真实的生存状态究竟是怎么样的呢？"当时佛教的寺院，除山南有一部分外，多集中在庐山西北麓，而道教的宫观，却基本上聚集在庐山的东南麓。这种地域的分歧，犹如教义的分歧。慧远和修静先后崛起，各自成为佛、道两家在南方的教主。他们二人对佛、道两教的影响是重大的，对庐山的影响也是深远的。他们以及他们的弟子各以东林寺和简寂观为中心展开的竞争，也是激烈的。"② 因为当时佛教文化在庐山非常发达，道教与佛教各有自己的地域。佛教主要是以山北的东林寺为中心的山北地区，而道教则是以简寂观为轴心的东南地区。在"释道同尊"局面存在的同时，也出现了"释道相争"的情形。所以，它们既"同尊"，又"相争"。

其实，对于先于自己入驻庐山的佛教，陆修静并不排斥，反而取长补短，汲取佛教的教义来发展道教。陆修静早年博览典籍，对佛教经典有所研究，所以常将佛教教义吸收融入道教经籍中。例如，《灵宝经》本是道教的经典，但这本书是陆修静在庐山上着手整理刊正的，其中大量吸收了佛教的劝善、轮回等思想，充实了道教理论的不足。陆修静认为，尽管佛道两教的

---

① 《庐山历代诗词全集》，第 1001 页。
② 周銮书：《庐山史话》，江西人民出版社 1996 年版，第 48—49 页。

教义各不相同，道教追求长生成仙，佛教宣扬涅槃寂灭，但是殊途同归，所以他极力调和佛道之间的矛盾。当陆修静被朝廷召入京城途经九江时，九江王问他："道佛得失异同。"陆修静回答他："在佛为留秦，在道为玉皇，斯亦殊途一致耳。"

儒释道大融合的思想在陆修静的斋醮理论中也有所体现。陆修静在完善道教的斋戒仪式发展教义中，汲取了儒家的礼法以及佛教的"三业清净"思想。例如，他提出"礼拜""诵经""思神"等方法清除内心的贪欲和邪念，这对道教教规的改造和发展更有利于净化心灵。简寂观有礼斗石，又名演经礼斗石、醮石，高六七尺，方广丈余，上刻有诗曰："古地名踪一任游，山清如故水长流。当年礼斗人何在？石上空余绿意浮。"世人通过礼斗仪式以求延生赐福，消灾解厄。南宋时南康守钱闻诗《朝斗石》曰："先生礼斗望乾门，拜石千年今尚存。料得一心同七曜，四时同运紫微垣。"①

陆修静的长生理论将道教、儒家的神气关系密切关联到一起。长生成仙是道教的一个基本信仰。道教认为，人只要修道养生，可以追求长生不老，得道成仙。修炼的方法也有很多，例如，炼丹、服食、辟谷、服符、诵经，等等。陆修静继承了道教传统的积善为修仙之根基的思想，强调"行善成德以至于道，若不作功德，但守一不移，终不成道"②。陆修静将道德之教和儒家仁学融合在一起，"夫道三合成德，自不满三，诸事不成。三者，谓道德仁也。仁，一也，行功德，二也，德足成道，三也。三事合，乃得道也"③。在陆修静看来，一个得道之人，必须具备道、德、仁三者，方能成万物。在论述长生成仙思想的同时，陆修静从道教的传统观点出发，阐释神与气的关系，"神气"相当于"神形"。"夫万物以人为贵，人以生为宝。生之所赖，唯神与气……人不可须臾无气，不可俯仰失神。失神则五脏溃坏，失气则颠蹶而亡。气之与神，常相随而行；神之与气，常相宗为强。神去则气亡，气

---

① 《庐山历代诗词全集》，第 1364 页。
② 〔南朝宋〕陆修静编：《道藏》，文物出版社、上海书店、天津古籍出版社 1988 年联合出版，第 823 页。下文注释中凡是出现《道藏》的，均标注页码。
③ 《道藏》，第 823 页。

绝则身丧。一切皆知畏死而乐生，不知生活之功在于神气。"① 神与气是追求长生成仙的生命之所必须，同时神与气是相伴而来。"当时的天师道注重方术，上清派注重服食求仙，对身心修炼皆不够重视，所以陆修静的作为具有重要的开创意义。这一点，在后来的庐山道教乃至各地道教中都得到了发扬光大。唐宋时期，庐山成为内丹道教的一个重要发源地，实与陆修静的养生实践密不可分。"② 陆修静在庐山的修炼，为道教创立了一个良好的典范，在劝善、收心、养自身元气大修炼模式中，融合了三教理论，体现了老庄淡泊无为的精神，促进了伦理道德的发展。

"大敞法门，深弘典奥，朝野注意，道俗归心。道教之兴，于斯为盛也。"③ 陆修静一生为道教做出的贡献功不可没，在庐山七年的活动和留下的痕迹可以佐证庐山道教的这段文化和历史。南宋初年之后，庐山道教文化渐趋没落，主要因素还是内部理论、机制的退化，"宋末的庐山既有朱熹主持的白鹿洞书院，又有周敦颐创办的濂溪学舍，学者、理学家接踵而至，学术活动异常活跃。佛学文化也不断地从道学里借鉴'有用之物'而发展成为成熟的中国化的佛教。然而道徒们却沉湎于'生之长寿'之中，不求发展，与理学和佛学高度发展的境况相比，庐山道教已是强弩之末了"④。

第二节　神仙道教文化对魏晋
游仙诗发展的影响

游仙诗上承孙绰一类的玄言诗而下启谢灵运的山水诗，它开辟了新的表现领域和手法，对中国山水诗的发展产生了不可忽视的影响。游仙诗的产生与道家养生长年的思想有一定的联系，尤其与道教的神仙憧憬有关，可以

---

① 《道藏》，第822页。
② 吴国富：《庐山道教史》，江西人民出版社2011年版，第58页。
③ 《道藏》，第306页。
④ 陈崴：《庐山道教文化概述》，《东南文化》，1991年第5期，第103页。

说，游仙诗是伴随着道教的产生、兴盛发展起来的。同时，佛学发展到东晋时，与玄学互相结合，相互影响。当时佛教领袖人物道安、慧远等以王弼、何晏等玄学家的"贵无论"去解释般若学的要义"本无宗"，实际上以郭璞等为代表的诗人创作的游仙诗受到玄学与佛学的双重影响。当然，对游仙诗产生重大影响的主要还是道教神仙文化，它既包含了道家老庄哲学之道，又包括了道教神仙方术。游仙诗兴盛于魏晋，既受到道教神仙观念和玄学、佛学思维方式的影响，同时又超越宗教意识和玄思冥想，以清俊飘逸的风神卓然立于诗坛文苑。

欲了解六朝时期文人庐山山水游仙诗的创造情况，我们有必要先对游仙诗这种诗歌类型做一番梳理。早在《庄子》著作中，就曾多次出现"游"的概念。例如，《应帝王》曰："而游无何有之乡，以处圹垠之野。"① 《逍遥游》曰："乘天地之正，而御六气之辩，以游无穷者。"②《齐物论》曰："乘云气，骑日月，而游乎四海之外。"③ 除了"游"的概念之外，还有"道"。《老子》第二十五章说："人法地，地法天，天法道，道法自然。"《庄子·齐物论》进一步提升了这种天、地、人构成的境界："天地与我并生，而万物与我为一。""游"和"道"之间存在一种什么样的关系呢？老子对道的认识是"深根固柢长生久视之道"④，是一种追求生命永恒的生命哲学。只有道生生不息，与道同体，那么生命便会长生。这种对生命永恒的遐想的确给了后世游仙思想启迪。在庄子眼中，理想的天、地、人构成的境界就是"道"，只有追求修炼才能得道，才能实现"游"的最高境界。由道家到道教，道教继承了道家的生命哲学，由早期治病驱灾的巫术发展为以长生成仙为特色的宗教文化，将老庄主张的与道同体的生命哲学融入道教的求仙长生当中。

"仙"在《释名》中"释长幼"时解释说："老而不死曰仙。"据《汉

---

① 《庄子集释·应帝王第七》，第 293 页。
② 《庄子集释·逍遥游第一》，第 17 页。
③ 《庄子集释·齐物论第二》，第 96 页。
④ 《老子注译及评介》第五十九章，第 295 页。

书·艺文志》记载："神仙者，所以保性命之真，而游求于外者也。聊以荡意平心，同死生之域，而无怵惕于胸中。"① 那么，"仙"的本意就是追求长生不老。游仙诗适应着人们追求生命价值的欲望而产生，是要寻求生命的归宿，解脱死亡的恐惧：诀别世俗，走向永恒，是游仙者共同的追求。然而，当这种游仙转变为执着于追求个体生命的自由与永恒时，渴求长生游仙的精神本质转变为通过修炼得道而达到与道为一、与天地万物为一的境界。

如果说"游"更偏向于道家哲学层面上的"道"，"仙"倾向于道教的宗教层面的仙术，那么游仙诗的产生实则是："道教融取两者，将道家的养生宗教化，仙家的方术哲学化，并以之作为核心精神的支柱，由此形成独特的神仙思想，因此，神仙思想和游仙观念的形成过程，实际上就是仙与道融合的过程。"② 游仙诗既然是"仙与道的融合"，那么游仙观念或者神仙思想的宗旨所在就是："老子将原始宗教中的生命意识哲学化，把对生命永恒的幻想化为对'道'的皈依。道教再将老子的生命哲学宗教化，把对'道'的信仰化纳入对长生久视的虔信和追求中，以体道养生方式，在更高的层次上继续走着方术的道路，并形成一整套超越人生证悟永恒的理论，这就是以道为哲学基础、以仙为宗教追求的神仙思想和游仙观念。"③

在对游仙的概念进行梳理后，我们的焦点将放在道教的神仙文化如何影响游仙诗的发展方面，魏晋南北朝时期的游仙诗为什么能在道教神仙文化的影响下达到兴盛？实际上，这一时期诗歌主题无外乎是佛学、神仙、隐逸。道教神仙文化深刻影响着古代文人们的修道求仙和隐逸山林的思想情趣，虽然求仙与隐逸二者的终极目的完全不同，然而其中有着内在的必然联系。历史上的道士同时有着另一重身份——隐士，隐居在山林求仙修道者，在山水观照中获得审美的愉悦，通过神游仙界以及潜心修炼的生活获取生命境界的自由。在道教的神仙文化里，因为求仙与隐逸之间的倾向比重不同，游仙诗

---

① 〔东汉〕班固撰：《汉书》，中华书局 1962 年版，第 1780 页。
② 汪涌豪、俞灏敏：《中国游仙文化》，复旦大学出版社 2005 年版，第 36 页。下文注释中凡是出现《中国游仙文化》的，均标注页码。
③ 《中国游仙文化》，第 47 页。

往两条截然不同的道路发展下去，即分为山水游仙诗与山水田园诗。

　　游仙诗作为一种独特的诗歌题材，或认为滥觞于庄子的《逍遥游》，或认为发轫于屈原的《远游》。《文心雕龙·明诗》曰："秦皇灭典，亦造仙诗。"① 根据《史记·秦始皇本纪》记载："始皇不乐，使博士为仙真人诗，及行所游天下，传令乐人歌弦之。"② 在我国古代有关神仙思想的诗歌中，这首《仙真人诗》大概算是比较早的作品。这一类的诗歌都还未以"游仙"命名，而真正出现"游仙诗"这一名称的是曹植创作的《游仙诗》。我们看看这首《游仙诗》：

> 生年不满百，戚戚少欢娱。意欲奋六翮，排雾陵紫虚。虚蜕同松乔，翻迹登鼎湖。翱翔九天上，骋辔远行游。东观扶桑曜，西临弱水流。北极登玄渚，南翔陟丹邱。③

　　曹植有感于生命的困厄以及精神的愁苦，他期待借助仙境来逃避现实，用游仙来渴求自由。但是，他内心知道自己不可能与松、乔同仙。为了躲避现实，骋辔远游是最好的寄托人生理想的办法，因此，曹植和他同时代的文人们为了逃避险恶的现实社会，通过描写虚幻的仙境忘却烦恼，创作了一大批游仙诗，例如，《远游》《苦思行》《仙人篇》《升天行》等。

　　《文心雕龙·明诗》曰："乃正始明道，诗杂仙心。"④ 陆侃如、牟世金二位先生在译注中认为，正始年间由于道家思想流行，诗歌里夹杂着老庄思想，"仙心"是指"老庄思想"。曹植之后的文人，比如竹林七贤中的嵇康、阮籍等，他们的游仙诗在曹植那种借仙境以自娱的方面有更进一步的发展。嵇康、阮籍作为竹林玄学的代表，他们既继承了曹植借游仙以抒心志的表现艺术，又融入了玄学与道教的"养生"精神，所以他们的游仙诗将神仙幻想转化为现实情境，描绘齐物养生、逍遥体道的老庄玄学人生境界，这种求长生长寿的养生道术又与老庄之旨大异其趣。他们的游仙诗可以说为"振响两

---

① 《文心雕龙译注》，第138页。
② 《史记》，第1159页。
③ 逯钦立：《先秦汉魏晋南北朝诗》，中华书局1985年版，第456页。
④ 《文心雕龙译注》，第143页。

晋”的郭璞《游仙诗》做了铺垫。

虽然最早以《游仙诗》作为完整题目的诗人是曹植，《文选》也最早将“游仙诗”作为诗歌的一个分类编入文学作品选集中，还将“游仙”与“咏史”“咏怀”“公宴”同列于卷二十一，但是《文选》只选入了何敬宗和郭景纯二人的游仙诗。作为最早创作游仙诗的诗人却无一首诗被选入其中。那么我们就会质疑，《文选》选入游仙诗的选诗标准究竟是什么呢？如果对这个选诗标准做进一步的研究，我们大概会从中发现游仙诗的不同类别特征。

游仙诗到郭璞时期可谓发展到顶峰。唐代李善在《文选》为郭璞《游仙诗十九首》作注曰：“凡游仙之篇，皆所以滓秽尘网，锱铢缨绂，浚霞倒景，饵玉玄都。而璞之制，文多自叙。虽志狭中区，而辞无俗累，见非前识，良有以哉。”① 游仙诗的重点描述对象是仙境，“所谓‘仙心’，乃是指描写‘滓秽尘网，锱铢缨绂，浚霞倒景，饵玉玄都’一类境界者，亦即老庄所歌颂之虚无出世境界的具体发扬，这一类的诗，便是游仙诗”②。郭璞的游仙诗“文多自叙”，虽然他的诗歌中也表达了诗人对仙境的心驰神往、对仙趣的倾慕之心，但是，诗人心中的仙境多数是现实生活中理想的人生境界。诗人畅游仙境的主要目的在于从幻想的仙境里寻求实现个人自由无碍的空间。李善对郭璞的评价谈不上有贬低之意，至少这段评述比较准确地概括出游仙诗的题材范围。

何焯评论何劭《游仙诗》曰：“游仙正体，弘农其变。”③ “弘农其变”是李善对郭璞评价的“见非前识”之言。《文心雕龙·明诗》曰：“江左篇制，溺乎玄风；嗤笑徇务之志，崇盛亡机之谈。袁、孙以下，虽各有雕采，而辞趣一揆，莫与争雄。所以景纯仙篇，挺拔而为俊矣。宋初文咏，体有因革；庄、老告退，而山水方滋。”④ 游仙诗发展到郭璞这里，思想内容和精神面貌都与之前的有所不同，山水游仙诗呈现出俊逸的风格。《文心雕龙·才

① 《文选》，第683页。
② 林文月：《山水与古典》，纯文学出版社1965年版，第3页。
③ 〔清〕何焯：《义门读书记》卷四六，中华书局1987年版，第895页。
④ 本节中所引的《文心雕龙·明诗》的内容均出自陆侃如、牟世金的《文心雕龙译注·明诗篇》，第137—148页。

略》曰："景纯艳逸,足冠中兴。"① 相比那些"理过其辞,淡乎寡味"的玄言诗,郭璞的游仙诗可谓独树一帜。

郭璞游仙诗大致可分为"歌咏隐逸"和"企望登仙"两类,基调是结合愤世和求仙,表露一个乱世清醒者的孤高傲世、蔑视世俗的情绪。《文选》总共选了郭璞的七首游仙诗,我们先看《游仙诗》其一:

> 京华游侠窟,山林隐遁栖。朱门何足荣?未若托蓬莱。临源挹清波,陵岗掇丹荑。灵溪可潜盘,安事登云梯。漆园有傲吏,莱氏有逸妻。进则保龙见,退为触藩羝。高蹈风尘外,长揖谢夷齐。②

诗歌开头就将朱门与蓬莱对比,列举了两种人生道路,一种是建立不朽的功业,另外一种是于山林过着冲淡的隐居生活。"置身仕途的人并不足羡,除非求见那些高官以求近身,弄得不好就会像羝羊的角被挂在篱笆上,求进不能,求退不得。在当时的现实条件下,还是归隐求仙而不必追求官位。"③郭璞认为,汲汲于朱门不如托身于仙境,而所谓的仙境实际就是人间山野林泉。郭璞用"隐逸"的游仙方式,用隐逸之心写游仙,游仙诗中的隐遁和游仙思想是统一的,隐遁也是为了求仙。郭璞在诗歌里还列举了庄子、老莱子等古代贤哲的事例,并以他们为楷模,传递出自己高蹈风尘的志向,突出"仙隐"的主题。

郭璞《游仙诗》别具一格,既与一般"淡乎寡味"的玄言诗不同,又与纯粹的游仙之乐有别。《游仙诗》其五:

> 逸翮思拂霄,迅足羡远游。清源无增澜,安得运吞舟。圭璋虽特达,明月难暗投。潜颖怨青阳,陵苕哀素秋。悲来恻丹心,零泪缘缨流。

诗歌开头写诗人渴望超越人间去远游,接着又联想到人间黑暗。如何才能施展才华、实现愿望,诗人不禁哀怨悲叹,抒发怀才不遇的苦闷。《诗品》

---

①　《文心雕龙译注》,第 572 页。

②　《文选》,第 683 页。

③　曹道衡:《郭璞和游仙诗》,《社会科学战线》,1983 年第 1 期,第 272 页。

在卷中评"晋弘农太守郭璞诗"曰："宪章潘岳，文体相辉，彪炳可玩。始变永嘉平淡之体，故称中兴第一。《翰林》以为诗首，但《游仙》之作，辞多慷慨，乖远玄宗。而云'奈何虎豹姿'，又云'戢翼栖榛梗'，乃是坎壈咏怀，非列仙之趣也。"① 所谓"始变永嘉平淡之体，故称中兴第一"，是指郭璞的《游仙诗》在思想内容和艺术方面与玄言诗有重大区别，克服了玄言诗一味谈玄论道、平淡枯燥的毛病，使得他的游仙诗在东晋独树一帜。钟嵘认为郭璞的游仙诗是"坎壈咏怀"之作，将人生的坎坷经历通过游仙方式获得发泄。何焯《义门读书记》曰："景纯《游仙》，当与屈子《远游》同旨。盖自伤坎壈，不成匡济，寓旨怀生，用以写郁。"

游仙诗大致又可分为两类，一类是"列仙之趣"，另一类是"坎壈咏怀"。"以摆脱生命的时间悲剧为主导动机的游仙诗往往表现出'列仙之趣'，以摆脱生命的空间悲剧为主导动机的游仙诗旨在追求自由与超越，以摆脱生命的社会悲剧为主导动机的游仙诗大都属于'坎壈咏怀'的一类。"② 前者为求长生不老，后者抒发愤世之情和忧世之心以追求自由和超越。

虽然郭璞的诗"辞多慷慨，乖远玄宗"，"乃是坎壈咏怀，非列仙之趣"，但是郭璞的游仙诗充满丰富的想象力，将仙隐与隐逸思想结合，幻化成一幅幅恢宏壮阔、瑰丽神奇的仙游图。可以说，郭璞游仙诗在前人以表现仙界景象和追随仙人遨游的幻想思想上有了更进一步的突破，打破了人间和仙境的界限，使游仙境更现实化、人间化。例如：

> 翡翠戏兰苕，容色更相鲜。绿萝结高林，蒙笼盖一山。中有冥寂士，静啸抚清弦。放情陵霄外，嚼蕊挹飞泉。赤松临上游，驾鸿乘紫烟。左把浮丘袖，右拍洪崖肩。借问蜉蝣辈，宁知龟鹤年？③

这首诗前四句描写树木的郁郁葱葱、栖息山林的珍禽以及白云缭绕的峰峦，它们交相辉映。接着又写修道之人隐居深山幽林的隐逸情趣，或抚琴操曲，或游心天外。最后六句写诗人幻想修炼得道，与仙人同游。郭璞这首游

---

① 《诗品》，第 39 页。
② 朱立新：《游仙的动机与路径》，《中州学刊》，1998 年第 3 期，第 96—98 页。
③ 《文选》，第 685 页。

仙诗仙气浓厚，同时还增加了模山范水的景物描写。郭璞内心是真正地羡慕神仙自由的境界，与曹植、嵇康等人为了达到逃避现实，忘记苦闷而刻意铺张渲染仙界逍遥的目的仍然有所不同。据《世说新语·文学》记载，郭璞"林无静树，川无停流"一诗得到阮孚的大加赞赏，阮孚称其"泓峥萧瑟，实不可言。每读此文，辄觉神超形越"。将《文选》选入的何劭唯一一首《游仙诗》与郭璞的游仙诗进行对比，何劭的"青青陵上松，亭亭高山柏。光色冬夏茂，根柢无凋落"①，与郭璞对大自然丰富的色彩、跃动的光影、流转的声响等立体多变的自然美的雕琢刻画相比，其素描显得简单贫乏。所以刘勰称郭璞诗"艳逸"也正在于此。

"如果说嵇、阮等正始诗人借游仙超世以抒发他们的玄学人生观，那么，以郭璞为代表的东晋游仙诗人则将超世与处世变通，以出世来实现人生理想与精神寄托。"② 可以说，郭璞创作的东晋游仙诗开拓了一种新格局，对山水诗产生了重大的影响。即使将郭璞游仙诗中的模山范水佳句与谢灵运的作品相比，那也毫不逊色。如果去掉郭璞游仙诗中的仙言仙语，那么郭璞的作品倒可以看作山水诗佳作。然而，尽管郭璞已经不再局限于前人作诗只描写虚幻的仙界，而是将这种仙界放置在凡人肉眼所能看到的大自然中，但是郭璞的游仙诗尚不能直接演变到山水诗。郭璞以大自然的山水实景取代前人虚无缥缈的仙境，从而使游仙诗中借为仙境的自然美景变成后来山水诗歌的对象，这也不能不说是一种突破。真正使得山水诗脱离玄言诗和游仙诗而具有独立生命地位的诗人，实际是晋宋之际的谢灵运。

道教的神仙文化影响游仙诗的发展，游仙诗的繁荣离不开道教活动的逐步发展。正因为道教神仙体系的壮大，才为游仙诗的创作奠定了基础，提供了丰富的想象和意象。蔡雁彬《近年来游仙诗问题研究综述》指出近年来游仙诗研究的焦点问题是关于游仙诗的本体研究、个案研究（曹操、曹植、郭璞、李白、李贺等）、游仙诗史和诗体流变等，与研究游仙诗的本体以及个

①　《文选》，第682页。
②　皮元珍：《超然高蹈的心灵依归——论魏晋游仙诗》，《船山学刊》，2003年第3期，第118页。

案相比，"从道教神仙思想对游仙诗的渗透角度进行研究也是一个新的研究动向"①。道教的神仙文化与游仙诗的发展研究虽然已不再是新热点，但是从道教文化的核心思想"神仙"文化角度着手，研究游仙诗的发展脉络仍是值得深入研究的问题，有助于更好地理解道教文化在中国山水游仙诗中的重要影响作用。

第三节　魏晋南北朝的庐山山水游仙诗

从曹植笔下的神游仙境，到嵇康、阮籍心与道冥，再到郭璞的游仙歌咏，无论是在思想内容上，还是艺术表现上，游仙诗这一题材创作经历了由发展、兴盛以臻顶峰的过程。外来佛教与中国道教的结合，再加上玄学的融入，诗人们在这股潮流的涤荡中，"会合道家之言而韵之"②，将人生感慨寓于游仙之中，将幻想的仙境追求与隐逸观念结合起来，使得诗歌显示出一种超迈脱俗、清远俊逸的意境。

道士支昙谛《庐山赋》曾这样描写庐山："昔哉壮丽，峻极氤氲。包灵奇以藏器，蕴绝峰乎青云。景澄则岩岫开镜，风生而芳林流芬。岭奇故神明鳞萃，路绝故人迹自分。严清升仙于玄崖，世高垂化于宫亭。"③ 庐山山峰壮丽，氤氲神秘，故而极具神秘气息。慧远的《庐山略记》也曾记载殷商之际匡续在庐山修道成仙的故事。早在晋宋时期就已经有大量关于庐山神仙的传说故事，在前两节庐山道教文化中提到的匡续、董奉等即是。魏晋以来，道教在各大名山迅速发展，随着道教在庐山的发展，庐山诗歌涌现出一批带着浓厚道教神仙色彩的山水游仙诗。

逯钦立《先秦汉魏晋南北朝诗》晋诗卷二十一"鬼神"中有一首《庐

---

① 蔡雁彬：《近年来游仙诗问题研究综述》，《古典文学知识》，1995 年第 4 期，第 128 页。
② 《世说新语笺疏》，《世说新语·文学》注引《续晋阳秋》，第 262 页。
③ 《庐山诗文金石广存》，第 20 页。

山夫人女婉抚琴歌》，诗曰：

> 登庐山兮郁嵯峨，晞阳风兮拂紫罗。招若人兮濯灵波，欣良运兮畅
> 云柯。弹鸣琴兮乐莫过，云龙会兮登太和。①

诗注引祖台之《志怪》曰："建康小吏曹著，为庐山君迎至庙。庙门外置一大瓮，可受数百斛，常有风雷出其中。庐山夫人命女婉出见，容色甚丽，著大悦。夫人命婢琼林令取琴，命婉鼓之。婉抚琴歌曰云云，歌毕，即趋入。庐山君即以婉妻著。居顷之，著求还。婉泫然赋诗为别，赠以织成袯袴。"庐山君即庐山山神，婉为山神之女。游仙诗源于汉代以前的歌赋，《楚辞》中有对仙人轻举登霞的描写，比如《远游》篇。北魏郦道元《水经注》引张华《博物志》曰："其神自云姓徐，受封庐山。后吴猛经过，山神迎猛，猛语曰：'君王此山近六百年，符命已尽，不宜久居非据。'猛又赠诗云：'仰瞩列仙馆，俯察王神宅。旷载畅幽怀，倾盖付三益。'此乃神道之事，亦有换转，理难详矣。吴猛，隐山得道者也。"② 三国两晋时期，庐山地区出现了两位著名的道士，一位是前文中提到的行医匡庐的董奉，另一位就是吴猛。据《太平御览》记载，吴猛有道术。这首楚辞体诗虽然描写的是二人相见以及相处的欢乐情形，但是在人神殊途的命运下，二人不得不惨痛离别，于是缠绵悱恻的诗句透露出哀艳凄婉的离别之情。这首诗情致感人，颇有楚辞的精彩绝艳之姿。

湛方生在东晋太元年间（公元 376—396 年）曾任某卫军将军府谘议参军，作有《庐山神仙并序》：

> 寻阳有庐山者，盘基彭蠡之西，其崇标峻极，辰光隔辉，幽涧澄深，积清百仞。若乃绝阻重险，非人迹之所游，窈窕冲深，常含霞而贮气，真可谓神明之区域，列真之苑囿矣。太元十一年，有樵采之阳者，于时鲜霞褰林，倾辉映岫，见一沙门，披法服独在岩中。俄顷振裳挥锡，凌崖直上，排丹霄而轻举，起九折而一指。既白云之可乘，何帝乡

---

① 《先秦汉魏晋南北朝诗》，第 1126 页。
② 《水经注校证》，第 924 页。

之足远哉。穷目苍苍，翳然灭迹。诗曰：

> 吸风玄圃，饮露丹霄。室宅五岳，宾友松乔。①

湛方生的游仙诗描绘仙境，畅想神游。据序言记载，庐山"窈窕冲深，常含霞而贮气，真可谓神明之区域，列真之苑囿矣"。道教中称得道之人为真人，"列真"即是指众仙人。"沙门"则是佛教盛行后用以称呼佛教僧侣的。这首诗中求仙的就不仅仅是道士，还有佛门的僧侣。这首诗是诗人登山有感而作，对于"吸风玄圃"胜景铺叙描写，不同于前代郭璞等人通过描绘游仙之境来发泄郁闷或不满的情绪。湛方生是相信轻举有道、乘云有方的神仙思想的。"玄圃"是传说中昆仑山顶上的神仙居所，那里有各种奇花异石。"松乔"是古代传说中的仙人赤松子和王乔。

南北朝时期游仙诗创作进入一个相对平稳期，南朝游仙诗相比较北朝来说更为兴盛，因为南朝的贵族阶层以及文人名士大多相信神仙信仰，祈求长生不死，所以南朝的游仙诗成为他们享受生活的点缀应景之作。这一时期因游览庐山而留下的山水游仙诗诗人还有鲍照、江淹等人，他们的山水游仙诗既结合了前代郭璞等人游仙诗的神仙思想，又继承了谢灵运开创的山水诗风，窥情风景，钻貌草木。

杜甫在《春日忆李白》中评价鲍照说："清新庾开府，俊逸鲍参军。"在鲍照的山水诗题材中，"俊逸"之风表现为无限的超越性。鲍照在宋文帝元嘉十二年（公元 435 年），任临川王、荆州刺史刘义庆府国侍郎，元嘉十六年（公元 439 年），任临川王、卫军将军、江州刺史刘义庆府国侍郎兼郎中令。在江州的这段时间，鲍照多次游览庐山，写了多篇赞颂庐山的诗歌。鲍照山水诗意境充满了"超世而绝群"的栖遁之情。鲍照利用游仙这种超世的外在形式来表达"以仙姿游于方内"的遗世高蹈情怀。

例如，《登庐山诗》：

> 悬装乱水区，薄旅次山楹。千岩盛阻积，万壑势回萦。巃嵸高昔貌，纷乱袭前名。洞涧窥地脉，耸树隐天经。松磴上迷密，云窦下纵

---

① 《庐山历代诗词全集》，第5—6页。

横。阴冰实夏结，炎树信冬荣。嘈嘈晨鹍思，叫啸夜猿清。深崖伏化迹，穹岫阇长灵。乘此乐山性，重以远游情。方跻羽人途，永与烟雾并。①

这首诗整体描绘了庐山的雄伟险峻以及山林内部的深密、阴冷和幽静。"千岩"句以下直至"穹岫"句，皆为写实写景，描绘行程途中的风景。诗人采用赋体的铺叙语言和并列意象，写作视点比较分散，从不同视角展开描写，景物多是幽峭冷峻，这种意境的塑造带有诗人的心态投射。"千岩盛阻积，万壑势回萦"二句雄奇壮丽，山水奇崛、夸张，"千"形容岩石之多，"盛"加以补充强调，再加上"阻积"二字，让这句诗有了动感，给人以刺激和不平稳的感觉。钟嵘《诗品》说鲍照"善制形状写物之词，得景阳之**俶诡**"，"嗟其才秀人微，故取湮当代。然贵尚巧似，不避危仄"。② 钟嵘所谓"**俶诡**"是指诗风奇丽，"危仄"说明诗歌追求不平稳感。

庐山上的松树、白云、禽鸟等各种景观都被描写出来，气象万千。鲍照这种工于观察自然山水并且能够刻画得细腻入微的诗体风格颇得谢灵运山水诗的神貌，精工富艳为谢、鲍二人的共同诗歌特色。然而鲍照才俊人微，心中郁结不平的愤懑之气表现在诗歌中则是奇矫之气，而这种奇矫之气与自然山水相遇，便使山水诗显得气派不凡。陈祚明《采菽堂古诗选》评价鲍照诗歌："出于康乐，幽隽不逮，而矫健过之。"诗句中的"化迹"是西国化人之迹，即"长灵"。慧远《游庐山》曰："幽岫栖神迹。"最后四句以道教的体味展示诗人与尘世断绝、欲羽化登仙的愿望。道教往往将深山密林中的绝壁和洞穴想象为仙人的居所。诗人在表达道教寻仙长寿思想的同时，袭用《论语》中"仁者乐山"的说法，这样就将道教思想与儒家理念结合起来。《远游》是楚辞篇有关游仙的作品，"烟雾"也是游仙诗中常出现的意象。诗人在前部分叙写了山水自然情态，后又引入游仙的思想。在诗歌的最后，诗人想象自己正踏上与羽人轻举登霞的路途。

鲍照的另一篇杰作《登庐山望石门》同样善于用对偶营造跌宕起伏的不

① 《庐山历代诗词全集》，第74页。
② 《诗品》，第46页。

平稳效果，将静止的景物写出不稳定的动感，让动态的景物充满激荡的力量：

> 访世失隐沦，从山异灵士。明发振云冠，升峤远栖趾。高岑隔半天，长崖断千里。氛雾承星辰，潭壑洞江汜。崭绝类虎牙，巉岏象熊耳。埋冰或百年，韬树必千祀。鸡鸣清涧中，猿啸白云里。瑶波逐穴开，霞石触峰起。回亘非一形，参差悉相似。倾听凤管宾，缅望钓龙子。松桂盈膝前，如何秽城市。①

诗人在诗歌开头宣称自己眷恋世情，不适合做隐者。"访世"指隐居的人出仕做官。"隐沦"是神人的等级之一，泛指神仙，此处借指隐居。郭璞《江赋》曰："纳隐沦之列真，挺异人乎精魄。"谢灵运《入华子冈是麻源第三谷》："既枉隐沦客，亦栖肥遁贤。""灵士"是指修道养生的隐士。清代钱振伦作注曰："（东晋孙绰）《游天台山赋》曰：'灵仙之所窟宅。'按：言养生之士，问之世则屡失，从之山则多异也。"② 清晨出发登山，陡峭的山脊和参差不齐的山体吸引了诗人。"云冠"是僧道或隐者戴的帽子，"栖趾"是僧道或者隐者居住之所。"氛雾承星辰"以下十二句描写了庐山幽峭奇绝的自然原始美。鲍照擅长写山林的神奇幽峭，常常发人之所未发，写人之所未写。"氛雾承星辰，潭壑洞江汜"一联的上句对应"高岑隔半天"，庐山诸峰高耸，云雾与茫茫星辰连为一片；下句对应"长崖断千里"，长崖有千里之深，飞瀑溪流沿着幽深的沟壑一泻千里，直奔大江。前一句写其高，后一句写其深，通过描写外在景物不平稳的状态，在读者心中造成震荡，从而获得不稳定的动感效果。诗歌还用互文的手法将山势比作"虎牙"和"熊耳"，这两个明喻非常形象地表现出山势的崭绝和巉岏。这首诗中的"埋冰"和"韬树"，以及前一首诗歌中的"阴冰"和"炎树"，都为呈现出庐山阴冷的气氛，增添了一份孤寂感。

诗人写到禽鸣和猿啸，动感的画面加上流动的清水，使静谧的庐山获得

---

① 《庐山历代诗词全集》，第75页。
② 〔南朝宋〕鲍照著，钱仲联校注：《鲍参军集注》，上海古籍出版社1980年版，第265页。

了生命。方东树《昭昧詹言》评价曰："造句奇警，非寻常凡手所能问津。"鲍照的山水诗常有出人意料的新奇诗句。"瑶波逐穴开，霞石触峰起"二句中"逐""开""触""起"用得新奇，尤其是后面两个带有拟人色彩的词语为诗句注入了活力。在结束对自然奇异景观的描写之后，诗人引用了神仙传说来表达自己愿意倾听仙人之音和目睹仙人之迹。《列仙传》记载："王子晋好吹笙，作凤凰鸣。"又曰："陵阳子明钓得白龙，惧，放之。后得白鱼，腹中有书，教子明服食之法。子明遂上黄山，采五石脂，沸水服之，三年，龙来迎去。"最后两句说庐山虽然也近城市，然而有松桂盈前，怎么会污秽呢？

以上两首诗歌都是鲍照亲登庐山所作，因为鲍照担任侍郎，所以他经常陪同刺史刘义庆游览景点，有时候还要奉命即席赋诗或与之唱和。香炉峰坐落于庐山西南部，"其上氤氲似香烟"，因围绕其四周的云雾极似香炉烟而得名。《从登香炉峰》是鲍照最长的山水诗作：

> 辞宗盛荆梦，登歌美凫绎。徒收杞梓饶，曾非羽人宅。罗景蔼云屿，沾光扈龙策。御风亲列涂，乘山穷禹迹。含啸对雾岑，延萝倚峰壁。青冥摇烟树，穹跨负天石。霜崖灭土膏，金涧测泉脉。旋渊抱星汉，乳窦通海碧。谷馆驾鸿人，岩栖咀丹客。殊物藏珍怪，奇心隐仙籍。高世伏音华，绵古遁精魄。萧瑟生哀听，参差远惊觌。惭无献赋才，洗污奉毫帛。①

诗人在诗歌的开头歌颂刘义庆，将其比为鲁侯，治理荆州有方。东汉班固《汉书·叙传下》曰："多识博物，有可观采；蔚为辞宗，赋颂之首。"②"辞宗"就是辞赋中的宗师，也用以泛指受人敬仰的文学家。诗人是指临川王、江州刺史刘义庆。"荆梦"是指云梦泽，因为周代称为云梦荆州泽，刘义庆也做过荆州刺史。"登歌"是指举行祭典、大朝会时，乐师登堂而歌。"凫绎"为凫山和绎山，在今山东省邹县。方东树《昭昧詹言》说："起句盖用宋玉高唐事为切题。"下句中的"杞梓"比喻人才之盛，郭璞诗曾曰：

---

① 《庐山历代诗词全集》，第 76 页。
② 《汉书·叙传第七十下》，第 4255 页。

"杞梓生南荆，奇才应世出。"尽管刘义庆拥有众多文士，又有鲁侯之保凫、绎二山，但是这些都未若香炉山峰为羽人之宅。于是便引出下文攀登香炉峰、追寻仙人遗迹的旅程。诗人将刘义庆的游行和列子曾试图穷夏禹足迹相比。《庄子·逍遥游》曰："夫列子御风而行。"①《史记·河渠书》曰："余南登庐山，观禹疏九江。"②诗人还对香炉峰做了一番描绘，"青冥摇烟树，穹跨负天石"二句制造了五彩缤纷的感觉。"摇烟之树葱然者，因望穷而晦；负天之石穹然者，若远跨而来也"，这两句采用了颠倒错综的手法，打乱了诗歌正常的语序，让读者自己去发掘探索，给人以新奇之感。

　　"霜崖"以下四句是诗人创造的神秘气息，用以引导仙人出现。另据《水经注》记载："《寻阳记》曰：'庐山上有三石梁，长数十丈，广不盈尺，杳然无底。吴猛将弟子登山，过此梁，见一翁坐桂树下，以玉杯承甘露浆与猛。又至一处，见数人为猛设玉膏。'"又曰："有孤石介立大湖中，飞禽罕集。言其上有玉膏可采。"③水在山中之巅则高，故云"抱星汉"。范成大曰："山洞穴中，凡石脉涌处，为乳床，融结下垂，其端轻薄，中空，水乳且滴且凝。"这些乳窦也与碧海相通，以上的迷雾、山峰都是炼丹者和仙人聚集的地方。郭璞诗曰："驾鸿乘紫烟。"《抱朴子》："金液入口，则其身皆金色。老子受之于元君。黄金入火，百炼不消，埋之，毕天不朽，是谓金丹。"仙人虽潜隐不见，但其魂魄则长遁不死。奇异的山性、光色等由此激发出灵妙的想象。

　　《鲍参军集注》在《从登香炉峰》诗注中引方植之的评价曰："涩练，典实，深奥，至工至佳，诚为轻浮滑率浅易之要药。此大变格也。杜、韩皆始祖于此。但其体平顿，无雄豪跌宕峥嵘，所谓巨刃摩天之概，其于汉魏曹、王、阮公，皆不能及。此杜、韩所以善学古人，兼取其长，而不专奉一家，随人作计也。"④鲍照喜欢一些富有强烈刺激性的意象，在山水诗中追求

---

①　《庄子集释·逍遥游第一》，第17页。

②　《史记·河渠书第七》，第1415页。

③　《水经注校证》，第924页。

④　〔南朝宋〕鲍照著，钱仲联校注：《鲍参军集注》，上海古籍出版社1980年版，第270页。

一种激烈动荡、不平稳的艺术效果，给人以惊心动魄的感受，同时也追求一种奇崛精工的语言。鲍照的这些山水游仙诗在描写上，技法精湛直追谢灵运。但是，与谢灵运诗不同之处在于，鲍照的山水诗将个人情感夹杂在景物描写中，借山水以畅情，又用羽化成仙的愿望结尾。鲍照在游历山水中，多将深山曲水、奇林怪石与仙客羽人的传说相联系，诗境幽远深邃，具有浓厚的俊逸气息。鲍照山水游仙诗中的高蹈情怀、俊逸之风、逍遥自适的精神等因素引领诗歌创作精神以及风格形成的嬗变，可谓"总四家而擅美，跨两代而孤出"①。同时，鲍照山水诗开始向谢朓的情景交融方面转化。可以说，鲍照是二谢之间的过渡性人物。

文学史上还常把江淹和鲍照并称，主要是因为二人的诗风非常相似。江淹的游仙诗受郭璞游仙诗影响，尤其是在诗中展现愤世嫉俗的感情和归隐求仙的渴望，因此，江淹的游仙诗或是表达服药求仙的主题，或是抒发渴望归隐的念头。李白《经乱离后天恩流夜郎忆旧游书怀赠江夏韦太守良宰》曰："览君荆山作，江鲍堪动色。清水出芙蓉，天然去雕饰。"② 江淹《从冠军建平王登庐山香炉峰》颇似鲍照诗歌风貌，与鲍照《登庐山望石门》和《从登香炉峰》构思相同，将庐山想象为人间仙界，辞句瑰丽雄浑，气象开阔，多夸饰之词。《从冠军建平王登庐山香炉峰》诗曰：

> 广成爱神鼎，淮南好丹经。此山具鸾鹤，往来尽仙灵。瑶草正翕
> 赩，玉树信葱青。绛气下萦薄，白云上杳冥。中坐瞰蜿虹，俛伏视流
> 星。不寻遐怪极，则知耳目惊。日落长沙渚，曾阴万里生。藉兰素多
> 意，临风默含情。方学松柏隐，羞逐市井名。幸承光诵末，伏思托
> 后旍。③

这首庐山诗具有瑰丽神异的风采，辞句夸饰诡秘，多想象之笔，往往虚实结合，颇有游仙诗的流韵。东晋葛洪《神仙传·广成子》记载："广成子

---

① 《诗品》卷中，第46页。
② 〔唐〕李白著，〔清〕王琦注：《李太白全集》，中华书局1997年版，第567页。下文注释中凡出现《李太白全集》的，只标注页码。
③ 《庐山历代诗词全集》，第82页。

者，古之仙人也。居崆峒之山石室之中。黄帝闻而造焉。"仙人广成子喜爱炼丹的神鼎，西汉淮南王刘安喜好炼丹术的经书。极具灵异的庐山都是神灵的世界，鸾鹤、瑶草、玉树、绛气、蜿虹、流星等都是一派神仙宫邸的极乐景象，景象纷繁。"方学松柏隐，羞逐市井名"化用了鲍照《登庐山望石门》中的"松桂盈膝前，如何秽城市"。"幸承光诵末，伏思托后旃"也是承继鲍照《从登香炉峰》的结句"惭无献赋才，洗污奉毫帛"。江淹诗虽描绘的是仙人生活，但旨在寻求精神寄托，诗人用诗歌表达自己企慕修仙长生、归隐避俗的情感。

综上所述，游仙诗是唐之前诗歌的一个重要类型。晋宋时期的游仙是一种神隐，通过游览山水达到怡情自适的隐逸目的。游仙诗既受到道教神仙说的影响，又与社会现实以及诗人的个人际遇有关。以阮籍、嵇康、郭璞、鲍照、江淹等为代表的下层文人，由于个人遭际坎坷，人生失意，所以他们的山水游仙诗于"列仙之趣"外又多有"坎壈咏怀"的境界。另外，游仙诗中那些关于翱翔云表、逍遥八方的神仙境界的想象，为文学注入了一股新鲜的活力。因为魏晋时期的文人士子选择在山水、仙境、药和酒中寻求解脱，游山水和游仙同样能带来方外之感，所以游仙诗开始由对虚幻的仙境描写转而开始描写真实的自然景色，从而成为山水诗的早期形态。

第二章

道教游仙文化与李白庐山山水游仙诗

第一节 李白与道教文化:"五岳寻仙不辞远"

道教文化对盛唐游仙诗的精神意蕴和艺术风貌都有重要影响,引发诗人对人生自由和个体生命永恒的玄想和追求。魏晋时期是游仙诗的第一次高潮时期。随着道教的发展,道教信仰和神仙传说影响越来越普遍,当盛唐道教和诗歌同时出现高潮之际,游仙诗迎来了第二次高潮时期。道教意识中有老庄的哲理在里面,佛教的禅宗亦与老庄相通,在许多地方二者甚至是暗合的。这种暗合绝不是宗教的仪式方面,而在于相似的情趣,体现在对玄理的涵泳和玩味、对自然山水美的欣赏以及共同的超然世外的精神。

当重道的社会风气反映到文学创作中,唐代游仙诗大量出现,只要翻开唐代文人的诗文作品,我们便会发现他们或高蹈风尘,或游仙方外。"作为一种表现道教思想的文学体裁,游仙诗的发展也大致呈现出与道教发展相似的历史进程。有唐一代,文人士大夫崇道慕道,并将其游仙活动形诸笔墨,从而出现了前所未有的游仙诗创作高潮。李白的出现正是唐代如痴如醉的崇道之风与文人士大夫游仙诗的写作时尚这两种社会风气相互作用的结果。"①以李白为代表的一批文人士大夫借游仙以寄慨,抚仙人以为邻,寄欢愉于幻想,寓情意于烟云,并凭丰富的想象以及游仙访道得到实际体验,创作了颇

---

① 王友胜:《游仙访道对李白诗歌的影响》,《船山学刊》,1999 年第 1 期,第 100 页。

具特色的众多游仙诗歌，为唐诗的苑圃增添了一朵风姿绰约、色彩艳丽的奇葩。

道教文化信仰和神仙传说渗入诗歌领域，使游仙诗成为古典诗歌中一个独特的文化现象，也是盛唐诗的一个重要特色。道教通过影响诗人们的思想观念和行为方式，从而对诗歌创作发生作用。如果没有道教文化的兴盛和影响，游仙诗便不能孕育得如此成熟。道教的长生享乐思想、幻想色彩、浪漫情调以及脱俗的修炼生活对于诗人们而言都极具诱惑力，生活在崇道求仙的文化氛围中的诗人们充满了积极创造游仙诗的热情。"道教可以说是建立在追求物欲和享乐上的宗教，它的'全性保真'生存哲学和佛教的'寂死空灭'的禁欲无生的哲学可以说是大异其趣……比较起来，佛教的教义则是青春已逝，祈求来世幸福的老年社会心态。"① 盛唐诗人的求仙诗歌所体现出的热情正是对人生价值与美好生活的眷恋和追求，以李白为代表的文士在学道求仙的社会风气中创造出的游仙诗反映了盛唐人心理与情感的希望和幻想。具体来说，道教文化对唐代游仙诗美学风格、思想内涵和玄妙手法等方面都产生了深远的影响。

第一，道教神仙思想对唐代游仙诗的美学风格有重要影响。道教的意象群成为游仙诗的意象群，仙境和神仙是道教为诗歌提供的两大意象群。道书上列名仙籍的神仙们，常常在盛唐游仙诗中出现，山水景物与神仙世界融为一体。例如，蓬莱、瀛洲、方壶、瑶池、天台、王母等仙界事物以及青城山、峨眉山、罗浮、庐山等名山大川，因为道教宣称山内藏有各路神仙，所以这些名山大川都是人间仙境，即所谓的"福地洞天"；还有"琴心""三叠""紫霞""紫烟"等道教术语出现在游仙诗中，传说中的这些神仙就通过诗人们的宗教观念和审美理想转化为诗歌的审美意象。游仙诗体现出自然空灵、飘逸清俊的审美意境。"山水诗至盛唐蔚为大观，而道教自然观影响了诗人们审美观物的艺术思维，因而在某种程度上盛唐山水诗与游仙诗的艺术形态具有美学融合的趋向，诗人们的游仙精神、求仙行为与山水描写是相

---

① 葛景春：《壶中别有日月天——李白与道教》，《李白学刊》，1989 年第 2 期，第 32 页。

互结合着的。"①

　　第二，道教思想影响诗歌的创作内容。诗人们仰慕那些仙人和道士能够长生，于是他们极尽想象与夸张之能事来寄托自己的人生追求。道教与道家颇有渊源，在这里又有必要对道教和道家的区别做一番梳理。首先，道教是宗教，而道家是哲学流派。但是二者除了有区别，又有联系。道教和老庄哲学都有贵人重生的思想，并且提出各自的养生主张和修养方法，但是道教曾吸收老庄哲学为宗教所用，道教的经典把"道"尊崇为天地万物之母，把老子、庄子尊为教主和真人，以老子的《道德经》和庄子的《南华经》为典籍。在自由方面，道教看重物欲的享受和人生的长寿，而道家追求对现实的超脱，"圣人者，原天地之美，而达万物之理"。李白便是"循庄子之路，以理悟为审美指向，以原美为理悟途径"②。所以，唐代创作游仙诗的文人，对道教神仙生活的向往，沉浸于道家哲学的理性思辨，所以诗歌思想完全不同于经世致用的儒家思想观。道家的人生观和处世哲学多容易导致出现委运任化、及时行乐的消极倾向，而道教的不死信仰则容易造成人们情绪的积极乐观。

　　第三，道教对游仙诗的影响还体现在对诗歌大胆的夸张、丰富的想象手法产生巨大的影响。诗歌创作需要一种宗教似的虔诚的情感，大量游仙诗正是在奇幻境界中创造的，是个人运用丰富的素材，熔铸出全新的意象和境界。这种想象实则又与道教存想思神的修炼功夫有关。人们通过瞑目遐想，幻想神仙的形象，经过反复地修炼养成神游物外的思维习惯。诗人在现实中被压抑的想象和幻想在道教的刺激下冉冉升腾。可以说，道教不仅给诗人指点了一条实现精神自由之路，而且也给诗人天马行空的想象思维提供了无限的活动空间。

　　乐观、豪迈、奔放是盛唐诗歌的整体精神风貌，"南宋严羽以'气象'二字概括盛唐诗歌的精神风貌与美学特色。人们认为，盛唐气象是当时文化

---

　　①　樊林：《盛唐游仙诗中的道教文化意蕴》，《沈阳师范大学学报》（社科版），2004 年第 28 卷第 6 期，第 79 页。

　　②　章尚正：《中国山水文学研究》，学林出版社 1997 年版，第 157 页。

精神在诗歌领域里的显现，儒家积极用世精神是盛唐气象的主调。然而，既然盛唐多元文化互补调和共同支配了那一时代诗人的行为出处、思想观念和文学创作，那么盛唐气象自然也应包蕴着其他文化基因。道教文化曾是盛唐文化的重要组成部分，因此我们认为研究盛唐气象的形成，也应该注意到道教文化对盛唐诗歌艺术风貌的影响。笔者认为盛唐诗歌中充满人生乐观和富于艺术想象与道教文化的影响有密切联系"[1]。此观点精辟之处在于从道教文化意蕴的视角来阐释盛唐诗歌的精神风貌和美学特色，在盛唐气象里有诸多的文化基因，然而儒家积极用世的精神会是盛唐气象的主调吗？盛唐诗歌精神风貌除了包含积极向上的建功立业的希望之外，还充满了对个体生命永恒的追求，这种憧憬得道成仙的情绪思潮造成盛唐游仙诗大量出现。

李白与道教之间渊源深厚，道教与李白诗歌之间的关系影响自然也十分密切。李白作为盛唐深受道教思想影响的典型诗人，对他的神仙道教信仰的了解，对他的游仙诗歌的研究，以及对他的庐山游仙诗的一番解读和探索能帮助我们进一步了解道教文化的形成。"不研究游仙诗不足以研究李白，不正确评价游仙诗也不能正确评价李白。"[2] 以往研究李白的多从家世、生平、作品鉴赏、交游等方面着手，而探求道教文化与李白诗歌创作是一种新途径。从李白的山水游仙诗与道教之间的关系展开研究，尚存开拓空间。

"五岳寻仙不辞远，一生好入名山游"，代表盛唐游仙诗最高成就的首推李白的诗歌。在李白近千首诗中，有一百多首与神仙道教有关，"此行不为鲈鱼鲙，自爱名山入剡中"。李白漫游名山不仅是为了欣赏秀色可餐的山水风光，更是为了从人间丘壑之美寻求逍遥自由的精神生活，希望能够像神仙方士一样长生长寿。"人生在世不称意"，道教神仙世界为李白的诗歌创作提供了素材和喻象，原本在现实中不能实现的理想可以转变成一种精神追求，可以在诗歌中深情歌唱。回顾李白创作经历、剖析其诗作内蕴与形式特点便

---

[1]　石云涛：《盛唐诗歌中的道教文化意蕴》，《黄淮学刊》（社科版），1994 年第 10 卷第 2 期，第 97 页。

[2]　文伯伦：《试论李白的游仙诗》，《绵阳师范高等专科学校学报》，2000 年第 19 卷第 3 期，第 47 页。

能得知，尽管李白思想构成复杂斑驳，但无论从个性特点、精神追求还是创作风格来看，都难脱道教色彩，诗歌的内在精神充满对生命永恒、超越生死、摆脱拘束、恣意遨游的尽情释放与张扬。

"十五游神仙，仙游未曾歇。"李白热衷于寻仙访道、采药炼丹，道心与诗心合一。李白对道教的接受并不是随着他漫游名山大川而逐渐形成的，恰是在其青少年时期便已形成。青少年时代他在道教活动活跃的巴蜀度过，道教在蜀中的影响力一直很大，道教的创始人张道陵就是在巴蜀创立道教。巴蜀的紫云山、青城山、峨眉山都是道教圣地，并且有着大批为朝廷所器重的著名道士。李白《登峨眉山》曾描写游峨眉的情形，"蜀国多仙山，峨眉邈难匹"，"倘逢骑羊子，携手凌白日"。在这样的环境下，道教对李白的影响必定潜移默化。他曾在诗中表达了自己接受道教思想的情况："家本紫云山，道风未沦落。"

李白与很多道士交往密切，比如司马承祯、元丹丘、元演、紫阳道人等，其中有两位道士对李白产生了巨大的影响。第一位是司马承祯，他是影响李白道教思想最为有力的一个，他曾称赞李白"有仙风道骨，可与神游八极之表"①。对李白影响较大的另一位道士是元丹丘，他是一个道、禅兼通的人，有着脱俗的、高雅的道士生活情趣。李白《秋日炼药院镊白发赠元六兄林宗》诗曰："投分三十载，荣枯同所欢。"李白与元丹丘同甘共苦的友谊经历了几十年的考验。《题元丹丘山居》诗曰："故人栖东山，自爱丘壑美。青春卧空林，白日犹不起。松风清襟袖，石潭洗心耳。羡君无纷喧，高枕碧霞里。"②

李白不仅自己寻仙访道，而且支持家人求仙得道，"拙妻好乘鸾，娇女爱飞鹤。提携访神仙，从此炼金药"。李白在"安史之乱"后携妻向南奔亡，辗转来到庐山。李白作了《送内寻庐山女道士李腾空二首》，诗曰：

> 君寻腾空子，应到碧山家。水春云母碓，风扫石楠花。若爱幽居好，相邀弄紫霞。

---

① 《大鹏赋序》，卷一。
② 《李太白全集》，第1146页。

多君相门女，学道爱神仙。素手掬青霭，罗衣曳紫烟。一往屏风

叠，乘鸾著玉鞭。①

　　李腾空是唐玄宗的宰相李林甫的女儿，在贞元中与蔡侍郎的女儿蔡寻真
到庐山学道，在庐山南麓的屏风叠筑观。李腾空居于屏风叠之北的昭德观，
而蔡寻真居于屏风叠之南的寻真观，二人经常在一起研讨道教经典，开坛讲
道，而且以丹药、符箓治病救人，颇受当地百姓敬重。在唐代，诸如李、蔡
之类的女子遁世修道，可以说是一种社会风尚。李白的妻子醉心道术，也是
当时崇道风气使然。

　　唐代帝王大力倡导道教，道教势力在扶持下平步青云，道士在当时都享
有很高的待遇和地位，道教甚至成为唐朝的国教。既然上有所好，那么朝野
上下和民间百姓无不对道教抱以极大的热情，出家入道、遁入林泉、养生修
仙的现象蔚为普遍。在这样的社会文化氛围中，处于中间阶层的文人士大夫
对道教的崇尚也很疯狂。李白最先游仙访道带有儒家急功近利的思想。虽然
他内心羡慕无拘无束、自由自在的生活，道士受到的前所未有的礼遇也让李
白倾心向往，但是潜隐山林的清冷生活对于一个有宏图大志的青年来说是无
法忍受的。

　　如果说李白在早期的游仙访道中裹夹着儒家急功近利的思想，那么在被
"赐金放还"后李白更加痴迷于道教神仙境界。李白自从加入道教后，便过
着闲云野鹤般的漫游生涯，有美酒做伴，求仙学道，采药炼丹不离左右。道
徒为了入仙境，常服食菖蒲之类的仙草，李白也一直服用。《嵩山采菖蒲者》
曰："我来采菖蒲，服食可延年。"《送杨山人归嵩山》曰："尔去掇仙草，
菖蒲花紫茸。"除了仙草，唐代道士们也服食金丹，作为道教信徒的李白同
样笃好炼丹与服食金丹。《登敬亭山南望怀古赠窦主簿》曰："愿随子明去，
炼火烧金丹。"《落日忆山中》曰："愿游名山去，学道飞丹砂。"李白曾在
庐山的秋浦等地炼丹服食，"炼丹费火石，采药穷山川"，并且"尚恐丹液
迟，志愿不及申"。李白畅游名山大川，固然是出于对大自然的喜好，钟情

---

① 《庐山历代诗词全集》，第159页。

于绮丽的风光，同时也是出于学道求仙的打算。"吾求仙弃俗，君晓损胜益。不向金阙游，思为玉皇客。鸾车速风电，龙骑无鞭策。一举上九天，相携同所适。"

李白终身追寻道教仙踪，孜孜以求得道成仙的方法，这些特殊的宗教经历使诗人的诗歌作品沾染了浓厚的道教神仙色彩。李白一直被人尊称为"谪仙""酒仙""诗仙"等，这样的称呼也反映出李白的性格和特点。最早称李白为"谪仙"的是贺知章，魏颢《李翰林集序》曰："故宾客贺公奇白风骨，呼为谪仙子。"杜甫《寄李十二白二十韵》曰："昔年有狂客，号尔谪仙人。笔落惊风雨，诗成泣鬼神。"杜甫同意"谪仙"这种称呼，他还在《饮中八仙歌》中说："李白斗酒诗百篇，长安市上酒家眠。天子呼来不上船，自称臣是酒中仙。"嗜酒的人处在半醉半醒之间，常常有腾云驾雾、飘飘欲仙的感觉。李白相信道教的神仙思想，所以在这种异常兴奋的醉酒状态下文思泉涌，"斗酒诗百篇"，获得"诗仙"的美誉。李白的身上很能体现道教的仙风道骨的特点，"仙"字既刻画了李白桀骜不驯的性格，也概括了李白飘逸洒脱的诗歌风格。"诗"与"仙"的结合说明道教与李白诗歌创作之间的密切联系。在追求道教神仙信仰过程中，寻仙访道、遍游名山大川的经历触发了李白热爱大自然的美好情感，留下了流传千古吟咏大自然的不朽诗篇。

作为一种表现道教思想的文学体裁，游仙诗的发展大致呈现出与道教发展相似的历程。有唐一代，文人士大夫将游仙活动形诸笔墨，从而出现了前所未有的游仙诗创作高潮。道教思想孕育了像李白这样的诗仙，研究李白与道教的关系自然成为把握李白山水游仙诗的关键。"李白一生在庐山几度游仙访道，逐步建立起他的道教信仰，并直接对他的诗文创作产生了深刻的影响，使他在庐山留下了众多的空灵、飘逸、浪漫的诗篇，为道教添彩，为名山增色。"① 作为唐代思想主流之一的神仙道教思想深刻影响到李白的内在心态和思维方式。当李白禀受道教思想创作诗歌时，其诗便体现出一种与众不同的风格，在思想上追求理想的逍遥游世的自由精神，在艺术上呈现天马行空、神奇瑰丽的意象。

---

① 张国宏：《宗教与庐山》，江西人民出版社 2008 年版，第 188 页。

第二节　李白庐山游仙诗：“吾将此地巢云松”

　　游仙诗历经近千年的发展，由曹操、曹植、郭璞、鲍照乃至李白。李白担负起游仙诗创新的重任，成为中国游仙诗史上最优秀的诗人。“受标榜自由的道教精神的影响，李白在其游仙诗中，以挣脱世俗羁绊、功名束缚以及种种世俗陋习和伦理规范的限制为前提，以求建立一种符合人性的理想化境界，来达到人的个性自由与精神超越。”① 在李白的游仙诗中，山水林泉之美与虚幻仙境融合在一起，这些游仙诗无疑又是清新明丽的山水诗。“游仙访道与山水景观结合，使游仙思想从超自然的天国回归到自然世界。当诗人禀受着这种思想从事游仙诗歌创作时，其诗呈现给我们的既是山水自然又是太虚幻境，山水即神山仙水，幻境又真实自然，景物虚虚实实，实实虚虚，给人以扑朔迷离、朦胧恍惚的感觉。”② 诗人笔下的山水是现实的、自然的，同时又是太虚幻境，这也是李白游仙诗难以与山水诗相区别的原因。

　　一般研究都认为李白的游仙诗可以分为前后两期，以待诏翰林为转折点。“两年待诏翰林是李白一生当中的转捩点，由此分出前后期；他的主要创作成就在后期。游仙诗也不例外。”③ 李白前期游仙诗偏重于游仙，主要反映了道教神仙的思想。这个时段的游仙诗比较纯正，没有任何游仙外的寓意，例如，《登峨眉山》《游泰山》《天台晓望》等。李白在蜀中所作《登峨眉山》描写了仙山的雄伟壮美之景以及诗人游仙的景况，表现了诗人向往成仙的思想；后期山水诗则偏重于山水，当然也有一些诗作抒发了诗人面对坎坷不平的人生道路而内心激发的种种矛盾、痛苦和激愤的感情，欲借游仙以求解脱，例如，《梦游天姥吟留别》《庐山谣寄卢侍御虚舟》等。《梦游天姥

---

① 《游仙访道对李白诗歌的影响》，第 98 页。
② 王友胜：《李白对游仙传统的拯救和革新》，《中国李白研究（1998—1999 年集）》，第 297 页。
③ 裴斐：《谈李白的游仙诗》，《江汉论坛》，1980 年第 5 期，第 88 页。

吟留别》是李白后期游仙诗里表现政治失意和愤懑心情的作品，在写梦游山水、神仙等游离恍惚的境界里又有诗人的寄托。《庐山谣》是游仙访道与自然山水的结合，游仙传统由仙界回归到自然，这是继郭璞游仙诗的进一步发展，也是游仙诗对山水诗影响的最有力的证明。

"且放白鹿青崖间，须行即骑访名山。"李白一生游历名山大川，五次来到九江游览庐山，并且多次居住在庐山，留下了大量的庐山诗歌。李白遍览山中胜景，称赞庐山的壮丽景色："予行天下，所游览山川甚富，俊伟诡特，鲜有能过之者，真天下之壮观也。"李白善于用艺术的笔触来表现美丽的景物，笔下的景色多是雄伟壮丽、气吞山河的广阔景象。他总共留下了二十余首描写庐山的名诗，诗歌对庐山的美从各个侧面展开描写，其中最为精彩的景观当属五老峰和瀑布水。根据《李太白年谱》[①] 记载，李白第一次来到九江是在唐朝开元十四年（公元726年），26岁的李白怀揣"四方之志"，"仗剑去国，辞亲远游"，留下千古传诵的《望庐山瀑布二首》《登庐山五老峰》等。这时候的李白乐山乐水，无欲无求，达到"天地与我并生"的理想境界。

例如，《望庐山瀑布二首》诗曰：

西登香炉峰，南见瀑布水。挂流三百丈，喷壑数十里。歘如飞电来，隐若白虹起。初惊河汉落，半洒云天里。仰观势转雄，壮哉造化功。海风吹不断，江月照还空。空中乱潈射，左右洗青壁。飞珠散轻霞，流沫沸穹石。而我乐名山，对之心益闲。无论漱琼液，还得洗尘颜。且谐宿所好，永愿辞人间。

日照香炉生紫烟，遥看瀑布挂前川。飞流直下三千尺，疑是银河落九天。[②]

第一首为五古，第二首为七绝，前一首是登峰近看，后一首是远望瀑

① 〔唐〕李白著，〔清〕王琦注：《李太白全集》，中华书局1977年版。
② 《庐山历代诗词全集》，第153页。

布，都是盛赞庐山香炉峰的瀑布，从多角度描绘秀丽的瀑布景色，例如，"初惊河汉落，半洒云天里"，"海风吹不断，江月照还空"，"飞珠散轻霞，流沫沸穹石"。虽然两首诗都是描写庐山瀑布，但是诗人在表现手法上非常丰富，用壮丽的景象加上丰富的想象和诚挚的感情，增强了诗歌的感染力。在第一首诗中，诗人用夸张的手法来形容所见的景象，这种夸张的表现手法使得描写对象非常突出，特别是在写壮美景象时有开阔动荡的效果。胡仔《苕溪渔隐丛话》十分推崇李白诗中的"海风吹不断，江月照还空"二句，盛赞道："余谓太白前篇古诗云'海风吹不断，江月照还空'，磊落清壮，语简而意尽，优于绝句多矣。"第一首诗歌的语言非常奇绝矫健，风格豪放飘逸，诗人以疾速畅快的笔锋，泼墨如注地表现庐山瀑布飞流直泻的状态。皮日休《刘枣强碑文》对李白天马行空的艺术有着精彩的论述："言出天地外，思出鬼神表，读之则神驰八极，测之则心怀四溟，磊磊落落，真非世间语。"①

相比较而言，李白的第二首诗比第一首诗更有名，被世人口耳相传。这首七绝贵在精练生动，连用"生""挂""落"等几个动词，从"望"这个角度观摩瀑布全景。因为香炉峰的山峰尖圆，状如香炉，加上山峰顶终年云雾缭绕，颇像香炉里的香烟缥缈。山头常年云雾升腾，在日光的照耀下，便呈现出云蒸霞蔚的气象。因此，远远望去便有香炉紫烟缭绕之美。诗人先是远远地观赏着整个香炉峰的景色，选用了香炉峰顶的紫烟意象，而紫烟本身带有道教的神仙文化特征，加上颜色的绚丽以及山峰的雄奇，为下文描写瀑布做好了铺垫。接着诗人的视角是仰望从山壁倾斜而下的瀑布，用"三千尺"这个夸张的数字来形容瀑布飞流直下的迅疾以及山壁的高峻陡峭。最后一句将瀑布比喻为银河。这首诗成功运用了比喻、夸张和想象，构思奇特，语言洗练。在苏轼一节的文章中，我们已经对苏轼讨论李白和徐凝瀑布诗的优劣进行比照，得出苏轼秉持重神似而非形似的山水审美观。李白的第二首庐山瀑布诗胜在神似，兹不详述。

又如，《登庐山五老峰》诗曰：

---

① 皮日休：《皮子文薮》，上海古籍出版社 1981 年版，第 39 页。

庐山东南五老峰，青天削出金芙蓉。九江秀色可揽结，吾将此地巢云松。①

《徐霞客游记》描绘五老峰曰："从绝顶平剖，列为五枝，凭空下坠者万仞，外无重冈叠嶂之蔽，际目甚宽，然彼此相望，则五峰排列自掩，一览不能兼收。惟登一峰，则两旁无底，峰峰各奇不少让，真雄旷之极观也。"五老峰位于庐山东面，濒临鄱阳湖。五座山峰，恰似五位老翁并肩而坐，嶙峋骨立，突兀凌霄。由于湖面上水气弥漫，山峰处经常是云雾蒸腾，其最为雄奇壮观时被人喻之为云瀑或海绵，此时人与山峰俱淹没在万顷云海之中，如同仙境。吴阐思《匡庐纪游》描述云瀑之状曰："白气从大地升腾而上，勃窣周匝，上下四旁，山川城廓，顿失所在，一身之外，瞥无所见，观者不能自持，皆怖而踞石，若孤舟在大海中，惟恐为波涛漂没者。"一旦五老峰上出现云瀑时，经过清晨或者傍晚阳光的普照后，五老峰即显现出一派辉煌灿烂，万道金光之貌，有时恰如金色的芙蓉花，飘浮在蓝天之中。

李白比较偏爱用纵横驰骋、随意抒写的七言歌行。这首七言诗以清丽自然之笔盛赞庐山五老峰的秀色，既写出"青天削出金芙蓉"的美丽，又展示"九江秀色可揽结"的动人，流露出诗人对大自然的爱恋之情。"青天削出金芙蓉"一句极有神韵，天才纵逸的诗人写出让人如坐春风的诗句，使得庐山山水的妩媚动人令人心驰神往。李白的诗歌语言清新明快，有一种透明纯净又绚丽夺目的光彩。清朝的德化县县令吴名凤专程实地考察后，在其《游三叠泉记》中写道："晨起，天色蔚蓝，出门见五老，山色金光璀璨，秀采欲飞，谪仙诗曰：'青天削出金芙蓉'，非到此不能为此语，不到此也不知此语之工也。"李白在游五老峰之后，感叹于此地的人间奇景，不仅用浓墨醮笔歌颂之，还在这里修筑太白草堂隐居。《李太白全集》诗注引《方舆胜览》曰："李白性喜名山，飘然有物外志，以庐阜水石佳处，遂往游焉。卜筑五老峰下，有书堂旧址。后北归，犹不忍去，指庐山曰：'与君再会，不敢寒盟，丹崖绿壑，神其鉴之。'"②

---

① 《庐山历代诗词全集》，第 154 页。
② 《李太白全集》，第 990 页。

唐天宝九年（公元 750 年），50 岁的李白重游庐山，与第一次来庐山的时间相隔二十余年，诗作风格也不同于当年创作《望庐山瀑布》《登庐山五老峰》时那样明快爽朗和充满青春气息。诗人在二十余年的生活中经历了多种挫折，思想发生了很大变化。李白曾在唐玄宗天宝元年（公元 742 年）做过一段时间的翰林院供奉，工作内容主要是为唐玄宗写诗取乐。两年待诏翰林是李白一生当中的转捩点，由此分出前后期，他的主要创作成就在后期。李白入宫之前写的游仙诗，基本上属于《文选》注家李善所谓"正格"游仙诗，"滓秽尘网，锱铢缨绂，沧霞倒景，饵玉玄都"。天宝三年（公元 744 年），李白在政治上受到陷害，被"赐金放还"，离开长安。政治上的不顺心，使得李白人生的大部分时间都在浪迹天涯，纵情山水，游览名山大川，寄情诗酒，寻仙访道，采药炼丹。诗人在这段时间留下了《庐山东林寺夜怀》《别东林寺僧》《寻阳紫阳宫感秋》《山中与幽人对酌》《夏日山中》等多首诗歌。

例如，《别东林寺僧》和《庐山东林寺夜怀》：

> 东林送客处，月出白猿啼。笑别庐山远，何烦过虎溪。①

> 我寻青莲宇，独往谢城阙。霜清东林钟，水白虎溪月。天香生虚空，天乐鸣不歇。宴坐寂不动，大千入毫发。湛然冥真心，旷劫断出没。②

这两首诗的内容都与庐山东林寺有关。庐山东南麓的东林寺为慧远所建，是佛教净土宗的发源地。东林寺备受文人士大夫的青睐，不仅因为是佛教圣地，还因为东林寺周边环境优美，才如此吸引众人。东林寺背负香炉峰，旁边又有瀑布水，林壑之美不可胜收。"霜清东林钟，水白虎溪月"描写了东林寺霜水白的秋夜景色，通过寂寥的环境传递出李白在经历人生变故后的出世心思，"湛然冥真心，旷劫断出没"。还有其他的庐山诗表明李白想

---

① 《庐山历代诗词全集》，第 149 页。
② 《庐山历代诗词全集》，第 155 页。

要归隐洒脱的心境。例如,《夏日山中》曰:"懒摇白羽扇,裸袒青林中。脱巾挂石壁,露顶洒松风。"《山中与幽人对酌》曰:"两人对酌山花开,一杯一杯复一杯。我醉欲眠卿且去,明朝有意抱琴来。"①

《赠王判官时余归隐居庐山屏风叠》表达了诗人决心归隐的心情:

> 昔别黄鹤楼,蹉跎淮海秋。俱飘零落叶,各散洞庭湖。中年不相见,蹭蹬游吴越。何处我思君,天台绿萝月。会稽风月好,却绕剡溪回。云山海上出,人物镜中来。一度浙江北,十年醉楚台。荆门倒屈宋,梁苑倾邹枚。苦笑我夸诞,知音安在哉。大盗割鸿沟,如风扫秋叶。吾非济代人,且隐屏风叠。中夜天中望,忆君思见君。明朝拂衣去,永与海鸥群。②

这首诗写于安史之乱后,由于李白目睹社会的动乱,国家面目全非,百姓处于水深火热之中的现状,"大盗割鸿沟,如风扫秋叶",李白只能发出"吾非济代人,且隐屏风叠"的忧叹。李白在庐山隐居的生活过得很愉快,他在庐山上巢云抚松,修身养性,以自然界的无限美景来淡化人生。李白在政治上已没有出路,很想遁世归隐、采药炼丹,"明朝拂衣去,永与海鸥群"。正如范传正《李白新墓碑序》中所说:"好神仙非慕其轻举,将不可求之事求之,欲耗壮心,遣余年也。"李白失意时求仙访道,实则是为了寻求精神慰藉。

唐玄宗天宝十五年、肃宗至德元年(公元 756 年),56 岁的李白为了躲避安史之乱,带着妻子宗氏来庐山屏风叠隐居,并且修建了太白草堂。李白选择五老峰旁的屏风叠作为"巢云松"的地方,因为那里屏风叠峭壁千仞,九叠如屏,如同锦屏一样排开,"屏风九叠云锦张,影落明湖青黛光"。这次李白在庐山待了半年之久,同年的冬天下山入了永王府,做了李璘的幕僚。毕竟李白在青少年时代怀着"济苍生""安社稷""功成揖退"的远大抱负,面对大唐局势纷扰,他终于决定要一展报国之心,有所作为,在"严期迫

---

① 《庐山历代诗词全集》,第 162 页。
② 《庐山历代诗词全集》,第 139 页。

切，难以固辞"的情况下跟随了永王李璘。李白在永王李璘幕府的时间不过一月有余，因肃宗讨伐永王而致永王兵败，李白遭受牵连而被囚禁在九江牢狱。这是李白第四次到浔阳，但是并未到庐山。这段时间的诗歌多是为自己含冤抱屈之作，例如，《赠韦秘书子春》《狱中上崔相涣》《系寻阳上崔相涣三首》《中丞宋公以吴兵三千赴河南，军次寻阳，脱余之囚，参谋幕府，因赠之》《流夜郎永华寺寄寻阳群官》等等。

肃宗上元元年（公元 760 年），60 岁的李白再上庐山。这个时期的作品主要有《庐山谣寄卢侍御虚舟》《下寻阳城泛彭蠡寄黄判官》《入彭蠡，经松门，观石镜，缅怀谢康乐，题诗书游览之志》等等。李白后期的游仙诗与前期相比，发生了显著变化，开始把政治上的失意和愤懑心情带入作品，在艺术上呈现出气势奔放的诗风。李白离开长安之后的创作，无论从思想上看还是从艺术上看，都发生了一次飞跃和质变。

李白因为永王李璘的事件被流放夜郎（今贵州桐梓县一带），他时刻不忘庐山，在《流夜郎永华寺寄寻阳群官》中写道："愿结九江流，添成万行泪。写意寄庐岳，何当来此地。天命有所悬，安得苦愁思。"① 肃宗乾元元年（公元 759 年），李白获赦后又回到九江，重上庐山，这是李白第五次也是最后一次来到浔阳。这次他先上庐山，后下彭蠡。诗人写下了有名的《庐山谣寄卢侍御虚舟》，这是其后期游仙诗的重要代表作。诗人把庐山的秀丽景色描绘得气象万千，于现实中运用想象夸张的手法，通过对庐山风景的描写，来寄托诗人出世的思想感情，展现出诗人那种奔腾跳动的壮阔胸怀。诗曰：

> 我本楚狂人，凤歌笑孔丘。手持绿玉杖，朝别黄鹤楼。五岳寻仙不辞远，一生好入名山游。庐山秀出南斗旁，屏风九叠云锦张，影落明湖青黛光。金阙前开二峰长，银河倒挂三石梁。香炉瀑布遥相望，回崖沓障凌苍苍。翠影红霞映朝日，鸟飞不到吴天长。登高壮观天地间，大江茫茫去不还。黄云万里动风色，白波九道流雪山。好为庐山谣，兴因庐山发。闲窥石镜清我心，谢公行处苍苔没。早服还丹无世情，琴心三叠

---

① 《庐山历代诗词全集》，第 148 页。

道初成。遥见仙人彩云里，手把芙蓉朝玉京。先期汗漫九垓上，愿接卢
敖游太清。①

整首诗歌想象丰富，境界开阔，无限雄奇的风光尽在眼前，既写了庐山
的秀丽雄奇，也表现了诗人追求理想人格和狂放不羁的性格。清代赵翼评价
说："神识超迈，飘然而来，忽然而去，不屑于雕章琢句，亦不劳于镂心刻
骨，自有天马行空，不可羁勒之势。""我本"直到"一生好入名山游"是
第一段，相当于序曲。"我本楚狂人，凤歌笑孔丘"，因为诗人对现实不满，
自比为楚狂人，希望像楚狂接舆那样遁世归隐，表明自己要离开扰攘的尘寰
去寻仙访道，从此高举远引过隐居山林的生活。诗人对黑暗的社会充满了憎
恶，然而有心无力，只有通过漫游名山、寻仙访道的方式来消解内心的愁闷
与怨恨。"楚狂人"故事出自《庄子·人间世》。"楚狂人"是楚昭王时的隐
士，名叫陆通，字接舆，因为楚国的政治混乱故而佯狂不仕。孔子正好出游
回来，接舆路过其门口，唱着"凤兮"歌，歌曰："凤兮凤兮，何如德之衰
也。来世不可待，往世不可追也。天下有道，圣人成焉；天下无道，圣人生
焉。方今之时，仅免刑焉。福轻乎羽，莫之知载。祸重乎地，莫之知避。已
乎已乎，临人以德。殆乎殆乎，画地而趋。迷阳迷阳，无伤吾行。吾行却
曲，无伤吾足。山木自寇也，膏火自煎也。桂可食，故伐之。漆可用，故割
之。人皆知有用之用，而莫知无用之用也。"《论语》对此也有记载："凤兮
凤兮，何德之衰，往者不可谏，来者犹可追。已而已而，今之从政者殆而。"
李白用此典故就是表示自己已对唐王朝不抱有希望，不再幻想能够入朝
从政。

"庐山秀出南斗旁"至"谢公行处苍苔没"描写了诗人游山寻仙时所见
景色，以仰视的角度写庐山五老峰的屏风叠、香炉瀑布、三石梁、翠影、红
霞、飞鸟等雄奇风光，竭力渲染山光水色和虚幻仙境之美。"屏风叠""石
门"均已在前章节中有所注释，至于"三石梁"所指，众说纷纭，然而诗集
注中言："今三叠泉在九叠屏之左，水势三折而下，如银河之挂石梁，与太

---

① 《庐山历代诗词全集》，第146页。

白诗句正相吻合，非此外别有三石梁也。后人必欲求其地以实之，失之凿矣。"① 慧远《庐山略记》曰："东南有香炉山，孤峰独秀起。游气笼其上，则氤氲若香烟；白云映其外，则炳然与众峰殊别。"② "登高"八句则换成俯视的角度写庐山下江湖的壮观、黄云万里的雄伟气势，其中"闲窥"二句用了谢灵运游庐山石镜的故事，谢灵运曾作诗曰："攀崖照石镜。"据《庐山志》引述《列异记》和《寻阳记》所言，"峰有圆石，悬崖莹澈，光可以鉴，隐见不常"，"石镜峰东一圆石悬崖，明净照人，毫发必察"。如上述所言，"石镜"大概取意为石头入镜。黎景高《纪游集》认为："峰以山水明净得名。"无论石镜究竟所指何意，李白都希望能够追踪前辈谢灵运的足迹，在大自然中洗涤自己的灵魂。在上面一大段的风景描写后，诗人领悟到如此壮观的名山胜景胜过尘世间的荣华富贵，抒发自己欲隐居超脱现实的心情。

"早服"六句表达了诗人想要修炼成仙的愿望。卢敖原本为燕人，秦始皇召以为博士，使求神仙，卢敖却亡而不返。《淮南子》曰："卢敖游乎北海，经乎太阴，入乎玄阙，至于蒙谷之上。见一士焉，深目而玄鬓，泪注而鸢肩，丰上而杀下，轩轩然，方迎风而舞。顾见卢敖，慢然下其臂，遁逃乎碑。卢敖就而视之，方倦龟壳而食蛤梨。卢敖与之语，曰：'唯敖为背群离党，穷观于六合之外者，非敖而已乎？敖幼而好游，至长不渝，周行四极，唯北阴之未窥，今卒睹夫子于是，子殆可与敖为友乎？'若士者齖然而笑，曰：'吾与汗漫期于九垓之外，吾不可以久驻。'若士举臂而竦身，遂入云中。"诗中的卢敖正是诗人自己的形象，表示自己早已了却尘缘，修炼也有成就，于恍惚中看到神仙迎接自己上天，这都是诗人借助幻觉表达自己出世心情的迫切。

正是因为诗人在现实中找不到出路，所以只能在自然风景之中，假托想象中的仙境，用写实和臆想结合的方法来构织美好的境界。李白著名的游仙诗篇《庐山谣寄卢侍御虚舟》《梦游天姥吟留别》都是采用歌行体的形式。从表现形式方面说，李白继承了曹植写游仙诗的特点，延续了曹植游仙诗坎

---

① 《李太白全集》，第 679 页。
② 《庐山诗文金石广存》，第 5 页。

壎咏怀的传统，当然在此基础上又有所发展。宋代葛立方在《韵语阳秋》卷十一中曾评论道："李太白《古风》两卷，近七十篇，身欲为神仙者，殆十三四：或欲把芙蓉而蹑太清，或欲挟两龙而凌倒景，或欲留玉岛而上蓬山，或欲托若木而游八极，或欲结交王子晋，或欲高揖卫叔卿，或欲借白鹿于赤松子，或欲餐金光于安期生。"当然，神仙类的诗并不局限于《古风》，但《韵语阳秋》中的这段话足以概括出李白游仙诗的丰富和神奇。

游仙精神固然影响李白的诗歌创作，对其天马行空的想象、神奇诡谲的意象等都产生了影响。另外，李白以山水丰富了游仙诗的内容，在山水游仙诗中表达了自己追求理想与自由的精神，遗世独立而逍遥自在的情怀。李白《送蔡山人》曰："我本不弃世，世人自弃我。"他只能隐退山林，寄情山水之中，寻仙访道。当然，借游仙麻醉自己痛苦的心灵，以求得到暂时的解脱，是李白游仙诗的用意之一。杜甫《不见》曰："不见李生文，佯狂真可哀。世人皆欲杀，吾意独怜才。敏捷诗千首，飘零酒一杯。匡山读书处，头白好归来。"

李白在庐山小住一段时间后，又接着南游彭蠡，陆续创作了多篇诗歌。例如，《过彭蠡湖》：

> 谢公入彭蠡，因此游松门。余方窥石镜，兼得穷江源。前赏迹可见，后来道空存。而欲继风雅，岂惟清心魄。云海方助兴，波涛何足论？青嶂忆遥月，绿萝愁鸣猿。水碧或可采，金膏秘莫言。余将振衣去，羽化出嚣烦。[①]

谢灵运当年游彭蠡时作有《入彭蠡湖口》诗，诗曰："攀崖照石镜，牵叶入松门。三江事多往，九派理空存。灵物郄珍怪，异人秘精魂。金膏灭明光，水碧辍流温。"李白的"云海方助兴，波涛何足论"表明自己在经历这场政治风波后的平静，接着便有了下文"余将振衣去，羽化出嚣烦"的想法，规避现实的最好办法莫过于在神仙世界中寻得一份安宁。王琦注的《李太白全集》还录入了一首与《过彭蠡湖》篇文相似的诗歌，《入彭蠡，经松

---

① 《李太白全集》，第 1040 页。

门，观石镜，缅怀谢康乐，题诗书游览之志》，诗曰：

> 谢公之彭蠡，因此游松门。余方窥石镜，兼得穷江源。将欲继风雅，岂徒清心魄。前赏逾所见，后来道空存。况属临泛美，而无洲渚喧。漾水向东去，漳流直南奔。空濛三川夕，回合千里昏。青桂隐遥月，绿枫鸣愁猿。水碧或可采，金精秘莫论。吾将学仙去，冀与琴高言。①

　　谢灵运在庐山留下足迹，因为李白对谢灵运的才情十分倾慕，所以李白的诗歌多处提到谢公行处，比如，诗歌中的石镜、松门。石镜山的东面有一座圆石悬崖，明净可照人形。松门山则因山上多有松柏而得其名。无论是可窥见人形人心的石镜，抑或是坚贞挺拔、超凡脱俗的松柏，这些都是诗人内心向往之地。《下寻阳城泛彭蠡寄黄判官》曰："落景转疏雨，晴云散远空。名山发佳兴，清赏亦何穷。"诗人将尘世的烦恼都抛却，融入名山胜水的怀抱，在寻仙求道、采药炼丹的生活中追求人生永恒的自由和生命。

　　虽然将李白游仙诗简单划分为前后期未必十分准确，但是李白前后期的山水游仙诗已大不相同，尤其是李白后期游仙诗的悲剧意识愈加浓厚。早在魏晋时期便有人生苦短的悲吟之声，而李白游仙的悲剧意识是由强烈的功名和浓厚的游仙兴趣相互冲突而成。"盛唐气象论者力赞李白诗的'乐观情绪'，'少年的解放精神'，'青春奋发的感情'；也有论者认为李白诗基调'忧郁、愤怒'，多'挥斥幽愤'之语。而笔者却认为'口吐天上文'的李白，在其诗中横逸的绝非仅有豪迈之才，凌云之气，更有一种深蕴的悲剧意识。这种悲剧在李白的游仙诗中得到了更好的审美观照。"② 李白的游仙诗中包含了一种深蕴的悲剧意识，李白为了消解内心的苦闷而轻举游仙，但又因为无法淡泊功名，这样就造就了回归现实的悲剧意识。我们回顾游仙诗的发展历程，由"列仙之趣"到"坎壈咏怀"，顺着曹植、郭璞、鲍照、江淹等诗人创作游仙诗的历程，游仙诗发展到道教盛行的唐代，深受道教文化思想

---

① 《庐山历代诗词全集》，第 154 页。

② 傅明善、张维昭：《李白游仙诗与悲剧意识》，《宁波师院学报》（社科版），1996 年第 18 卷第 5 期，第 60 页。

影响的李白无疑在他的游仙诗里强化了中国游仙传统的悲剧意识。他的诗歌中也常常表现了这种悲剧意识，例如，"余亦南阳子，时为梁甫吟"，"暂因苍生起，谈笑安黎元"。

林庚先生在《盛唐气象》① 一文中指出，那是一种蓬勃的气象，这种气象又是由于一种蓬勃的思想感情所形成的时代性格，因此盛唐气象是盛唐时代精神面貌的反映。在提到盛唐气象与建安风骨的时候，林庚先生认为，"中国诗歌史上，作为一个理想的诗歌时代，唐代以前大都向往于建安，唐代以后则转而醉心于盛唐。盛唐气象乃是在建安风骨的基础上又发展了一步，而成为令人难忘的时代"。建安时期是一个解放的时代，同时又是一个艰苦的时代。然而建安时代诗歌的基调却是爽朗的，色彩是鲜明的，盛唐诗歌亦如此。林庚先生在进一步分析盛唐气象的艺术特征时还说："盛唐气象正是凭借着生活中丰富的想象力，结合着自建安以来诗歌在思想上与艺术上成熟的发展，飞翔在广阔的朝气蓬勃的开朗的空间，而塑造出那个时代性格的鲜明的形象。"盛唐诗歌的艺术风貌与整个时代的特征是分不开的，因此，盛唐气象的那种"朝气蓬勃，如旦晚才脱笔砚的新鲜，这也就是盛唐时代的性格"。在盛唐诗歌这样一个普遍的基调里，也有不同于这个气象或者基调的诗篇，就算李白的诗歌也不全是"斗酒诗百篇"的豪迈篇章，然而这个时代的诗人包括李白在内，在面对现实时带着更多黑暗的重压或是带着更多光明的展望，是揭露黑暗还是热情地去追求理想，这两种不同的选择在形象上也有所不同，那么盛唐气象中的个别气象的出现并不妨碍盛唐的整体而普遍的基调。"它也是中国古典诗歌造诣的理想，因为它鲜明、开朗、深入浅出；那形象的飞动，想象的丰富，情绪的饱满，使得思想性与艺术性在这里统一为丰富无尽的言说。这也就是传统上誉为'浑厚'的盛唐气象的风格。"

对于林庚先生提出的"蓬勃的朝气，青春的旋律"，也有人提出不同的见解。"透过盛唐诗歌，人们看到的不再是那种表层的繁荣或上升，而是那个时代文化结构中更为深层的不安与忧患。""'盛唐气象'不再是文化意义

---

① 林庚：《盛唐气象》，《北京大学学报》（人文科学版），1958 年第 2 期，第 87—97 页。

上的'盛世气象',不是充满了青春朝气的'浪漫',而是一种从满怀生存忧患的诗人的诗歌中所折射出的盛世悲音。"① 争议的焦点其实在于,盛唐气象应该是诗歌反映的社会生活内容还是其所呈现的艺术风格与美学风貌。

袁行霈先生就"盛唐气象"提出自己的见解。"所谓'盛唐气象',着眼于盛唐诗歌给人的总体印象,诗歌中呈现的时代风格","然而,这众多的风格又汇合在共同的时代精神之中。博大、雄浑、深远、超逸;有着充沛的活力、创造的愉悦、崭新的体验;以及通过意象的运用,意境的表现,性情、声色的结合而形成的新的美感。这一切合起来就成为盛唐诗歌与其他时代的诗歌相区别的特色","在前期'盛唐气象'主要表现为投身于社会和政治的热情,跃跃欲试的参与意识,强烈的自信自尊,昂扬奋发的精神面貌",而后期则随着唐王朝的由治而乱表现为"敏锐的洞察力,暴露社会矛盾的勇气,对国家的责任感,以及对社会危机即将到来的忧虑"。② 那么围绕着"盛唐气象"作为一代诗歌精神风貌的反映,具体的诗人及其作品应该体现在哪些诗人身上呢? 有一种观点认为李白的诗歌反映了"盛唐气象",并且李白是站在盛唐文化的最高峰,是盛唐文化的典型代表。李白式的"天生我材必有用"的豪迈情怀和踌躇满志的人格风采成为"盛唐气象"的代表之一。另一种观点则否认李白的作品是"盛唐气象"的反映,应该是盛唐之衰。那么杜甫、王维等一批杰出的诗人的作品是否能够代表"盛唐气象"呢? 李白热情豪放的讴歌突破与自由,杜甫沉郁顿挫的忧国忧民,王维由功名而走向山林的顿悟自然,这都是"盛唐之音"不可或缺的旋律。

关于"盛唐气象"的争议问题还可以参阅《五十年来"盛唐气象"研究述评》③。文中大量地罗列出关于"盛唐气象"研究的观点,旨在更深入地分析李白的游仙诗。李白游仙诗的前期与后期差别明显,前期显然是一种

---

① 傅绍良:《"盛唐气象"的误读与重读》,《陕西师范大学学报》,1999 年第 1 期,第 127—134 页。

② 袁行霈:《盛唐诗歌与"盛唐气象"》,《唐代文学研究》第 8 辑,广西师范大学出版社 2000 年版。

③ 高建新:《五十年来"盛唐气象"研究述评》,《文学遗产》,2010 年第 3 期,第 152—158 页。

寻仙访道以求长生久视，追求神仙妙境的美妙生活；后期变成了借游山玩水、炼丹服食来获取丘壑林泉的审美愉悦以及对现实的规避，即所谓的悲剧意识。李白对游仙诗的发展以及对游仙传统的革新，主要表现在其后期的游仙诗上。例如，《梦游天姥吟留别》曲折地表达了诗人对现实的理性思考，"安能摧眉折腰事权贵，使我不得开心颜"，由仙境而入人境后诗人终究要面对现实世界。李白的这些游仙诗借助对仙境以及仙人的描写，展示个人的情怀世界。在老庄思想和道教文化的影响下，李白的游仙诗展现出色彩斑斓、扑朔迷离、气势磅礴的艺术画面。李白的这些最具个性和特色的因素都与道教的宗教信仰密不可分，其喷薄豪放的情怀、超然出世的精神都深深带有道教文化的气息。从某种意义上说，如果没有道教文化的影响，中国古代诗歌史上便少了这样一种独特的"谪仙"式的风采。

第三节　庐山山水诗的瀑布意象及湖上观山视角

意象灌注了诗人丰富情感的物象。关于意象，朱光潜先生曾说："诗必有所本，本于自然，亦必有所创，创为艺术。自然与艺术媾和，结果乃在实际的人生世相之上，另建立一个宇宙。"① 意象是诗歌艺术的灵魂所在，是生命意识和文化特质的重要载体，也是诗人独特人格意识的再现。明代胡应麟《诗薮》曾言："古诗之妙，专求意象。"古往今来，无数文人墨客在庐山瀑布脚下留下了难以胜计的诗歌。在中国名山大川里，的确是没有哪座名山像庐山这样受到诗人关注并留下众多歌咏名篇。

《老子》曰："上善若水，水善利万物而可争，处众人之所恶，故几于道。"水是世间最善的事物，水润万物却与物不争。人们常说：观道者如观水，观水如观道。庐山瀑布极多极奇，比较有名的有三叠泉、玉渊、三峡涧、马尾瀑、玉帘泉、石门涧、黄龙潭、乌龙潭等等。庐山最自然、最壮观、最具审美价值的景色无疑就是瀑布，它是水和山的结缘，是智和仁的合

---

① 朱光潜：《朱光潜美学文集》，上海文艺出版社 1982 年版，第 49 页。

一。晋人左思曾曰:"非必丝与竹,山水有清音。"最早写庐山瀑布的是西晋张猛,他的《行万瀑道中》题曰:"天风跳入石梁里,吹断雪花云不起。回澜朵朵上人肩,月照香炉烟不死。"以李白《望庐山瀑布》为代表的诗歌,更是生动形象地描绘了庐山东南瀑布水银河倾泻、直落霄汉的奇观,堪称描写庐山瀑布首屈一指的绝句。

唐代张九龄赴任洪州途中作了一首《入庐山仰望瀑布水》:

> 绝顶有悬泉,喧喧出烟杪。不知几时岁,但见无昏晓。闪闪青崖落,鲜鲜白日皎。洒流湿行云,溅沫惊飞鸟。雷吼何喷薄,箭驰入窈窕。昔闻山下濛,今乃林峦表。物情有诡激,坤元曷纷矫。默然置此去,变化谁能了。①

张九龄的山水诗以形传神,发挥了陶渊明抒情写意的精髓,是对六朝"极物写貌"的扬弃与超越,开创了盛唐山水诗创作的新风。虽然诗人不善于细致刻画山水景物的形貌动态,但是诗人的山水诗无不透露出气格和骨力。诗人借助于瀑布这个自然又具有美感的意象,在和乐自在的景物中反衬出诗人的耿介孤高。

又如,《湖口望庐山瀑布泉》:

> 万丈洪泉落,迢迢半紫氛。奔飞流杂树,洒落出重云。日照虹蜺似,天清风雨闻。灵山多秀色,空水共氤氲。②

这首诗是张九龄出任洪州都督时所作,描写的是庐山瀑布水的远景,从不同的角度,以不同的手法,取大略细,写貌求神,重彩浓墨,渲染烘托,是一幅雄奇绚丽的庐山瀑布远景图。湖口即是鄱阳湖口。首联写瀑布从高崖坠落而下,仿佛来自天山。次联写瀑布的风姿,高耸青翠的庐山上杂树丛生,云烟缭绕。在此,诗人以神写貌,描写瀑布奔腾潇洒的风姿。第三联写瀑布的神采和声威,阳光普照下的瀑布,仿佛是庇护在彩虹中,似闻风雨之声,远播开来。末联赞叹瀑布的境界,秀丽多姿的庐山实属仙境,瀑布与天

---

① 《庐山历代诗词全集》,第 123 页。
② 《庐山历代诗词全集》,第 124 页。

空连成一气，境界宏阔。诗歌寓比寄兴，景中有人，象外有音，情调悠扬，写山水以抒怀。

"诗的意象带有强烈的个性个点，最能见出诗人的风格。诗人有没有独特的风格，在很大程度上取决于是否建立了他个人的意象群。"① 李白《望庐山瀑布二首》的瀑布意象，富有鲜明的个性，飞流直下的瀑布展现了李白飘逸不群的性格。据《庐山志》记载，"香炉峰"大概分为南北香炉峰。北香炉峰在东林寺南，位于庐山西北；而南香炉峰位于庐山东南，在秀峰寺西，近今星子县。李白的庐山瀑布应该是南香炉峰，位于秀峰寺西。周景式《庐山记》曰："瀑布水，在黄岩东数里，士人谓之泉湖。水出山腹，挂流三四百丈，飞湍林表，望之若悬索。"李白诗中描写的瀑布，"挂流三百丈，喷壑数十里""飞流直下三千尺，疑是银河落九天"。这与南香炉峰附近的黄岩瀑布极为相似。除了瀑布中飞流直泻的状态相似外，南香炉峰与观瀑布的方位描写也极为吻合。因为南香炉峰位于瀑布水的西南，所以《望庐山瀑布》第一首就提到"西登香炉峰，南见瀑布水"，"仰观势转雄，壮哉造化功"。这是一种仰观的视角，李白在西攀香炉峰的途中，从南面观赏瀑布。慧远《庐山略记》曰："东南有香炉山，孤峰独秀起。游气笼其上；白云映其外，则炳然于众峰殊别。"②

严羽《沧浪诗话·诗辨》曰："盛唐诸人，惟在兴趣，羚羊挂角，无迹可求。故其妙处，透彻玲珑，不可凑泊，如空中之音、相中之色、水中之月、镜中之像，言有尽而意无穷。"③ 盛唐诗歌追求那种形象玲珑、自然浑成的意境和天真自然的情趣，可以说它的形象与风骨都是借助自然的形式抒写浓烈的情思和壮大的气势。庐山瀑布的意象就是盛唐"气象浑厚"最好的展现。

张九龄《湖口望庐山瀑布泉》与李白《望庐山瀑布》是中国诗歌中吟咏庐山瀑布的得意之作。这两首诗歌都是写庐山瀑布，且又都是远望庐山瀑

---

① 《中国诗歌艺术研究》，第 270 页。
② 《庐山诗文金石广存》，第 5 页。
③ 《沧浪诗话校释》，第 26 页。

布，二者之中同中有异、异曲同工。首先，这两首诗歌吟咏的都是庐山瀑布意象，其中又会因为诗人的地位、个性、心境的不同而包含相异的情趣。张九龄官至宰相，他伫立在鄱阳湖口，赞叹"灵山多秀色"，笔下奔腾直下的瀑布以及日光照射下的"红泉"、紫烟等灿若彩虹，这些都与诗人名望显贵的身份有关，因此，诗中喷发出雍容华贵之气。李白遥望庐山瀑布，着眼于瀑布的云端飞泻，这是一种"安能摧眉折腰事权贵"的狂放不羁性格的写照。其次，二者观览庐山瀑布的视角大不相同，最为明显的是张九龄是从湖口舟中的视角遥看瀑布壮丽多姿的景色，而李白是西攀香炉峰而南望瀑布水。

对于李白观览庐山瀑布的视角我们还可以做进一步的探讨，李白是站在怎样的位置欣赏庐山瀑布水呢？首先，我们分析李白《望庐山瀑布》第二首的时候已经说明瀑布水是庐山南香炉峰的。翻看有关南香炉峰的资料，它位于今庐山南部的秀峰景区内，当时人们盛传"庐山之美在山南，山南之美在秀峰"，周边又有鹤鸣峰、双剑峰、龟背峰等等。现在的秀峰景区的某座半山腰上仍屹立着李白的塑像，从这个半山腰的位置去看庐山的瀑布，恰如李白诗歌描述的。"遥看"说明诗人所处的位置离瀑布水有一段的距离，正是因为遥看，诗人才能发觉庐山山峰的香炉紫烟。"挂"写出遥望中的瀑布水好像巨大的白练从悬崖挂到河流上。如果是从瀑布脚下看就没有这样的视觉效果。"三千尺"尽管是个夸张的数量词，言山势之陡峭，瀑布水之湍急，那么对山势高度观望的最佳角度应该是与瀑布水的山峰平行的半山腰位置。

由于庐山独特的地理位置，襟江带湖，诗人们观览庐山以及庐山瀑布的视角便与其他山水诗有所不同，他们的视角是由水上观山，转而又由山巅观水。例如，张九龄的《入庐山仰望瀑布水》《湖口望庐山瀑布泉》等都是从鄱阳湖上观望庐山景色。《彭蠡湖上》曰："沿涉经大湖，湖流多行浃。决晨趋北渚，逗浦已西日。"① 诗人已在诗中明确点明了乘船经鄱阳湖来庐山。从长江鄱阳湖望庐山的视角除了在唐人张九龄诗中明显外，还有孟浩然的几首庐山诗，例如，《彭蠡湖中望庐山》《晚泊浔阳望庐山》两首诗鲜明地展示了

---

① 《庐山历代诗词全集》，第 122 页。

诗人湖口舟上观赏庐山的视角。

孟浩然在 40 岁之前有过几次比较远的出游,其中一次是行役到淮海,经彭蠡湖,在船上远望庐山高踞于九江之上的雄姿。《彭蠡湖中望庐山》就是诗人途经鄱阳湖时所作:

> 太虚生月晕,舟子知天风。挂席候明发,眇漫平湖中。中流见匡阜,势压九江雄。黯黮凝黛色,峥嵘当曙空。香炉初上日,瀑水喷成虹。久欲追尚子,况兹怀远公。我来限于役,未暇息微躬。淮海途将半,星霜岁欲穷。寄言岩栖者,毕趣当来同。①

"彭蠡湖"即今江西省鄱阳湖,又名宫亭湖、阳澜河。诗人的前两句描写辽阔的天空悬挂着一轮月晕,景色朦胧,湖面烟波茫茫。孙绰《游天台山赋》曰:"太虚寥廓而无阂。"此处"太虚"指天。天上出现了月晕,月晕是月亮四周出现环绕的彩色云气,可知所写时间是夜晚。船夫看到月晕之象便知道天气将有变,月晕的出现是天即将有风雨的征兆。今晚诗人睡在船舶上以待天明出发。"中流"二句紧扣诗题,写出船行水中的动态,其中"压"字彰显了庐山的巍峨高峻,颇有镇江之势。"黯黮"二句中的"黛"字既点出山色的苍翠浓郁,又暗示出凌晨的昏暗天色。随着东方渐露鱼肚白,峥嵘的庐山在曙光中分外妩媚,香炉峰上的太阳初升,照在瀑布水上,宛似彩虹般鲜明。"瀑水喷成虹"一句写得极好,以虹为喻,既突出了瀑布之高,又描写了此刻庐山红日东升的美景。孟浩然对超脱世俗的隐士高僧十分敬仰,这里的"尚子"是东汉时代隐士向长。皇甫谧《高士传》曰:"向长字子平,河内朝歌人也,隐居不仕。建武中,男女娶嫁既毕,敕断家事勿相关,当如我死也。于是遂肆意与同好北海禽庆俱游五岳名山,竟不知所终。"虽然诗人有隐逸之心,然而这次诗人经过彭蠡湖,以待远行,"星霜岁欲穷",未能在此隐居躬耕。最后两句诗是写诗人对庐山的神往之情,告白"岩栖者",日后还会学慧远来此归隐。

又如,《晚泊浔阳望庐山》:

---

① 《庐山历代诗词全集》,第 126 页。

挂席几千里，名山都未逢。泊舟浔阳郭，始见香炉峰。尝读远公传，永怀尘外踪。东林精舍近，日暮但闻钟。①

唐人王士源在《孟浩然集序》中赞誉其"五言诗天下称其善"。孟浩然的五言诗淡而有味，山水幽美之景与诗中情趣结合，"故语淡而味终不薄"。这首诗一向被后人奉为"天籁"之作。诗人淡笔一挥而就，庐山的雄壮气势便一览无遗，前四句写得颇有气势，一气而成。自从李白《望庐山瀑布》流传之后，众多文人士子对香炉峰瀑布神往。相对于李白庐山诗的浓笔重墨和激情澎湃，孟浩然的诗色彩雅淡素朴，冲淡之中又见浑健。诗人悠然遥望庐山，隐现出一丝幽远的情思。诗歌的前半部分叙事写景，后半部分以情带景，确如昔人所评"一片空灵"。在对香炉峰的种种遐想之后，诗人又联想起慧远及其建造的东林寺，牵引出诗人"永怀尘外踪"的隐逸情怀。正当诗人深陷对慧远高僧尘外幽踪的神思中，仿佛是从东林寺传来的隐约钟声打断了遐想，心中又不禁兴起怅惘。"日暮"二字既是点明钟声到的时刻，也凸显了诗歌的深远意境，同时在末尾处点题。

李白《赠孟浩然》曰："吾爱孟夫子，风流天下闻。红颜弃轩冕，白首卧松云。醉月频中圣，迷花不事君。高山安可仰，徒此揖清芬。"杜甫《解闷》曰："复忆襄阳孟浩然，清诗句句尽堪传。即今耆旧无新语，漫钓槎头缩颈鳊。"李白十分推崇孟浩然的人品，杜甫强调孟浩然诗歌创新。南宋魏庆之《诗人玉屑》肯定"孟浩然之诗，讽味之久，有金石宫商之声"，不仅肯定了孟浩然文学中的造诣，更品味出诗中蕴含的清越铿锵的韵致。

李白曾作有《入彭蠡，经松门，观石镜，缅怀谢康乐，题诗书游览之志》，由诗题可见，诗人是乘船入鄱阳湖，经松门而到庐山南麓仰观石镜山。像这种由水路而至九江鄱阳湖看庐山的游览经历，屡屡出现在唐以后的诗文中。例如，刘长卿《送孙逸人归庐山》曰："彭蠡湖边香橘柚，浔阳郭外暗枫杉。青山不断三湘路，白鸟空随万里帆。"② 宋代范仲淹《游庐山作》曰：

---

① 《庐山历代诗词全集》，第127页。
② 《庐山历代诗词全集》，第173页。

"五老闲游依舳舻，碧梯岚径好程途。云开瀑影千门挂，雨过松黄十里铺。"①
我们发现很多写庐山山水诗的观览视角十分相似，这就与庐山所处的地理背
景有关，庐山与鄱阳湖紧密相连，九江的水上交通条件优越。除了庐山的雄
奇俊秀外，庐山能够如此享有盛名，尤其是唐代以后，"一个直观重要的原
因是九江襟江带湖，'便风顺流'，处在中国古代大交通线的枢纽部位，别的
地方有更多的机会接触迁客风雅之士及其文化的熏染"②。有了这样的"便
风顺流"的舟楫之便，使得文人雅士来登览庐山，从而铸就了庐山的千古
文化。

　　从湖舟之上观看庐山和瀑布是唐宋以后庐山山水诗中常出现的观览视
角，同时盛唐诗人创作的庐山诗瀑布意象蔚为壮观，独具魅力。当然，这主
要和庐山襟江带湖这样特殊的地理位置有关。庐山常年云雾缭绕，烟水氤
氲，飞流直下的瀑布上空景色是云蒸霞蔚，加上旭日照耀，瀑布水时而宛如
彩虹，时而宛如香炉紫烟。同时，那飞泻直下的瀑布正是盛唐诗人山水诗创
作中富有个性特点的意象。刘勰《文心雕龙·神思》曰："登山则情满于山，
观海则意溢于海。"张九龄、李白、孟浩然等一批优秀的诗人，妙笔生花赋
予了庐山瀑布千姿百态的美感。从另一方面来说，瀑布也是诗人人格的化
身，情感的载体，展现了盛唐诗人超凡的气概和追求自由的热情。诗人借雄
伟壮丽的瀑布意象，抒发慷慨激昂、痛快淋漓的情感。

---

① 《庐山历代诗词全集》，第 687 页。
② 罗龙炎：《庐山山水诗文的视角——兼谈九江在水交通时代得天独厚的交通优势》，
　《九江学院学报》（哲学社会科学版），2010 年第 3 期，第 17 页。

第三章

隐逸文化与庐山诗

第一节 隐逸文化与庐山诗创作："山水方滋"

山水诗是中国传统诗歌创作的重要诗体之一，它的兴起和发展与隐逸文化有着直接的联系。"正是由于古代文人士大夫在追求人格精神的独立与自由的过程中，才藉归隐或羡隐，为诗歌的文艺审美实践创设了一个向山水田园化方向发展的时代氛围。"① 从诗歌本身的发展路径看，随着人们个体主体性的觉醒和隐逸人格精神的强化，玄言诗被山水诗取代，在这一发展过程中，隐逸文化对山水诗的诞生和发展起着重要的影响作用。同时，山水诗从最初的客观描写追求形似，发展为"形神兼备"地追求意境。

魏晋时期的神仙道教思想深刻影响着古代文人们的求仙之梦和隐逸之趣。求仙访道是为了长生享乐，山林隐逸是为了避世求全，求仙与隐逸二者之间有着内在的必然联系。"这些隐居山林求仙修道者，于长期的山水观照中获得了审美的愉悦，于恬淡、雅致的静修生活中获得了诗意的人生，于神

---

① 徐清泉：《隐逸文化与中国山水田园诗的生发勃兴》，《固原师专学报》（社科版），2010 年第 21 卷第 1 期，第 1 页。

游仙界的精神活动中获取了绝对自由的生命境界。"① 求仙与隐逸基本走着相同的路，山林隐逸之路成就了长生修仙之梦，而神仙道教文化也让文人士大夫们在清幽的隐居中找到了精神的自由与超越。

隐逸文化及其隐士精神一直是后人研究探讨的重要话题。在中国古代社会的历史长河中，隐逸现象是波及任何一个时期的极其重要和独特的文化现象。隐逸文化大致经历了三个大的发展阶段。先秦至两汉是隐逸文化的酝酿期。《庄子·知北游》曰："山林与，皋壤与，使我欣欣然而乐与！"在春秋战国时代，隐士多隐居在山中，以避开尘世的喧嚣。《楚辞·招隐士》曰："王孙兮归来，山中兮不可久留。"蒋星煜先生在《中国隐士与中国文化》②介绍中国隐士的地域分布情况时说，隐士大部分分布在山谷和丘陵地而不是平原，大部分在乡村而非城市，"山林隐逸""岩穴上士"由此而来。所谓隐士，主要是指那些具有文化才学而不愿做官的人。先秦的时候，士人就深受儒、道两家思想的影响。他们中的一类人认为学而优则仕，世无道则隐；另一类人则深受道家思想影响，向往自由，不愿被枷锁束缚，流连于山川江河，于是选择归隐。比如，三代时期"视富贵如浮云"的巢父、许由等人。隐逸文化在老庄那里被进一步发扬光大，老子《道德经》提倡"无为无不为"，庄子认为"宁游戏污渎之中自快，无为有国者所羁"，这些都倡导追求人格独立和精神自由。

隐逸文化不是一成不变的，而是有一个嬗变的过程。隐逸到了西汉已初具规模，隐逸文化逐步形成。魏晋至盛唐是隐逸文化迅速发展并臻于成熟的时期。魏晋时期的"竹林七贤"有着特殊的意义，六朝的陶渊明对当时的隐逸文化有着推动作用。自此以后，"仕"与"隐"由对立走向结合，初盛唐代文人开始追求半官半隐的生活，即所谓的"朝隐"。有一些人虽然在朝当官，却向往隐逸的生活，于是出现官隐、吏隐等庙堂之隐。中唐出现了以白

---

① 卢晓河：《求仙与隐逸——神仙道教文化对山林隐逸之士的影响》，《宁夏社会科学》，2010年第4期，第132页。
② 蒋星煜：《中国隐士与中国文化》，上海三联书店1988年版，第45—72页。下文注释中凡是出现《中国隐士与中国文化》的，均只标注页码。

居易为代表的"中隐"文化。"大隐住朝市,小隐入丘樊。丘樊太冷落,朝市太嚣喧。不如作中隐,隐在留司官。"实际上,孔子也讲"隐","邦有道则见,邦无道则隐",这是儒家的"道隐"。另外,大多数的所谓隐士,既有儒家积极入世的一面,又有道家消极避世的一面。两宋之后隐逸文化进入衰变期,直到两宋时期,隐逸精神开始完全内化,表现出闲适、潇洒、旷达和超然的精神品质,而这种变化与儒释道的相互渗透是分不开的。

在中国的名山大岳中,庐山的隐士文化尤为发达。"庐山志所以得居首位,实因庐山之环境极适合隐士之理想,自晋湛方生以下,诗人吟咏庐山之诗章迭见,然未曾邀及历代统治者之重视,故无离宫别馆及寝陵,庐山之真面目得以保存焉。"① 隐士为何选择山谷?第一,山谷和丘陵地的环境幽静而不喧闹,适合隐士怡情养性;第二,山谷和丘陵地有着自然美的风景,正适合隐士酷爱自然的心性;第三,隐士往往习惯放浪形骸,不受拘束。虽然庐山隐士的数量还有待于进一步的精确统计,但是从各个朝代在庐山的隐士的数量变化趋势来看,这一时期的人数仍然是最多的。《中国隐士与中国文化》一书总共罗列了庐山隐士 31 人,而晋末及南北朝时期有 14 人,占了总人数的百分之四十五,超过了其他朝代隐士人数。究其原因,慧远在庐山发展佛教,吸引了大批的僧俗弟子以及隐士,这些隐居庐山的名士,"藉芙蕖于中流,荫琼珂以咏言,飘云衣于八极,泛香风以穷年",他们吟咏山水、研读佛理、谈玄论道,留下了许多歌咏庐山山水的诗歌。

庐山隐逸文化的划分期大致也是如此,"上古至汉末,这是庐山的古隐传说时期;晋至南北朝,这是庐山隐风初兴时期;隋唐至宋,这是庐山隐风鼎盛时期;元明清,这是庐山隐风衰微时期"②。这种按照历史时间长河的划分很符合隐逸文化的发展状况,如果我们详细分析历代庐山隐逸文化的特点,便会发现这种以历史时期为界限的划分呈现了不同时期隐逸文化的主流倾向。中国古代的隐士深受中国儒、佛、道三大思想文化的影响,并且因自

---

① 《中国隐士与中国文化》,第 70 页。
② 徐成志:《匡庐山上巢云松——漫说庐山的隐士文化》,《中国典籍与文化》,1994年第 4 期,第 116—120 页。

己对儒、佛、道三家接受程度的不同而体现出相异的隐逸风范。例如，以慧远为首的僧徒隐居庐山代表了佛隐，以陶渊明、李白、白居易为代表的隐逸则属于道隐，而以周敦颐、朱熹于庐山修筑书院的隐居为儒隐代表。

上古至汉末，这是庐山的古隐传说时期。之所以称其为传说时期，是因为这一时期的隐士多隐居庐山修道求仙，与我们中国传统以来的隐逸文化稍有不同。传说毕竟不同于现实，不过这极富浪漫色彩的传说也说明庐山与隐士之间的不解之缘。在前文有关道教神仙文化的章节中对此已有论述，匡庐之名的由来就与匡续在庐山"托室岩岫，即崖成馆"的修仙活动有关，那么庐山最早的隐士应该就是匡续。有"神仙之庐"美誉的庐山是历代隐士乐意结庐栖遁之所，堪称隐士之庐。在汉代及其以前，以匡续为代表的庐山隐士多为传说，而汉末隐居庐山的行医救人之士——董奉，相对而言，在富有传奇色彩的同时，又带有现实因素，这也可以看作隐士文化由仙而到人的过渡。《神仙传》中叙述的有关董奉的故事颇有神仙传奇色彩，但是董奉在庐山种有杏林的事迹均在山志中有所记载。宋人陈舜俞的《庐山记》和周必大的《庐山后录》记载董奉的杏林遗迹大概有两处：一处在庐山北麓莲花峰下，那里还建有供奉祭祀董奉的真人庙，大概建于南唐升元六年（公元942年），后改名为真人观、太乙宫；另一处在庐山南麓的般若峰下，旧址曾是董奉馆、杏坛庵。"杏林"一词由此而来，并逐渐演化为行医的代名词。由于年代久远，这些旧址已不复存在，然而他的事迹以及庐山杏林故事已被后人广泛传播。因此，抛开《神仙传》中董奉得道成仙的传奇色彩，真实的董奉是一位妙手回春、具有悲悯之心的神医，算是较早的有其人其事的庐山隐士。

魏晋至南北朝是庐山隐风初兴时期，这一时期隐逸之风渐盛。魏晋玄风盛行，士人崇尚清谈；外来佛教进入中国，中国化佛教得到广泛的传播。永嘉之乱后，北方大批士人南迁，江南一带逐渐富庶，作为南方重镇的江州，其政治经济地位明显提高，庐山由此而逐渐为人所知晓。自慧远在庐山栖息发展佛教之后，庐山渐成为广大僧道栖禅修真的圣土净地，同时被广大士人看作躲避政治灾难、寄情山水的隐逸之地。这一时期庐山隐士有姓名可考者已有一二十人，多集中在晋宋之间，而最为有名的莫过于以陶渊明为首的"浔阳三隐"。据《宋书·隐逸传》记载，周续之"通《五经》，并《纬候》，名冠同门，号曰'颜子'。既而闲居读《老》《易》，入庐山事沙门释慧远。时彭城刘遗民遁迹匡山，陶渊明亦不应征命，谓之寻阳三隐"①。陶渊明是"浔阳紫桑人"，即今江西九江人。东晋义熙元年（公元405年），陶渊明在故乡彭泽担任县令，不过由于其本人不愿为五斗米折腰而辞去了为官仅八十余天的县令职务，从此归隐在家乡庐山南麓，过着"倚南窗以寄傲，审容膝之易安"的隐居生活。陶渊明山水田园诗中提到的饮酒、种豆、采菊多是在其隐居庐山后的活动。关于陶渊明归隐的具体内容将在下一节中详细论述，兹不详论。刘遗民是慧远弟子中最重要的一位。他原名刘程之，先前在江州军府做参军，常去庐山听慧远讲说佛理，后来终于谋到柴桑县令的职位，却因桓玄篡晋而弃官。于是他躲进了庐山，栖身于茂林之中，改名为"遗民"。慧远接纳刘遗民时曾问他："官禄巍巍，欲何不为？"他回答说："君臣相疑相窥，晋室无磐石之固，物有累卵之危。吾何为哉？"三人在庐山经常相互走访，赋诗唱答。

隋唐至宋，这是庐山隐风鼎盛时期。这个鼎盛绝非指庐山隐士人数之多，实际上如上文所述，由于晋末至南北朝时期佛教的盛行，慧远在庐山发展佛教，接收了大批的僧徒弟子以及慕名而来的隐士，那个时期隐居于庐山的人数是最多的。唐宋时期庐山隐风鼎盛，应从如下两方面加以理解：第一，有唐一代，道教神仙文化盛行，文人士大夫便主动隐遁山林，于此访食仙草、采药炼丹、学道修真。修道成仙是他们的终极目的，隐逸山林是达到寻仙访道的重要途径，修仙求道之士与山林隐逸之士在追求恬淡、自由、超越的生活旨趣方面有相通之处。他们都重视精神情趣的追求，都期待在与自然的合一中达到精神的解脱和永恒。求仙与隐逸，可谓殊途而同归。盛唐时期较早来到庐山的有著名大诗人李白，他在庐山短暂隐居，尤其是安史之乱后携夫人隐居庐山达半年之久，并且在庐山五老峰旁的屏风叠修筑了草堂隐居。他的诗歌多次表达了这种隐居的想法，例如，"吾将此地巢云松""吾非

---

① 《宋书·隐逸传》卷九十三，第2380页。

济代人，且隐屏风叠"。在有关李白的游仙诗一节已探讨了李白短隐于庐山的经历。

　　除了看到道教游仙文化对山林隐逸之风的影响外，我们还应注意到，与前代隐士相比，唐人在隐居地点的选择上发生了较显著的变化。"在唐代，隐居庐山的文人远不及排名第一的嵩山，而与先唐时期排名靠后的钟南山不相上下。庐山地位的变迁是不同时代隐居地点选择标准差异的投射，也是隐逸文化发展新变的表现。"① 早期隐士往往选择偏僻的山林郊野，坚守隐逸不出的原则，"不事王侯，高尚其事"②，而实际上到了唐代，隐逸变成了以退为进，隐的目的还是为了仕，隐逸成为出仕的终南捷径。嵩山、钟南山之类离唐宋都城并不十分远，对于那些身处山林之中而心存魏阙之下的隐士是最合适不过的选择。隐逸本是为了远离政治中心，躲避现实政治，庐山地处江南而远离中原政治中心，不像五岳政治色彩浓厚，因此是先唐时期最佳隐逸之地。宋代欧阳修《有美堂记》曾这样评价在野名山："罗浮、天台、衡岳、庐阜，洞庭之广，三峡之险，号为东南奇伟秀绝者，乃皆在乎下州小邑、僻陋之邦。此幽潜之士、穷愁放逐之臣之所乐也。"然而到了唐代，"在野"已非隐居的本质所在，大部分隐士以仕宦为隐逸的直接目的，远离政治中心的庐山便不再是最好的选择。

　　尽管唐代隐逸之风的动机不如六朝时期纯正，庐山为远离政治而隐逸的传统未能得到很好的继承，但是唐代士人仍然选择隐居庐山，原因是唐代文人漫游之风盛行，唐代隐士隐居在庐山，更多是为了享受庐山美景而非隐逸文化传统，他们参与庐山的活动主要是隐居庐山读书、观览庐山美景以及进行诗文创作。例如，贞元中李渤、李涉兄弟来庐山隐居读书，在五老峰下蓄养了一只白鹿，因为二人所处之地四山环合，景物清幽，状如洞府，又因养鹿故而被称为"白鹿先生"，故此地被称为"白鹿洞"。待李渤官至江州刺

---

① 肖妮妮：《唐人选择庐山隐居的功利化倾向》，《华南师范大学学报》（社科版），2007 年第 3 期，第 75 页。

② 黄寿祺、张善文译注：《周易译注》，上海古籍出版社 2007 年版，第 113 页。见于《易·蛊》。

史，他重修了当年隐居读书之地，广建台榭，种植花木。南唐时，白鹿洞被建成庐山国学，宋初扩建为白鹿洞书院，而经南宋朱熹复兴成为天下第一书院。还有南唐中主李璟、后主李煜，他们在即位前都先后到过庐山读书。由于唐代的政治、经济、文化空前繁荣，为唐代文人的漫游风气提供了条件。由于贸易商业的繁荣，唐代的交通非常发达，不仅有四通八达的大道，而且水路运输也很发达，水陆交通的方便为人们出行提供了舟楫之便。

在这股漫游之风的影响下，唐代的文人士大夫喜爱漫游于山林之中，隐居于山林读书或者是到清幽的寺庙、道观去参禅修道。为了游山玩水、休闲村野的方便，他们或居住在山水田园之家，或隐居于自己修建的山中别墅，或者寄居于山林的佛寺和道观。例如，白居易因为喜爱庐山而在山上修筑了草堂。他在《与元微之说》中说，"予去年秋始游庐山，到东西二林间香炉峰下，见云木泉石，胜绝第一。爱不能舍，因立草堂"，"每一独往，动弥旬日，平生所好者，尽在其中，不唯忘归，可以终老"。相对于六朝时期几十年长久隐居于庐山的长隐，唐代文人士大夫的隐居多是游览观光式的短隐。正所谓"有所得必有所失"，唐以前的隐逸之风到了唐代出现了功利化的倾向，而正是这种悠久的隐逸文化的新变，迎合了大唐的时代精神特征，漫游隐逸让诗人开阔了审美视野，激发了创作灵感，促使盛唐山水诗形成了整体上鲜明的时代风格特色。

隐居庐山读书的儒隐之风到了宋代愈加明显。两宋时期庐山隐风鼎盛的原因便在于有宋一代的书院盛行，隐居庐山读书或者著书治学者络绎不绝，庐山的书院文化盛极一时。书院文化大概是兴起于唐末，经五代、明清，历千年沉浮。从思想文化上说，儒道佛等思想经过长期的融合和吸纳，渐趋统一，这时的理学得到快速的发展，书院文化兴盛。在这种风潮下，庐山的隐逸文化也随之兴盛。例如，宋明理学的开山之祖、濂溪书院的开创者周敦颐，于宋熙宁年间知南康军，因为喜爱庐山莲花峰之胜，于山麓下修筑书堂隐居讲学。朱熹、陆九渊等知名学者都来庐山讲学。可以说，宋代庐山书院文化的兴起和发展促进了庐山的隐逸之风。

在唐末书堂、书院陆续兴起之际，许多书院的选址集中在名山之中，例如，宋代"四大书院"岳麓、白鹿、嵩阳、石鼓等均建于名山脚下。《论语·雍也》曰："知者乐水，仁者乐山；知者动，仁者静；知者乐，仁者寿。"① 儒家提倡人生情怀与自然山水的交汇融合，因此书院选址在深山老林之中最合适不过了，环境清幽以及风景宜人的场所最适宜用来静心修身、塑心养德。这就与隐逸之士追求的远离闹市，规避浮躁的目的一致，稍有不同在于，隐居书院的人多是求学者与治学者，他们若要成就一番伟业，必须先要排除杂念，潜心修身塑德。朱熹在白鹿洞作诗曰："莫问无穷庵外事，此心聊与此山盟。"② 元明清是庐山隐风衰微时期。庐山在南宋建炎中遭受了金兵南下的摧残，大量寺庙道观宫室被焚烧殆尽，兵燹之下的庐山早已不及唐与北宋。尽管南宋百余年中仍然有士大夫退官来隐，但是庐山早已不复当年之势，因而隐逸之风从此一蹶不振。

早期的隐逸活动，与山水有着某种天然的联系，对于隐逸者来说，山水主要是隐逸的场所。当魏晋"庄老告退，山水方滋"理念出现后，山水寄寓了文人追求自由的理想，文人开始流连和钟情山水。东晋士人受当时玄学思想的影响，借欣赏山水体悟自然之道，这种以悟道为目的的山水观照对以后的山水诗，尤其是唐以后的山水诗有着深刻的影响。当自然山水、天地万物之美在诗歌中成为主要的审美对象，山水诗便已基本形成，而这一形成过程自始至终伴随着隐逸文化的影响。"山水在古代诗歌里，如诗经、楚辞及赋仍是做着其他题旨的背景，其能在诗中由衬托的地位腾升为主位的美感观照对象，则犹待魏晋至宋间文化急剧的变化始发生，当时的变化，包括了文士对汉儒僵死的名教的反抗，道家的中兴和随之而起的清谈之风，无数知识分子为追求与自然合一的隐逸与游仙，佛影透过了道家哲学的诠释的盛行和宋时盛传佛教在山石上显现的故事——这些变化直接间接引发了山水意识的兴起。"③

---

① 《论语译注》，第 62 页。
② 《庐山历代诗词全集》，《次卜掌书落成白鹿洞书院佳句》，第 1287 页。
③ 叶维廉：《中国诗学》，人民文学出版社 2007 年版，第 90 页。

第二节　陶渊明归隐及其庐山诗意象："质性自然"

陶渊明在《归去来兮辞》序中说:"质性自然,非矫励所得。饥冻虽切,违己交病。"他一生经历了无数坎坷,五次出仕,五次归隐,思想经历了由积极向上转为矛盾彷徨,最终走向洒脱释然。《感士不遇赋》中的"抱朴宁静"是陶渊明真性情的写照。陶渊明本身就有着"质性自然"的心性,不愿被官场所累,向往田园隐逸的生活,追求自然而然的生活方式,钟嵘《诗品》称其为"隐逸诗人之宗"。

安帝义熙元年(公元405年),陶渊明不为五斗米折腰而辞去彭泽县令,此后陶渊明"生不入官门",开始过着"躬耕自资"的田园生活,其后半生在自己的家乡度过了二十余年,最后长眠故土。唐宋以后的历代文人士子敬重陶渊明洁身自好的人品,欣赏质朴自然的山水田园诗风。那么,在陶渊明身上就有着双重身份——隐士和山水田园诗人。一千多年来,来到庐山隐居、读书、游览的文人士子都会络绎不绝地前往陶渊明的遗址瞻仰凭吊,正可谓"每观其文,想其人德"。

陶渊明自幼就受儒家正统思想的熏染,我们可以从其创作的诗歌里找到佐证。《饮酒》之十六曰:"少年罕人事,游好在六经。"晚年所作的《杂诗》之五曰:"忆我少壮时,无乐自欣豫;猛志逸四海,骞翮思远翥。"《感士不遇赋》曰:"大济于苍生。"少年时代的陶渊明有着积极向上的进取精神和"兼济天下"的壮志。《孟子·尽心篇》曰:"古之人得志,泽加于民;不得志,修身见于世。穷则独善其身,达则兼济天下。"中国文人士大夫的人生境界无外乎两条,"达则兼济天下"和"穷则独善其身"。陶渊明的早期人生有"兼济天下"的"猛志",中晚年走向了归隐之路,然而他心中未必完全抛弃了当年的兼济之志。在骨子里面,他始终放弃不下"兼济天下"。

陶渊明的思想主要以老庄哲学为主,对儒、道两家进行取舍调和,形成一种特殊的"自然"哲学。陶渊明不信佛教,根本原因在于他内心深处的儒家、道家思想根深蒂固,既是由家世环境的影响导致,也是中国既有的传统文化品格影响所致。当然,陶渊明不信佛教,但也不完全排斥来自佛教文化的一些启发和影响。佛教思想对陶渊明的文学创作起了借鉴的作用。《陶渊明与庐山佛教之关系》一文认为陶渊明与庐山佛教徒之间发生过思想论争:"刘遗民多次招劝渊明入庐山皈依佛教,渊明作《和刘柴桑》诗以未忍割舍亲旧拒其招劝(403 年之后数年间);到慧远作《沙门不敬王者论》主张神不灭论轮回之说(404 年),渊明作《形影神并序》主张委运任化说,批评以生死之苦为念及神不灭论(413 年);再到庐山诸沙弥作《观化决疑》诗以轮回说反驳委运任化说(413 年以后);以至于渊明作《桃花源记并诗》,以人间性、道德性的社会理想,回应超自然、超生死的净土理想(420 年以后),渊明与庐山佛教之间,确实发生了一场思想论争。"①

陶渊明的归隐主要以儒道两家隐逸思想为主,不过相对而言,道家对他的隐逸思想占主导地位。儒家的隐逸观提倡:"天下有道则见,无道则隐。邦有道,贫且贱焉,耻也;邦无道,富且贵焉,耻也。"② 无论是仕还是隐都要捍卫儒家的"道"。而道家不同,它是以追求"自然"为人生的目标,"法天贵真",过着"日出而作,日入而息,逍遥于天地之间而心意自得"③的生活。在道家看来,隐居的生活最能获得精神的自由愉悦,因此,他们愿意"就薮泽,处闲旷","恬淡寂寞,虚无无为"④。"少无适俗韵,性本爱丘山"⑤,陶渊明天生本性情就是热爱自然、宁静淡泊,萧统在《陶渊明传》中能称其"任真自得"。

在晋宋易代的荒乱时代,陶渊明中晚年后抛弃了当年的政治理想,也没有走当年圣人"独善其身"的道路,而是选择解绶躬耕,吟咏田园,为自己

---

① 邓小军:《陶渊明与庐山佛教之关系》,《中国文化》,2001 年第 17—18 期,第 147 页。
② 《论语译注·泰伯》,第 82 页。
③ 《庄子集释·让王》,第 966 页。
④ 《庄子集释·刻意》,第 535 页,第 538 页。
⑤ 《庐山历代诗词全集》,《归园田居五首》其一,第 28 页。

的隐居生活另辟蹊径。这种归隐田园的思想是他对儒道两家隐逸思想的融合，由山林隐逸转而为田园隐逸，于是他走进山水，走进田园，把田间劳作生活写入诗歌，开创了山水田园诗派。在陶渊明那里，儒者的"达则兼济天下，穷则独善其身"的政治理想变成了"悠然见南山"的人生理想境界。从"兼济"到"独善"再到"悠然"，陶渊明归隐的人生轨迹大致如此。

陶渊明归隐后，他的诗充满鲜活的自然气息，终于在生活与自然之间找到旨趣。"陶渊明在诗歌意象艺术创造上立意超拔、取象新鲜，造诣极高，因而其诗歌平淡中显出浓烈，自然中露出雄奇，意境深邃，含意隽永，使其光明峻洁的人格在隽永的意境中得到最完美的凸现。在繁富众多的意象中，'鸟—菊—酒'最能恰当地象喻其'理想—现实—奋斗'的人生历程，凸现其高尚的人格，展示出其全部的生活底蕴。"① 这也就是说，陶渊明诗歌中的经典意象都是精心选取的，正是通过这些意象的建构，来凸现诗人的理想和精神人格。在陶渊明的庐山诗中出现比较多的意象就是山、鸟、酒、云、菊、松等等。据统计，其中出现次数最频繁又最有深意的就是鸟的意象，全陶诗中除了有六首专门题咏鸟的，还有四十多处都提到鸟的意象。

鸟的意象是中国传统诗歌意象中自由和理想的象征。在陶渊明的诗歌中，诗人塑造了多种不同的鸟的意象来表达自己的情感。对飞鸟的向往，对羁鸟的同情，对归鸟的思慕，体现了陶渊明对自由的向往与追求。陶渊明早期诗中之鸟多用来表现追求功业的用世之心。例如，《停云》之四：

> 翩翩飞鸟，息我庭柯。敛翮闲止，好声相和。岂无他人，念子实多。愿言不获，抱恨如何！②

"翩翩飞鸟，息我庭柯。敛翮闲止，好声相和"，描写了飞息自由的飞鸟，收敛翅膀悠闲自得停靠在庭柯上，不时发出欢叫和鸣，流露出期待知音欣赏的意味。这些视觉上的意象无不促发了诗人的感触，字里行间充溢着诗人对自由自在、闲适安详的向往和怀念。《始作镇军参军经曲阿作》也有高

---

① 洪林钟：《鸟·菊·酒——略论陶渊明诗歌意象建构及其人格凸现》，《湖北大学学报》（哲社版），1993 年第 4 期，第 19 页。

② 《庐山历代诗词全集》，第 18 页。

鸟意象："目倦川涂异，心念山泽居。望云惭高鸟，临水愧游鱼。"

陶渊明思想的转变仍然可以从他的诗歌中找到相对应的飞鸟意象。《归园田居》其一："误落尘网中，一去三十年。羁鸟恋旧林，池鱼思故渊。"诗人将官场生涯比作牢笼，将自己对自由的渴望比作留恋树林。因此，陶渊明开始追求辞官后的自由。找到诗意生存后的陶渊明，笔下的鸟是另一种形象。《归鸟》一诗最有代表性：

> 翼翼归鸟，晨去于林。远之八表，近憩云岑。和风弗洽，翩翩求心。顾俦相鸣，景庇清阴。
>
> 翼翼归鸟，载翔载飞。虽不怀游，见林情依。遇云颉颃，相鸣而归。遐路诚悠，性爱无遗。
>
> 翼翼归鸟，驯林徘徊。岂思天路，欣反旧栖。虽无昔侣，众声每谐。日夕气清，悠然其怀。
>
> 翼翼归鸟，戢羽寒条。游不旷林，宿则森标。晨风清兴，好音时交。矰缴奚施，已卷安劳。①

诗中之鸟生机益然，不必担心遭罹网罗，也不会在日暮时漂泊无依，森林就是它的归宿。"翼翼归鸟"其实是诗人的写照，他终于在田园找到了精神的依托之地。陶渊明《杂诗》其五："前途当几许？未知止泊处。"陶渊明曾在追求中迷茫，又在迷茫中追求光明。在《归鸟》组诗中，第一首"和风弗洽"的"和风"指春风，而第四首"戢羽寒条"则暗示了秋冬，所以这首组诗分别描写了归鸟在四季中的游托止息，以不同时节的归鸟形象来比喻诗人的归隐生活境况。组诗中多次提及鸟的同伴，反衬诗人晚年生活的孤独、困苦。例如，"顾俦相鸣""遇云颉颃""虽无昔侣，众声每谐""好音时交"，等等。在《归鸟》组诗中，诗人通过寄兴归鸟来抒发自己的惆怅和悲愤，晚年的贫困、知音的缺失、不愿同流合污的情怀。诗中有归鸟的思慕，因为它们可以自由自在地"近憩云岑""翩翩求心""遐路诚悠"。《饮酒》其四曰："日入群动息，归鸟趋林鸣。"《读山海经》其一："众鸟欣有

---

① 《庐山历代诗词全集》，第24页。

托，吾亦爱吾庐。"用鸟比兴，这里的"归鸟"都有家可回，诗人对归鸟有所托而感到欣慰。

最能表达陶渊明深意的当属《饮酒》其五："采菊东篱下，悠然见南山。山气日夕佳，飞鸟相与还。"王士祯《古学千金谱》曾分析此诗："忽悠然而见南山，日夕而见山气之佳，以悦鸟性，与之往返，山花人鸟，偶然相对，一片化机，天真自具，既无名象，不落言诠，其谁辩之？"山林之于鸟，恰如田园之于陶渊明，都是生命的止泊之处。

再如，《饮酒》其四：

> 栖栖失群鸟，日暮犹独飞。徘徊无定止，夜夜声转悲。厉响思清远，去来何依依。因值孤生松，敛翮遥来归。劲风无荣木，此荫独不衰。托身已得所，千载不相违。①

诗人采用比兴体手法，将自己比喻成失群之鸟。当夜幕降临，失群的鸟还未找到栖身之地，只好独自飞翔。诗人的官场失意以及政治理想的破灭，就好比飞鸟失去了群体而托身孤独。不同于之前对飞鸟与归鸟的向往，这个象征性的意象寄托了诗人的悲苦之情，是对失群之鸟的哀叹，也是诗人挣脱尘网的彷徨心理的真实反映。在其他诗中还提到羁鸟的意象，例如，《归园田居》其一："羁鸟恋旧林，池鱼思故渊……久在樊笼里，复得返自然。"鸟受到羁绊会迷恋广阔的树林，鱼被困在池中会想念宽阔的湖海。诗人对"羁鸟"同情之余，也暗示自己苦于被官场生活所束缚，期望归居田园。

周敦颐《爱莲说》曰："菊，花之隐逸者也。"菊花历来具有与世抗争、清高不俗、刚贞不阿的象征意义，而以菊自况、对菊痴迷最深的当独推陶渊明。陶渊明坚决不为五斗米折腰的精神品质与菊花何其相似，菊花的高贵品质就是陶渊明的精神可贵之处。菊这个形象隐喻着诗人"高蹈独善"的自我形象。诗人通过菊花的意象，体现了敢于与世抗争的超然独立的品格。例如，《和郭主簿》其二：

> 和泽周三春，清凉素秋节。露凝无游氛，天高风景澈。陵岑耸逸

---

① 《庐山历代诗词全集》，第47页。

峰，遥瞻皆奇绝。芳菊开林耀，青松冠岩列。怀此贞秀姿，卓为霜下杰。衔觞念幽人，千载抚尔诀。检素不获展，厌厌竟良月。①

"芳菊开林耀，青松冠岩列。怀此贞秀姿，卓为霜下杰"，这是诗人人格的体现。诗歌写秋景清澈秀雅，百卉凋零唯独菊松傲然独立。这首诗中的意象不仅有菊花还有青松，这些意象的环境背景是秋天，霜和月也加入诗歌的画面。无论是芳菊还是青松，它们都有着高贵的品质，既能耐寒耐霜，又能耐得住寂寞，堪称奇绝。《归去来兮辞并序》曰："三径就荒，松菊犹存。"即便路径阡陌荒凉萧瑟，但是松菊依旧保持伟岸独立的风姿。菊之孤高傲视和守节自厉的"幽人"颇为相似，诗人钦慕"幽人"的高风亮节，但是在向往"幽人"的同时，诗人心中还有一股愤愤不平的激流。

《饮酒》其四："秋菊有佳色，裛露掇其英。泛此忘忧物，远我遗世情。"诗篇寓意高远，描写菊花凛然独放的高洁。这首诗写以菊花泡酒，菊花不仅有高贵的品质，而且又可以用于泡酒，清香宜人之外还有药的功效。《读山海经·其四》描绘服用菊花可以延年："黄花复朱实，食之寿命长。"

上文已经说到菊花还有泡酒的功效，而酒亦经常出现在陶渊明诗歌中。萧统《陶渊明集序》曰："有疑陶渊明诗，篇篇有酒，吾观其意不在酒，亦寄酒为迹者也。"陶渊明十分爱饮酒，这种喜好既是由于魏晋诗人饮酒流风的影响，又是诗人借酒消愁的需要。俗话说"酒后吐真言"，陶渊明的诗歌作品除了平淡，便是真诚。他的诗歌情真、景真、意真。《庄子·渔夫篇》曰："真者，精诚之至，不精不诚，不能动人……真悲无声而哀，真怒未发而威，真亲未笑而知。真在内者，神动于外，是所以贵真也。"陶渊明在《饮酒》序中说道："余闲居寡欢，兼比夜已长，偶有名酒，无夕不饮。顾影独尽，忽焉复醉。既醉之后，辄题数句自娱。纸墨遂多，辞无诠次。聊命故人书之，以为欢笑尔。"这是诗人对酒后赋诗的自我阐释。

例如，《饮酒》其十四：

> 故人赏我趣，挈壶相与至。班荆坐松下，数斟已复醉。父老杂乱

---

① 《庐山历代诗词全集》，第36页。

言，觞酌失行次。不觉知有我，安知物为贵。悠悠迷所留，酒中有深味。①

知己同来饮酒取乐，情趣相投而其乐无穷，于是诗人和故友相欢醉酒于松下，物我皆忘。"父老杂乱言，觞酌失行次"写诗人醉酒失态，描绘了陶渊明任真自得的神态。"不觉知有我，安知物为贵"，诗人忘却了个体安在，放下官场的羁绊和名利的桎梏，进入万物相合的状态。这首诗歌最后两句"悠悠迷所留，酒中有深味"，展示出醉酒之后的悠然忘我、超然物外的意境。在酒的意象中，诗人的真情便表露无遗。有关饮酒的诗还有很多，例如，《归园田居》其五："山涧清且浅，可以濯吾足。漉我新熟酒，只鸡招近局。"诗人所饮酒为亲自酿造，诗人与自然亲密无间。又如，《移居》其二："过门更相呼，有酒斟酌之。农务各自归，闲暇辄相思。"诗句描写人与人之间的和睦无瑕，乡村生活的任情自得。

陶渊明的诗歌中除了"鸟—菊—酒"这类意象之外，还有山的意象。虽然陶渊明使用"南山"的诗篇并不多，但是"南山"已经成为一种精神境界的意象。据统计，在现存的一百二十多首陶诗中，有三首使用了"南山"，分别是"种豆南山下""悠然见南山""南山有旧宅"。"南山"便是这种自由自在隐逸生活的象征。山的意象出现在陶诗中多表现一种自由和自然。例如，《归园田居》其一："少无适俗韵，性本爱丘山。"这里丘山所象征的应该是自然纯真、无拘无束的美好境界，也是诗人率真自然人格的体现。又如，《饮酒》其五："采菊东篱下，悠然见南山。山气日夕佳，飞鸟相与还。"在采菊望南山的不经意间，诗人出现了物我两忘，融于自然的精神境界。

第三节　白居易庐山诗的隐逸情怀："执用两中"

陶渊明的隐逸思想对后人产生了深远的影响。在唐代诗人中，白居易受

---

① 《庐山历代诗词全集》，第51页。

陶渊明影响最深，他一生仰慕陶渊明，在二千八百多首诗歌中，有七十余首都提及陶渊明。一方面，白居易接受认同陶渊明洒脱恬淡、清高耿介的隐逸思想，另一方面又深受儒家积极入世传统的影响，因此，白居易在进退之间选择了"中隐"。在经历政治上的挫败后，白居易的人生态度由积极向上的入世观逐渐改变为逃避现实的沧桑感，这一时期的诗歌有不少为咏物和叙事的闲适诗。

据《旧唐书》记载，当时的右丞相武元衡遭割据称雄的强藩刺杀，白居易请求朝廷速拿真凶以报仇雪耻，结果被人以其宫官身份先前谏言有违国制的理由弹劾，被贬去远离政治中心长安的南边地区担任江表刺史。元和十年（公元815年），白居易又被改任为副职江州司马，在江州任职四年。自从被贬江州之后，白居易逐渐疏离了社会政治生活，开始追求日常生活的审美化和情趣化，在社会政治之外寻求精神安慰。为了摆脱怨愤难抑的心态，白居易无可奈何地选择了借寄情山水来解忧释愤。自古以来，亲近自然、悠游山林是中国古代文人士大夫喜爱的生活方式，自然山水是心灵的安慰，也是超功利审美情趣的对象。因此，对于担任闲职的白居易来说，四处游玩成为他消磨时间的重要生活方式。

白居易在江州的这段隐逸生活期间，创作了大量的山水闲适诗。据统计，白居易在庐山所写诗歌有七十余首，在历代创作庐山诗歌的文人士大夫中可谓首屈一指。游国恩在《中国文学史》中明确地以元和十年被贬江州的事件作为影响白居易人生的转折点。相对于其前期积极用世的思想，白居易自江州被贬官之后，他的政治态度走向消极，逐渐地走上了归隐之路，被贬江州以及隐居庐山草堂只是其人生隐逸生活的初期阶段。

《浔阳三题》序曰："庐山多桂树，溢浦多修竹，东林寺有白莲花，皆植物之贞劲秀异者，虽宫圃省寺中，未必能尽有。夫物以多为贱，故南方人不贵重之，至有蒸爨其桂，剪弃其竹，白眼于莲花者。予惜其不生于北土也，因赋三题以唁之。"① 诗人借助题咏庐山桂树、溢浦修竹、东林寺莲花被世人破坏殆尽的命运来抒发自己对坎坷人生的忧虑担心。我们先看看这三首诗：

---

① 《庐山历代诗词全集》，第286页。

庐山桂

偃寒月中桂，结根依青天。天风绕月起，吹子下人间。飘零委何处，乃落匡庐山。生为石上桂，叶如翦碧鲜。枝干日长大，根荄日牢坚。不归天上月，空老山中年。庐山去咸阳，道里三四千。无人为移植，得入上林园。不及红花树，长栽温室前。

溢浦竹

浔阳十月天，天气仍温燠。有霜不杀草，有风不落木。玄冥气力薄，草木冬犹绿。谁肯溢浦头，回眼看修竹？其有顾盼者，持刀斩且束。剖劈青琅玕，家家盖墙屋。吾闻汾晋间，竹少重如玉。胡为取轻贱，生此西江曲？

东林寺白莲

东林北塘水，湛湛见底清。中生白芙蓉，菡萏三百茎。白日发光彩，清飙散芳馨。泄香银囊破，泻露玉盘倾。我惭尘垢眼，见此琼瑶英。乃知红莲华，虚得清净名。夏萼敷未歇，秋房结才成。夜深众僧寝，独起绕池行。欲收一颗子，寄向长安城。但恐出山去，人间种不生。①

《浔阳三题》分别描摹了浔阳的月桂、修竹和白莲等自然物象，寄予了诗人遭贬之后复杂矛盾的心情。第一首《庐山桂》通过庐山月桂的描写表达诗人无端遭贬，郁郁不得志的怨愤之情。庐山桂树本来自月宫，可惜"飘零委何处，乃落匡庐山"，诗人远离京城，"庐山去咸阳，道里三四千"。庐山的桂树难以回到月宫，诗人也难以回京任职。第二首《溢浦竹》写竹子遭人砍伐，诗人为其鸣不平。溢浦竹本是珍惜贵重之物，"竹少重如玉"，但是当地人为了盖墙屋，持刀砍伐竹林。诗人在这首诗中暗示自己有才未能受重用，还要受到迫害。第三首《东林寺白莲》有别于前两首的愤懑不平，诗人盛赞东林寺的白莲超俗不凡和高洁情操。"但恐出山去，人间种不生"，表现了诗人对仕途的忧惧，同时也寄托其希冀归隐的情怀。

---

① 《庐山历代诗词全集》，第286—287页。

从魏晋南北朝开始，庐山的秀丽风景和独特的文化氛围就得到了文人们的喜爱。白居易在江州的谪居生活其实也充满了闲适之乐。白居易寻访陶公宅，夜宿简寂观，春游东林寺，登览香炉峰。紫霄峰头，黄石岩下，松门石磴，石门涧都留下了诗人的足迹。

元和十一年（公元 816 年）秋，白居易在北香炉峰与峰北遗爱寺之间，"面峰腋寺作为草堂"。从此，草堂成为他寻求避世的心灵栖息之地。例如，《香炉峰下新置草堂即事咏怀题于石上》诗曰：

> 香炉峰北面，遗爱寺西偏。白石何凿凿，清流亦潺潺。有松数十株，有竹千馀竿。松张翠伞盖，竹倚青琅玕。其下无人居，悠哉多岁年。有时聚猿鸟，终日空风烟。时有沉冥子，姓白字乐天。平生无所好，见此心依然。如获终老地，忽乎不知还。架岩结茅宇，斫壑开茶园。何以洗我耳，屋头飞落泉。何以净我眼？砌下生白莲。左手携一壶，右手挈五弦。傲然意自足，箕踞于其间。兴酣仰天歌，歌中聊寄言。言我本野夫，误为世网牵。时来昔捧日，老去今归山。倦鸟得茂树，涸鱼返清源。舍此欲焉往，人间多险艰。①

开头主要介绍了草堂所处位置以及四周的优美景色，南靠香炉峰，东临遗爱寺，白石清流，翠松青竹，猿鸟聚集，风烟渺渺，轻松自在，悠然自得，俨然是高蹈遗世的隐居圣地。草堂成为诗人疏离仕途的感情寄托之地，诗人在自然林泉中寻求解脱，用幽深静谧的山水安抚心灵，以空灵澄澈的白莲作为摆脱痛苦的妙药。除了表达自己对草堂的喜爱之情，诗人还表现了自己的隐逸之志和自足自乐的情怀。"左手携一壶，右手挈五弦"二句化用了陶渊明的"提壶接宾侣，引满更献酬"（《游斜川》）以及嵇康的"目送归鸿，手挥五弦"（《赠秀才入军》之十四），此二句意在表达诗人对陶、嵇二人超然物外、傲然独立、委运顺化的人生态度的认同。诗人在诗歌的后部分进行了内心世界的一番解剖，表现出自己对人间艰险的无奈。

又如，《香炉峰下新卜山居草堂初成偶题东壁》诗曰：

---

① 《庐山历代诗词全集》，第 299—300 页。

　　五架三间新草堂，石阶桂柱竹编墙。南檐纳日冬天暖，北户迎风夏月凉。洒砌飞泉才有点，拂窗斜竹不成行。来春更葺东厢屋，纸阁芦帘著孟光。①

　　白居易非常喜欢自己的新居草堂，这里有石阶、桂柱、竹墙，虽然草堂有些简单，但是非常宜居，冬暖夏凉，还有飞泉斜竹相伴，可以学学孟光过夫妻举案齐眉的生活。这段谪居生活充满了闲适之乐。他在《庐山草堂记》中极力赞叹草堂的景色优美："庐山以灵胜待我，是天与我时，地与我所，卒获所好，又何以求焉。"

　　诗人还对草堂周围的环境进行美化，开池栽树、养鱼种荷。例如，《草堂前新开一池养鱼种荷日有幽趣》诗曰：

　　淙淙三峡水，浩浩万顷陂。未如新塘上，微风动涟漪。小萍加泛泛，初蒲正离离。红鲤二三寸，白莲八九枝。绕水欲成径，护堤方插篱。已被山中客，呼作白家池。②

　　这首诗充满诗情画意，清新自然，令人倍感亲切。草堂给诗人带来了无比闲适和超然的心境，白居易看到红鲤鱼在种有白莲花的水池中悠然畅快，刹那间被这种安宁欢乐的隐居生活感动。诗人生活的草堂是一个独立于现实之外的个人世界，这里充满了闲情雅趣。《小池二首》曰："有意不在大，湛湛方丈余。荷侧泻清露，萍开见游鱼。"居住的环境不在大小，主要是能让人从中获得无比愉悦的精神享受。《池上竹下作》曰："水能性淡为吾友，竹解心虚即我师。"松竹强化了草堂的闲雅情趣，也象征了高洁坚贞的人格。《截树》曰："种树当前轩，树高柯叶繁。惜哉远山色，隐此朦胧间。一朝持斧斤，手自截其端。万叶落头上，千峰来面前。"本来是为了绿化草堂周边的环境，除了开池还种树，可是树木太高遮挡了远山景色，"岂不爱柔条，不如见青山"，诗人下定决心要走出现实矛盾，不得不将遮蔽视线的树端截去。相比柔条来说，青山在诗人心目中更重要，表达了诗人的远逸之思。

---

　　① 《庐山历代诗词全集》，第338页。
　　② 《庐山历代诗词全集》，第300页。

白居易曾称大林寺为"匡庐第一境"。元和十二年（公元 817 年），白居易同元集虚、僧智满等十七人自遗爱寺抵达香炉峰，夜宿于大林寺，作了绝句一首，这就是广为人知的《大林寺桃花》：

人间四月芳菲尽，山寺桃花始盛开。长恨春归无觅处，不知转入此中来。①

这首诗貌似平淡，却寓意深远，富有情趣。诗人借山水体悟自然之妙，表达自然所蕴含的大道和佛理。大林寺在今庐山牯岭西北，即今天的花径公园。白居易《游大林寺序》载曰："自遗爱草堂历东西二林，抵化城，憩峰顶。登香炉峰，宿大林寺。大林穷远，人迹罕到。环寺多清流苍石，短松瘦竹。寺中惟板屋木器，其僧皆海东人。"四月山外的芳菲落尽，而大林寺桃花灼灼其华，这儿的"人间"与"山寺"成为相对立的两个世界。诗人在前一刻还在感慨春归无痕，下一秒便奇遇"人间仙境"，诗人为发现这样一个世外桃源而感到惊喜。

白居易在江州的时期写了很多描写庐山山水风景的闲适诗，时常借山水之美和山水之乐，来消解心中的愁苦。《草堂记》曰："匡庐奇秀，甲天下山，山北峰曰香炉，峰北寺曰遗爱寺。"白居易在香炉峰和遗爱寺留下了很多溢美之词。例如，《登香炉峰顶》曰："上到峰之顶，目眩神恍恍。高低有万寻，阔狭无数丈。不穷视听界，焉识宇宙广。"《遗爱寺》曰："弄日临溪坐，寻花绕寺行。时时闻鸟语，处处是泉声。"《游石门涧》曰："常闻慧远辈，题诗此岩壁。云覆莓苔封，苍然无处觅。萧疏野生竹，崩剥多年石。"另外还有许多描写寺观的诗，例如，《游宝称寺》《宿西林寺》《晚题东林寺双池》《宿简寂观》等等。因为司马是一个"无言责，无事忧"的闲职，所以白居易趁身居闲职之时，流连于山水林泉，摆脱尘世的烦恼，实现个体精神的超越。"对中国古代士人来说，隐逸作为'诗意的栖居'，不管是置身泉石之间，还是在意念上与之保持亲和，都是在寻求灵魂的解脱与精神的

---

① 《庐山历代诗词全集》，第 337 页。

超越。"①

"常爱陶彭泽，文思何高玄。"白居易在浔阳隐居时拜谒了陶渊明的故居，写下很多首朴质真诚、有感而发的诗歌，表达了自己对陶渊明的敬仰之情和感同身受的隐逸情怀。例如，《访陶公旧宅》诗曰：

> 予夙慕陶渊明为人，往岁渭上闲居，尝有《效陶潜体诗》十六首。今游庐山，经柴桑，过栗里，思其人，访其宅，不能默默，又题此诗云。

> 垢尘不污玉，灵凤不啄膻。呜呼陶靖节，生彼晋宋间。心实有所守，口终不能言。永惟孤竹子，拂衣首阳山。夷齐各一身，穷饿未为难。先生有五男，与之同饥寒。肠中食不充，身上衣不完。连征竟不起，斯可谓真贤。我生君之后，相去五百年。每读五柳传，目想心拳拳。昔常咏遗风，著为十六篇。今来访故宅，森若君在前。不慕樽有酒，不慕琴无弦。慕君遗容利，老死此丘园。柴桑古村落，栗里旧山川。不见篱下菊，但余墟中烟。子孙虽无闻，族氏犹未迁。每逢姓陶人，使我心依然。②

白居易对陶渊明充满了敬意和赞颂，他的旷达、闲适、超脱的人生态度得到了白居易的认同和接受。开头二句赞颂陶渊明的品格是"陶靖节""真贤"，好比不被尘垢沾染的美玉和高贵的灵凤。当年陶渊明在庐山南麓隐居的飘逸洒脱生活让诗人羡慕不已，樽里可无酒，琴上可无弦，"采菊东南下，悠然见南山"的情趣让诗人一心向往。诗歌通过对陶公安贫乐道品格的赞颂，表达了诗人对陶渊明隐逸生活的追求向往。苏辙《书白乐天集后二首》认为"盖唐士大夫达者如乐天寡矣"。白居易深受道家"法天贵真""抱朴含真"思想的影响，陶渊明对大自然和自我精神天地的人生态度与白居易独善的精神有着共性，正是陶渊明的摆脱形骸之累、追求放心自得的道家思想成为白居易接受陶渊明的隐逸生活的基础。

---

① 马瑞芳、邹宗良主编：《中国古典文学研究》，郑训佐撰《略伦佛道两家的隐逸观》，人民文学出版社 2006 年版，第 130 页。

② 《庐山历代诗词全集》，第 291 页。

白居易的超脱旷达以及悠然闲适的隐逸情怀的确是学陶渊明，但是白居易的隐逸又不同于陶渊明。陶渊明躬耕田园，"质性自然"，田园诗表现了诗人躬耕劳作的感受和体验，以及对乡村美景的赞美。而白居易始终都未真正归隐到山林，尽管他的诗歌也有表达对山林田园的向往之情，但是缺乏对乡村生活的真实体验。对白居易来说，山林只是暂时可以休憩的精神家园。陶渊明最终选择隐居田园，而白居易在接受陶渊明的隐逸思想后，选择了"执用两中"的"中隐"方式，试图在艰辛仕途和闲适人生中找到平衡点。

"夫隐之为道，朝亦可隐，市亦可隐。隐初在我，不在于物。"① 如果说大隐是"身在魏阙之上，而心游江海之间"的话，那么白居易对传统隐逸观改造而成的"中隐"就是在魏阙和江海之间寻求平衡协调的隐逸的形式。谢思炜先生评论白居易的人生时说："兼济、独善的区别对于他的意义，主要是帮助他在个人生活与政治生活之间保持一种平衡。"②

例如，《中隐》诗曰：

　　大隐住朝市，小隐入丘樊。丘樊太冷落，朝市太嚣喧。不如作中隐，隐在留司官。似出复似处，非忙亦非闲。不劳心与力，又免饥与寒。终岁无公事，随月有俸钱。君若好登临，城南有秋山。君若爱游荡，城东有春园。君若欲一醉，时出赴宾筵。洛中多君子，可以恣欢言。君若欲高卧，但自深掩关。亦无车马客，造次到门前。人生处一世，其道难两全。贱即苦冻馁，贵则多忧患。唯此中隐士，致身吉且安。穷通与丰约，正在四者间。③

白居易虽身处官场，但是内心精神世界引入了陶渊明的人格精神、隐逸情怀和生活情趣，建构了一种特殊的心理结构。"大隐住朝市，小隐入丘樊。丘樊太冷落，朝市太嚣喧。不如作中隐，隐在留司官。"作为江州司马，一个有职无权但又身在官场的人，他必须经常往返于浔阳官邸与庐山草堂之

① 〔唐〕房玄龄等著：《晋书》，中华书局1974年版。
② 谢思炜：《白居易综论》，中国社会科学出版社1997年版，第322页。
③ 〔唐〕白居易著，谢思炜校注：《白居易诗集校注》，中华书局2006年版，第1765页。

间。这段隐居时期，白居易的人生理想有过对陶渊明生活的向往，也曾安于此状，不过他始终是在隐与仕的矛盾中徘徊，与其说准备辞官归隐，不如说以退为进，等待朝廷的重用。白居易的隐逸思想很能代表中唐社会后士人人生理想的转变，陶渊明式的精神变成了士大夫的一种闲情逸致以及化解官场苦闷的解药。这种隐逸思想的变迁表明，中国哲学与宗教融合后产生的隐逸思想与中国士人的世俗化进程相契合。

"对大隐和小隐进行折中调和，取名为'中隐'。从思想来源看，中隐之'中'，既有儒家的中庸思想的成分，也有道家尤其是庄子的齐物论思想，还包含了禅宗的不执着于一端的思考方式。中隐是多种思想的复合体。"① 综合来看，白居易的归隐之路既有儒家的兼济、独善的思想，也有陶渊明式的道家顺应自然、逍遥自适、委心运化的思想，儒道的思想互相协调，而且又援入了佛教禅宗的"随缘任运"的生活态度。中唐士阶层提倡"儒学为体，释道为用""儒教治世""道教治身""佛教治心"，"释、道教的感悟式的思维方式导致了新儒学向心性学的方向发展"。②

---

① 杜学霞：《朝隐、吏隐、中隐——白居易归隐心路历程》，《河南社会科学》，2007年第15卷第1期，第132页。

② 朱易安：《中唐诗人的济世精神和宗教情绪》，《江海学刊》，1998年第5期，第159—164页。

03

下编

书院文化的儒学底色与庐山诗

何为书院？邓洪波先生在著作《中国书院史》中这样写道："书院源出于唐代私人治学的书斋和官府整理典籍的衙门，是中国古代士人享受新的印刷技术，在儒、佛、道融合的文化背景之下，围绕着书，开展包括藏书、读书、教书、讲书、修书、著书、刻书等各种活动，进行文化积累、研究、创造与传播的文化教育组织。"① 书院基本被定位为唐宋以来兴起的一种文化教育组织。尽管对于中国古代书院的起源时间学界还存在争议，或认为起源于唐代，或认为起源于五代，或认为起源于北宋初期，但是就其历史终结时间而言，学界基本达成共识，普遍认为"光绪二十七年八月二日（1901 年 9 月 14 日）颁布上谕，改书院为学堂。至此，书院终于走完了它的全部历史途程"②。最终，书院在西学的冲击下，走上了改革的歧路，书院最终变成了近代的教育机构——学堂。

---

① 邓洪波：《中国书院史》，武汉大学出版社 2012 年版，第 659 页。
② 丁钢、刘琪：《书院与中国文化》，上海教育出版社 1992 年版，第 162 页。

　　书院在历经千年的发展过程中，形成了一种重要的历史文化现象——书院文化。书院文化应该包括哪些方面呢？围绕着书院的含义，书院文化应该包括书院制度、书院办学宗旨、师生之间的讲学与学术研究活动、书院与佛道的关系、书院的儒学精神等几个方面。盛朗西在《中国书院制度》一书中指出："书院有三大事业：一藏书，二供祀，三讲学。"① 这三者是书院教育制度的基本功能。书院不算是私学教育组织，但亦非朝廷的官学教育机构。书院在演进与发展的过程中，儒、佛、道三家文化在不断地抗衡与斗争，这对书院产生了相互渗透、融合和补充的作用，形成了独具特色的书院教育机构。其中，儒学对书院影响尤为特殊，书院与儒家有着千丝万缕的联系。书院作为一种特殊的文化教育组织，它的产生除了与中国的藏书、修书的文化传统有关，还与中国的私人讲学传统有关，尤其是孔子开拓了私人讲学之风，创立了儒家学派。书院的精神传统更多来自儒家，书院成为儒家文化的传播基地，体现了儒家士人的价值观念、生活理想以及审美情趣。从这个意义上说，书院是具有儒学底色的文化教育组织。

　　周敦颐创立的濂溪书院和朱熹复兴的白鹿洞书院是庐山著名的两家书院，在中国书院史上占有极为重要的地位，庐山也因此成为书院名山。"理学与书院的结合开始于周敦颐，经程颢、程颐传杨时，时传罗从彦，从彦传李侗，侗传朱熹，一百余年，几代人的努力而完成，朱熹对白鹿洞书院兴复是书院与理学结合过程完成的标志，也是中国古代书院这种学校教育模式成熟的标志。"② 作为北宋和南宋代表的理学家，周敦颐和朱熹通过书院教育机构来宣扬新的儒学体系，复兴儒家文化。理学依托书院的发展而名扬，书院也随着理学的发展而兴盛。目前学界关于书院文化的研究成果也颇为丰富。事实上，从对隐居生活在庐山书院文化背景下的理学家周敦颐和朱熹创造的庐山诗歌角度出发，通过对他们创作的庐山诗歌作品进行解读分析，可以进一步研究诗歌中所蕴含的新儒家山水观和情性观，这也是诠释宋代书院文化中儒学底色的另一种视角。

---

① 盛朗西：《中国书院制度》，中华书局 1934 年版，第 47 页。
② 李才栋：《中国书院研究》，江西高校出版社 2005 年版，第 259—260 页。

第一章

濂溪书院与周敦颐的庐山诗

第一节　周敦颐与濂溪书院："浑沦再开辟"

作为理学创始人，周敦颐在中国思想史上的重要地位不言而喻，因而周敦颐也一直是学术界关注和研究的重要思想家之一。中国书院和理学有着密不可分的联系，周敦颐的思想学术及其创立的濂溪书院是研究庐山书院文化不可忽视的重要组成部分。"庐山之北有濂溪，庐山之南有白鹿。濂溪标志着书院与理学结合的开始，是书院这种学校模式走向成熟的开始；白鹿洞意味着结合的完成，是书院模式的成熟。从此真正确立了书院在我国近古时期社会文化领域的重要地位。"① 虽然周敦颐所建的书院，在理学尚未形成大气候之前，还只是书院的雏形，但是他对书院的建设为促进北宋和北宋之后的书院走向成熟起了至关重要的作用。

周敦颐（1017—1073），字茂叔，号濂溪，道州营道（今湖南道县）人。熙宁五年（公元1072年）周敦颐定居于庐山北麓莲花峰下。峰前有条溪水，周敦颐以营道老家故居的濂溪为之命名，并且修建濂溪书堂，在此隐居讲学。周敦颐的友人潘兴嗣写的《先生墓志铭》记载了周敦颐隐居庐山、创立濂溪书院的事迹："尝过浔阳，爱庐山，因筑室溪上，名之曰濂溪书堂。每从容为予言：'可止可仕，古人无所必。束发为学，将有以设施，可泽于斯

---

① 《中国书院研究》，第209页。

民者。必不得已，止未晚也。此濂溪者，异时与子相从于其上，歌咏先王之道，足矣。'"① 周敦颐以"濂"为溪名，除了用家乡的名字为溪水命名而不忘其本外，还因为"濂"字与"廉"谐音，周敦颐为官清廉，持守廉明，故取其名以激励自己，后人也常称其为"濂溪先生"。

　　根据度正《濂溪先生周元公年表》记载，周敦颐一生共入江西四次。他初入江西时是在仁宗康定元年（公元 1040 年），当时他从吏部调任洪州分宁县（今江西修水县）主簿。直至庆历四年（公元 1044 年），"部使者以（周敦颐）为才，奏举南安军司理参军"。这一时期，他做了一件非常有意义的大事，就是收南安军的通判程珦的儿子程颢、程颐两兄弟为弟子。《明道先生形状》曰："先生自十五六时，闻汝南周茂叔论道，遂厌科举之业，慨然有求道之志。"② 二程虽然在周敦颐的理学基础之上继续发扬理学体系，可是关于师生之间的记载却少之又少，讲学活动的资料也并不多，只能在旁人和二程门人的片段记录中找到一些信息。河间刘立之叙述明道先生事曰："先生从汝南周敦颐问学，穷性命之理，率性会道，体道成德，出入孔孟，从容不勉。"程氏门人记二先生语曰："昔受学于周茂叔，每令寻颜子、仲尼乐处，所乐何事。"③

　　周敦颐反复教二程"寻孔颜乐处"，教导他们要像孔子、颜渊一样，从对学问的刻苦钻研中和从德行的提高中寻求人生的乐趣。寻孔颜乐处典故出自《论语·雍也》，孔子十分赞扬颜回的这种学道精神。儒家教人为学修养，寻孔颜乐处就是儒家追求的精神境界，也是周敦颐追求的人生目标和人生乐趣。周敦颐在《通书·颜子》说："颜子一箪食，一瓢饮，在陋巷，人不堪其忧，而不改其乐。夫富贵，人所爱也。颜子不爱不求，而乐乎贫者，独何心哉？天地间有至贵至爱可求，而异乎彼者，见其大而忘其小焉尔。见其大则心泰，心泰则无不足，无不足则富贵贫贱处之一也。处之一则能化而齐，

① 〔宋〕周敦颐撰，梁绍辉、徐苏铭等点校：《周敦颐集》，岳麓书社 2007 年版，第 167 页。下文注释中凡出现《周敦颐集》的，只标注页码。
② 《周敦颐集》之《遗事》，第 138 页。
③ 《周敦颐集》之《遗事》，第 138 页。

故颜子亚圣。"① 颜回能够在贫困中保持心境的快乐，超越于富贵贫贱之上，正是其看到了比至富、至贵、至爱更重要的价值。人在心灵深度实现这种高度的平静和愉悦，也就达到了"孔颜乐处"的境界。

自庆历六年（公元 1046 年）至神宗熙宁元年（公元 1068 年），周敦颐开始了他长期的各地州县官生活，例如，至和元年（公元 1054 年），38 岁的周敦颐第二次入江西，由桂阳令改知洪州南昌。嘉祐元年（公元 1056 年），40 岁的周敦颐离开南昌去往四川，署合州判官。嘉祐五年（公元 1060 年）周敦颐以国子监博士通判虔州，虔州即南宋的赣州，这是他第三次进入江西。度正《濂溪先生周元公年表》记述："濂溪在营道之西，距县二十余里，盖营川之支流也。以《营道大富桥古碑记》考之，自有所谓濂水者。盖春陵溪泉之名，大率多从水，如涧溪、忠溪、孝溪之类，濂溪亦然耳。而苏文忠公、黄太史皆其同时人，乃专指清廉为义，若先生名之以自况者，不知何也。先生既爱庐山之胜，遂卜居山下，因溪流以寓其故乡之名，筑室其上，是为濂溪书堂，学者宗之，号濂溪先生云。"② 周敦颐登庐山游至莲花峰北麓，见有小溪从莲花洞潺潺流出，酷似家乡的濂溪，遂"濯缨而乐之""有卜居之意"，于是在此建筑书堂，名之曰"濂溪书堂"。在这里还需要进一步说明的是，濂溪书院原名濂溪书堂。在熙宁四年（公元 1071 年），即周敦颐第四次进入江西赴任南康知军时，周敦颐决意归隐书堂，于是开始招生讲学，原本读书的场地变成了具有讲学性质的书院。直到朱熹门人——知州赵崇宪重修濂溪书堂，才正式改为濂溪书院。濂溪书院不仅是个人讲学著述之地，也成了后世理学与书院结合模式的滥觞。

周敦颐同时代好友赵忭在《题周茂树濂溪书堂》中记述了书堂的环境、生活、藏书和讲习的活动，同时歌颂了周敦颐一身正气、节俭清苦的高尚情操。诗曰：

> 吾闻上下泉，终与江海会。高哉庐阜间，出处濂溪派。清深远城市，洁净区尘壒。毫发难遁形，鬼神缩妖怪。对临开轩窗，胜绝甚图

① 《周敦颐集》，《通书·颜子第二十三》，第 76—77 页。
② 《周敦颐集》，第 286—287 页。

绘。固无风波虞，但觉耳目快。琴樽日左右，一堂不为春。经史日枕藉，一室不为隘。有蔌足以羹，有鱼足以鲙。饮啜其真乐，静正于俗迈。主人心渊然，澄澈一内外。本源孕清德，游泳吐嘉话。何当结良朋，讲习取诸兑。①

另外一个值得注意的现象是，据地方志记载，江西各地书院名称与周敦颐相关的有十多处，有些直接以"濂溪"命名，还有以"濂"为名的书院。例如，修水（今九江修水县）的景濂书院、萍乡芦溪的宗濂书院、虔州（今赣州）的清溪书院等等。之所以会出现众多的濂溪书院，是因为周敦颐在江西时间比较长，他在江西不同地方任官，就在不同地方创办濂溪书院，讲学会友。不仅如此，全国各地还出现了很多与周敦颐有关的书院，这些都是由于朱熹对周敦颐的推崇，周敦颐逐渐被圣人化和不断地被祭祀，从而有了如此众多的书院。朱熹的《山北纪行十二章八句》中有两首是为纪念周敦颐及其濂溪书院而作，诗曰：

北度石塘桥，西访濂溪宅。乔木无遗株，虚堂唯四壁。竦瞻德容悴，跪荐寒流碧。幸矣有斯人，浑沦再开辟。

平生劳仰止，今日登此堂。愿以图像意，质之巾几傍。先生寂无言，贱子涕泗滂。神听傥不遗，惠我思无疆。②

朱熹来到濂溪书堂旧址，看到当年书堂盛景不在，"乔木无遗株，虚堂唯四壁"。潘兴嗣在《濂溪先生墓志铭》中称其"君笃气义，以名节自砺……奉养至廉……在南昌时得疾暴卒……视其家，服御之物，止一敝箧，钱不满数百，人莫不叹服"③。这不禁让人联想起孔子的学生颜回，"一箪食，一瓢饮，在陋室，人不堪其忧，而不改其乐"。周敦颐"陋于希世"，而他能够名扬天下完全是得益于南宋时期朱熹的大力推崇。自此，程朱后学都认为周敦颐是继承孔孟之道，是理学的开山祖师，有开天辟地之功劳。朱熹称赞

---

① 《庐山历代诗词全集》，第 725 页。
② 《庐山历代诗词全集》，第 1307 页。
③ 《周敦颐集》，第 166 页。

道："幸矣有斯人，浑沦再开辟。"

熙宁元年（公元1068年），周敦颐任广南东路转运判官，随后在熙宁三年（公元1070年），54岁的周敦颐任广南东路提点刑狱。周敦颐申请调任南康，于是熙宁四年（公元1071年）他第四次进入江西，抵达南康。这年冬天，周敦颐以多病为由请求解职，结束了31年的仕途生活，从此归隐九江，开始了在濂溪书堂为期两年的退隐生活。熙宁六年（公元1073年）六月七日，周敦颐病逝九江，享年57岁。

周敦颐在学术上的贡献主要是《太极图说》和《通书》两部书，他建立起一套融合了儒道佛思想的宇宙发生论体系和以"中正仁义"为中心的新儒家理学体系。这两本著作构成了宋代新儒家学说——理学的基本框架。《太极图说》是中国思想史上第一次系统、完整地论述宇宙发生、发展的著作。《宋史·道学传》称其为"明天理之根源，穷万物之始终"。《太极图说》曰：

> 无极而太极。太极动而生阳，动极而静；静而生阴，静极复动。一动一静，互为其根；分阴分阳，两仪立焉。阳变阴合，而生水、火、木、金、土。五气顺布，四时行焉。五行，一阴阳也。阴阳，一太极也。太极，本无极也。五行之生也，各一其性。无极之真，二五之精，妙合而凝。乾道成男，坤道成女，二气交感，化生万物。万物生生，而变化无穷焉。惟人也，得其秀而最灵。形既生矣，神发知矣。五性感动而善恶分，万事出矣。圣人定之以中正仁义而主静，立人极焉。故圣人与天地合其德，日月合其明，四时合其序，鬼神合其吉凶。君子修之吉，小人悖之凶。故曰："立天之道，曰阴与阳；立地之道，曰柔与刚；立人之道，曰仁与义。"又曰："原始反终，故知死生之说。"大哉易也，斯其至矣。[①]

《太极图说》是对《太极图》的阐释，而《太极图》脱胎于宋初道士陈抟的《无极图》。《太极图说》以宇宙论为基础，从"无极而太极"的宇宙

---

① 《周敦颐集》之《遗书》，第5—8页。

生成论，到"五行之生""二气交感"的万物化生论，再到"圣人定之以中正仁义而主静，立人极"的人性论。民国时期名家陈钟凡认为："敦颐之学，由道教而返于道家，终形成道家化之儒学。"① 周敦颐用《太极图说》来表达自己的哲学思想，他把阴阳、五行、动静等古老的观念重新熔铸而成一个宇宙生成模式。人是宇宙间最有灵气的，能分出善恶，察觉万物，于是圣人定出了为人的准则即"中正仁义"，并且要以主静的方法进行修养。

《通书》对道德性命、礼乐刑政、教育修养等问题都有精彩的阐述。《通书》开篇《诚》说："诚者，圣人之本"，"纯粹，至善者也"，"圣，诚而已矣"，从而将至诚、至善与成圣联系起来。《通书》还强调："圣人之道，仁义中正而已。"朱熹解释说："中即礼，正即智。"周敦颐提出成为圣人的根本在于诚与善，具体的行为是坚持"仁义中正"，这也与《太极图说》中的"圣人定之以中正仁义"思想相合。《志学》篇讲到立志学习，"圣希天，贤希圣，士希贤"。朱熹训"希"为"望"的意思，士子学习贤人，贤人学习圣人，而圣人以天为学。周敦颐树立了伊尹和颜渊两位大贤做榜样，提倡"志伊尹之所志，学颜子之所学"。"伊尹耻其君不为尧、舜，一夫不得其所，若挞于市。颜渊不迁怒，不贰过，三月不违仁。"② "志伊尹之所志"就是要以伊尹为榜样致力于国家的治理；"学颜子之所学"，是要像颜子一样去追求成圣成贤的精神境界。"过则圣，及则贤，不及则亦不失于令名。"如果通过学习修德之后，能够超过伊尹、颜子，则成为圣人；如果只达到伊尹、颜子的境界，则成为大贤；如果不能成圣成贤，但是读书修德的最后结果仍然能够使人获得好的名声。

"周敦颐其实是将对道家思想有所吸收的宇宙生成说，进一步引申到儒家的人性论，而将人性论上升为宇宙本体的。"③《宋元学案》卷十一《濂溪学案》黄百家在按语中这样评价周敦颐："孔子而后，汉儒止有传经之学，

---

① 陈钟凡：《两宋思想述评》，东方出版社 1996 年版，第 45 页。
② 《周敦颐集》，《通书·志学第十》，第 70 页。
③ 刘宗贤：《周敦颐的理学思想及其在宋明理学中的地位》，《齐鲁学刊》，1996 年第 5 期，第 81 页。

性道微言之绝久矣。元公崛起，二程嗣之，又复横渠诸大儒辈出，圣学大昌。故安定、徂徕卓乎有儒者之矩范，然仅可谓有开之必先，若论阐发心性义理之精微，端数元公之破暗也。"① 黄百家认为，在周敦颐之前有"宋初三先生"——安定的胡瑗、泰山的孙复和徂徕的石介，三人是理学的先驱者，但是周敦颐开"阐发心性义理之精微"。周敦颐在《太极图说》和《通书》中援佛、老以入儒，落脚于人性论。正如李泽厚先生所说："不是宇宙观、认识论而是人性论才是宋明理学的体系核心。"② 周敦颐的思想经过二程和朱熹的推崇和弘扬，最终被尊称为程朱理学的开山鼻祖。

第二节　周敦颐的庐山诗："寻孔颜乐处"

周敦颐既是理学家代表，也是理学诗人代表，尽管周敦颐留下的诗歌不多，但是它们都鲜明地反映了其政治理想、人格追求和审美情趣，具有鲜明的艺术特色。周敦颐的诗歌创作是其理学精神和理想人格的反映，他用诗歌这种诗意的审美方式参与新儒学的重铸。

周敦颐在任职期间，经常到庐山上下漫游，在登山临水之际，留下了不少庐山诗。若将其进行归类，这些庐山诗歌大致可以分为四类：第一类是寻胜纪游题咏之作，第二类是赠别和回忆友人之作，第三类是家居咏志和即景写意之作，第四类是读书悟道之作。这些诗作大多体现了周敦颐的人生价值观念，即以孔颜之乐为主导，追求清净自然、虚静自得、悠闲高远的精神境界。周敦颐的诗歌内容有深刻的思想基础，"一方面是儒家的'修齐治平'及'达则兼济天下，穷则独善其身'一套传统意识；另一方面则有老庄和释家的回归自然、恬淡诗意、安宁静默、洁身自好的思想基础"③。

---

① 〔明〕黄宗羲著：《黄宗羲全集》，浙江古籍出版社1992年版，第586页。
② 《中国古代思想史论》，第225页。
③ 梅俊道：《周敦颐的诗歌创作及其在宋代理学诗派中的地位》，《九江师专学报》（哲社版），1994年第1期，第62页。

　　第一类寻胜纪游题咏之作大概有四首，分别是《同石守游》《治平乙巳暮春十四日同宋复古游山巅至大林寺书四十字》《天池》《宿崇圣》。黄庭坚曾曰："舂陵周茂叔，人品甚高，胸中磊落，如光风霁月。好读书，雅意林壑，不为人事窘束，世故拘牵……茂叔虽仕宦三十年，而平生之志，终在丘壑。"① 周敦颐人品高洁，"雅好山水，复喜吟咏"，他的山水题咏诗，既充满徜徉山水的情趣，也体现了为人淡泊名利、脱俗拔尘。

　　例如，《同石守游》诗曰：

　　　　朝市谁知世外游，杉松影里人吟幽。争名逐利千绳缚，度水登山万事休。野鸟不惊如得伴，白云无语似相留。旁人莫笑凭阑久，为恋林居作退谋。②

　　周敦颐历经宦海沉浮，深感争名逐利就好比是束缚的枷锁，因此，他宁愿寄情于山水松林之间，与野鸟、白云为伴，通过进入澄净的大自然来摆脱世俗名利的困扰，重获身心的解脱。这首诗在写景绘物之中寄寓着诗人淡泊名利、超然世外的心性以及寻求内心宁静安详、自由自在的超然境界。因此，朱熹评价周敦颐曰："襟袖洒落，有仙风道气。"又谓："濂溪清和。"③

　　这种好山乐水、超然物外的道家风骨在周敦颐其他诗歌中也有表现。又如，《治平乙巳暮春十四日同宋复古游山巅至大林寺书四十字》一诗呈现出自然简淡的风格，淡而有味：

　　　　三月山方暖，林花互照明。路盘层顶上，人在半空行。水色云含白，禽声谷应清。天风拂襟袂，缥缈觉身轻。④

　　暮春三月，周敦颐与宋复古二人同游，由山巅而至大林寺。据《庐山志·山川胜迹》记载："晋慧远时昙诜法师于讲经台东南杂植花木，郁然成林，故名大林，又名云顶峰。其北为香炉峰，其南多静者居。"⑤ 大林寺是晋

---

① 《周敦颐集》，黄庭坚《濂溪词并序》，第151—152页。
② 《庐山历代诗词全集》，第783—784页。
③ 《周敦颐集》之《遗事》，第141页。
④ 《庐山历代诗词全集》，第785页。
⑤ 吴宗慈的《庐山志》，第182页。

代名刹，为庐山"三大名寺"之一，可惜今已废弃。庐山北面大林峰（或者叫云顶峰）有上、中、下大林寺，此诗所指为上大林寺，遗址在今花径公园内。"路盘层顶上，人在半空行"二句意在突出大林寺峰顶的高峻。"水色云含白，禽声谷应清"二句妙在从色、声两方面突出大林寺环境的淡雅宁静。末两句"天风拂襟袂，缥缈觉身轻"写出诗人如在仙境的缥缈感受。诗歌语言清新质朴，尤其是"水色云含白，禽声谷应清"二句，诗中有画，空灵飘逸。诗人徜徉于这种外向性的审美感受的同时，也陶醉于清澄宁静的内在精神享受。

除了大林寺外，周敦颐的庐山诗还提到天池和圆通寺，《天池》诗曰：

> 斯须暮云合，白日无余辉。金波从地涌，宝焰穿林飞。僧言自雄夸，俗骇无因依。安知本地灵，发见随天机。①

《庐山志》载曰："在山峰绝顶，乃有石池，泉水不涸……文殊开化，帝释插石成池，水涌石上，名曰天池。"②此池水终年不干涸，又因是文殊菩萨引来的神泉之水，故又名"神泉"。"金波从地涌，宝焰穿林飞"二句应是指天池寺的殿宇。天池寺殿宇宏丽甲庐山，王阳明先生曾经书"庐山最高处"五字于山门，今亦毁于火而不得见。《天池》一诗虽是以山水游记为题材，然其间于平淡中入玄理，实乃谈玄悟道之作，其叙写方式与山水玄言诗有类似之处，虽通俗明了却缺乏艺术形象与真挚感情，不免过于平淡枯涩。《宿崇圣》诗曰：

> 公程无暇日，暂得宿清幽。始觉空门客，不生浮世愁。温泉喧古洞，晚磬度危楼。彻晓都忘寐，心疑在沃洲。③

"崇圣寺"即圆通寺，古为江南名刹之一，崇圣寺是最早的名字，为南唐后主李煜所建。北宋初年，寺庙改称圆通崇圣禅院。《庐山志》载曰："宋仁宗时，有居讷禅师，庐陵欧阳公访之。讷与夜坐小亭，论道达旦，因作清

---

① 《庐山历代诗词全集》，第788页。
② 吴宗慈的《庐山志》，第203页。
③ 《庐山历代诗词全集》，第788页。

音亭，又名夜话亭。欧诗曰：'五百僧中得一士，始知林下有遗贤。'又善眉山三苏，作一翁二季亭，自是圆通之名重天下。"① 所谓一翁二季亭是指宋嘉祐中苏老泉常与苏东坡、苏颖滨往来寺中，故得此名。与《天池》不同，《宿崇圣》反而更体现出周敦颐的风月情怀。正如诗中所说，"公程无暇日，暂得宿清幽"，诗人所追求的正是这种澄净清幽的精神状态。

第二类赠别和回忆友人之作有两首，分别是《江上别石郎中》《忆江西提刑何仲容》。例如，《江上别石郎中》诗曰：

落叶蝉声古渡头，渡头人拥欲行舟。别离情似长江水，远亦随公日夜流。②

落叶、蝉声、古渡头、行舟、送往之人共同营造了一幅深秋哀婉凄清的离别图。落叶无根，寒蝉凄切，渡头人拥的画面很容易勾连出依依惜别之情，别离之情又恰似长流不逝的江水，绵绵不绝。这首诗歌自然而又质朴，于质朴之中见真情，自然简淡，毫无雕饰之感。

又如，《忆江西提刑何仲容》诗曰：

兰自香为友，松何枯尚春。荣来天泽重，殁去绣衣新。尽作百年梦，终归一窖尘。痛心双泪下，无复见贤人。③

首篇由兰、松而谈及人生的富贵荣华，由景及心。诗人视天子恩泽、高官厚禄为一场幻梦，梦醒之后人世一切终将变为一窖尘土而消亡。周敦颐虽然为官三十年，政事精绝，然而终其一生也只是中、下层官僚，未能显达。仕途的艰难使得周敦颐有了归隐之心，他逐渐厌恶尘世纷扰，追求虚静安宁的生活。末两句不仅道出自己痛心于仕途不得显达的幽怨之情，也道出了自己对友人的怀念。

第三类是家居咏志和即景写意之作，分别有《濂溪书堂》《思归旧隐》《夜雨书窗》《石塘桥晚钓》《春晚》《牧童》等。

---

① 吴宗慈的《庐山志》，第 145 页。
② 《庐山历代诗词全集》，第 784 页。
③ 《庐山历代诗词全集》，第 784 页。

例如,《濂溪书堂》诗曰:

　　元子溪曰瀼,诗传到于今。此俗良易化,不欺顾相钦。庐山我久爱,买田山之阴。田间有流水,清泚出山心。山心无尘土,白石磷磷沉。潺湲来数里,到此始澄深。有龙不可测,岸竹寒森森。书堂构其上,隐几看云岑。倚梧或鼓枕,风月盈中襟。或吟或冥默,或酒或鸣琴。数十黄卷轴,圣贤谈无音。窗前即畴圃,圃外桑麻林。芋蔬可卒岁,绢布足衣衾。饱暖大富贵,康宁无价金。吾乐盖易足,名濂朝暮箴。元子与周子,相邀风月寻。①

　　这首诗以宁静淡泊之心境,抒写胸中丘壑之志,诗意清远,格调高雅,可以看作周敦颐的代表作。开篇即引用唐代诗人元结隐居瀼溪的故事。元子即唐代元结,元结曾居于瀼溪,自称"瀼溪浪士"。周敦颐构建濂溪学堂,效仿元结隐居瀼溪。书堂筑于庐山之北,山间有清澈、潺湲的流水,宁静清远,澄净幽深。诗人闲居于书堂,著书、教学、作诗,身心得到解脱,心胸也无比开朗潇洒。"书堂构其上,隐几看云岑。倚梧或鼓枕,风月盈中襟。"明道先生曾曰:"自再见周茂叔后,吟风弄月以归,有吾与点也之意。"② 在这样一种澄净清幽的诗歌意境中,诗人洒落的形象颇有颜子"浴乎沂,风乎舞雩,咏而归"的遗风。"饱暖大富贵,康宁无价金"表露了诗人恬淡自足的心境。儒家所追求的人生最高境界不是物欲的满足,而是比物质欲望的满足、个体生命的延续更高的价值。人一旦达到这样崇高的修养,就会超越凡俗的欲求。周敦颐高洁洒落、光风霁月的人格在这首诗中也得到充分的反映,不慕名利、淡泊洒脱、安贫乐道。相对于官场的纷纭和尘世的喧嚣,隐居于濂溪书堂的淡泊自适、澄净幽深的山林生活是诗人追求向往的净土。这种远离尘世、隐居书堂的宁静清远的生活也是诗人审美情趣之所在。

　　周敦颐的诗歌除了以孔颜之乐的价值观为主导外,同时也吸收道教自然、飘逸的思想,一方面是儒家的心怀天下、经世致用的思想,另一方面又

---

　　①　《庐山历代诗词全集》,第 785 页。

　　②　《周敦颐集》中《遗事》,第 138 页。

在内心向往着宁静清远、与世无争的生活。出世与入世的矛盾也体现在诗歌当中。例如：

思归旧隐

静思归旧隐，日出半山晴。醉榻云笼润，吟窗瀑泻清。闲方为达士，忙只是劳生。朝市谁头白，车轮未晓鸣。

石塘桥晚钓

旧隐濂溪上，思归复思归。钓鱼船好睡，宠辱不相随。肯为爵禄重，白发犹羁縻。

夜雨书窗

秋风拂尽热，半夜雨淋漓。绕屋是芭蕉，一枕万响围。恰似钓鱼船，篷底睡觉时。

《思归旧隐》和《石塘桥晚钓》两首诗都体现了诗人超然物外、恬淡无为的思想。这种淡然安宁的田园牧歌式生活正是周敦颐所向往的道家宁静致远的境界。"日出半山晴"，"醉榻云笼润，吟窗瀑泻清"，在自然山水的接触感发中，诗人希望"宠辱不相随"。儒家兼济天下、经世致用的政治理想让周敦颐宦海浮沉了三十年，然而他终究还是选择了归隐之路。《夜雨书窗》描写了一幅轻松幽默的雨打芭蕉图，诗人在秋风驱热的夜晚被半夜突来的大雨惊醒，雨声拍打在房屋四周的芭蕉上，雨打芭蕉的响声彻耳。这种情景好比是在硕大的莲叶底下钓鱼船上睡觉时的清爽惬意。这首诗写得很轻松诙谐，折射出活泼、幽默风趣的诗人形象。

周敦颐有两首庐山诗是用七言绝句的形式写成，古朴雅正、舒畅平易，甚有唐人风味。例如：

春晚

花落柴门掩夕晖，昏鸦数点傍林飞。吟余小立阑干外，遥见樵渔一路归。

牧童

东风放牧出长坡，谁识阿童乐趣多。归路转鞭牛背上，笛声吹老太平歌。①

《春晚》用寥寥数笔将春天傍晚时分的乡村景色描写得栩栩如生，花、柴门、夕晖、昏鸦、傍林、阑干、樵渔等构成了一幅清幽淡雅的画面。诗歌的笔调轻灵，意象流动，体现了诗人闲适的心境，颇具一种疏清淡泊之美。与《春晚》相比而言，《牧童》虽略发议论，却也清新自然。长坡、牧童、牛背、笛声勾勒出一幅牧童吹笛的太平图，寄寓着诗人对安宁简淡生活的向往。这两首诗歌在平易中有淳雅，真有"发纤秾于简古，寄至味于淡泊"之旨。

第四类读书悟道之作共两首，分别是《暮春即事》和《读易象》。例如：

暮春即事

双双瓦雀行书案，点点杨花入砚池。闲坐小窗读周易，不知春去几多时。

读易象

书房兀坐万机休，日暖风和草色幽。谁道二千年远事，而今只在眼前头。②

两首诗歌读来给人古雅平淡、淡而有味的情致，好似闲坐品茗，细品出味，自有一种悠闲韵致。

综上所述，周敦颐的庐山诗多表现出一种自然简淡的风格，淡而有味，讲究自然，不饰雕琢。周敦颐对生活的态度洒脱坦荡，于恬静自然之中蕴含了轻松诙谐的乐趣，同时他的诗歌富有理趣，反映出诗人胸怀洒落、光风霁月的人格以及恬淡适意、宁静清远的审美情趣。有学者将周敦颐的诗歌创作方式概括为"濂溪范式""用简俊清幽的诗境表现清和人格的诗歌形态"③，诗歌自成一家。可以说，周敦颐不但是宋代理学的开山祖师，也是宋代理学诗派的开山，开创了宋代理学诗派的雅正古朴诗风，在宋代理学诗派的诗坛

---

① 《庐山历代诗词全集》，第 787—788 页。
② 《庐山历代诗词全集》，第 789—790 页。
③ 王利民：《濂洛风雅论》，《文学遗产》，2006 年第 2 期，第 68 页。

中占有一席之地。

第三节　历代题咏周敦颐的庐山诗：
"如光风霁月"

有宋以来，世人围绕周敦颐写了不少诗，历代题咏周敦颐的庐山诗歌包括对周敦颐在庐山生活遗迹的拜谒诗、缅怀周敦颐的祭祀诗等等。从这些题咏的庐山诗歌中择取典型代表诗歌展开解读，有助于系统了解周敦颐的君子人格及其开创的濂溪书院文化。

第一类是与周敦颐的赠和诗，这些诗歌多是与周敦颐同时代的人之间的赠和诗，数量不多。例如，潘兴嗣《赠茂叔太博》、何平仲《赠周茂叔》、任大中《送永倅周茂叔还濂溪》等等。

潘兴嗣，南昌新建（今属江西南昌）人，是周敦颐的生前好友之一，曾撰写《濂溪先生墓志铭》。朱熹特别推崇潘兴嗣写的《濂溪先生墓志铭》，并且根据《濂溪先生墓志铭》撰写《濂溪先生事状》。《赠茂叔太博》是潘兴嗣在周敦颐隐居庐山时有感而作：

> 心似冰轮浸玉渊，节如金井冽寒泉。每怀颜子能希圣，犹笑梅真只隐仙。仕倦遇时宁枉道，贫而能乐岂非贤。区区世路求难得，试往沧浪问钓船。①

《论语·述而》曰："饭疏食饮水，曲肱而枕之，乐亦在其中矣。不义而富且贵，于我如浮云。"《论语·雍也》曰："贤哉，回也！一箪食，一瓢饮，在陋巷，人不堪其忧，回也不改其乐。""孔颜乐处"是宋明理学的主要话题。周敦颐在《通书·颜子第二十三》说："夫富贵，人所爱也。颜子不爱不求，而乐乎贫者，独何心哉？天地间有至贵至爱可求，而异乎彼者，见其大而忘其小焉尔。见其大则心泰，心泰则无不足，无不足则富贵贫贱处之一

---

① 《庐山历代诗词全集》，第810页。

208

也。"周敦颐虽然并未说明什么是"至贵、至富",但是他抛砖引玉地为宋明理学提出了一系列的新范畴、新命题。周敦颐将"孔颜乐处"精神境界作为宋明理学家人生精神追求的最高目标,它至贵至爱,超越贫贱富贵,人只有"见其大""忘其小",则"心泰",这是一种精神充实、平静、愉悦的境界。

第二类是对周敦颐的忆念诗。这些诗歌多是周敦颐的友人或者读周敦颐书、闻其事而忆其人的后人所写,例如,李大临《谒濂溪周虞部》、苏轼《茂叔先生濂溪诗呈次元仁弟》、释道潜《周茂叔郎中濂溪》、黄庭坚《濂溪词并序》、林焕《题濂溪》、周以雅《濂溪六咏》等等。

苏轼《故周茂叔先生濂溪(溪在庐山下)》和黄庭坚《濂溪(并序)》很有名,两首诗高度评价了周敦颐的人格精神。例如:

故周茂叔先生濂溪(溪在庐山下)

苏轼

世俗眩名实,至人疑有无。怒移水中蟹,爱及屋上乌。坐命此溪水,名与先生俱。先生本全德,廉退乃一隅。因抛彭泽米,偶似西山夫。遂即知所知,以为溪之呼。先生岂我辈,造化乃其徒。应同柳州柳,聊以愚溪愚。①

世上的人都爱慕世俗名利,而周敦颐这样一位人格高尚的圣人一点也不看中这些。"水中蟹"典故出自《晋书·解系传》:"及张华、裴頠之被诛也。(赵王)伦、(孙)秀以宿憾收系兄弟。梁工肜救系等。伦怒曰:'我于水中见蟹且恶之,况此人兄弟轻我邪!此而可忍,孰不可忍!'"周敦颐厌倦了官场生活,最终辞官退隐,因喜欢庐山莲花峰的胜景,修筑书堂于莲花峰下。吴宗慈《庐山志》引明代桑乔的《庐山纪事》曰:"初,先生在南昌时,尝过浔阳,爱莲花峰之胜。又其麓有水出自莲花洞,洁清绀寒,先生濯缨而乐之,因筑书堂于其上,而取故里濂溪之名以名之。期以他日不仕,则归咏其上,其后果定居焉。"② "濂溪"一名与周敦颐清洁廉明的品性有关,

---

① 《庐山历代诗词全集》,第887—888页。
② 《庐山志》,第85页。

周敦颐以此命名警醒自己。诗人将周敦颐隐居濂溪的高风亮节和陶渊明不为五斗米折腰而归隐，伯夷、叔齐不食周粟而采薇于首阳山的人格列于同等重要的地位，还将周敦颐的濂溪与柳宗元在湖南永州的"愚溪"相比。苏轼非常赞赏周敦颐的不贪恋世俗虚名、清明廉洁、高蹈隐逸的高尚人格。又如：

濂溪（并序）
黄庭坚

春陵周茂叔，人品甚高，胸中磊落，如光风霁月。好读书，雅意林壑。初不为人窘束世，故权舆仕籍，不卑小官，职思其忧。论法常欲与民决讼，得情尔不喜。其为少吏，在江湖郡县十五年，所至辄可传。任司理参军，转运使以权利变其狱，茂叔争之不能得，投告身欲去，使者敛手听之。赵公悦道，号称好贤。人有恶茂叔者，赵公以使者临之甚威，茂叔出之超然，其后乃悟曰："周茂叔，天下士也。"荐之于朝，论之于士大夫。终其身，其为使者进退官吏，得罪者自以不冤，中岁乞身老于溢城。有水发源于莲花峰下，洁清绀寒，下合于溢江。茂叔濯缨而乐之，筑屋于其上，用其平生所安乐，媲水而成，名曰濂溪。与之游者曰：溪名未足以对茂叔之余。虽然，茂叔短于取名，而惠于求志；薄于徼福，而厚于得民，菲于奉身，而燕及茕嫠；陋于希世，而尚友千古。闻茂叔之余风，犹足以律贪，则此溪之水，配茂叔以永久，所得多矣。茂叔讳敦实，避厚陵，奉朝请名，改敦颐，二子寿、焘皆好学承家，求余作《濂溪》诗，思咏潜德，茂叔虽仕宦三十年，而平生之志，终在丘壑，故余诗词不及世故，犹仿佛其音尘。

溪毛秀兮水清，可饭羹兮濯缨，不渔民利兮又何有于名。弦琴兮觞酒，写溪声兮延五老以为寿。蝉蜕尘埃兮玉雪自清，听潺湲兮鉴澄明。激贪兮敦薄，非清蘋白鸥兮谁与同乐。津有舟兮荡有莲，胜日兮与客就闲。人闻拿音兮不知何处散发醉，高荷为盖兮倚芙蓉以当伎。霜清水寒兮舟著平沙，八方同宇兮云月为家。怀连城兮配明月，鱼鸟亲人兮野老同社而争席。白云蒙头兮与南山为伍，非夫人攘臂兮谁余敢侮。①

由黄庭坚的序及赋体诗可见，黄庭坚对周敦颐的推崇甚高。序言开篇即言："舂陵周茂叔，人品甚高，胸中磊落，如光风霁月。"朱熹《先生事状》曰："襟怀飘洒，雅有高趣，尤乐佳山水。遇适意处，或徜徉终日。庐山之麓有溪焉，发源于莲花峰下，洁清绀寒，下合于溢江。先生濯缨而乐之，因寓以濂溪之号，而筑书堂于其上。豫章黄太史庭坚诗而序之曰：'茂叔人品甚高，胸中洒落，如光风霁月。'知德者，亦深有取于其言云。"② 据《庐山志》记载，朱熹在庐山时还曾特意修建了一座光风霁月亭以纪念周敦颐，并为之题志。这篇赋诗是黄庭坚应周敦颐二子的请求而作，因此在序言中还特意交代了周敦颐为官清廉的事迹。周敦颐一生为官清廉，刚正不阿。《宋书》有关周敦颐的政事记载有两则：

> 周敦颐字茂叔，道州营道人。原名敦实，避英宗旧讳改焉。以舅龙图阁学士郑向任，为分宁主簿。有狱久不决，敦颐至，一讯立辨。邑人惊曰："老吏不如也。"部使者荐之，调南安军司理参军。有囚法不当死，转运使王逵欲深治之。逵，酷悍吏也，众莫敢争，敦颐独与之辩，不听，乃委手版归，将弃官去，曰："如此尚可仕乎！杀人以媚人，吾不为也。"逵悟，囚得免。

> 徙知南昌，南昌人皆曰："是能辨分宁狱者，吾属得所诉矣。"富家大姓、黠吏恶少，惴惴焉不独以得罪于令为忧，而又以污秽善政为耻。历合州判官，事不经手，吏不敢决，虽下之，民不肯从。部使者赵抃惑于谮口，临之甚威，敦颐处之超然。通判虔州，抃守虔，熟视其所为，乃大悟，执其手曰："吾几失君矣，今而后乃知周茂叔也。"

黄庭坚认为，周敦颐为书堂取名濂溪，并不足以表彰其为人之高尚，他高度赞美周敦颐："虽然，茂叔短于取名，而惠于求志；薄于徼福，而厚于得民，菲于奉身，而燕及茕嫠；陋于希世，而尚友千古。"周敦颐不贪图名

---

① 《庐山历代诗词全集》，第995—996页。
② 《周敦颐集》，第171页。

声而重视实现理想,淡泊福禄而看重民心,自身微薄而惠及孤寡,不迎合世俗而重视与古人为友。

第三类是后人对周敦颐遗迹的拜谒诗。这类诗在题咏周敦颐的庐山诗歌中最多,这些遗迹主要是周敦颐生前修筑并且生活过的濂溪书堂(一名濂溪祠)以及周敦颐死后的濂溪墓等。诗歌主要歌颂周敦颐的人格、哲学思想以及对周敦颐的敬仰之情。例如,孔平仲《题濂溪书院》、朱熹《山北纪行》二首、王溉《谒濂溪先生祠堂》、度正《留题九江濂溪书堂》、王缜《登庐山谒濂溪周先生墓》、王守仁《谒濂溪祠》等等。

例如,《谒濂溪先生祠堂》诗曰:

有宋淳熙,岁承火羊,月临水鼠,阳生后之三日,郡太守王溉同贰车赵希勉、周梓款谒先生祠堂,陪礼者幕官吕蚁、唐绍彭、朱光祖,邑令尹黄灏广、文应振,郡庠诸生,六十有二人。行礼讫事,王溉赋诗二章,以纪其事曰:

邹鲁宫墙世莫逾,先生深造类平居。功名岁晚云归岫,德业川增水到渠。洁静精微穷太极,明通公溥见遗书。要知今古存清致,一派濂溪玉不如。

发明正学久无闻,千载寥寥独见君。喜有人能洪此道,定知天未丧斯文。浔阳遗俗堪垂则,溢浦流风又策勋。我率诸生拜祠下,要令今古播清芬。①

第一首诗的开头两句指出周敦颐继承孔子衣钵,发扬儒学,开北宋理学之先风。三、四两句称赞周敦颐归隐山林后的著书讲学的思想成就。周敦颐非常推崇孔子。《通书·孔子下第三十九》曰:"道德高厚,教化无穷,实与天地参而四时同,其惟孔子乎!"其中《太极图说》《通书》是周敦颐留给后人的两部重要的思想著作。《太极图说》认为,"太极"是宇宙的本原,人和万物都由阴阳二气和水火金木土五行相互作用构成,五行统一于阴阳,阴阳统一于太极。"惟人也,得其秀而最灵。"在人的价值和作用中,"圣人定

---

① 《周敦颐集》,第 156 页。

之以中正仁义而主静，立人极焉"。所以，诗歌中提到"洁静精微穷太极"。《通书·圣学》曰："一为要。一者，无欲也。无欲，则静虚动直。静虚则明，明则通；动直则公，公则溥。明通公溥，庶矣乎！"没有私心杂念，所作所为就是公，那么就可以做到"静虚"；没有患得患失的私心，做起事来一往直前，那么就可以做到"动直"。没有私心杂念，没有偏见，那么"静虚则明"；对于是非看得清楚，那么"明则通"。如果没有私心杂念，对是非看得清楚，能够一往直前朝着正确的方向走，那么"直则公""公则溥"，对社会大众都是有利的。

第二首诗开头描写一位"陋于希世"的寂寞学者形象。周敦颐的思想学术在北宋并未得到推广，直到南宋朱熹、张栻等人才将其传播开来。《论语·子罕》曰："子畏于匡，曰：'文王既没，文不在兹乎？天之将丧斯文也，后死者不得与于斯文也；天之未丧斯文也，匡人其如予何？'"① 周敦颐对后世理学影响的一个很重要的方面，就是寻"孔颜乐处"，注重对圣人内心境界的探求和对人格理想的追求，开一代新风气，被朱熹尊为理学开山。当然，道家思想在周敦颐的思想体系中占有一定的地位，导致周敦颐崇尚自然、追求平淡、淡泊名利、超然世外。

《庐山志》记载："书院内有莲池，先生作书堂时，于堂前凿池，种莲其中，名其堂曰爱莲，且自为《爱莲说》。"② 另据度正《年表》记载，嘉祐八年（公元 1063 年）五月，周敦颐作《爱莲说》。在周敦颐任南康知军时，"陋于希世"，在府署东侧亲手凿池种莲。正是有感于莲花的"出淤泥而不染"的君子风尚，写下了脍炙人口的《爱莲说》。

> 水陆草木之花，可爱者甚蕃。晋陶渊明爱菊；自李唐来，世人甚爱牡丹。予独爱莲之出淤泥而不染，濯清涟而不妖，中通外直，不蔓不枝，香远益清，亭亭净植，可远观而不可亵玩焉。予谓：菊，花之隐逸者也；牡丹，花之富贵者也；莲，花之君子者也。噫！菊之爱，陶后鲜

---

① 《论语译注》，第 88 页。
② 《庐山志·山川胜迹》，第 86 页。

有闻；莲之爱，同予者何人？牡丹之爱，宜乎众矣。①

莲花的特性是"出淤泥而不染，濯清涟而不妖"，无论是淤泥还是清水，植根于淤泥之中而沐浴于清涟之内的莲花，都不改其本色。"中通外直"暗示着智慧其中、刚直其外的儒家人格。"不蔓不枝"隐喻着莲花质朴无华、不加文饰的品性。"香远益清，亭亭净植"比喻超凡出俗的君子性格。"可远观而不可亵玩焉"写出了莲花凛然不可侵犯的特点。因此，莲花的形象也正合儒家提倡的君子典型。周敦颐的人生，就是这株寂寞莲花的写照，洁身自爱，高洁脱俗。菊花多是隐逸者所爱，甘于寂寞，好归隐山林。尽管周敦颐的晚年选择了归隐，但周敦颐并不是一个隐逸者，他的人生态度仍然是入世的，积极向上的，正视现实。所以他的一生都在入世与归隐的思想之间做斗争。

这些题咏周敦颐的庐山诗歌，或是歌咏周敦颐的思想、承上启下的地位、高洁的人品等，或是歌咏濂溪书院、濂溪墓等。题咏诗歌的体裁也是多样的，有古诗、七言诗、五言律诗、七言古诗、五言绝句。这类型的诗歌以多种方式抒发对周敦颐的仰慕之情，不仅提高了周子的地位，而且能够推进濂学研究。

附录：历代题咏周子及其书堂的庐山诗歌表

朝代	诗人	诗歌数量	诗歌题目	备注
北宋	赵抃	1	《题茂叔濂溪书堂》	P. 724
北宋	任大中	1	《送永倅周茂叔还濂溪》	P. 744
北宋	李大临	1	《谒濂溪周虞部》	P. 745
北宋	何平仲	3	《赠周茂叔》《闻周茂叔中年有嗣以诗贺之》《题周茂叔拙赋》	P. 790 – 791
北宋	潘兴嗣	2	《赠茂叔太博》《过濂溪》	P. 810 – 812
北宋	刘遗民	1	《濂溪》	P. 828

---

① 《周敦颐集》之《遗文》，第120页。

朝代	诗人	诗歌数量	诗歌题目	备注
北宋	苏轼	1	《故周茂叔先生濂溪》（又名《茂叔先生濂溪诗呈次元仁弟》）	P. 887
北宋	释道潜	1	《周茂叔郎中濂溪》	P. 966
北宋	孔平仲	1	《题濂溪书院》	《周敦颐集》P. 150
北宋	黄庭坚	1	《濂溪词并序》	P. 995 – 996
北宋	贺铸	1	《寄题浔阳周氏濂溪草堂》	P. 1012
南宋	林焕	1	《题濂溪》	P. 1114
南宋	周紫芝	1	《十六日对雨是日闻得濂溪地》	P. 1121
南宋	朱熹	2	《山北纪行》二首	P. 1307
南宋	王溉	1	《谒濂溪先生祠堂》	《周敦颐集》P. 156
南宋	度正	2	《留题九江濂溪书堂》《再题》	同上
南宋	魏嗣孙	1	《濂溪识行》	《周敦颐集》P. 157
南宋	王子修	1	《题濂溪祠堂诗》	同上
南宋	周刚	1	《敬题祠堂》	同上
南宋	鲍昭	1	《题濂溪祠并序》	《周敦颐集》P. 158
南宋	薛袚	1	《题濂溪》	同上
南宋	柴中行	1	《敬题濂溪先生书堂》	《周敦颐集》P. 159
南宋	文仲琏	2	《嘉定七年九月十三日敬拜濂溪先生祠下》《魏鹤山督师日领客溪堂分韵诗并序》	同上
南宋	周以雅	6	《濂溪六咏》	《周敦颐集》P. 160
南宋	钱闻诗	1	《爱莲堂》	P. 1372
南宋	陈宓	1	《南康爱莲即事》	P. 1449
南宋	董嗣杲	1	《题濂溪书院》	P. 1524
南宋	叶桂女	1	《濂溪识行》	P. 1552
金元	侯克中	1	《濂溪周子》	P. 1570

朝代	诗人	诗歌数量	诗歌题目	备注
金元	贡景龙	1	《濂溪爱莲》	P. 1842
明	危素	1	《过元公濂溪故宅》	P. 1893
明	钱子义	1	《濂溪》	P. 1988
明	曾棨	1	《二贤祠》	P. 2173
明	李时勉	1	《二贤祠》	P. 2187
明	罗亨信	2	《濂溪观莲》二首	P. 2196 – 2197
明	吴与弼	2	《谒濂溪晦庵二先生祠》二首	P. 2217 – 2218
明	胡居仁	1	《题濂溪旧隐》	P. 2332
明	吴宽	1	《谒二贤》	P. 2339
明	童潮	1	《濂溪古树》	P. 2372
明	王缜	1	《登庐山谒濂溪周先生墓》	P. 2490
明	王守仁	1	《谒濂溪祠》	P. 2588
明	尹襄	1	《谒濂溪书院作》	P. 2646
明	杨本仁	1	《谒濂溪墓》	P. 2941
明	欧大任	1	《经濂溪先生故居》	P. 3209
明	黄克晦	1	《谒濂溪周先生墓》	P. 3286
明	孙应鳌	2	《谒濂溪墓次罗念庵韵》《谒濂溪祠次阳明韵》	P. 3450，P. 3458
明	张元忭	4	《谒濂溪先生祠》四首	P. 3524 – 3525
明	缪昌时	1	《过濂溪祠墓》	P. 4208
清	张仁熙	1	《周濂溪先生墓》	P. 4425
清	徐浩	1	《过周濂溪先生墓》	P. 4540
清	宋至	2	《经濂溪废祠》	P. 4890
清	潘耒	1	《濂溪祠》	P. 4983
清	查慎行	1	《经周濂溪先生废祠》	P. 5045
清	陈大章	1	《谒濂溪祠堂》	P. 5142

续表

朝代	诗人	诗歌数量	诗歌题目	备注
清	叶荣	1	《过周濂溪先生墓》	P. 5371
清	桑调元	4	《归自恒山题濂溪一绝》《抵濂溪书院》《入濂溪书院酬定岩韵》《濂溪书院瀑布歌和定岩韵》	P. 5475 – 5476
清	董榕	1	《谒濂溪祠》	P. 5483
清	顾光旭	1	《访周濂溪墓》	P. 5663
清	吴嵩梁	1	《濂溪港》	P. 5892
清	罗运崃	1	《濂溪墓》	P. 6349
共计	60（人）	81（首）		

第二章

白鹿洞书院与朱熹的庐山诗

第一节　朱熹与书院的复兴："白鹿薪传"

　　正如前文所述，书院是唐宋以来兴起的一种文化教育组织。白鹿洞书院能够成为宋代新儒学——理学的传播基地之一，被胡适评价为"代表中国近世理学的大趋势"，完全得益于朱熹对它的修复兴建。"朱熹兴复白鹿洞书院，在总结前人建设书院经验的基础上，创建的书院模式，标志着我国古代书院制度的成熟。它对而后七百年中书院的发展影响很大。"[①] 朱熹作为我国书院制度的建立者和书院精神的奠基者，他致力于创建恢复书院教育，使得书院的发展在南宋出现了第一个高峰，书院教育作为一种有组织、制度化的私学体系在宋代正式形成。

　　白居易由长安前往杭州任刺史，途经江州，与时任江州刺史的李渤会面后，作诗《再过江州题别遗爱草堂兼赠李十使君》，这是关于白鹿洞较早的文献资料之一：

　　　　曾住炉峰下，书堂对药台。斩新萝径合，依旧竹窗开。砌水亲开决，池荷手自栽。五年方暂至，一宿又须回。纵未长归得，犹胜不到

---

① 李才栋：《朱熹兴复白鹿洞书院史事考》，《朱熹与中国文化——武夷山朱熹研究中心成立大会论文集》1988 年，第 234 页。

来。君家白鹿洞，闻道亦生苔。①

题目中所指李十使君即是李渤，"李亦庐山人，常隐白鹿洞"。据陈舜俞《庐山志》等史志记载，唐德宗贞元年间（公元785—805年）李渤、李涉兄弟二人在庐山读书求学，并且驯养了一只白鹿。山村居民视鹿为神，尊称李渤为"白鹿先生"或"白鹿山人"。等到李渤在宝历年间（公元825—827年）出任江州刺史，他出资修筑这个曾经读书的地方，筑起台榭，环以流水，种植花木，并且命名为白鹿洞。

唐代另一位诗人杨嗣复，也作了一首关于李渤隐居庐山草堂事迹的诗，《题李处士山居》诗曰：

> 卧龙决起为时君，寂寞匡庐惟白云。今日仲容修故业，草堂焉敢更移文。②

还有晚于杨嗣复的诗人许彬，创作《题故李宾客庐山草堂》。诗曰：

> 难穷林下趣，坐使致君恩。术业行当代，封章动谏垣。已明邪佞迹，几雪薜萝冤。报主深如此，忧民讵可论。名将山共古，迹与道俱存。为谢重来者，何人更及门。③

南唐昇元年间（公元937—943年）白鹿洞被建成学馆，供各方学者读书之用，当时被称为庐山国学。庐山国学有多种称呼，例如，白鹿洞国庠、白鹿洞国学、白鹿寺、庐山国子监、庐山学堂等等。南唐时期，由于李璟、李煜父子钟爱庐山，重视庐山国学，因此，庐山国学成为与国子监相类似的学校，成为南唐重要的文化学术中心之一。庐山国学培养了一大批知名人士，他们也留下不少在庐山国学求学的诗歌。例如，南唐伍乔《庐山学堂送祝秀才还乡》：

> 束书辞我下重巅，相送同临楚岸边。归思几随千里水，离情空寄一

---

① 《庐山历代诗词全集》，第373页。
② 《庐山历代诗词全集》，第410页。
③ 《庐山历代诗词全集》，第527页。

枝蝉。园林到日酒初熟，庭户开时月正圆。莫使蹉跎恋疏野，男儿酬志在当年。①

又如，李中《送相里秀才之匡山国子监》：

气秀情闲杳莫群，庐山游去志求文。已能探虎穷骚雅，又欲囊萤就典坟。目豁乍窥千里浪，梦寒初宿五峰云。业成早赴春闱约，要使嘉名海内闻。②

上述两首诗歌提到的庐山学堂和匡山国子监即是南唐时的庐山国学。庐山国学除了传授学生诗文史籍之外，还有儒家孔孟经书。培养出来的学生既能吟诗作对，又善于政事，以文学政事闻于世。两首诗末尾表达了男儿应该志在四方、建功立业、扬名海内的政治理想。

北宋初期，江州地方人士在南唐庐山国学的旧址上重新兴建学馆，人们称其为书堂或书院。盛朗西指出："唐时书院，并无学校性质。洎乎五代，天下大乱，干戈兴，学校废。遍查《五代史》，国子监徒存其名，郡国乡党之学，仅得一二学馆而已，书院无有也。'书院'以白鹿洞为最早。白鹿洞南唐时号为'庐山国学'。《南唐书》记之较详。原实亦一学馆耳。意者学馆聚书，为士人读书之所，故亦称之为书院乎？时则白鹿洞学馆，确已具有书院规模。"③ 从宋代起，白鹿洞书院由唐末私人修建的读书场所逐渐发展为宋代聚徒讲学之所。虽然白鹿洞于宋初被建为书院，但当时生徒不多。太平兴国二年（公元 977 年），江州知州周述在得到宋太宗赵光义赐书的褒奖，使白鹿洞书院第一次得到朝廷重视。其后白鹿洞又历经三起三落，直到皇祐末年（公元 1054 年），它遭兵燹之祸，成为一片废墟。直到淳熙六年（公元 1179 年）南宋朱熹任南康知军时，他目睹书院"荒凉废坏无复栋宇"的状况，决心修复书院，沉寂百年的白鹿洞书院再次誉满天下。

在朱熹看来，修复白鹿洞书院是一件兴灭继绝、"宣明教化"的事业。

---

① 《庐山历代诗词全集》，第 600 页。

② 周銮书等主编：《千年学府——白鹿洞书院》，江西人民出版社 2003 年版，第 236 页。

③ 《中国书院制度》，第 11—14 页。

他在呈报朝廷的《白鹿洞牒》中说："慨念庐山一带老佛之居以百十计，其废坏无不兴葺。至于儒生旧馆只此一处，既是前朝明贤之迹，又蒙太宗诏赐经书，所以教养一方之士，德意甚美，而一废累年不复振起，吾道之衰既可悼惧，而太宗皇帝教化育材之意亦不著于此邦，以传于后世，尤长民之吏不得不任其责者。其庐山白鹿洞书院合行修立。"经朝廷批准后，朱熹又向宋孝宗乞赐敕额经书，以此抬高书院的地位和作用。

朱熹非常重视环境对人的思想和品德修养的影响，认为好的学习环境可以"绝其晨昏""存其道气"，因此，他"考按图径"，查阅资料，亲自前往遗址勘查。他看到白鹿洞书院三山夹一水，三山环合，四周树木郁郁，清秀幽静，"无市井之喧，有泉石之胜"，非常适宜作为讲学之处。他又对书院的周边环境进行了一番规划和整理，像"白鹿洞""隐处""枕流""漱石"等石刻都是其亲笔所书。另外，白鹿洞书院在其发展过程中陆续建立了许多祠庙，例如，礼圣殿、宗儒殿、先贤祠、忠节祠等。因为展礼是儒家教育和教学的重要形式，也是书院活动中必不可少的方面，所以这些祠庙的建立就是为了师生开展书院祭祀活动的场所。

朱熹作诗《白鹿洞故址爱其幽邃议复兴感叹有作》：

> 清冷寒涧水，窈窕青山阿。昔贤有幽尚，眷言此婆娑。事往今几时，高贤绝来过。学馆空废址，鸣弦息遗歌。
>
> 我来劝相余，仗策攀绿萝。谋野欣有获，披图知匪讹。永怀当年盛，莘莘衿佩多。博约感明恩，涵濡熙泰和。
>
> 凄凉忽荒榛，俯仰惊颓波。发教见纲纪，喟然心靡他。伐木循阴冈，结屋依阳坡。一朝谢尘浊，归哉硕人薖。①

诗歌的前八句写朱熹见到白鹿洞故址附近的自然山水，由此联想到古昔圣贤之士在此留下的遗迹。面对如今荒废的学馆，朱熹有修复白鹿洞书院的想法。当初莘莘学子于书院读书的胜景与此时近乎荒凉的书院废址情景对比，让朱熹更加下定决心要在书院旧址上重新修建，复兴白鹿洞书院。诗歌

---

① 《庐山历代诗词全集》，第 1285 页。

的最后两句表现了朱熹欲隐居于白鹿洞的想法。"一朝谢尘浊"意指辞官，不理官场的污浊险恶。"归哉硕人薖"一句则是引用了《考槃》中的"考槃在阿，硕人之薖。独寐寤歌，永矢弗过"。《考槃》是"一首抒写隐居生活的诗"，"使贤者退而穷处"。① 朱熹《诗集传》曰："考，成也。槃，盘桓之意。言成其隐处之室也。陈氏曰：'考，扣也。槃，器名。盖扣之以节歌，如鼓盆拊缶之为乐也。'"② 扣槃于山水之间，有隐者神韵。"硕人"意指贤人，"薖"是"窠"的假借字，《说文解字》释"窠"为"空也"。由此可见，朱熹不仅有修建复兴白鹿洞书院的念头，也有晚年归隐白鹿洞书院的想法。

朱熹的另一首诗《游白鹿洞得谢字赋呈元范伯起之才三兄并示诸同游者》是与众友同游白鹿洞旧址所作：

> 岁月有环周，穷腊忽受谢。眷眷山水心，幸此朱墨暇。招呼得良友，邂逅成凤驾。深寻故辄迹，喜见新结架。永怀拾遗公，藏器此待价。横流诗书泽，下及杨李霸。炎神抚兴运，制作流大化。石室万卷藏，纶言九天下。规模未云远，荒莽良可诧。自非贤邑宰，谁复此精舍。会当求敕赐，毕愿老耕稼。更与尽心期，临流抗风榭。③

前八句主要写诗人与友人一同探寻白鹿洞古迹，缅怀书院的名人。"永怀拾遗公，藏器此待价"两句应是指李渤隐居白鹿洞。"藏器"出于《周易·系辞下》："君子藏器于身，待时而动，何不利之有?"④ 君子之所以是君子，好比他的身上时刻带着武器，一遇时机，就搭箭射击，有什么不吉利的呢?"待价"出于《论语·子罕》："沽之哉! 沽之哉! 我待贾者也。"⑤ 子贡问孔子，这里有块美玉，是放在柜子里藏起来呢，还是找一个识货的人卖掉呢? 孔子回答说，卖掉它，我是在等待识货的人。无论是"藏器"还是

---

① 《诗经注析》，第159—161页。
② 〔宋〕朱熹集注：《诗集传》，中华书局2011年版，第46页。
③ 《庐山历代诗词全集》，第1285—1286页。
④ 王振复：《周易精读》，复旦大学出版社2008年版，第329页。
⑤ 《论语译注》，第91页。

"待价"，都表达出要怀才以等待时机施展才能的意思。"横流诗书泽，下及杨李霸。炎神抚兴运，制作流大化"这四句主要是叙述了李渤之后的白鹿洞在五代尤其是南唐时得以继续发展，又经过北宋一代，最终创立了白鹿洞书院，藏书万卷。"纶言九天下"，太平兴国二年（公元977年）皇帝批准江州周述的奏请，使国子监印九经赐予书院。但是现在的书院已经荒芜败落，朱熹决定要担当起修复书院的重任，于是向朝廷呈报兴复之事。虽然兴复书院的事情几经挫折，但是朱熹依然肩负起复建白鹿洞书院的任务。

淳熙七年（公元1180年），朱熹在初步修复白鹿洞书院后，率领师生祭祀先师先圣，即现在所谓的开学典礼。朱熹升堂讲学《中庸首章》，最后尽兴作诗唱和，题为《次卜掌书落成白鹿院佳句》，诗曰：

> 重营旧馆喜初成，要共群贤听鹿鸣。三爵何妨奠萍藻，一编讵敢议明诚。深源定自闲中得，妙用元从乐处生。莫问无穷庵外事，此心聊与此山盟。①

由于朱熹亲自主持书院修复工程，因此不到半年时间，白鹿洞书院就完全修复。在朱熹任职满一年之际，他"率兵佐合师生修释菜之礼"以示庆祝。释菜礼是古代入学时向先师行祭礼，用萍藻之类奠祭。《诗经·小雅·鹿鸣》是贵族宴会宾客的诗。这首诗中的"鹿鸣"是指贤才齐聚一堂，欢庆白鹿洞书院复建成功。《宾之初筵》曰："三爵不识，矧敢多又。"② 诗中"三爵"意为古代君臣小宴会上以吃三杯酒为度，适量而止。"诚者，圣人之本。"礼是儒学教育的重要内容，习礼包含着尊师、重道、崇贤等含义，因此，祭祀先师先圣是书院教学活动中的重要内容之一，是一种生动的教育过程，也是朱熹"格物致知"的重要方面。前四句意在叙述白鹿洞书院复建后的庆祝活动。后四句实则为朱熹提出的书院学习宗旨，闲适淡然，潜心修养。这首诗表达了朱熹心中的喜悦和居山讲学的决心，其得意之情溢于字里行间。

---

① 《庐山历代诗词全集》，第1286页。
② 《诗经注析》，第702页。

此外，朱熹《白鹿讲会次卜丈韵》也表达了诗人对书院学习宗旨的看法：

> 宫墙芜没几经年，只有寒烟锁洞泉。结屋幸容追旧观，题名未许续遗编。青云白石聊同趣，霁月光风更别传。珍重个中无限乐，诸郎莫苦羡腾骞。①

白鹿洞书院没落了多年，唯有寒烟洞泉相伴，之后在朱熹的努力下才得以恢复兴建，白鹿洞书院的名字也能继续传承下去。然而白鹿洞书院的精神应该得到继承和发扬，因此朱熹提出"青云白石聊同趣，霁月光风更别传"，决心要在这样清幽的环境中传承文化精神，自得其乐。

朱熹兴复白鹿洞书院的具体措施大概有修建书院房屋、筹措院田、聚书、聘师、招生、"列圣贤为学次第以示学者"、设立课程等等。在朱熹复兴白鹿洞的活动中，"列圣贤为学次第以示学者"是指朱熹为书院定下的规制《白鹿洞书院揭示》。它是朱熹制定的颇有特色的学规，"系朱熹'特取凡圣贤所以教人为学之大端'揭示之，意在'诸君其相与讲明遵守，而责之于身'。它是一种指导思想，教育要求，一种为学之路途，一种具有鼓励性质的'学圣''希贤'的奋斗目标"②。《白鹿洞书院揭示》原文如下：

> 父子有亲、君臣有义、夫妇有别、长幼有序、朋友有信。
>
> 右五教之目。尧舜使契为司徒，敬敷五教，即此是也。学者学此而已。而其所以学之序，亦有五焉，具列如左：
>
> 博学之、审问之、谨思之、明辨之、笃行之。
>
> 右为学之序。学问思辨四者，所以穷理也。若夫笃行之事，则自修身以至于处事、接物，亦各有要，具列如左：
>
> 言忠信、行笃敬、惩忿窒欲、迁善改过。
>
> 右修身之要。
>
> 正其义，不谋其利；明其道，不计其功。

---

① 《庐山历代诗词全集》，第 1287 页。
② 李才栋：《白鹿洞书院史略》，江西教育出版社 1989 年版，第 63 页。

右处事之要。

己所不欲，勿施于人；行有不得，反求诸己。

右接物之要。

　　熹窃观古昔圣贤所以教人为学之意，莫非使之讲明义理，以修其身，然后推己及人。非徒欲其务记览，为词章，以钓声名，取利禄而已也。今人之为学者，则既反是矣。然圣贤所以教人之法，具存于经，有志之士，固当熟读而问辨之，苟知其理之当然，而责其身以必然，则夫规矩禁防之具，岂待他人设之，而后有所持循哉！近世于学有规，其待学者为已浅矣，而其为法，又未必古人之意也，故今不复以施于此堂，而特取凡圣贤所以教人为学之大端，条列于右，而揭之楣间。诸君其相与讲明遵守，而责之于身焉。则夫思虑云为之际，其所以戒谨恐惧，必有严于彼者矣。其有不然，而或出于此言之所弃，则彼所谓规者，必将取之，固不得而略也。诸君其亦念之哉。①

　　《白鹿洞书院揭示》包含了朱熹教育思想的主要方面，囊括了教育的目标、内容、为学程序、修身、处事和接物等一系列纲领。首先，它提出了教育的目标就是要明确遵守纲常伦理，并且见之于身心修养。其次，它要求按照学、问、思、辨的"为学之序"去"穷理""笃行"。再次，它提出了修身、处事、接物的原则。这些简短的学规，多是儒家经典话语。朱熹在《白鹿洞书院揭示》最后还特意做了一番说明，古代圣贤教人为学的主要目的是讲明义理，修养身心，推己及人，而非记览辞章，获取功名利禄。朱熹教导学生学习儒家经典，读书穷理，修己治人。《白鹿洞书院揭示》于绍熙五年（公元1194年）被朱熹揭示于潭州岳麓书院楣间，变成《岳麓书院揭示》。嘉定五年（公元1212年），朱熹门人刘爚向皇帝请示《白鹿洞书院揭示》为太学学规。淳祐元年（公元1241年）宋理宗赵昀在视察太学时亲自书写《白鹿洞书院揭示》给太学生。此后这个揭示成为抄录在各地学校和书院的学规，成为各类学校的"指导方针"。

_____

① 李宁宁、高峰主编：《白鹿洞书院艺文新志》，江西人民出版社2008年版，第81—82页。

225

朱熹还在书院举行其他学术活动，例如，南宋理学另一派代表人物吕祖谦写《白鹿洞书院记》和陆九渊在书院升堂讲学。吕祖谦在《白鹿洞书院记》中将白鹿洞书院列入宋初四大书院。陆九渊在白鹿洞登台讲学，讲授"君子喻于义，小人喻于利"，他的讲稿被刻石留念，这就是有名的《白鹿洞书堂讲义》，后来与《白鹿洞书院揭示》一同成为理学家的教学纲领。朱熹、吕祖谦和陆九渊是南宋理学三大学派的代表人物，而白鹿洞成为三派理学的联络基地，促进了白鹿洞书院的发展。淳熙八年（公元 1181 年），朱熹奉命调离南康。

朱熹在任南康知军的前后三年时间（公元 1179—1181 年），为白鹿洞书院的兴复倾注了大量的心血。清代毛德琦说，白鹿洞书院"承先启后功莫逾于朱子，盖朱子所建置百世之标准也"。白鹿洞书院成为南宋书院的模范，影响后世书院的发展，开辟了新儒家书院的传统。"朱熹复兴白鹿洞书院的意义，不仅仅是恢复了一处前朝的先贤古迹，更重要的是，实现了理学思想与书院教育相结合的传播模式，从而奠定了宋明理学依托书院的教育体制。"①

第二节 朱熹的格物致知论："穷理""笃行"

《白鹿洞书院揭示》与朱熹的格物致知理论密切相关。白鹿洞书院教育以"学圣""希贤"为目标，以理学思想为内容，以格物致知的自主求知为方法，以"知行合一"为途径，旨在提高个人自身修养。作为宋代新儒学的主要代表人物、理学之集大成者，朱熹在自己的理学思想体系中，提出格物致知论，即"格致心思，持敬知行"②。他的思想是理学成熟时期的标志。

《大学》最早提出"格物致知"之说。《大学》曰："古之欲明明德于天下者，先治其国；欲治其国者，先齐其家；欲齐其家者，先修其身；欲修其

---

① 甘筱青：《庐山文化大观》，江西人民出版社 2009 年版，第 50 页。
② 张立文：《朱熹评传》，南京大学出版社 1998 年版，第 248 页。

身者，先正其心；欲正其心者，先诚其意；欲诚其意者，先致其知，致知在格物。"① 这里的"格物""致知"不是一般意义上的认识论，而是特指对人道、人伦关系的认识，通过教育和学习，明白孝悌仁义，懂是非、辨善恶。《大学》对如何"致知""格物"没有做出充分的阐释，只是简单地提出问题，直到宋明才开始有人深入探讨这个话题。

北宋程颐提出"致知在格物"。他在《河南程氏遗书》卷二十五说："格，犹穷也。物，犹理也。犹曰穷其理而已也。"朱熹《大学章句》在程颐的基础上进一步阐释"格物""致知"之义。

> 所谓致知在格物者，言欲致吾之知，在即物而穷其理也。盖人心之灵莫不有知，而天下之物莫不有理，惟于理有未穷，故其知有不尽也。是以《大学》始教，必使学者即凡天下之物，莫不因其已知之理而益穷之，以求至乎其极。至于用力之久，而一旦豁然贯通焉，则众物之表里精粗无不到，而吾心之全体大用不明矣。此谓物格，此谓知之致也。②

这段话是对"格物致知"的阐述，也是朱熹探求事物规律精神的集中概括。开篇提出，格物为体认的方法，只有通过格物而获得知识，最终才能达到穷理的目标。朱熹在《大学章句》"经"一章的注文中说："格，至也。物，犹事也。穷至事物之理，欲其极处无不到也。"朱熹训"格"为"至"或"尽"，"物"为"事"，格物就是要"穷至事物之理，欲其极处无不到也"。要达到事物的极致，就要穷尽事物的本然之理。朱熹又说："致，推极也。知，犹识也。推极吾之知识，欲其所知无不尽也。"天下万物皆有理，人心皆有知，未达心知的境界是由于未穷尽天下之理。"人心之灵莫不有知，而天下之物莫不有理"，人心的作用是求得万物之理，而万物作为人心的认识对象，带有自身各自不同的客观规律。在此基础上，朱熹提出了事理和认识无穷尽的观点，"惟于理有未穷，故其知有不尽"。世界上万事万物都有理，而且表现出多种多样的形式，因此人的认识永远没有限度。可以说，朱

---

① 〔宋〕朱熹撰：《四书章句集注》，中华书局 1983 年版，第 3 页。
② 《四书章句集注》第五章，第 7 页。

熹更强调对于外在事物的考究，在方法论上指出学习知识的重要性。他认为格物就是要"穷至事物之理"，格物是致知的前提，致知是格物的结果，探求自然的规律，不能只停留在表面，而要达到事物本质的理性认识。"用力之久，而一旦豁然贯通焉，则众物之表里精粗无不到"，通过积习达到豁然贯通，感性认识将向理性认识飞跃，最终达到对最高天理的认识。子曰："不愤不启，不悱不发。举一隅不以三隅反，则不复也。"① 孔子教导学生，举一隅而能以三隅反。孔子所提的举隅法应该是与类推格物法相通的，通过类推而达到"知至""吾心之全体大用而无不明"。

朱熹的《白鹿洞书院揭示》定下的学规可以看作其格物致知思想的具体表现之一。如上所述，格物就是要"窍至事物之理，欲其极处无不到也"，即要达到事物的极致，穷尽事物的本然之理。"致知"就是要将我内心固有的知识达到全知，无所不知。"致知分数多。如博学、审问、慎思、明辨，四者皆致知，只力行一件是行。"② 《白鹿洞书院揭示》中表述的"博学之、审问之、谨思之、明辨之、笃行之"，前四者属于穷理的知的范围，笃行则属于行动范围。"言忠信、行笃敬、惩忿窒欲、迁善改过"的修身之要与朱熹的"存天理，灭人欲""居敬穷理"的主张密切配合。

朱熹认为，认识的主要目的不是去认识客观事件，而是恢复受蒙蔽的人心，使道德观念得到发扬。"致知，是自我而言；格物，是就物而言。""格物，是物物上穷其至理；致知，是吾心无所不知。"③ 格物是向外而求，致知是向内而求。向外而求，可以实现修身、齐家、治国、平天下，向外的最大境界就是"外王"；而向内发掘，可以达到格物、致知、诚意、正心，向内的最高境界是"内圣"。"致知格物只是一事，非是今日格物，明日又致知。格物，以理言也；致知，以心言也。"④ 格物和致知是统一不可分离的，格物和致知是同一个事情的两个角度上的不同说法。由行到知是一个连续不断、

---

① 《论语译注》之《述而篇第七》，第68页。
② 〔宋〕黎靖德编，王星贤点校：《朱子语类》卷十五，中华书局1986年版，第293页。下文注释中凡出现《朱子语类》的，只标注页码。
③ 《朱子语类》，第290—291页。
④ 《朱子语类》卷十五，第292页。

逐渐积累的过程，因此，要获得认知，就要持之以恒地下真功夫。格物、致知、穷理的目标是体认仁义礼智之理。"如今说格物，只晨起开目时，便有四件在这里，不用外寻，仁义礼智是也。"①

朱熹在白鹿洞学院很重视读书方法，他说："盖为学之道，莫先于穷理，穷理之要，必在于读书，读书之法，莫贵于循序而致精，而致精之本，则又在于居敬而持志，此不易之理也。"② 穷理的要害是读书，读书之法贵在循序而致精，致精必须居敬持志。因此，"居敬"是认知主体进行自身修养的重要方法。只有居敬，才能穷理。"学者功夫，唯在居敬、穷理二事。此二事互相发。能穷理，则居敬功夫日益进；能居敬，则穷理功夫日益密。"③ 居敬、穷理是认知主体提高修养的办法，而其宗旨又在于明天理，消人欲。天理之道不待外求，二事求诸己，从自我做起。读书则是有效地加强修养的途径之一。

在朱熹的格物、致知、穷理、居敬之后，剩下的就是知行的问题。朱熹在知行关系中明确主张知先于行、行重于知。他说："知行常相须，如目无足不行，足无目不见。论先后，知为先；论轻重，行为重。"④ 书院祭祀孔子或者其他历史名人，都具有教育、教学性质，包含尊师、重道、崇贤等含义，是一种生动的教育过程。这也是朱熹"格物致知"的重要方面。

佛教重视心性修养，强调修养成佛，而朱熹等理学家强调通过修养心得而成圣人。朱熹在修养方式上就借鉴了佛教的静坐修养法。朱熹说："静坐非是要坐禅入定，断绝思虑。只收敛此心，莫令走作闲思虑，则此心湛然无事，自然专一。"⑤

朱熹所提倡的讲学思想可以从他的有关白鹿洞诗歌中找到佐证。例如，《和子澄白鹿之句》，诗曰：

---

① 《朱子语类》卷十五，第 285 页。
② 《甲寅行宫便殿奏札二》，《朱熹集》卷十四，第 546—547 页。
③ 《朱子语类》卷九，第 150 页。
④ 《朱子语类》卷九，第 148 页。
⑤ 《朱子语类》，第 217 页。

经旬不到鹿场阴，梦想飞驰不自禁。幸有高轩同胜赏，何妨折屐共幽寻。徘徊未厌诗书乐，感慨难忘忠孝心。更对丰镛哦伐木，风泉云鹤自清吟。①

朱熹在白鹿洞书院讲学重视儒家经典和儒学的忠孝义理。白鹿洞书院是其传播新儒学思想的重要场所，想到能够将书院传承下去，朱熹内心的喜悦不亚于当年谢安的折屐之喜。《诗经·小雅·伐木》是一首宴请朋友故旧的诗。"伐木丁丁，鸟鸣嘤嘤。出自幽谷，迁于乔木。嘤其鸣矣，求其友声。"②这首酬和诗引用《诗经·小雅·伐木》的原意表达自己与友人相聚白鹿洞书院的喜悦之情。所谓格物穷理，不仅仅是通过读书达到对义理的掌握，在风泉云鹤的幽静之中寻求山水的自然之趣也在格物穷理的范围内。

朱熹另外一首题咏白鹿洞书院的诗歌，题为《次韵四十叔父白鹿之作》，表达了他的治学主张，需得"精学"，重"名教"：

诛茅结屋想前贤，千载遗踪尚宛然。故作轩亭揖苍翠，要将歌诵答潺湲。诸郎有志须精学，老子无能但欲眠。多少个中名教乐，莫谈空谛莫求仙。③

据载，朱熹每有闲暇就与书院学生优游于山石林泉之间，在游乐之中接触各种事物。"格物致知"以天下之物所体现的天理来印证"吾心所固有的"天理，体察"万物皆有"之"一理"。

总之，在朱熹的理学思想里面，格物致知理论与他为白鹿洞书院制定的《白鹿洞书院揭示》有着重要的联系。如果说格物致知的理念是认识论，那么《白鹿洞书院揭示》则应该看成其方法论之一。

---

① 《庐山历代诗词全集》，第 1287 页。
② 《诗经注析》，第 453 页。
③ 《庐山历代诗词全集》，第 1286 页。

第三节　朱熹的庐山诗："青云白石聊同趣"

　　理学家的诗歌在中国文学史上的地位不高,主要是因为他们的诗"理过其辞,淡乎寡味",然而朱熹的诗有别于其他理学家的。在朱熹的诗歌中,山水诗是最多、最有艺术特色的部分,在立足于表现义理的前提下,将诗歌的艺术性与"理趣"相结合。朱熹与儒佛道的关系直接影响了他的山林情趣,他的山水诗创作又反过来深受这三家思想观念的影响,尤其是佛教的禅宗思想和道教的清心寡欲的修身观念都在很大程度上影响了他的精神修养、生活情趣。因此,他安心于寂静之处读书、讲学,栖身于山林自然,任性而为。

　　韩经太先生在《理学文化与文学思潮》中提出,朱熹文学是"理学集成式的文学思考","朱熹之思想体系,十分庞大,具有一种集大成的性质,在这个意义上,其文学思考也将是理学集大成式的文学思考"。① 诚如韩经太先生在文章中指出的:"在理学家的文学思考中,理学作为心性哲学所确认的精神境界,无疑亦将成为文学主体之审美自塑的某种风范,而实现此一境界的方法,亦将相应成为文学主体之自我实现的方法。"②

　　朱熹的庐山诗是其在孝宗淳熙五年(公元 1178 年)至八年(公元 1181年)任南康知军期间,修建和恢复白鹿洞书院和遍游庐山时所作。这些诗歌或是描写庐山风貌,或是吟咏庐山人文。根据现有的材料统计,朱熹的庐山诗多达八十首。《论朱熹的庐山诗》③ 是目前为止的首篇研究朱熹庐山诗的论文,它按照题咏庐山的内容将诗歌分为两类:一、游览庐山,歌咏胜景;二、遍览古迹,凭吊先贤。这篇论文大致从庐山的自然和人文两个方向着手

---

① 韩经太:《理学文化与文学思潮》,中华书局 1997 年版,第 112 页。下文注释中凡出现《理学文化与文学思潮》的,均只标注页码。

② 《理学文化与文学思潮》,第 113 页。

③ 胡迎建:《论朱熹的庐山诗》,《九江学院学报》(社科版),2011 年第 2 期,第 21—25 页。

研究。在此二者基础上进行细分，将朱熹的庐山诗歌分为四类：第一类是歌咏庐山的无限自然风光，第二类是凭吊先贤在庐山留下的古迹，第三类是游览寺庙、道观之作，第四类是专门题咏白鹿洞书院，承传儒学，倾心书院教育的活动。

第一类游览庐山自然山水风光的诗歌居多，描写的是朱熹在庐山中读书养性的生活，其中自然风光描写得活灵活现，体现了朱熹喜爱山水林壑的自然之趣、隐逸风味和孤寂情怀，有萧散、平淡、自然的诗风。

朱熹在欣赏自然山水审美的过程中，以平淡的心境缅怀感悟前人，在闲适情趣之中暗藏着诗人孤寂的情怀。例如，《屡游庐阜欲赋一篇而不能，就六月中休董役卧龙，偶成此诗》是朱熹在庐山的卧龙庵休息时所作。朱熹任南康知军时，为纪念武侯诸葛亮而特意在庐山的卧龙岗山脚下修建了卧龙庵，庵内绘有武侯像。朱熹曾想解职后居于此所。诗曰：

> 登车闽岭徼，息驾康山阳。康山高不极，连峰郁苍苍。金轮西嵯峨，五老东昂藏。想象仙圣集，似闻笙鹤翔。林谷下凄迷，云关杳相望。千岩虽竞秀，二胜终莫量。仰瞻银河翻，俯看交龙骧。长吟谪仙句，和以玉局章。畴昔劳梦思，兹今幸徜徉。尚恨忝符竹，未惬栖云房。已寻两峰间，结屋依阳冈。上有飞瀑驶，下有清流长。循名携心期，吊古增悲凉。壮齿乏奇节，颓年剧昏慌。誓将尘土踪，暂寄云水乡。封章傥从欲，归哉澡沧浪。①

这首诗前半部分写景，无论是嵯峨的金轮峰还是昂藏的五老峰，秀美的风景展现于眼前，此刻诗人徜徉于无限风光当中。后半部分则重在抒怀，诗人在仕与隐的面前，提出"尚恨忝符竹，未惬栖云房"，因此，诗人在此二峰之间修建了卧龙庵，附近又有飞瀑与清流相伴，此即诗人心意的"云房"。"吊古增悲凉"应是诗人凭吊武侯诸葛亮的一生功业成败而心生悲凉之感。最后诗人选择了"暂寄云水乡"，抛却"尘土踪"，"归哉澡沧浪"。朱熹在欣赏自然山水之美的同时，也有所寄托，既有欲取得武侯诸葛亮当年的功成

---

① 《庐山历代诗词全集》，第 1278 页。

伟业的雄心壮志，又有寄情于山水之间的沧浪情怀，"清斯濯缨，浊斯濯足"。这是一份用世不能的幽独情怀。

又如，《卧龙之游得秋字赋诗纪事呈同游诸名胜聊发一笑》是朱熹与友人同游卧龙岗所作，诗曰：

> 蹑石度急涧，穷源得灵湫。谽谺两对立，喷薄中怒投。何年避人世，结屋栖岩陬。嘉名信有托，故迹谁能求。我来一经行，凄其仰前修。邻翁识此意，伐木南山幽。为我立精舍，开轩俯清流。多歧谅匪安，一壑真良谋。解组云未遂，驱车且来游。嘉宾颇蝉联，野蔌更献酬。饮罢不知晚，欲去还淹留。跻攀已别峰，窥临忽沧洲。下集西涧底，沉吟树相樛。玉渊茗饮余，三峡空尊愁。怀贤既伊郁，感事增绸缪。前旌向城郭，回首千峰秋。①

卧龙岗的卧龙潭水流湍急，清澈灵秀，而卧龙潭左右的山谷又空阔险峻，想要躲避人世的隐逸贤人多爱在此居住。这首诗在景物的描写中穿插着抒怀，"伐木南山幽"，透露了诗人的归隐心境。诗人在未能辞官的情况下，驾车来到卧龙潭，与朋友饮酒品茶，缅怀先贤，流连忘返。在意与景的交融中，产生耐人寻味、悠然无穷的意趣。

像这类写景抒怀的作品很多，例如，《温汤》《康王谷水帘》《游天池》等。《温汤》一诗描写醉石南二里的温泉，"谁燃丹黄焰，爨此玉池水。客来争解带，万劫付一洗"几句写得幽默诙谐，是谁在烹煮这里的池水，惹得众人争相脱衣洗浴，用此玉池水洗净万千的劫难。这里我们完全看不出朱熹的正襟危坐、敬畏自守的夫子形象。《康王谷水帘》是描写康王谷以及谷中的谷帘泉。"飞泉天上来，一落散不收。披崖日璀璨，喷壑风飕飕"，这几句将谷帘泉的动态美展现得淋漓尽致。随后又将唐人陆羽在其著作《茶经》中评价谷帘泉水"天下第一"的事实来称赞谷帘泉水，"追薪爨绝品，瀹茗浇穷愁。敬酹古陆子，何年复来游"。朱熹的五言古诗，多用比兴寄托手法，融深意于比兴之中，微婉而谐趣。

---

① 《庐山历代诗词全集》，第1283页。

　　还有一些诗意象奇伟，风格雄奇豪壮。例如，《栖贤院三峡桥》，诗曰：

　　　两岸苍壁对，直下成斗绝。一水从中来，涌湍知几折。石梁据其
　　会，仰望远明灭。倏至走长蛟，捷来翻素雪。声雄万霹雳，势倒千嵥嶭。
　　足掉不自持，魂惊讵堪说。老仙有妙句，知古擅奇崛。尚想化鹤来，乘
　　流弄明月。①

　　这首诗把三峡桥两岸的山、桥下流过的激流以及险要的三峡桥进行了不
同视角的描绘，以非常的意象"走长蛟""翻素雪""声雄万霹雳"，把三峡
桥周边的惊险奇壮、桥势的惊魂动魄表现出来。诗歌气势恢宏，把诗人的气
魄和胸怀也展现出来。面对如此奇伟的风景，诗人不由得神往，幻想在山水
之间遨游。朱熹的这首山水诗奇伟壮丽，完全不逊色于李白等人。
　　上述列举的诗歌基本是五言古诗，朱熹还有几首七言绝句，描写了庐山
的自然风景名胜，例如：

　　　　　庐山双剑峰二首
　　　山神呵护宝云遮，俨若腾空两镆铘。
　　　光彩飞名镇千古，望中肝胆落奸邪。

　　　双剑峰高削玉成，芒寒色淬晓霜清。
　　　脑脂压眼人高卧，谁斩天骄致太平。
　　　　　鹤鸣峰
　　　不见山头夜鹤鸣，空遗山下瀑泉声。
　　　野人惆怅空无寐，一曲瑶琴分外清。
　　　　　狮子峰
　　　石骨苔衣虽赋形，蹲空独逞忒狰狞。
　　　威尊百兽终何用，宁解当年吼一声。
　　　　　北双剑峰
　　　双剑名峰也逼真，品题拍拍满怀春。

―――――――――

①　《庐山历代诗词全集》，第1294页。

铅刀自别干将利，折槛应须表直臣。①

这几首诗分别描述了庐山双剑峰、鹤鸣峰、狮子峰、北双剑峰，生动形象地描写了形态各异的山峰。诗人不光是写景，也借景抒情，情景交融。第一组诗，由形似双剑的山峰联想到春秋时的莫邪、干将剑，可以用来除恶，平定天下。第三首是表现诗人对狮子峰的空有威尊外表而无吼声的讽刺。这种情与景的交融，情趣无穷，别具一格。

除此之外，朱熹的游览多在庐山南，而山北去得少，其中五言七律《山北纪行十二章》②是最长的一组纪游诗。这是朱熹最后一次游览庐山。从庐山西南的圆通寺开始，转过庐山西麓，至石门涧登山。这段游览经历所见所闻皆记载于诗中。"尽彼岩壑胜，满兹仁知心。"自孔子的"知者乐山，仁者乐水"的山水道德传统开始，诗人们都在山水中体悟仁知圣贤气象。诗中也不乏一些精彩的景物描写，例如，"悬泉忽淙琤，杂树纷青红"；"天池西嶔崟，佛手东窈窕。仗屦往复来，凭轩瞰归鸟"；"斯须暮云合，白日无余晖。金波从地涌，宝焰穿林飞"。

《论语·先进》记载孔子的几位弟子各言其志，其中曾点曰："暮春者，春服既成，冠者五六人，童子六七人，浴乎沂，风乎舞雩，咏而归。"夫子喟然而叹曰："吾与点也。"③儒家曾点的春风沂水的自然山水观对朱熹有很大的影响。朱熹还作诗一首《曾点》，感叹这种洒落无累的舞雩归咏之乐。诗曰："春服初成丽景迟，步随流水玩晴漪。微吟缓节归来晚，一任轻风拂面吹。"这种融道德精神与审美体验于一体的精神境界的诗性描绘，更加明显地体现在朱熹的庐山山水诗中，在诗歌境界中寄寓着诗人自得自乐的精神追求，优游闲适的人生意趣。

第二类诗歌是凭吊在庐山生活过的先贤，集中体现在陶渊明、谢灵运、陆修静、韦应物、李渤、周敦颐等名人。其中陶渊明的气节和诗风以及韦应物的去欲色彩浓厚的诗风为朱熹所推崇。这也体现了朱熹对儒家安贫乐道精

---

① 上述诗歌见于《庐山历代诗词全集》，第1312—1313页。
② 《庐山历代诗词全集》，第1304—1308页。
③ 《论语译注》，第119页。

神的继承和"孔颜乐处"闲适旨趣的追求。例如:

陶公醉石归去来馆

予生千载后,尚友千载前。每寻高士传,独叹渊明贤。及此逢醉石,谓言公所眠。况复岩壑古,缥缈藏风烟。仰看乔木阴,俯听横飞泉。景物自清绝,优游可忘年。结庐倚苍峭,举觞酹潺湲。临风一长啸,乱以归来篇。①

分韵得眠意二字赋醉石简寂各一篇呈同游诸兄

驱车何所适,往至秋云边。企彼涧中石,举觞酹飞泉。怀哉千载人,矫首辞世喧。凄凉义熙后,日醉向此眠。仰视但青冥,俯听惊潺湲。起坐三太息,涕泗如奔川。神驰北阙阴,思属东海壖。丹衷竟莫展,素节空复全。低徊万古情,恻怆颜公篇。为君结茅屋,岁暮当来还。

天秋山气深,日落林景翠。亦知后骑迫,且复一流憩。环瞻峰列屏,迥瞩泉下澪。永怀仙陆子,久挹浮丘袂。于今知几载,故宇日荒废。空余醮坛石,香火谁复继。更怜韦刺史,五字有真意。虎竹付归人,悲风起横吹。沉吟向绝迹,浩荡发幽寄。来者知为谁,念我傥三喟。②

醉石在庐山南边的栗里源中,因陶渊明曾醉卧其上,石上有枕痕,故名之醉石。无论是陶渊明的人品还是诗品,均被宋人推崇备至。宋代诗坛的整体风格是追求平淡自然,无论是梅圣俞提到的"作诗无古今,唯造平淡难",苏轼推崇陶渊明的"质而实绮,癯而实腴",还是黄庭坚推崇杜甫的"平淡而山高水深",平淡自然的诗风是宋代的潮流,而陶诗的冲淡自然的诗风正与此合拍。朱熹对陶渊明也不吝赞词:"陶元亮自以晋世宰辅子孙,耻复屈身后代,自刘裕篡夺势成,遂不肯仕。虽其功名事业不少概见,而其高情逸想播于声诗者,后世能言之士皆自以为莫能及也。盖古之君子其于天命民

---

① 《庐山历代诗词全集》,第1298页。
② 《庐山历代诗词全集》,第1283—1284页。

彝、君臣父子大伦大法之所在如此，是以大者既立，而后节概之高、语言之妙乃有可得而言者。"① 因为陶渊明的"节概之高、语言之妙"，所以朱熹往往取法陶渊明。

除陶渊明外，还有一位诗人深得朱熹的推崇，即诗中提到的"更怜韦刺史，五字有真意"。"五字"乃是指韦应物的《简寂观西涧瀑布下作》。《从陶、韦之辨看心性论对朱熹山水诗的影响》② 一文中指出南宋理学家朱熹推崇陶渊明，但对韦应物的山水诗更为欣赏。朱熹将陶诗和韦诗进行比较，得出韦诗更近道的结论："杜子美'暗飞萤自照'，语只是巧。韦苏州云'寒雨暗深更，流萤度高阁'，此景色可想，但则是自在说了。因言《国史补》称韦'为人高洁，鲜食寡欲。所至之处，扫地焚香，闭阁而坐。其诗无一字做作，直是自在。其气象近道，意常爱之'。问：'比陶何？'曰：'陶却是有力，但语健而意闲。隐者多是带气负性之人为之；陶欲有为而不能者也，又好名。韦则自在，其诗直有做不著处便倒塌了底。晋、宋间诗多闲淡。杜工部诗常忙了。'"③ 可见，朱熹更欣赏韦应物超然的人生态度、高洁的情操和寡欲的本性。

第三类是游览庐山周边寺庙、道观的诗歌，主要集中在西林寺、落星寺、归宗寺、简寂观等地方。作为宋代理学集大成者，朱熹的山水价值观不仅受到儒家观念的影响，同时也与佛教的禅宗思想和道教清心寡欲的修身观有极大的关系。佛教的禅宗思想在很大程度上影响了朱熹的精神修养、生活情趣，我们从他的关于庐山寺庙的诗歌中可见一斑。例如，《题西林院壁二首》：

> 触目风光不易裁，此间何似舞雩台。病躯若得长无事，春服成时岁
> 一来。

> 巾屦翛然一钵囊，何妨且住赞公房。却嫌宴坐观心处，不奈檐花抵

---

① 郭齐、尹波点校：《朱熹集》，四川教育出版社1996年版。
② 陶俊：《从陶、韦之辨看心性论对朱熹山水诗的影响》，《云南农业大学学报》，2010年第4卷第1期，第115—120页。
③ 《朱子语类》卷第一百四十，《论文下》，第3327页。

死香。①

西林院就是西林寺，位于庐山北麓，为庐山较古老的寺庙之一。诗人在遍游庐山自然风光的同时，也经常去寺庙、道观游览。苏轼曾作有《题西林壁》诗。朱熹的这两首七言绝句没有描摹山水景象，而是直接议论抒怀，和苏轼的《题西林壁》有些相似，直接将论道说理的方式引入诗歌。在这两首诗中，朱熹把西林寺看成舞雩台，想待日后病愈着春服，享受春风沂水之乐。戴着头巾，穿着麻鞋，住在寺庙，闲居修身，涵养心性，不料内心的宁静被屋檐前开的柚花花香打破。

又如：

万杉寺

休沐聊命驾，驾言何所之。行寻庆云寺，想像昭陵时。门前杉径深，屋后杉色奇。空山岁年晚，郁郁凌寒姿。当年雨露恩，千载有余滋。匠石不敢睨，孤标俨相持。更启石室藏，仰瞻天像垂。愿以清净化，永为太平基。②

归宗寺

金轮紫霄上，宝界鸾溪边。往昔王内史，愿香有余烟。千年今一归，景物还依然。涧水既荡谲，山花亦清妍。不辞原隰劳，乐此宾从贤。访古共纤郁，劳农独勤拳。怜我乘胜践，裂笺寄真诠。逃禅公勿遽，且毕区中缘。③

落星寺

浩浩长江水，东逝无停波。及此一回薄，湖平烟浪多。孤屿屹中川，层台起周阿。晨望爱明灭，夕游惊荡磨。极目青冥茫，回瞻碧嵯峨。不复车马迹，唯闻傍人歌。我愿辞世纷，兹焉老渔蓑。会有沧浪子，鸣舷夜相过。④

---

① 《庐山历代诗词全集》，第 1276 页。
② 《庐山历代诗词全集》，第 1296 页。
③ 《庐山历代诗词全集》，第 1298 页。
④ 《庐山历代诗词全集》，第 1300 页。

　　第一首诗中的万杉寺因当年宋仁宗钦赐的万株后杉植于寺庙之中，故而在宋仁宗时由庆云庵改名为万杉寺。诗人先是对寺庙中郁郁葱葱的杉树进行了一番描写，最后以"愿以清净化，永为太平基"结尾，希望这座寺庙作为清净修身之所得以永久保存。第二首诗中所提的归宗寺是晋王羲之守江州时，在金轮峰下修建的别墅，解职离开江州时将其捐为寺庙，也是庐山自古以来第一座寺庙。归宗寺的环境优美，"涧水既荡谲，山花亦清妍"。朱熹愿意不辞辛劳来此修禅，然后终因尘事的俗情，离开了归宗寺。第三首诗中的落星寺与前两座寺庙有所不同。前两座寺庙分别位于庆云峰下和金轮峰南，而落星寺是位于星子县城南湖（鄱阳湖）中的落星墩上，故而诗中描写落星寺的景象是"孤屿屹中川，层台起周阿"，寺庙之外即可看到浩浩的长江水，这里没有车马往来，只有渔夫的船只，这是一个非常适于隐居之地。朱熹甘愿辞掉世间的纷纭琐事，来此做个渔翁。

　　由以上几首诗可见，朱熹在寄身山水之际，对寺庙及其周边的幽静、清净的环境十分喜爱，乐此不疲，甚至不辞辛苦，来到寺庙修禅体悟。佛教的禅学也使得朱熹的诗歌善于应禅理。

　　朱熹与道教的关系同样也很密切。朱熹的"主敬去欲"的修养理论与道教的"主静去欲"说也有着一脉相承的关系。庐山东南麓有刘宋时期著名道教人物陆修静创立的简寂观。遍览庐山寺庙的朱熹也曾到此地一游，并且留下了一首《简寂观》诗：

　　　　高士昔遗世，筑室苍崖阴。朝真石坛峻，炼药古井深。结交五柳翁，屡赏无弦琴。相携白莲渚，一笑倾夙心。晚岁更市朝，故山锁云岑。柴车竟不返，鸾鹤空遗音。我来千载余，旧事不可寻。四顾但绝壁，苦竹寒萧森。①

　　这首诗主要是写简寂观的创立者陆修静当年与陶渊明隐居庐山的情形。当年的"屡赏无弦琴"，"相携白莲渚，一笑倾夙心"，是何等惬意风流。千年之后，诗人朱熹来到简寂观凭吊当年先贤的遗迹，只是那种"言笑无厌

──────────

　　①　《庐山历代诗词全集》，第 1297 页。

时"的趣味也伴随先贤而去,陆修静手植的竹子如今也是萧森凄寒。

第四类是题咏白鹿洞书院的诗歌。这些诗歌在第一小节中已有论述,兹不详述。在这些诗歌中,朱熹除了有对白鹿洞书院幽邃宁静的书院环境的描写外,还有对书院安闲自在的文化精神的提倡。在白鹿洞书院落成的典礼上,朱熹在《次卜掌书落成白鹿书院佳句》中写道:"深源定自闲中得,妙用元从乐处生。莫问无穷庵外事,此心聊与此山盟。"朱熹在白鹿洞讲会时也曾作诗《白鹿讲会次卜丈韵》,诗曰:"青云白石聊同趣,霁月光风更别传。珍重个中无限乐,诸郎莫苦羡腾骞。"

可以说,朱熹的山林情趣与儒佛道思想的影响有关,而这种山水林趣观又影响了他的诗歌创作。朱熹不惜抛开世俗的功名,寄身于山林自然之中,潜心读书教学。正是这种用心灵与山林的交融产生了大量的庐山诗歌。朱熹酷爱山水,在描写山水景观时,气势恢宏,联想奇妙,妙趣天成,情景交融,含蓄隽美。即便是借景来抒发,探索自然生命之理,也是蓬勃向上的生命观。《论朱熹诗歌意象与意境》① 描述了朱熹诗的审美特征,"苍寒幽寂""悠适淡远""雄奇豪壮""古典雅致"。在登山临水的同时,朱熹释放自己的胸怀,任凭其纵横驰骋,故而诗歌中多能体现出舒畅自如、潇洒自适的情怀。

朱熹的庐山诗中有些写得很成功,语言清新质朴,格调淡泊明净,刻画的景物秀美如画,风格旖旎柔美。朱熹的诗"渐渐将人生哲理融入自然景观之中,将诗人的主体情愫含蕴于客体形象之内。这样便充分发挥了唐诗和宋诗的各自优势,真正做到融唐入宋而又自成一家了"②。朱熹虽然是一位冥坐深思的理学家,但同时也是一位才情洒落的诗人。莫砺锋先生《论朱熹文学家身份的历史性消解》认为,身为理学家的朱熹被其理学家的巨大名声掩盖了其文学家的身份。"如果没有对朱熹文学的深入研究,朱熹生平学术活动的一个重要组成部分就会被忽视,朱熹的整体形象也会在某些部位显得模糊不清。换句话说,如果我们对朱熹的文学业绩及文学思想知之不深,我们对

---

① 张体云:《论朱熹诗歌意象与意境》,《合肥学院学报》(社科版),2004 年第 21 卷第 3 期,第 17—21 页。

② 蔡厚示:《朱熹的诗和诗论》,《福建论坛》(文史哲版),1991 年第 1 期,第 37 页。

他的全部学术活动和整个思想体系的理解也将是不全面的。更何况在宋代文学史和宋代文学思想史上，朱熹确实占有极其重要的地位。"① 在山水之中徜徉的朱熹，摘掉了理学家的面具，用他登山临水的诗作向我们展现了他兴致盎然、行止洒脱、才情放逸的诗人一面。

---

① 莫砺锋：《论朱熹文学家身份的历史性消解》，《江汉论坛》，2000 年第 10 期，第 41 页。

结　语

　　在中国文化发展史上，以审美的观点看待自然，把山水作为审美的对象，是一个长期逐步发展的历史过程。古代人对山水的审美意识是什么时候觉醒的？山水为什么能成为审美对象？山水又具有什么样的审美价值？围绕着人们与山水之间审美关系的发展变化，本书基于凝聚中国传统文化佛、道、儒于一身的人文圣山——庐山优越的文化背景，选取了庐山诗这一视角，通过对庐山诗的梳理和解读，从而进一步研究庐山山水的文化底蕴和审美价值。

　　在中国众多名山之中，庐山既有天地造化之神秀，又有极其丰富的文化内蕴。历代文人墨客慕名而至，吟诗作赋，留下了无数珍贵的诗歌作品。当庐山于1996年12月6日以"世界文化景观"列入《世界遗产名录》时，世界文化遗产委员会曾这样评价庐山："江西庐山，是中华文明的发祥地之一。这里的佛教和道教庙观，代表理学的白鹿洞书院以其独特的方式融会在具有突出价值的自然美之中，形成了具有极高美学价值的与中华民族精神和文化紧密相关的文化景观。"①

　　基于庐山这种特殊而又优越的文化背景，本书分别从儒、释、道与庐山诗创作的影响关系逐步展开论述，分析庐山诗歌的山水文化内涵和艺术审美。实际上，庐山诗歌是中国诗歌的重要组成部分，从庐山诗这一特定角度，对庐山诗歌艺术审美和艺术表现的研究过程，也反映了中国诗歌艺术审美的历史。

---

　　① 《点击大师的文化基因：庐山新说》，第22页。

　　上编主要围绕佛教文化与庐山诗画关系，凸显慧远、宗炳、谢灵运等人对于庐山山水诗画兴起的重要贡献。以慧远为代表的佛僧开创了佛理与山水融合的自然山水审美观，为山水诗和山水画的兴起拉开了序幕。宗炳在玄学和佛学等观念的共同影响下，从"以佛对山水"的新角度提出"山水以形媚道"的美学画论观。谢灵运"凭情以会通，负气以适变"，开创了"情必极貌以写物，辞必穷力而追新"的山水诗时代。自此以后，山水自然之美的自觉意识逐渐进入艺术的殿堂，人们开始自觉地将山水之美和山水之乐呈现为文人的精神形式。但是，要将艺术作品呈现出的"山水精神"真正转变成"人"的精神，让人在追求自然美的过程中完全做到审美的自觉化，并从中获得精神的慰藉和满足，还要等到唐宋之际的禅宗艺术精神来完成使命，这时人的审美活动才能达到相对而言的绝对超越。随着唐宋佛禅思想的发展，山水诗创作进入鼎盛时期，但是唐宋两代的山水诗走上两种截然不同的创作道路。如果说唐代山水诗追求的是心灵与自然的妙合，那么宋代山水诗则超越现实进入对宇宙人生的理性沉思。作为宋代诗人代表，苏轼融会贯通儒、道、释三家思想，他的山水诗充满了理趣和奇趣，富有"生气和灵机"，创造了宋代山水诗歌的一座高峰。同时，由于苏轼的倡导，文人画逐渐兴盛，山水诗与山水画在意境上的融合走向成熟，山水诗与山水画融合的艺术形式也有进一步的发展。

　　中编围绕着道教和道家文化与庐山诗的影响关系展开论述，分析了在道教和道家文化影响下的山水游仙诗的神仙文化和山水田园诗的隐逸文化。道教作为中国本土宗教，一旦与名山胜地相结合，就显示出它独特的风格。可以说，游仙诗是伴随着道教的产生、兴盛发展起来的。游仙诗上承孙绰一类的玄言诗而下启谢灵运的山水诗，在道教神仙观念、道家老庄玄学和佛学思维方式的影响下，开辟了新的表现领域和手法，对中国山水诗的发展产生了不可忽视的影响。其中，以郭璞为代表的诗人用大自然的山水实景取代前人虚无缥缈的仙境，从而使游仙诗中借为仙境的自然美景变成后来山水诗歌的对象，这也不能不说是一种突破。因对求仙与隐逸之间的倾向比重不同，游仙诗往两条截然不同的道路发展为山水游仙诗与山水田园诗。魏晋时期是游仙诗的第一次高潮时期，当盛唐道教和诗歌同时出现高潮之际，游仙诗迎来了第二次高潮时期。以李白为代表的一批文人士大夫借游仙以寄慨，抚仙人以为邻，寄欢愉于幻想，寓情意于烟云，创作了颇具特色的游仙诗，为唐诗的苑圃增添了一朵风姿绰约、色彩艳丽的奇葩。以陶渊明为代表的诗人，受到儒家和道家隐逸思想的影响，向往田园隐逸的生活，追求自然而然的生活方式，创作了大量山水田园诗，在山水观照中获得精神的自由与超越。

下编主要围绕周敦颐的濂溪书院和朱熹的白鹿洞书院展开研究，分析理学与书院相辅相成的关系，理学依托书院的发展而名扬，书院也随着理学的发展而兴盛。书院作为一种特殊的文化教育组织，它的产生除了与中国的藏书、修书的文化传统有关，还与中国的私人讲学传统有关，尤其是孔子开拓私人讲学之风，创立了儒家学派。书院的精神传统更多地来自儒家，书院成为儒家文化的传播基地，从而也体现了儒家士人的价值观念、生活理想以及审美情趣。作为北宋和南宋的理学家代表，周敦颐和朱熹通过书院教育机构来宣扬新儒学体系，复兴儒家文化。濂溪书院标志着书院与理学结合的开始；白鹿洞书院的复兴意味着书院与理学结合的完成，真正确立了书院在我国近古时期社会文化领域的重要地位。从对隐居生活在书院文化背景下的理学家周敦颐和朱熹创造的庐山诗歌角度出发，通过对他们创作的庐山诗歌进行解读和分析，进一步研究理学诗人的诗歌中所蕴含的新儒家山水观和情性观，这也是诠释宋代书院文化中儒学底色的另一种视角。周敦颐的诗歌大多体现了他的政治理想、人格追求和审美情趣，即以孔颜之乐为主导，追求清净自然、虚静自得、悠闲高远的精神境界。与周敦颐有所不同的是，朱熹深受儒佛道三家思想的影响，在山水徜徉之中摘掉了理学家的面具，用登山临水的诗作展现了他兴致盎然、行止洒脱、才情放逸的诗人一面，体现出舒畅自如、潇洒自适的情怀。他的诗将人生哲理融入自然景观之中，将人的主体情愫含蕴于客体形象之内，充分发挥了唐诗和宋诗的各自优势，融唐入宋而又自成一家。

目前学界对庐山诗的研究主要体现在以下方面：其一，庐山诗歌中反映的文化研究，包括庐山的佛教文化、道教文化、隐逸文化、书院文化等；其二，以庐山为背景创作诗歌的诗人及其庐山诗歌研究，主要集中在陶渊明、谢灵运、李白、白居易、苏轼、朱熹等诗人的诗作上。可以说，研究成果显著。虽然这些研究比较精细透彻，但是因为受研究视角的限制，从而忽略了庐山诗的整体发展脉络。

中国山水文化不是孤立存在的，而是与哲学、宗教、美学、文学、绘画等都有密切关系。发掘中国山水文化，也是弘扬中华民族文化的一个重要方面。而探索中国山水文化背后蕴含的民族精神传统，又是一个更深层次的研究价值。本书的研究价值主要在于尝试从宏观层面上架构，尽可能完整地展现庐山山水诗的发展面貌和艺术审美。但是，本书主要依据诗人受到的儒、佛、道等思想文化影响的深浅程度，从而选取庐山诗的代表人物及其代表作品，这样就不免有以偏概全的缺点，漏选了一些重要诗人和重要诗歌作品。同时，由于本人学识所限，对山水诗和山水画的研究，尤其是后者，存在过于肤浅的问题，还有待于日后进一步地深入研究。

致　谢

　　时光如流，距离自己毕业已近六年；往事如梭，撰写论文的日与夜浮现眼前。

　　考虑到我是江西人，庐山是家乡闻名遐迩的人文圣山，博士导师韩经太先生提出了一个关于庐山诗选题的建议。在撰写论文期间，多蒙韩先生精心指导，并给予我诸多帮助，大至论文的结构框架，小至论文的观点论述，都得到他不遗余力的指点和教导。"谦谦君子，温润如玉"，正是韩先生为人治学的写照。无论是在学习中还是在生活中，事无巨细，凡是韩先生力所能及的，他都不厌其烦、倾其全力。即便在我离开校园之后，韩先生和韩师母都尽其所能地帮助我、关心我。在我的第一本学术专著即将出版之际，我请韩先生为其作序，之前还担心韩先生事情多而无暇顾及，没想到他接到电话后便痛快地答应了。后来我又听闻，韩先生为了给新书写序，特意将我发给他的电子版书稿全部打印成纸质稿。我为自己的疏忽感到惭愧，更为韩先生的认真心细感动不已。感谢韩先生的知遇之恩。

　　我还要感谢硕士导师白岚玲女士。自 2008 年我来北京求学、工作至今，这一路走来都离不开她对我的帮助。无论是在我面临学习上的困难，还是工作上的困惑，她都为我的人生选择提供了宝贵的经验和建议。白老师一向治学严谨，做事果断，应变从容，为人师"传道授业解惑"，孜孜不倦。我至今仍记得白老师的教诲，"也许每个人能力有高低之别，但是为人做事的态度一定要认真端正，只有这样才能做好事情"。2020 年 1 月小年夜，白老师特意从会场赶来，当面提出她在书稿中发现的一些问题，我在她的指导下逐一对书稿进行修改和完善。回忆当时场景，数小时倏忽而过，然意犹未尽，恍惚之间自己重新回到课堂，听老师讲授刘勰《文心雕龙·神思》。"物与神游"，虽不能至，心向往之。

早在毕业之际，我也曾有机会将毕业论文付梓，但由于诸多原因未能付诸行动。时隔多年，当再次读到朱熹"莫问无穷庵外事，此心聊与此山盟"的诗句，我内心竟然泛起涟漪，"情动于中而形于言"，多年前的出书愿望喷涌而出。在2019年年初与白老师的一次促膝长谈之后，我更加坚定出书的决心，克服白天工作、夜晚带娃、深夜改稿的重重困难，经历半年上眼皮跟下眼皮打架的煎熬，最终收获人生的第一本学术专著。我不禁想起父亲多年前说过的一句话，"年少吃苦，受益终身"。在此，我要感谢本书的责编、人民日报出版社编辑金晶老师，为新书的校对、出版费心费力。

最后，我要特别感谢我的父母和家人，他们对我一如既往的支持是我人生不断前进的动力，人生最幸福的事莫过于此。感谢我的爱人甘震全力支持。我还要感谢郑承萍、吕永进两位恩师对我的帮助和关心。感谢亲人陈军民在我二赴庐山调研期间提供的诸多帮助。

邹菁

2020年5月6日于北京

主要参考文献

一、古代文献类

1. 〔西汉〕司马迁著，〔宋〕裴骃集解，〔唐〕司马贞索隐，〔唐〕张守节正义：《史记》，中华书局 1959 年版。

2. 〔东汉〕班固撰：《汉书》，中华书局 1962 年版。

3. 〔晋〕谢灵运著，黄节校注：《谢康乐诗注》，人民文学出版社 1958 年版。

4. 〔晋〕陶渊明著，逯钦立校注：《陶渊明集》，中华书局 1979 年版。

5. 〔晋〕王弼著，楼宇烈校释：《王弼集校释》，中华书局 1987 年版。

6. 〔晋〕谢灵运著，顾绍柏校注：《谢灵运集校注》，中州古籍出版社 1987 年版。

7. 〔晋〕葛洪著，胡守为校释：《神仙传校释》，中华书局 2010 年版。

8. 〔南朝宋〕鲍照著，钱仲联校注：《鲍参军集注》，上海古籍出版社 1980 年版。

9. 〔南朝宋〕陆修静编：《道藏》，文物出版社、上海书店、天津古籍出版社 1988 年联合出版。

10. 〔南朝宋〕刘义庆著，〔梁〕刘孝标注，余嘉锡笺疏：《世说新语笺疏》，中华书局 2007 年版。

11. 〔梁〕沈约撰：《宋书》，中华书局 1974 年版。

12. 〔梁〕释慧皎著，汤用彤校注：《高僧传》，中华书局 1992 年版。

13. 〔梁〕刘勰著，陆侃如、牟世金译注：《文心雕龙译注》，齐鲁书社 1995 年版。

14. 〔梁〕萧统编，〔唐〕李善注：《文选》，岳麓书社 2002 年版。

15. 〔梁〕钟嵘著，古直笺，曹旭导读：《诗品》，上海古籍出版社 2007 年版。

16. 〔梁〕释僧祐编，刘立夫、魏建中、胡勇译注：《弘明集》，中华书局 2013 年版。

17. 〔北魏〕郦道元著，陈桥驿校证：《水经注校证》，中华书局 2007 年版。

18. 〔唐〕张彦远著，俞剑华注释：《历代名画记》，上海人民美术出版社 1964 年版。

19. 〔唐〕李延寿撰：《南史》，中华书局 1975 年版。

20. 〔唐〕李白著，〔清〕王琦注：《李太白全集》，中华书局 1977 年版。

21. 〔唐〕韦应物著，孙望编：《韦应物诗集系年校笺》，中华书局 2002 年版。

22. 〔唐〕皎然著，李壮鹰校注：《诗式校注》，人民文学出版社 2003 年版。

23. 〔唐〕白居易著，谢思炜校注：《白居易诗集校注》，中华书局 2006 年版。

24. 〔唐〕张九龄著，熊飞校注：《张九龄集校注》，中华书局 2008 年版。

25. 〔宋〕陈舜俞著：《庐山记》，南宋绍兴年间刻本。

26. 〔宋〕严羽著，郭绍虞校释：《沧浪诗话校释》，人民文学出版社 1961 年版。

27. 〔宋〕胡仔纂集，廖德明校点：《苕溪渔隐丛话》，人民文学出版社 1962 年版。

28. 〔宋〕欧阳修、宋祁撰：《新唐书》，中华书局 1975 年版。

29. 〔宋〕苏轼著，〔清〕王文诰辑注，孔凡礼点校：《苏轼诗集》，中华书局 1982 年版。

30. 〔宋〕洪兴祖撰：《楚辞补注》，中华书局 1983 年版。

31. 〔宋〕朱熹撰：《四书章句集注》，中华书局 1983 年版。

32. 〔宋〕普济著，苏渊雷点校：《五灯会元》，中华书局 1984 年版。

33. 〔宋〕苏轼著，孔凡礼点校：《苏轼文集》，中华书局 1986 年版。

34. 〔宋〕黎靖德编，王星贤点校：《朱子语类》，中华书局 1986 年版。

35. 〔宋〕朱熹著，郭齐、尹波点校：《朱熹集》，四川教育出版社 1996 年版。

36. 〔宋〕朱熹著，郭齐笺注：《朱熹诗词编年笺注》，巴蜀书社 2000 年版。

37. 〔宋〕黄庭坚著，刘琳、李勇先、王蓉贵校点：《黄庭坚全集》，四川大学出版社 2001 年版。

38. 〔宋〕欧阳修著，李逸安点校：《欧阳修全集》，中华书局 2001 年版。

39. 〔宋〕周敦颐著，梁绍辉、徐荪铭点校：《周敦颐集》，岳麓书社 2007 年版。

40. 〔宋〕郭熙著，周远斌点校：《林泉高致》，山东画报出版社 2010 年版。

41. 〔元〕脱脱等著：《宋书》，中华书局 2012 年版。

42. 〔明〕桑乔著：《庐山纪事》，清康熙五十九年（公元 1720 年）蒋国祥刻本。

43. 〔明〕胡应麟著：《诗薮》，上海古籍出版社 1958 年版。

44. 〔明〕黄宗羲著：《黄宗羲全集》，浙江古籍出版社 1992 年版。

45. 〔清〕吴炜著：《庐山志》，清康熙七年（公元 1668 年）刻本。

46. 〔清〕蔡瀛著：《庐山小志》，清道光四年（公元 1824 年）嫏嬛别馆刻本。

47. 〔清〕郭庆藩著，王孝鱼点校：《庄子集释》，中华书局 1961 年版。

48. 〔清〕方东树著，汪绍楹校点：《昭昧詹言》，人民文学出版社1961年版。

49. 〔清〕沈德潜选评：《古诗源》，中华书局1963年版。

50. 〔清〕王夫之等撰，丁福保编：《清诗话》，上海古籍出版社1963年版。

51. 〔清〕何文焕辑：《历代诗话》，中华书局1981年版。

52. 〔清〕刘熙载著，袁津琥校注：《艺概注稿》，中华书局2009年版。

53. 郭绍虞主编：《原诗·一瓢诗话·说诗晬语》，人民文学出版社1979年版。

54. 郭绍虞辑：《宋诗话辑佚》，中华书局1980年版。

55. 杨伯峻译注：《论语译注》，中华书局1980年版。

56. 逯钦立辑校：《先秦汉魏晋南北朝诗》，中华书局1983年版。

57. 陈鼓应注译：《庄子今注今译》，中华书局1983年版。

58. 丁福保辑：《历代诗话续编》，中华书局1983年版。

59. 陈鼓应注译：《老子注译及评介》，中华书局1984年版。

60. 杨曾文校写：《新版敦煌新本六祖坛经》，宗教文化出版社2001年版。

61. 程俊英、蒋见元校注：《诗经注析》，中华书局2008年版。

二、研究著作类

1. 盛朗西：《中国书院制度》，中华书局1934年版。

2. 俞剑华：《中国画论类编》，人民美术出版社1957年版。

3. 林文月：《山水与古典》，台湾纯文学出版社1976年版。

4. 曾枣庄：《苏轼评传》，四川人民出版社1981年版。

5. 周裕锴：《中国禅宗与诗歌》，上海人民出版社1981年版。

6. 朱光潜：《朱光潜美学文集》，上海文艺出版社1982年版。

7. 伍蠡甫主编：《山水与美学》，上海文艺出版社1985年版。

8. 叶朗：《中国美学史大纲》，上海人民出版社1985年版。

9. 葛兆光：《禅宗与中国文化》，上海人民出版社 1986 年版。

10. 葛兆光：《道教与中国文化》，上海人民出版社 1987 年版。

11. 张曼涛：《佛教与中国文化》，上海书店出版社 1987 年版。

12. 宗白华：《美学与意境》，人民出版社 1987 年版。

13. 方立天：《慧远及其佛学》，中国人民大学出版社 1987 年版。

14. 蒋星煜：《中国隐士与中国文化》，生活·读书·新知三联书店 1988 年版。

15. 李才栋：《白鹿洞书院史略》，江西教育出版社 1989 年版。

16. 李邦国：《朱熹和白鹿洞书院》，湖北教育出版社 1989 年版。

17. 任继愈：《中国道教史》，上海人民出版社 1990 年版。

18. 吴以宁：《朱熹及宋明理学》，国际文化出版公司 1990 年版。

19. 李文初：《中国山水诗史》，广东高等教育出版社 1991 年版。

20. 汤用彤：《理学·佛学·玄学》，北京大学出版社 1991 年版。

21. 朱瑞熙：《朱熹教育和中国文化》，北京燕山出版社 1991 年版。

22. 丁钢、刘琪：《书院与中国文化》，上海教育出版社 1992 年版。

23. 叶维廉：《中国诗学》，生活·读书·新知三联书店 1992 年版。

24. 詹石窗：《道教文学史》，上海文艺出版社 1992 年版。

25. 黄河涛：《禅与中国艺术精神的嬗变》，商务印书馆国际有限公司 1994 年版。

26. 梁绍辉：《周敦颐评传》，南京大学出版社 1994 年版。

27. 臧维熙主编：《中国山水的艺术精神》，学林出版社 1994 年版。

28. 朱德发主编：《中国山水诗论稿》，山东友谊出版社 1994 年版。

29. 陈钟凡：《两宋思想述评》，东方出版社 1996 年版。

30. 吴宗慈著，胡迎建注释：《庐山志》，江西人民出版社 1996 年版。

31. 吴宗慈编，胡迎建校注：《庐山诗文金石广存》，江西人民出版社 1996 年版。

32. 袁行霈：《中国诗歌艺术研究》，北京大学出版社 1996 年版。

33. 周銮书：《庐山史话》，江西人民出版社 1996 年版。

34. 葛晓音：《山水田园诗派研究》，辽宁大学出版社 1997 年版。

35. 章尚正：《中国山水文学研究》，学林出版社 1997 年版。

36. 王炳照：《中国古代书院》，商务印书馆 1998 年版。

37. 张立文编：《朱熹评传》，南京大学出版社 1998 年版。

38. 李泽厚、刘纲纪：《中国美学史》（魏晋南北朝编），安徽文艺出版社 1999 年版。

39. 李泽厚：《美学三书》，安徽文艺出版社 1999 年版。

40. 莫砺锋：《朱熹文学研究》，南京大学出版社 2000 年版。

41. 叶至明主编：《庐山道教初编》，华文出版社 2000 年版。

42. 赵心宪、曾明：《中国古代山水诗论》，四川文艺出版社 2000 年版。

43. 陈传席：《中国山水画史》，天津人民美术出版社 2001 年版。

44. 徐效钢：《庐山典籍史》，江西高校出版社 2001 年版。

45. 曹虹：《慧远评传》，南京大学出版社 2002 年版。

46. 蹇长青：《白居易评传》，南京大学出版社 2002 年版。

47. 周銮书等编：《千年学府——白鹿洞书院》，江西人民出版社 2003 年版。

48. 李泽厚：《中国古代思想史论》，天津社会科学院出版社 2004 年版。

49. 李亮：《诗画同源与山水文化》，中华书局 2004 年版。

50. 陶文鹏、韦凤娟等编：《灵境诗心——中国古代山水诗史》，凤凰出版社 2004 年版。

51. 周勋初：《李白评传》，南京大学出版社 2004 年版。

52. 胡晓月：《万川之月——中国山水诗的心灵境界》，北京大学出版社 2005 年版。

53. 李才栋：《中国书院研究》，江西高校出版社 2005 年版。

54. 汪涌豪、俞灏敏：《中国游仙文化》，复旦大学出版社 2005 年版。

55. 宗白华：《美学散步》，上海人民出版社 2005 年版。

56. 陈传席：《六朝画论研究》，天津人民美术出版社 2006 年版。

57. 孙昌武：《佛教与中国文学》，上海人民出版社 2007 年版。

58. 徐复观：《中国艺术精神》，广西师范大学出版社 2007 年版。

59. 龚斌：《慧远法师传》，江西人民出版社 2008 年版。

60. 李宁宁、高峰主编：《白鹿洞书院艺文新志》，江西人民出版社 2008 年版。

61. 张国宏：《宗教与庐山》，江西人民出版社 2008 年版。

62. 甘筱青主编：《庐山文化大观》，江西人民出版社 2009 年版。

63. 蒋星煜：《中国隐士与中国文化》，上海人民出版社 2009 年版。

64. 吴国富：《陶渊明与道家文化》，江西人民出版社 2009 年版。

65. 郑翔、胡迎建编：《庐山历代诗词全集》，上海古籍出版社 2010 年版。

66. 李勤合：《早期庐山佛教研究》，江西人民出版社 2011 年版。

67. 汤用彤：《汉魏两晋南北朝佛教史》（增订本），北京大学出版社 2011 年版。

68. 吴国富：《庐山道教史》，江西人民出版社 2011 年版。

69. 邓洪波：《中国书院史》，武汉大学出版社 2012 年版。

三、研究论文类

1. 林庚：《盛唐气象》，《北京大学学报》（人文科学版），1958 年第 2 期，第 87—97 页。

2. 裴斐：《谈李白的游仙诗》，《江汉论坛》，1980 年第 5 期，第 87—92 页。

3. 黄庆来：《朱熹和白鹿洞书院》，《江西社会科学》，1982 年第 3 期，第 90—92 页。

4. 陶文鹏：《苏轼山水诗的谐趣、奇趣、理趣》，《江汉论坛》，1982 年第 1 期，第 36—40 页。

5. 曹道衡：《郭璞和游仙诗》，《社会科学战线》，1983 年第 1 期，第 267—274 页。

6. 储仲君：《韦应物诗分期的探讨》，《文学遗产》，1984 年第 4 期，第

67—75 页。

    7. 张国星：《佛学与谢灵运的山水诗》，《学术月刊》，1986 年第 11 期，第 60—67 页。

    8. 胡迎建：《朱熹诗歌艺术初探》，《江西师范大学学报》（哲社版），1989 年第 2 期，第 78—83 页。

    9. 钱志熙：《谢灵运〈辨宗论〉和山水诗》，《北京大学学报》（哲社版），1989 年第 5 期，第 39—46 页。

    10. 蒋寅：《论大历山水诗的美学趣味》，《安徽大学学报》（哲社版），1990 年第 1 期，第 73—80 页。

    11. 蔡厚示：《朱熹的诗和诗论》，《福建论坛》（文史哲版），1991 年第 1 期，第 36—40 页。

    12. 陈岌：《庐山道教文化概述》，《东南文化》，1991 年第 5 期，第 101—103 页。

    13. 蒋述卓：《佛教境界说与中国艺术意境理论》，《中国社会科学》，1991 年第 2 期，第 131—146 页。

    14. 左剑虹：《禅宗与中国古典山水诗画的发展》，《社会科学家》，1991 年第 3 期，第 62—65 页。

    15. 齐文榜：《试论慧远对山水诗歌的贡献》，《汕头大学学报》（人文科学版），1992 年第 8 卷第 3 期，第 7—10 页。

    16. 梅俊道：《周敦颐的诗歌创作及其在宋代理学诗派中的地位》，《九江师专学报》（哲社版），1994 年第 1 期，第 61—64 页。

    17. 陈宪年：《论中国诗与中国画的融通》，《文艺理论研究》，1995 年第 4 期，第 18—28 页。

    18. 马文高：《论禅宗对五代宋元山水画的影响》，《徐州师范学院学报》（哲社版），1995 年第 4 期，第 65—68 页。

    19. 陶文鹏：《论宋代山水诗的绘画意趣》，《中国社会科学》，1994 年第 2 期，第 177—192 页。

    20. 徐成志：《匡庐山上巢云松——漫说庐山的隐士文化》，《中国典籍与文化》，1994 年第 4 期，第 116—120 页。

21. 蔡雁彬：《近年来游仙诗问题研究综述》，《古典文学知识》，1995 年第 4 期，第 123—128 页。

22. 傅明善、张维昭：《李白游仙诗与悲剧意识》，《宁波师院学报》（社科版），1996 年第 18 卷第 5 期，第 60—65 页。

23. 李炳海：《慧远的净土信仰与谢灵运的山水诗》，《学术研究》，1996 年第 2 期，第 78—82 页。

24. 李炳海：《庐山净土法门与晋宋之际的山水诗画》，《江西社会科学》，1996 年第 6 期，第 66—72 页。

25. 刘宗贤：《周敦颐的理学思想及其在宋明理学中的地位》，《齐鲁学刊》，1996 年第 5 期，第 79—84 页。

26. 何锡光：《慧远同隐士的交游和他的山水诗文》，《西南师范大学学报》（哲社版），1997 年第 6 期，第 81—84 页。

27. 朱立新：《游仙的动机与路径》，《中州学刊》，1998 年第 3 期，第 96—98 页。

28. 朱易安：《中唐诗人的济世精神和宗教情绪》，《江海学刊》，1998 年第 5 期，第 159—164 页。

29. 傅绍良：《"盛唐气象"的误读与重读》，《陕西师范大学学报》，1999 年第 1 期，第 127—134 页。

30. 王友胜：《游仙访道对李白诗歌的影响》，《船山学刊》，1999 年第 1 期，第 97—100 页。

31. 郭齐：《论朱熹诗》，《四川大学学报》（哲社版），2000 年第 2 期，第 83—88 页。

32. 曹虹：《慧远与庐山》，《中国典籍与文化》，2000 年第 3 期，第 11—18 页。

33. 陈道贵：《从佛教影响看晋宋之际山水审美意识的嬗变——以庐山慧远及其周围为中心》，《安徽大学学报》（哲社版），2000 年第 24 卷第 3 期，第 77—83 页。

34. 莫砺锋:《论朱熹文学家身份的历史性消解》,《江汉论坛》,2000 年第 10 期,第 38—41 页。

35. 曹虹:《慧远及其庐山教团文学论》,《文学遗产》,2001 年第 6 期,第 15—26 页。

36. 莫砺锋:《理学家的诗情——论朱熹诗的主题特征》,《中国文化》,2001 年第 17—18 期,第 165—175 页。

37. 邓小军:《陶渊明与庐山佛教之关系》,《中国文化》,2001 年第 17—18 期,第 147—164 页。

38. 冷成金:《试论苏轼的山水诗与自然诗化的走向》,《文学前沿》,2002 年第 3 期,第 267—284 页。

39. 王利民:《朱熹诗文的文道一本论》,《浙江大学学报》(人社版),2002 年第 32 卷第 1 期,第 104—109 页。

40. 曹军:《论苏轼诗歌的佛禅底蕴》,《宁波大学学报》(人文科学版),2003 年第 16 卷第 3 期,第 58—61 页。

41. 胡遂:《谢灵运与宗炳佛学理论之异同及其对文艺理论与创作的影响》,《三峡大学学报》(人社版),2003 年第 25 卷第 3 期,第 31—34 页。

42. 皮元珍:《超然高蹈的心灵依归——论魏晋游仙诗》,《船山学刊》,2003 年第 3 期,第 113—118 页。

43. 张体云:《论朱熹诗歌意象与意境》,《合肥学院学报》(社科版),2004 年第 21 卷第 3 期,第 17—21 页。

44. 李春桃:《朱熹的诗学观念与诗歌创作》,《兰州学刊》,2004 年第 4 期,第 244—245 页。

45. 樊林:《盛唐游仙诗中的道教文化意蕴》,《沈阳师范大学学报》(社科版),2004 年第 28 卷第 6 期,第 77—80 页。

46. 王利民:《濂洛风雅论》,《文学遗产》,2006 年第 2 期,第 65—74 页。

47. 蔡彦峰:《论谢灵运山水诗对慧远佛教美学思想的创造性发展》,《南京师范大学文学院学报》,2006 年第 3 期,第 104—109 页。

48. 周裕锴：《法眼看世界：佛禅观照方式对北宋后期艺术观念的影响》，《文学遗产》，2006 年第 5 期，第 78—87 页。

49. 杜学霞：《朝隐、吏隐、中隐——白居易归隐心路历程》，《河南社会科学》，2007 年第 15 卷第 1 期，第 130—133 页。

50. 肖妮妮：《唐人选择庐山隐居的功利化倾向》，《华南师范大学学报》（社科版），2007 年第 3 期，第 75—78 页。

51. 吴宇：《朱熹诗歌的现代研究综述》，《三江学院学报》，2007 年第 3 卷第 1、2 期，第 98—104 页。

52. 杨成寅：《宗炳〈画山水序〉的山水美学思想》，《南都学坛》（人文社会科学学报），2008 年第 28 卷第 3 期，第 63—65 页。

53. 李春桃：《朱熹的思想与诗歌》，《求索》，2008 年第 9 期，第 180—182 页。

54. 陶俊：《从陶、韦之辨看心性论对朱熹山水诗的影响》，《云南农业大学学报》，2010 年第 4 卷第 1 期，第 115—120 页。

55. 蒋寅：《超越之场：山水对于谢灵运的意义》，《文学评论》，2010 年第 2 期，第 90—97 页。

56. 吉凌：《陶渊明、韦应物诗歌精神旨趣的差异》，《扬州大学学报》（人社版），2010 年第 14 卷第 5 期，第 77—81 页。

57. 龚斌：《庐山慧远的山水文学创作》，《殷都学刊》，2010 年第 3 期，第 102—105 页。

58. 高建新：《五十年来"盛唐气象"研究述评》，《文学遗产》，2010 年第 3 期，第 152—158 页。

59. 卢晓河：《求仙与隐逸——神仙道教文化对山林隐逸之士的影响》，《宁夏社会科学》，2010 年第 4 期，第 128—132 页。

60. 罗龙炎：《庐山山水诗文的视角——兼谈九江在水交通时代得天独厚的交通优势》，《九江学院学报》（哲学社会科学版），2010 年第 3 期，第 14—17 页。

61. 刘明杰：《浅析禅宗对唐宋诗歌的影响》，《安徽文学》，2010 年第 9

期，第 139—142 页。

62. 胡迎建：《苏轼与庐山》，《九江学院学报》（哲社版），2011 年第 1 期，第 12—15 页。

63. 蔡彦峰：《慧远"形象本体"之学与宗炳〈画山水序〉的理论建构》，《南京师范大学文学院学报》，2011 年第 2 期，第 119—124 页。

64. 胡迎建：《论朱熹的庐山诗》，《九江学院学报》（社科版），2011 年第 2 期，第 21—25 页。

65. 张伟：《牢骚与"畅神"：谢灵运的山水诗与宗炳的山水画论比较研究》，《船山学刊》，2012 年第 2 期，第 145—149 页。

66. 欧阳镇：《庐山道教文化刍议》，《世界宗教文化》，2013 年第 6 期，第 114—116 页。

67. 木斋、李明华：《论苏轼诗歌创作与佛禅关系的三次转折》，《江西师范大学学报》（哲社版），2014 年第 47 卷第 3 期，第 58—63 页。

四、学位论文

1. 王智兰：《古代庐山文化的形成与发展》，厦门大学 2002 年硕士研究生学位论文。

2. 叶静：《论唐人咏庐山诗》，南昌大学 2005 年硕士研究生学位论文。

3. 李智敏：《慧远与东晋末期庐山地域的诗文创作》，浙江大学 2007 年硕士研究生学位论文。

4. 游云会：《庐山慧远佛学思想研究》，南昌大学 2010 年硕士研究生学位论文。

5. 王楠：《宋人咏庐山诗词研究》，延边大学 2012 年硕士研究生学位论文。

6. 童子乐：《古代庐山隐士文化研究》，华中师范大学 2013 年硕士研究生学位论文。

五、导师相关论文著作及论文研究

1. 韩经太：《中国诗学与传统文化精神》，四川人民出版社 1990 年版。

2. 韩经太：《心灵现实的艺术透视——中国文人心态与古典诗歌艺术》，现代出版社1990年版。

3. 韩经太：《宋代诗歌史论》，吉林教育出版社1995年版。

4. 韩经太：《理学文化与文学思潮》，中华书局1997年版。

5. 韩经太：《诗学美论与诗词美境》，北京语言大学出版社1999年版。

6. 韩经太：《华夏审美风尚史——徜徉两端》（宋代卷），河南人民出版社2000年版。

7. 韩经太：《韵味与诗美》，《文学遗产》，1991年第3期，第25—33页。

8. 韩经太：《宋诗与宋学》，《文学遗产》，1993年第4期，第74—82页。

9. 韩经太：《论宋人诗画参融的艺术观》，《天津社会科学》，1993年第4期，第85—90页。

10. 韩经太：《诗歌史：关注方式的转换与审美心理的调整》，《文学评论》，1993年第5期，第43—49页。

11. 韩经太：《中国诗学史的宏观透视》，《天津社会科学》，1994年第5期，第78—84页。

12. 韩经太：《论唐人山水诗美的演生嬗变》，《文学遗产》，1998年第4期，第46—60页。

13. 韩经太：《清谈·淡思·浓彩——诗学与哲学之间的文化透视》，《中国诗歌研究》，2002年第1辑，第236—261页。

14. 韩经太：《诗艺与"体物"——关于中国古典诗歌的写真艺术传统》，《文学遗产》，2005年第2期，第29—40页。

15. 韩经太：《宋诗学阐释与唐诗艺术精神》，《文学遗产》，2011年第2期，第54—69页。

16. 韩经太：《中国诗画交融若干焦点问题的美学思考》，《北京大学学报》（哲社版），2011年第3期，第27—39页。